지금이
순간

지금이
순간

이채영 장편소설

가하

지금이
순간

지은이 이채영
펴낸이 이형기
펴낸곳 도서출판 가하

초판인쇄 2014년 2월 28일
초판발행 2014년 3월 4일
출판등록 2008년 10월 15일 제 318-2008-00100호

주소 서울 영등포구 양평로 67, 1209 (당산동5가, 한강포스빌)
전화 02-2631-2846 **팩스** 02-2631-1846

www.ixbook.co.kr

ISBN 978-89-6647-980-1 03810

값 11,000원

Contents

그녀의 이야기, 하나

　개강한 지 한 달이 지났건만 상경대 건물 뒤편은 여전히 싸늘한 바람
만 불었다. 이런 날씨에는 사람들의 발길이 뜸해지곤 하는데도 불구하고
서연이가 이곳에 있다는 건 이유가 하나밖에 없다.

　"서연 선배. 저 신방과 입학하자마자 선배한테 반했어요."

　상황 역시 아니나 다를까.

　"음, 미안한데 너 군대 가야 하잖아."

　난처해하는 서연이의 목소리가 들렸다.

　"제가 1학년이라서 곧 군대를 가야 하는 건 알아요. 하지만 선배가 저
랑 만나주신다면 입대를 최대한 늦출게요."

　열혈남아 나셨다. 군대 가는 시기를 늦춘단다. '군대 2년만 기다려주시
면 20년에 걸쳐서 보답해드릴게요.'라는 망발을 한 녀석보다야 개념 있
는 녀석이었다. 낄 수 없는 상황이라 나는 상경대 건물에 기대서서 가만
히 이야기를 들었다.

　"음, 미안. 내가 연하는 안 좋아해서."

　"선배! 스무 살도 성인이에요! 어리게만 보지 마세요. 선배 하나 책임

질 만큼 성장했다고요!"

"미안해. 혁진아. 아직은 내가 누굴 사귈 마음이 없어. 미안해."

"선배."

처절한 혁진이의 목소리가 들렸다. 건물 벽에 정수리를 대고서 새파란 하늘을 올려다보며 저 지긋지긋한 상황이 어서 끝나길 빌었다.

얼마 뒤 서연이가 뒷길에서 빠져나와 내 소매를 끌어당겼다. 혁진이가 나오기 전에 얼른 자리를 뜨자는 신호였다. 서둘러 자리를 옮기자 서연이가 지친 얼굴로 날 쳐다보았다.

"식당 가자. 배고프다."

한 발 앞서 걷는 서연이의 뒤를 따라 함께 학생 식당으로 어슬렁어슬렁 내려갔다. 무슨 일인지 묻지 않았는데 서연이가 먼저 말을 꺼냈다.

"갑자기 덜컥 찾아와서는 나보고 시간을 내달라 하더라고. 그래서 무슨 급한 일인가 싶어서 갔는데 가는 장소가 이상한 거야. 불안했지. 거긴 이틀 전에 장수가 고백했던 자리니까. 제발 아니길 바랐는데 혁진이가 나한테 고백하더라. 쟤들 왜 저러니?"

서연이는 정말로 귀찮아 보였다. 그도 그럴 것이 중학교 1학년 때부터 몇 달에 한 번 꼴로 고백을 받아왔으니 그럴 만도 했다. 나 역시도 이제 서연이의 이런 투정은 흔한 것이 되어버려 매점에서는 대충 대답해주며 국수 먹기에 집중했다.

"어?"

밥 먹던 서연이가 놀란 표정으로 한곳을 보고 있었다. 굳이 서연이의 반응뿐 아니더라도 학생 식당에 소리의 기류가 달라졌다고 생각하던 찰나였다. 서연이의 시선을 따라 고개를 돌리니 아니나 다를까 그 사람이었다.

민우 선배는 이번 학기에 복학한 선배로, 입대 전까지 계속해서 과 수석을 유지한 것으로 유명했다. 그러나 성적보다 더 유명한 것은 그의 외모였다. 뇌는 반쪽만 들었나 싶을 정도로 작은 머리에 어디서든 한눈에 띄는 큰 키, 깔끔한 마스크를 가진 그는 청바지에 점퍼 하나를 걸쳤을 뿐인데 멋들어지게 소화하고 있었다.

　"진짜 잘생겼다."

　"응?"

　"아니, 잘생기기도 했는데 되게 매력적이야. 그치?"

　얼굴을 바싹 들이밀고 말하는 서연이를 멍하게 보았다. 서연이가 남자를 극찬하는 걸 처음 봤다. 민우 선배가 매력 있긴 확실히 있나 보다.

　하지만 나는 기본적으로 빛이 나도록 잘난 사람들을 별로 좋아하지 않았다. 어느 한 곳이 미치도록 눈부시면 사람들은 그 빛에만 정신이 팔려 그 사람의 곁에 무엇이 있었는지, 무엇을 하고 있었는지 기억하지 못한다. 사람들은 검은 그림자에 관심을 두지 않는다. 잘난 사람 덕에 그림자가 되어 산 세월이 있다 보니 자연스레 잘난 사람에 대한 거부감이 생겼다. 그게 여자든, 남자든, 나이가 어떻든 간에 말이다.

　민우 선배가 지나가는 방향을 따라 사람들의 시선이 뒤따랐다. 하지만 정작 쳐다만 볼 뿐, 말을 거는 사람은 없었다. 그 이유를 서연이가 묻기도 전에 말했다.

　"말 걸고 싶은데 다가가기가 어려워."

　"어려워?"

　"너 저 사람한테 가서 말 걸 자신 있어?"

　"아니."

　"거봐. 민우 선배에겐 범접할 수 없는 뭔가가 있어."

이유는 생각보다 별거 없었다. 어느새 민우 선배는 자신의 친구들과 함께 학생 식당 테이블에 앉아 밥을 먹고 있었다.

서연이가 들려주는 자기만의 스타일이 있다느니, 가까이서 보면 더 멋지다느니 등등의 이야기를 들으며 나도 민우 선배를 간간이 훔쳐보았다. 그는 확실히 서연이가 극찬할 만큼 잘생겼다. 하얗고 갸름한 턱 선에 쌍꺼풀 없이 뚜렷한 눈매하며 높은 콧대가 조화롭게 어울리는 얼굴이었다. 부담스럽지 않으면서도 감탄하게 되는 그런 외모였다. 민우 선배의 얼굴을 흥미롭게 감상하던 중에 당사자와 눈이 마주쳤다. 허공에서 숟가락이 멈췄다.

그럴 리 없겠지만 나를 본 건가?

잠시 주변을 둘러보는 사이 서연이가 물어 왔다.

"뭐 해?"

"아니. 아무것도 아니야."

서연이에게 어색하게 웃어준 후 밥을 챙겨먹었다. 한 10초 후 뒤로 힐끔 돌아보니 아무 일 없었다는 듯 밥을 먹고 있는 민우 선배가 보였다. 훔쳐보는 시선에 누군가 싶어 쳐다본 모양이었는지 그 후로 날 쳐다보는 일은 없었다.

식사를 마친 후 서연이가 턱을 괴고서 칭얼댔다.

"아, 배불러. 나도 너처럼 독립하고 싶다. 너희 집 맞은편에 아직 비어 있어? 아빠 졸라서 거기로 이사 갈까? 그럼 매일 너랑 이야기하고 너랑 놀 수 있잖아. 학교도 둘이서 같이 올 수 있고. 안 그래?"

입술을 삐죽거리는 서연이를 보며 문득 귀엽다고 생각했다. 거의 매일 보다시피 하는 친구인 내가 귀엽다고 생각이 들 정도니, 남자들이 보면 오죽할까.

10

서연이도 내겐 '빛이 나도록 잘난 사람' 중 한 명이었다. 같은 중학교를 다닐 당시에도 인기가 많았고, 그 인기는 지금껏 이어지고 있었다. 여성스러운 스타일의 옷차림에 단아한 외모를 가진 서연은 남녀노소 불문하고 호감을 표현했다. 중학생 때 벌어진 그 일만 아니었더라면 좋았을 텐데. 갑작스레 입안이 썼다.

"응? 왜 말이 없어?"

추궁하는 표정으로 날 보는 서연이에게 고개를 가로저었다.

"이미 늦었어. 이사 왔어."

"이사 왔다고? 누가?"

"나도 몰라. 이틀 전에 엄청 시끄러웠거든."

주말 아침 7시에 얼굴 모를 이웃이 이사를 왔다. 그리고 무려 사흘째 코빼기도 보이지 않고, 인사 한 마디 없었다. 그 집에 불이 켜진 것도 본 적 없었다.

"아쉽다! 누군지 몰라?"

"원룸에서 뭘 바라. 다 남이지. 전에 살던 이웃도 6개월에 6번 마주쳤던가?"

"에효. 요즘 이웃지간이 그렇지, 뭐."

서연이가 알 만하다는 듯 고개를 끄덕였다.

나와 서연이는 빈 그릇을 퇴식구에 밀어 넣고 건물 밖으로 나왔다. 봄바람이 살랑살랑 코끝을 스치고 지나갔다. 너무 예뻐서 슬픈 계절이었다.

"지혜, 너는 연애 안 해?"

"아직 생각 없어."

길게 기지개 켜며 대답했다.

"에이! 그런 게 어디 있어? 연애해야 예뻐지고, 세상이 달라 보이는 걸 알지!"

"그러는 너는 정말 연애 안 할 거야?"

쏟아지는 봄 햇살을 등진 채 걸어오는 서연이에게 물었다.

"아직은 딱히 끌리는 사람이 없어. 좋아하는 사람이 있어야 하지."

"널 좋아해주는 사람은 많잖아."

"내가 좋아해야 연애를 하지."

"그래. 네 말이 정답이다."

영감 같은 대답을 한다며 큭큭거리던 서연은 선약이 있다며 셔틀버스 정류소로 향했다. 특별히 할 일이 없던 나는 도서관에 가서 책이나 빌려야겠다는 생각으로 어슬렁어슬렁 걸어갈 때였다.

터트리기 직전의 꽃망울을 한 아름씩 안고 있는 벚꽃 길로 준서 선배가 마주 오고 있었다.

생각지 못한 곳에서 마주친 탓에 나는 멍하게 선배를 쳐다보고 있었다. 시선을 느껴서인지, 아니면 가는 길목에 방해가 돼서인지 선배가 천천히 고개를 들었다. 눈이 마주쳤다.

"안녕?"

기대도 못 한 인사가 귀에서 웅 하고 울려 퍼졌다. 낮은 저음에 듣기 좋은 목소리였다. 지금 준서 선배가 나한테 말을 건 게 맞을까? 우린 단 한 번도 말을 나눠본 적이 없는 사이인데? 한 번도 상상해본 적 없는 상황에 나도 모르게 검지로 날 가리키며 물었다.

"저 아세요?"

어이없는 질문에 선배는 어색하게 웃으며 말했다.

"신문방송학과 2학년 이지혜 아닌가?"

"마, 맞아요. 신준서 선배 맞으시죠?"

"응. 같은 수업 듣는데. 기억하고 있었구나."

준서 선배는 옅게 웃으며 고개를 끄덕였다.

"아, 네."

"그래. 도서관 가는 길인 거 같은데 잘 가고. 먼저 가볼게."

"네."

잘 가라는 인사도, 다음에 보자는 인사도, 아무 인사도 못 했다. 그저 멍하게 서서 벌린 입술 사이로 네라는 말만 흘렸다. 나는 준서 선배가 지나쳐간 후에도 한참이나 그 자리에 서 있다가 머리를 쥐어뜯으며 악 소리 질렀다.

"나 지금 뭐라고 한 거야! 저 아세요라니! 인사를 해주면 반갑게 받아들여야지!"

홀로 절규했다. 좀 더 다정하게 대답하지 못하는 나 스스로를 원망하다가 근처 벤치로 가서 털썩 주저앉았다.

준서 선배가 먼저 알은척해주었다. 준서 선배는 올해 2학년으로 복학한 여덟 명의 선배 중 한 명으로 나보다 세 살 위였다. 준서 선배는 사람들의 시선을 몰고 다니는 민우 선배와 함께 다니는 탓에 여태껏 제대로 인사를 나눈 적 없었다. 그래서 늘 먼발치에서 바라보았다.

하얀 피부에 서글서글한 외모를 지닌 준서 선배는 웃는 미소가 참 예뻤다. 모두에게 잘 웃어주는 습관 탓인지 무표정하게 있어도 웃는 상이었다. 특히 눈이 초승달처럼 접히면서 가지런하게 드러나는 치아가 깔끔한 이미지를 난 참 좋아했다.

한 번이라도 말을 나눌 수 있었으면 좋겠다고 생각했는데, 그럼 열심히 대답할 수 있다고 생각했는데…….

그런데 난 지금 그런 기회를 은하계 저 멀리로 걷어찬 것이다.

슬픈 봄날이었다.

준서 선배와 대화를 나눴다는 이유 하나로 주체할 수 없이 심란해진 나는 테라스처럼 밖으로 돌출된 형태의 베란다에 쭈그리고 앉아 봄바람을 쐬었다.

준서 선배를 좋아하는 걸 주변의 누구에게도 알리지 않았다. 누군가에게 좋아한다는 마음을 말하는 것도, 다른 사람이 누군가를 품고 있는 내 마음을 안다는 것도 무서운 일이 되어버렸다. 이것 역시 생각하기도 싫은 중학교 때 사건 때문이었다.

"하아."

한숨을 내쉬며 고개를 들었다. 내가 베란다에 쭈그리고 앉을 때만 해도 석양이 지는 오후였는데 어느새 깜깜한 밤이 되었다. 내 마음도 빛 하나 들어오지 않는 깜깜한 밤이 되었다. 막막함에 어찌할 바를 모르고 멍하게 밤하늘을 올려다보는데 갑자기 어디선가 굉음이 들려왔다.

쿵! 쾅쾅! 쿵! 쾅!

"윽!"

귀를 틀어막다가 균형을 잃고서 넘어져 베란다에 머리를 들이박았다. 귀가 찢어질 것처럼 시끄러운 음악소리의 근원지를 찾아 고개를 내밀고 둘러보다 멈칫했다.

옆집에 불이 켜져 있다. 단 한 번도 얼굴을 본 적 없는 옆집 사람이 드디어 생활을 시작한 모양이었다. 요란한 음악소리로 자신이 왔음을 알리고 말이다. 놀란 것도 잠시, 슬쩍 울화통이 치밀었다.

"미친 거 아니야? 세상 혼자 살아?"

불이 켜진 옆집 베란다를 힘껏 노려보며 서 있는데 어느새 흐릿한 남자 형태가 보였다.

"저기요."

음악소리는 여전히 컸고 베란다에 서 있는 남자는 대꾸가 없었다.

"저기요!"

"……."

"저기, 저기요오!"

"……."

"야, 인마!"

누가 그랬던가. 불행은 한꺼번에 몰려온다고. 하필이면 노래가 끝나고 정적이 찾아왔을 때 내 목소리가 지천을 크게 울렸다. 내 부름에 단 한 번도 미동 없던 사내가 천천히 고개를 돌려 이쪽을 쳐다봤다. 남자 얼굴은 여전히 역광 때문에 보이지 않았다.

"인마?"

남자 얼굴도 안 보이고, 사이즈를 보아하니 한 대 맞으면 찍소리 못하고 즉사할 정도였다. 찔끔하긴 했으나, 당차게 나가기로 했다. 잘못은 저쪽이 한 거고, 만약 찾아온다고 하면 문을 잠그면 되니까.

"노래가 너무 시끄러워서요. 옆에 사람도 사는데 예의가 아니잖아요."

내 말에 남자는 잠시 가만히 있더니 집 안으로 쑥 들어갔다. 다행히 당당하게 말한 게 먹힌 모양이었다. 하지만 오산이었다. 베란다에 서서 밤하늘을 바라보며 아까처럼 청승을 떨 준비를 하는데 아까보다 컸으면 컸지 작지는 않을 법한 노랫소리가 들렸다.

이게 뭐 하는 짓인가 싶어 옆집 베란다를 뚫어져라 쳐다보니 기대에 부응하듯 남자가 모습을 드러냈다.

"저기요! 노래가 너무 크다고 말씀드렸잖아요!"

휙.

"어, 어라?"

뭔가가 옆집 베란다를 넘어 내 품 안으로 날아 들어왔다. 무심결에 받아들고 보니 두루마리 휴지였다. 더 이상 입 놀리지 말고 입 다물란 소리인가. 재갈 대신인가? 별의별 생각을 다하며 서 있는데 차분한 목소리가 들려왔다.

"네가 귀 막아. 인마."

아침에 눈 뜨자마자 본 건 천장이 아니라 작은 테이블 위에 자리하고 있던 새하얀 휴지였다.

"윽!"

휴지를 치우려고 손을 뻗다 침대에서 미끄러져 머리와 바닥이 충돌했다. 손으로 벅벅 문지르며 도끼눈을 한 채 두루마리 휴지를 노려보았다. 주인을 닮아서 그런지 휴지에도 사악한 기운이 가득하다. 찜찜한 표정으로 휴지를 한참이나 노려보다 손끝으로 두루마리 휴지를 잡아 눈에 안 보이는 곳에 던졌다. 저렇게 찜찜한 건 안 쓰는 게 상책이다. 내일이면 일반 쓰레기를 내놓는 날이니 함께 버려야겠다. 아깝긴 하지만 썼다가 무슨 안 좋은 일을 겪으려고.

버릇처럼 휴대전화를 확인했다. 문자 세 통. 한 통은 멀쩡하게 살고 있는 내게 대출을 상담 받으라는 문자였고 다른 한 통은 아주 오랜만에 고등학교 친구에게서 돈을 빌려달라는 문자였다. 대출 상담 받으라는 스팸 문자를 전달해서 보내줄까 진지하게 고민하다 씹기로 했다. 그리고 다른 한 통은 예전에 휴대전화 번호만 교환한 남자 후배였다.

- 선배. 늦은밤에죄송한데서연누나휴대전화번호좀가르쳐주세요. -

이놈에게도 대출 상담 받으라는 스팸 문자를 전달해줄까. 아니면 대출 상담 휴대전화 번호를 가르쳐 줄까. 문자를 보며 고민하다 휴대전화를 침대 위로 던졌다. 서연이 때문에 남자 후배들이 연락 오는 게 한두 번도 아니었기에, 고민할 가치도 없었다.

나갈 준비를 한 후 거울 앞에 섰다. 어쩌면 오늘도 준서 선배와 인사를 나누게 될지 모르니 이번엔 제대로 준비를 할 생각이었다. 유난히 마른 몸을 적당히 가릴 티셔츠와 청 스키니 진을 입고서 그 위에 넉넉한 외투를 입었다. 단발의 끄트머리가 살짝 뒤집어진 것 같아 빗으로 당기자 스르륵 말려들었다. 피부가 서연이처럼 뽀얗게 빛나면 좋을 텐데. 아쉽게도 나는 검지도, 하얗지도 않은 중간의 피부색이었다. 그나마 다행인 건 쌍꺼풀이 있어서 수술비는 굳었다는 거였다.

얼굴과 옷차림의 품평을 마친 후 집을 나서다 닫혀 있는 맞은편 문을 쳐다보았다. 회색 문이 왠지 어젯밤 들었던 남자의 낮은 목소리 같아 보였다. 이 사람도 야행성인지 오후 1시가 다 되어 가는데 기척이 없다. 이제 더는 엮일 일이 없길 바라며 걸음을 옮겼다.

강의실에 도착해 가방을 올려놓고 그 위에 엎드려 누웠다. 어젯밤 일 때문인지 피곤했다. 수업 전 짬 내서 한숨 자야겠다고 하는 찰나 희미하게 노랫소리가 들렸다. 고개가 저절로 번쩍 들렸다. 머리를 관통해가는 것 같은 강한 템포. 분명 어젯밤 하루 종일 내 잠을 방해했던 그 노래였다. 노래의 근원지를 찾아 고개를 두리번거리다 한곳에 멈췄다. 그리고 멍한 표정으로 그 사람을 쳐다보았다.

가방을 책상 위에 막 올려놓은 긴 손가락, 딱 벌어진 어깨까지 부드럽게 이어지는 목선, 무슨 생각을 하는지 읽을 수 없는 무표정, 귀에 걸쳐진 헤드폰.

통로 건너 내 옆자리에 앉는 사람은 분명 준서 선배였다. 선배가 흰색 슬림한 파나소닉 헤드폰을 벗는 순간 그 노래도 멈췄다. 어젯밤 하루 종일 날 괴롭히던 저 노래가 어째서 준서 선배의 엠피에서 흘러나오는 걸까. 뚫어져라 향한 내 시선을 느낀 건지 준서 선배가 휙 고개를 돌려 날 쳐다봤다. 충분히 말을 건네도 될 거리였지만 우리 둘은 아무 말도 하지 않고 서로 쳐다보고 있었다.

먼저 고개를 돌린 건 내 쪽이었다. 너무 놀라 인사도 못 하고 고개를 돌려버렸다.

놀람 반, 당혹감 반으로 흩어지는 마음을 애써 다잡았다. 세상에 저 노래 듣는 사람이 한두 사람이 아닐 거라며 스스로 다독였다. 비록 베란다에 언뜻 보인 체형이 준서 선배와 흡사했지만 아닐 거라 생각하기로 했다.

"신준서."

교수님이 준서 선배를 불렀다. 선배의 이름에 뜨끔했다. 이어 들리는 준서 선배의 목소리에도 저절로 뜨끔했다.

"네."

교수님이 출석 체크를 하는데 준서 선배의 목소리가 어젯밤 들었던 그 목소리와 흡사하다고 느껴지는 건 내 착각일까. 모든 정황이 복잡하게 얽히고 있었다. 준서 선배라면 인마라고 이웃 주민을 부를 일도, 주변에 피해가 갈 만큼 시끄럽게 할 리 없었다. 머리가 지끈거렸다.

얼굴 모를 이웃 주민에 대해 첨예하게 고민하다 보니 어느새 수업이 끝났다.

"안 나가?"

18

서연이가 자리에서 일어나다 말고 나를 보며 물었다.

"먼저 나가. 금방 따라 나갈게."

"응. 알았어."

서연이를 먼저 보내고, 여전히 자리에 앉아 있었다. 가방을 다 챙겼음에도 쉽사리 일어나지 못했다. 준서 선배가 나가고 나서 나갈 생각이었다. 얼마 지나지 않아 가방을 챙긴 준서 선배가 일어섰고 힐끔 날 내려다보았다. 준서 선배가 나간 후 뒤따라 막 나가려는데,

"앗!"

통로로 나가기가 무섭게 뒤로 밀려 의자에 도로 앉혀지고 말았다. 미처 앞을 보지 못하고 움직이다 누군가와 부딪혀 밀려난 것이었다. 책상 모서리에 들이박은 허리를 문지르며 인상을 쓴 채 고개를 들어 보니 민우 선배가 날 말없이 내려다보고 있었다. 민우 선배는 강의실 밖으로 나가는 것도 아니었고 길을 비키지도 않았다. 왜 저러고 서 있지? 어쨌든 내 실수였으니 선배에게 사과했다.

"아. 선배. 죄송합니다. 제가 앞을 제대로 못 봤네요."

"너지?"

"네? 무슨……?"

민우 선배의 날카로운 눈매에서 단호한 빛이 흘러나왔다. 아까 준서 선배를 훔쳐본 걸 민우 선배가 봤단 말인가. 멍한 표정으로 아무 대답 못하고 있는데, 민우 선배가 날 스쳐지나갔다.

정신을 차려보니 강의실에는 나 혼자 남아 있었다. 서둘러 강의실 밖으로 나가 나를 기다리고 있던 서연이와 함께 매점으로 향했다.

"너, 준서 선배 알지?"

서연이가 대뜸 물었고, 나는 매점에서 산 커피를 뿜을 뻔했다.

"왜 이렇게 놀라?"

"아, 미안. 다른 생각 좀 하고 있다가. 근데 준서 선배가 왜?"

"준서 선배 빌라로 이사 갔다고 집들이 한다더라."

"비, 빌라?"

"응. 대충 들어보니까 너희 집 근처인 거 같던데?"

어쩌면 하던 가능성이 점점 그럴지도 모른다는 확신이 들었다. 내게 두루마리 휴지를 던져준 그 의문의 사내는 정말 준서 선배였단 말인가. 엠피에서 들리던 노랫소리, 빌라로 이사 갔다던 사람. 거기다가 우리 집 근처란다. 흐트러지는 정신을 다잡고서 서연에게 물었다.

"근데 집들이라니?"

"아, 집들이 한다고 초대했거든."

"누굴?"

"나를. 너 초대 못 받았어?"

서연이 의아한 듯 물어 왔다. 갑자기 가슴이 답답해졌다. 준서 선배가 서연이를 집들이에 초대했단다. 난 그런 소리 듣지도 못했는데. 난 최대한 아무렇지도 않은 표정을 지으며 말했다.

"뭐, 나랑 준서 선배랑 친한 것도 아니고 인사 한 번 한 사이인데 그걸로 집들이 초대하는 것도 웃기잖아."

"2학년 단합회처럼 그렇게 놀 거라던데? 나도 준서 선배랑 한 번밖에 인사 못 했어. 준서 선배네 집들이에 같이 가자. 지혜야."

아무 말 못 하고 있는 나를 보며 서연이가 말했다.

"아니. 나……, 오늘 약속 있어."

다 마신 빈 깡통을 손으로 구겨 쓰레기통으로 던지며 말했다. 갑자기 기분이 구겨진 깡통처럼 되어버렸다.

"약속? 무슨 약속?"

"그냥 약속."

"같이 가면 좋을 텐데."

"글쎄. 가고 싶지 않아서."

마음에도 없는 소리를 내뱉었다. 굳이 내가 가야 할 이유는 없지만, 너무 가고 싶었다. 그러나 주인이 초대하지 않은 자리에 낄 만큼 염치없는 사람은 아니었다. 더욱이 그 자리엔 서연이만 초대 받았다. 새삼 중학교 때 있었던 일이 되살아나는 것 같은 기분이 들어서 섬뜩해졌다.

다른 강의실에 수업이 있는 서연이를 두고 먼저 걸음을 옮겼다. 걸음이 무겁다. 나를 잘 모르니까 준서 선배가 그럴 수밖에 없다고 스스로를 위로했지만 그때마다 서연이가 생각났다. 서연이도 한 번 인사한 사이라는데.

강의실에 들어서기가 무섭게 2학년 총대가 불쑥 뭔가를 내밀었다. 받아들고 보니 앞 페이지에 2조라고 적힌 A4용지 묶음이었다. 이게 뭐냐는 식으로 올려다보자 총대는 웃으며 앞 페이지에 적힌 2조라는 글을 손끝으로 톡톡 가리켰다.

"알잖아. 미디어 문화론 교수님 조별 과제 있는 거."

"아, 선배랑 저랑 하는 거예요?"

"아니. 뒤에 보면 조 멤버 있을 거야. 교수님이 랜덤으로 아무렇게나 짰대."

"알겠어요. 고마워요."

종이를 가방 아무 곳에 밀어 넣고 자리에 앉은 지 얼마 되지 않아 학생들이 자리를 채우기 시작했다. 이번 강의는 서연이가 수강신청에 밀린 강의였다. 그 덕에 혼자 수업을 받을 수 있었다. 지금 이 자리에 서연이가 없다는 게 그토록 고마울 수 없었다. 만약 있었다면 머릿속에 맴도는 생각들로 숨통이 막혔을 테니까.

자리에 앉아 옆에 앉은 동기랑 이런저런 이야기를 하다 앞뒤에 앉은 애들까지 모여 수다를 떨게 됐다. 여자 애들 여섯 명이 모이니 주제는 자연스럽게 그 사람들 이야기였다.

"아, 맞다. 준서 선배 집들이에 몇 명 초대했다며? 한 여덟 명 된다던데? 총대랑 남자 선배들 한 네 명하고 자기 학번 여자 둘하고, 우리 학번 여자애는 유일무이하게 서연이 한 명 초대됐다며?"

"뭐? 서연이? 와씨."

여기저기서 불만의 소리가 터져 나왔다. 입을 꾹 다물고 있었다. 억지로 잊은 기억이 다시 불거져 나오니 속에서 기분이 다시 가라앉았다. 그중 한 명은 짜증이 가득한 목소리로 소리쳤다.

"짜증난다. 서연이 뭐야. 부럽다. 아씨. 진짜 서연이 안 좋아하는 남자 애들이 없다."

1학년 때 좋아했던 남자가 서연이를 좋아한다고 공개 고백하는 바람에 3일 밤낮 술 마시고 겨우 마음을 추슬러낸 친구였다. 정말 그 심정 백번 이해되고 남았다.

"근데 지혜 넌 초대 못 받았어?"

뒤늦게 친구가 나를 보며 물었다. 뜬금없는 물음에 되레 내가 의아한 표정으로 되물었다.

"나? 못 받았는데? 왜?"

그중 한 명이 이상하다는 듯 물어 왔다.

"너 서연이 친구잖아. 서연이 초대하면 당연히 옆에 있는 친한 친구도 예의상 초대하는 거 아니야?"

사람들이 의아하게 생각하는 건 그런 이유였구나. 다른 사람들은 실과 바늘처럼 나와 서연이의 관계를 당연히 그렇게 생각하고 있었나 보다. 고개를 가로저었다. 간단한 제스처에 불과한 이 행동이 참 고역스러웠다.

집에 들어와 샤워하자마자 캔 맥주를 집어 들었다. 딱 하는 소리와 함께 시원한 거품이 올라왔다. 한입에 거품을 쭉 빨아 당기며 베란다에 나가 섰다.

흩어지는 바람을 고스란히 맞으며 멍하게 산 끄트머리를 덮고 있는 남색 하늘을 보았다. 가슴이 허해지면서 손발에서 힘이 쭉 빨려 나갔다. 짝사랑은 이토록 사람을 무기력하게 한다. 나를 보잘 것 없는 존재로 만들어버리고 때때로 암담하게 만든다. 무심하게 시선을 옮겨 손목시계를 들여다보았다.

오후 8시. 집들이를 9시에 시작한다고 했으니 곧 사람들이 몰려들 게 분명했다. 내 맞은편 집의 그 남자가 준서 선배가 맞으면 말이다. 혹시나 하는 마음에 베란다에 고개를 쑥 빼고서 아래를 내다보고 있는데 빌라 쪽을 향해 걸어오는 남자가 보였다.

남자는 모자를 쓰고 있었다. 모자를 자세히 보니 준서 선배가 즐겨 쓰던 모자였다. 고개를 재빠르게 돌려 옆 베란다를 쳐다보니 아무도 없는 듯 깜깜했다. 키가 크고 모자를 썼다는 점, 그리고 이 빌라의 문을 향해 걸어오고 있다는 점, 손에 커다란 비닐봉지가 들려 있다는 점. 오늘 집들이를 한다면 요리를 해야 하니까 장을 봐 온 걸 수도 있었다. 모든 정황은 맞아떨어지고 있었다.

지금 골목길을 가로질러 걸어오는 사람은 준서 선배일까? 정말 준서 선배가 내 맞은편 집에 사는 걸까? 어제 내게 휴지를 던진 사람이고?

지금 걸어오는 사람이 누군지 확인해야겠다는 절실한 마음으로 고개를 밖으로 쑥 내밀었다. 최대한 몸을 앞으로 기울여 밑을 확인하려 애썼다. 그게 실수였다.

툭. 쨍그랑!

가슴 쪽이 허전했다. 아까까지만 해도 조그마한 관엽 식물이 자라고 있던 곳이 텅 비어 있었다. 겁에 질려 천천히 아래를 내려다봤다. 다행히 그 사람은 바닥에 쓰러져 있지도, 피를 흘리지도 않았다. 하지만 날 똑바로 올려다보고 있었다. 한 발자국 앞에 산산조각이 나서 깨진 화분들의 파편을 두고서.

얼굴이 제대로 보이지 않았지만 남자는 온몸으로 살기를 발산하고 있었다.

"죄송합니다."

사과를 했으나 돌아오는 답은 묵묵부답이었다. 갑자기 손끝부터 소름이 돋아오를 정도로 무서웠다. 다시 한 번 사과했으나 역시 남자에게서 돌아오는 답은 없었다. 후다닥 방으로 들어가 베란다 문을 잠그고 침대 위로 올라갔다.

"어쩌지? 어쩌지? 어떻게 해야 하는 거지?"

초조하게 손톱 끝을 물어뜯다 모든 행동을 멈췄다. 내가 비록 이렇게 숨어들어 왔다고 해도 남자는 우리 집 호수를 알고 있었다. 그렇다면 내가 여기서 이렇게 이불을 둘둘 말고 있어도 소용없는 일이라는 생각이 번뜩 들었다. 날 감싸고 있던 이불을 내팽개치고 열쇠와 지갑을 챙겼다. 우선 집을 벗어나야 한다는 생각 하나로 재빠르게 현관문을 열었다가 곧바로 다시 닫았다. 하지만 닫힌 문은 강제적으로 다시 열렸다.

그 남자가 벌써 도착해서 문 앞에 서 있었다. 거기다가 익숙한 관엽 식물을 머리채 잡듯이 잡고서 내 앞에 서 있었다.

"그, 그쪽은……."

뒤늦게 겁을 먹고 한 걸음 물러서는 내게 남자는 관엽 식물을 던지며 싸늘한 표정으로 말했다.

"너일 줄 알았다."

그의 목소리에서 냉기가 뚝뚝 떨어져 나도 모르게 소름끼쳤다.

"아, 저기……. 아, 안녕하세요."

이 상황과 어울리지 않는다는 걸 알면서도 할 말이 이것밖에 없었다. 침묵이 찾아오면 눈앞의 이 남자가 나를 죽일 것 같았다. 나를 힐끗 본 그가 서늘한 목소리로 물었다.

"너, 나 아냐?"

"네? 네. 네."

우리 학교 다니면서 민우 선배를 모르면 휴학생이거나 자퇴생이다.

"아, 음……."

"뭐."

뜸을 들이고 서 있자 민우 선배가 짜증 섞인 한 마디를 툭하고 내뱉었다. 눈앞이 깜깜했다. 차라리 모르는 사람이었다면 허리를 숙이고 사과라도 했을 테지만, 지금 내 눈앞에 있는 사람은 앞으로 종종 봐야 할 사람이었다. 더군다나 미간 사이에 깊게 간 주름을 보아하니 엄청나게 화난 상태였다. 억지로 떨리는 마음을 가다듬었다.

난 나쁜 사람이다. 다른 사람도 아니고 민우 선배다. 준서 선배 친구인 민우 선배. 그러니 발뺌하는 것 또한 어쩔 수 없다는 나쁜 거짓말로 나 스스로를 속이며 입을 열었다.

"아니요. 저기 무슨 오해가 있으신가 봐요. 대체 전 무슨 일인지……."

"하."

어이없다는 한숨소리에 고개를 슬쩍 들었다. 허리에 팔을 대고서 기가 차다는 표정으로 서 있는 민우 선배와 눈이 마주치고 놀라 아래로 시선을 내렸다. 난 사람 앞에서 기가 잘 죽는 타입이 아니었다. 그런데 이번 상황은 내가 잘못한 상황이고 거기다가 발뺌을 하려는 입장이다 보니 표정 관리가 쉽지 않았다. 하고 많은 사람 중에 왜 하필이면 민우 선배일까. 만약 오늘 일을 민우 선배가 말하고 다닌다면 난 중학교의 악몽과 맞먹는 악몽을 겪게 될 게 분명했다. 이실직고 하고 사과를 할까에 대해 진지하게 고민하고 있는데 불쑥 팔 하나가 날 옆으로 밀어냈다.

"비켜."

그러고는 흙을 묻힌 신발로 내 원룸 방을 가로질러 들어갔다.

"뭐 하시는 거예요!"

나도 모르게 소리를 빽 하고 질렀다. 방을 가로질러 가던 민우 선배의 걸음이 멈췄다. 민우 선배가 핑글 몸을 돌리자 한밤중인데도 인상 쓴 표정이 또렷하게 보였다. 놀라 멈칫하자 민우 선배는 티가 날 정도로 표정을 확 굳히며 말했다.

"이지혜."

꽤 단호한 목소리에 멈칫했다.

"네, 네?"

"뭐 잘했다고 빽 소리 질러?"

그러고는 민우 선배는 곧장 화분이 놓여 있던 베란다로 직행했다. 한눈에 들어오기도 버거울 만큼 키 큰 민우 선배가 휘적휘적 걸어가는 모습을 멍하니 보다 두 눈을 커다랗게 떴다. 저 사람 내 이름 어떻게 알고 있는 거야? 처음부터 알고 있었던 거야? 그리고 남의 집 베란다에서 뭘 하려고 저러는 걸까.

두려운 마음에 베란다 쪽으로 다가갔다. 베란다 쪽으로 나가지는 못했다. 민우 선배의 굳어진 표정을 보니 내 안에 살아야겠다는 본능이 발걸음을 잡아챘다. 진심으로 무서웠다.

"네가 아니라고?"

"네?"

"한 번에 대답해라."

"아, 네. 네에."

내가 살아온 시간 중 가장 비굴한 시간이었다. 등 돌린 채 서서 베란다를 물끄러미 내려다보던 민우 선배가 불쑥 무언가를 내밀었다. 순간 기둥인가 했는데 알고 보니 내 코앞에 자리한 민우 선배의 손가락이었다. 뭔가 싶어 손가락을 살피다 손끝에 시선을 고정시켰다. 민우 선배의 손가락 끝에는 흙 부스러기가 보였다.

"어제 여기에 화분 있던 거 어디 갔냐?"

"어, 어제요?"

어제 언제 우리 집 화분을 본 거지? 민우 선배가 이 부근을 자주 지나다니……

"설마!"

경악하며 한 걸음 물러서는데 민우 선배는 베란다 구석에 있던 두루마리 휴지를 집어 들었다. 어젯밤 싸가지 없는 이웃이 내게 귀 막으라고 던져준 선물이었다. 민우 선배는 두루마리 휴지를 살피더니 고개를 삐딱하게 꺾으며 말했다.

"비싼 휴지 던져줬더니 베란다에 버려두냐?"

경악한 표정으로 민우 선배를 쳐다보았다. 세상에 '악연'이라는 게 존재한다면 이런 걸 두고 하는 말일까.

학교의 꽃, 학과의 자존심, 여학생들의 우상, 버릇없고 오만방자하던 이웃, 내게 처음으로 '인마'라는 말을 한 사람, 길 가다 내가 떨어뜨린 화분에 머리통 날아갈 뻔한 사람. 이 거창한 호칭이 한 사람의 몫이란다.

"이지혜."

"네?"

정신을 놓고 멍하게 앞만 보는 내게 어제처럼 무언가가 날아들었다. 본능적으로 받아들어 보니 깨진 화분의 파편이었다. 그리고 그 파편에는 친구가 생일을 축하한다는 뜻에서 또박또박 적어준 '이지혜'라는 석 자의 이름이 보였다. 이 화분은 지난해 여름에 친구에게 받은 선물로 여태껏 키워오던 식물이었다. 민우 선배가 내 이름을 알고 있는 까닭이 밝혀졌다.

멍하게 화분 파편을 바라보고 있는 나를 민우 선배가 물끄러미 바라보았다. 마치 무언가를 기다리는 사람처럼. 퍼뜩 정신이 든 나는 얼른 허리를 굽혔다.

"죄, 죄송합니다!"

내게 남겨진 것이라곤 허리 굽혀 사과하는 것뿐이었다. 마주 보는 이웃이 준서 선배가 아니라 준서 선배의 친한 친구 민우 선배란다. 시험 볼 때도 긴장 하나 안 하던 나였는데, 오늘처럼 떨린 날이 없었다. 베란다 타일 바닥을 보고 있는데 감각은 모조리 민우 선배를 향했다.

"정말로 죄송해요. 사실 실수로 떨어뜨린 건데 너무 무서워서 본의 아니게 거짓말을 하게 됐어요! 진짜로 죄송합니다!"

툭.

굽히고 있는 허리 위로 묵직한 무언가가 떨어졌다. 그리고 점점 무거워졌다. 민우 선배의 손이 힘주어 날 누르고 있었다. 조폭도 아니고 허리를 100도 가량 숙인 후에야 등이 가벼워졌다. 민우 선배가 손을 거둬들인 것이다.

"미안하지?"

한참 만에 들렸다. 힘차게 고개를 끄덕였다. 입가에서 바람 빠지는 소리가 들렸다. 분명 웃음소리인데 왜 섬뜩한 건지. 흙이 묻지 않았다면 반질반질했을 민우 선배의 신발이 보였다.

"미안해 죽겠지?"

다시 한 번 힘차게 고개를 끄덕였다.

"대답."

"네. 죄, 죄송해요."

"고개 들라는 소리 안 했어. 너 때문에 골로 갈 뻔한 거 생각하면 지금도 머리가 아프다."

"죄송합니다. 정말로 선배를 죽이려고 했던 건 아니고요. 그냥 밑을 내려다보다가 화분이 자기가 알아서 자살을 해버리는 바람에."

"하, 화분이 자살했다고?"

"아, 네. 뭐 표현을 하자면 그렇게 되겠네요."

다시 한 번 가벼운 웃음소리가 들렸다. 그리고 나는 다시 한 번 섬뜩함을 느껴야 했다. 고개를 슬쩍 들어 보니 언제 웃었냐는 듯 무표정을 한 채 날 보고 있는 민우 선배가 보였다. 눈이 마주치기가 무섭게 고개를 아래로 숙였다.

"그러니까 결론은……, 너무 죄송합니다."

"미안할 만하지. 사람 하나 죽일 뻔했으면 단순히 미안한 걸로 안 되지."

베란다 받침대에 온몸을 기대고 있던 민우 선배가 천천히 몸을 곧추세
우더니 날 일으켜 세웠다. 부끄럽게도 일어서는 와중에 척추에서 '뚝' 하
는 소리가 났다. 미안함, 무서움, 부끄러움이라는 세 개의 감정을 동시에
느끼며 고개를 더 푹 숙였다. 그와 동시에 민우 선배의 힘 실린 목소리가
정수리를 내리쳤다.

"근데 말이야. 이미 늦었어."

정수리에 한기가 쏟아져 내리는 말을 들은 지 30분이 지났건만 움직일
여력조차 없었다. 오늘은 꽉 찬 쓰레기봉투를 밖으로 내놓아야 하고 집
을 정리정돈 해야 하는 날인데 손가락 끝에 힘이 실리지 않았다.

"앞으로 기대해라."

민우 선배는 죽여버리겠다는 협박과 맞먹는 말투로 한마디 툭 던지고
사라졌다. 아니, 차라리 죽여버리겠다는 말이 더 낫겠다. 그날 나는 신경
이 곤두서서 잠을 이루지 못했다. 그리고 다음날 연주를 만나 진지하게
고민했다.

"이사 갈까? 그리고 휴학?"

퍽!

"아!"

삼겹살을 불판 위에서 뒤적이며 말했다가 연주에게 머리를 맞았다.

"잘한다. 그런 걸로 이사? 휴학?"

"그런 걸로가 아니라, 내가 지금 다 설명했잖아. 이 사태는 엄청나
게……."

"그래. 살인미수죄."

연주가 심드렁한 표정으로 말한 후 다 익은 고기를 입안으로 밀어 넣었다.

"야! 누가 들으면 오해해!"

"오해는 무슨. 내가 준 화분으로 너희 학과 잘생긴 선배 머리통 갈기려고 했던 게 살인 미수죄지. 넌 내 마음에도 생채기를 낸 거야. 어떻게 내가 준 선물로 사람을 죽이려고 하냐."

"난 그 사람인 줄 몰랐어! 그리고 죽일 생각은 더 없었고."

"시끄러. 먹기나 해."

내가 고기를 우물거리며 죽을상을 한 채 말했다.

"아, 이놈의 스트레스. 나 이제 중학교 때 악몽이 되풀이되는 거 아니야? 대학에서 왕따 되면 어쩌지?"

"원래 대학은 왕따들의 모임이야. 몰랐어? 고등학교 때는 경쟁한다고 해도 그건 시험기간 때뿐이지만, 대학은 늘 경쟁이야. 나랑도 싸워야 하고, 남과도 싸워야 하고, 사회와도 싸워야 하고. 만약 왕따가 된다면 너를 갈고닦는 데 시간을 투자해. 차라리 그게 나을지도 모르니까."

"그런가."

"괜찮아. 힘들면 나한테 전화해. 나 같은 친구만 있으면 되는 거지. 그나저나 서연인가 채연인가 하는 애랑은 아직도 같이 다니냐?"

"응."

"너도 답답하게 산다. 나라면 걔랑 친구 못 해."

연주의 냉담한 말에 나는 잠시 입을 다물었다. 연주의 칼 같은 성격이라면 충분히 가능할 일이다.

"서연이가 잘못한 건 아니잖아."

"서연이가 잘못한 건 아니지, 그렇지만 넌 서연이 때문에 피해를 입잖

아. 서연이 그림자 노릇은 중학생 시절로 만족하지 않아? 걔가 화려한 유채색 그림이라면 넌 무채색 그림이야. 네 매력이 덜하다는 게 아니라, 네 매력을 걔가 감춰버린다고. 넌 오래 봐야 진국인 스타일이야. 그런데 곁에 반짝반짝한 애가 있으니까 네 매력을 사람들이 못 알아보잖아. 그렇게 손해 보면서도 계속 친구 할 거야?"

"이 이야기는 다음에 하자."

"어휴, 멍청이."

연주는 이런 내가 답답한 듯 연신 가늘게 뜬 눈으로 날 노려보았다. 난 씩 웃고 말았다. 정말 엄마 같은 친구다. 잔소리를 아무렇게나 쏟아 부어주는 그런 친구. 삼겹살에 소주 한 잔을 걸쳐 먹으며 즐거웠던 고등학교 이야기, 대학을 다니는 요즘 이야기, 그러다 가끔 한숨도. 자리를 파하고 일어나 2차로 맥주 집에 들어가 시원한 맥주를 한 잔 쭉 들이켰다. 목구멍부터 식도까지 훑고 지나가는 쎄한 맛에 입술을 오므렸다.

곤란한 상황에 처하긴 했는데, 그래도 이런 이야기를 할 친구가 있다는 게 조금은 안심되는 밤이었다.

말이 유달리 느린 교수님이 강의하는 '연극·영화의 이해'라는 교양 과목을 듣고 입이 찢어져라 하품을 하며 캠퍼스를 걸어 나왔다. 다음 강의까지는 30분이라는 긴 시간이 남아 있었다. 자리는 애살 많은 서연이가 잡아놓을 테고, 내 몫은 늦지 않을 만큼 강의실에 들어가면 되는 거다. 고로 나는 벤치에 앉아 잠시 쉬어도 된다. 고개를 뒤로 젖혀 눈을 막 감을 때였다.

"선배!"

어디선가 들리는 우렁찬 소리에 내가 아니길 바라며 두 눈을 더 꽉 감앉다. 얼굴에 짙은 그림자가 지는 게 느껴졌다.

"선배! 안 자는 거 다 보여요! 눈꺼풀 떨리고 있어요!"

어쩔 수 없이 두 눈을 떴다. 눈꺼풀이 떨린 까닭은 폭포수처럼 쏟아지는 자신의 침 때문이라는 걸 모르는 후배는 말간 웃음을 지으며 내 옆에 앉았다. 얼마 전 문자로 서연이의 휴대전화 번호를 가르쳐달라고 조르던 후배였다. 귀찮은 표정을 감추지 않고 드러냈건만 후배의 눈에는 내 표정 따위는 안중에도 없는 모양이었다.

"선배! 그때 왜 문자 답 안 해줘요?"

"무슨 문자?"

모르는 척했다. 아는 척해봐야 머리만 아프기 때문에, 미안하지만 거짓말하기로 했다. 전혀 모르겠다는 표정으로 쳐다보자 후배는 제 입으로 직접 꺼내기 부끄러운지 고개를 푹 숙였다. 그러고는 잠시 시간이 지난 후에야 어디서 한 대 맞고 온 사람처럼 풀 죽은 목소리로 물었다.

"그러니까, 무슨 문자냐면요. 선배한테 정말 문자 안 갔어요? 진짜로요?"

"무슨 문자를 말하는 건데? 말을 해봐."

"에이 씨. 아니에요. 후우."

길게 내뱉는 한숨에서 짝사랑하는 사람만이 느낄 수 있는 답답함이 묻어났다. 가능하다면 알려주고 싶지만 서연이와 어린 후배가 이어질 가능성이 전혀 없다는 걸 알기에 참기로 했다.

어린 남자의 순정을 지켜주고 싶은 선배의 마음이랄까.

서연이의 휴대전화 번호 대신 힘이 실린 손으로 후배의 등을 툭툭 두들겨줬다.

"그나저나 선배 좋겠네요."

뜬금없는 소리를 하는 후배를 나는 무슨 소리냐는 식으로 쳐다보았다.

"우리 학과에 소문났어요. 모른 척하지 마요. 이번에 대박 났다던데. 그거 때문에 더 불안하고 힘들잖아요. 내가 점점 설 자리가 없어져요. 후우. 선배, 선배가 모두 꼬시세요. 가능하죠? 가능할 거예요! 서연 선배만큼 예쁜 건 아니지만 선배는 예쁘고 또 매력 있으니까요. 선배의 주 매력인 귀여움으로 승부하시라고요. 그러니까 남자 선배 둘을 모두 꼬셔줘요. 저를 위해서라도……. 제발!"

"잠시만, 잠시만. 대체 무슨 말을 하고 있는 건데? 대박이라니? 뭐? 학과에서 로또 했어?"

"갑자기 로또가 왜 나와요? 선배네 강의 중에 김명숙 교수님 수업 있다면서요?"

"그런데?"

"진짜 몰라요? 학과에 소문 다 퍼졌는데, 선배가 모른다고요? 김명숙 교수님 수업 조별 발표 있다면서요. 거기 조 대박이라면서요? 선배랑, 서연 누……, 아니, 서연 선배랑, 준서 선배랑 민우 선배랑 넷이라면서요."

"뭐라고?"

갑자기 눈앞이 캄캄해졌다. 내 뺨을 간질이던 부드러운 공기도 느껴지지 않았다. 그저 후배의 두툼한 입술만이 허공에 둥둥 떠서 움직일 뿐이었다.

2조가 됐다는 소리를 총대에게서 듣고 한 번도 펴보지 않았다. 조원이 누군지 관심도 없었다. 아니, 과제가 있다는 것조차 까마득히 잊고 있었다. 봄 햇살을 누리겠다는 생각을 내팽개치고는 곧바로 강의실로 뛰었다. 등 뒤에선 철없는 후배가 '선배가 꼭 두 사람을 꼬셔야 해요! 선배라면 가능할 거예요!'라는 지뢰밭 한가운데에 서서 발레 하는 소리를 해댔다.

한 사람은 내가 짝사랑하는 사람이고, 다른 한 사람은 날 죽이기 위한 플랜을 세우는 사람이다. 그 두 사람을 꼬시라니? 가능성이 마이너스를 향해 치닫는 일을 주문한 후배를 바보라고 욕해주며 강의실 안에 들어섰다. 아니나 다를까 교수님 코앞에 자리를 잡고 앉은 서연이가 보였다.

"서연아!"

"어? 왜 이렇게 늦었어! 심심했잖아!"

서연이의 투정에 답하는 대신 소리쳐 물었다.

"우리 2조, 정말이야? 정말로 그 멤버야?"

"조? 아 웅! 당연하지! 너랑 나랑 민우 선배랑 준서 선배! 원래는 두 명이 더 있었는데 한 명은 사정이 생겨서 휴학했고 다른 한 명은 교통사고 당했어. 어쩔 수 없이 우리 네 명이서 해야지. 다행이야. 조원들이 좋은 사람이라서 말이야."

책상을 짚고서 할 말이 없어 가만히 서연이를 들여다보았다. 서연이의 사슴 같은 눈동자는 진심으로 조원들을 잘 만나 행복해하고 있음을 내게 말하고 있었다. 잠시 고민하던 나는 최대한 침착한 말투로 말을 꺼냈다.

"서연아, 조별 숙제긴 하지만 각자 분량 나눠서 하겠지? 마지막 정리야 학교에서 하면 되는 거고."

"오늘은 그래야지."

"히익."

대답한 건 앞이 아니라 등 뒤였다. 돌아서니 준서 선배가 코앞에 서 있었다. 소리를 지르며 놀라 휘청이는 날 준서 선배가 붙들어 세웠다.

"놀라게 할 줄은 몰랐네."

"아, 아니에요."

잡힌 곳이 불에 덴 것처럼 화끈거려 팔을 비틀어 빼냈다. 계속 붙잡혀 있으면 팔이 정말로 타버릴 거 같았다. 어색함에 몇 걸음 물러서자 준서 선배는 나를 향해 어색한 미소를 지어 보이곤 말을 꺼냈다.

"오늘은 각자 찾아도 되는 거니까. 조원끼리 토론해야 하는 부분도 있고 총정리도 해야 해서 내일이나 모레엔 학교 마치고 보자."

"내일 저희 집에 가요. 어차피 며칠간 부모님도 안 계시니까요."

서연이가 말하자 준서 선배가 사람 좋은 미소를 지어 보이며 말했다.

"그럼 더 좋고. 내일 시간 되지?"

서연이를 보던 준서 선배의 시선이 잠시 내게로 향했다. 때 묻지 않은 선한 눈동자를 바라보며 나는 힘껏 고개를 끄덕였다. 내가 할 수 있는 최대한의 표현이었다.

자리로 돌아가 앉은 준서 선배가 책을 펼치는 모습을 멍하게 쳐다보았다. 대화를 더 나눌 수 있는 기회였는데 놓치고 말았다. 언젠가부터 좋아하는 사람 앞에서 굳어버리는 버릇이 생겼다. 좋아하면 좋아할수록 다가갈 수 없는 그런 쓸모없는 버릇이 말이다.

서연이가 미리 자리 잡아놓은 곳에 앉았다. 비록 통로 건너편이긴 하지만 준서 선배와 나란히 앉아 있었다. 준서 선배의 행동이 시야 끄트머리에서 보이고, 이야기하는 모습이 보이고, 목소리가 들렸다.

짝사랑한다는 건 그 사람의 곁에 있는 것만으로 알 수 없는 기류를 받게 되는지 내 안에서 기분 좋은 무언가가 샘솟아 오르는 게 느껴졌다. 물론 그 사람이 홀로 무언가를 하고 있을 때 말이다.

"준서 선배, 이거 맞아요?"

지금처럼 여자들이 달라붙을 때 말고.

"뭐 말하는 거야?"

"이거요. 이번에 나온 리포트 범위 이거 맞아요?"

준서 선배는 자신의 곁에 여자 후배들이 의도적으로 접근했다는 걸 모르는지 눈이 접히도록 활짝 웃어 보였다. 내가 가장 좋아하는 싱그러운 미소였다. 그 모습을 곁눈질로 바라보다가 눈이 마주쳤다. 갑자기 일어난 상황에 심장이 터질 듯이 뛰어 고개를 홱 하고 돌렸다.

"민우 선배도 아시면 가르쳐주세요."

유난히 남자들에게 친한 척 잘하기로 유명한 여자 동기 셋 중 하나가 막 자다 깨 부스스한 모습으로 몸을 일으키는 민우 선배에게 책을 내밀었다. 그러자 오만상을 다 쓰고 있던 민우 선배는 눈을 날카롭게 치켜뜨더니 턱으로 칠판을 가리키며 짜증스런 목소리로 말했다.

"칠판에 적힌 건 아랍어냐? 알아서 읽고 체크해."

앞을 보니 칠판 귀퉁이에 한 번만 읽어도 과제가 뭔지 알 수 있을 만큼 잘 적힌 글이 있었다. 민우 선배의 무안에 쫓겨난 여자 셋의 얼굴은 새빨개져 있었다. 이번만큼 민우 선배가 예뻐 보인 적이 없었다.

"그 대일밴드는 뭐야?"

준서 선배가 민우 선배의 손을 가리키며 물었다. 난 서둘러 시선을 반대편으로 옮겼다.

"이거?"

"어. 상처야? 다쳤어? 왜? 어제까진 멀쩡하더니."

"어젯밤에 생긴 상처."

"깡패라도 만난 거야?"

"하."

민우 선배의 입에서 터져 나오는 어이없다는 웃음에 갑자기 뒤통수가 빡빡해졌다. 어젯밤이란다. 내가 폭탄 투여하듯 길바닥에 화분을 내팽개친 어젯밤 말이다. 그리고 자칫 잘못했다 명을 달리할 뻔했던 민우 선배가 내 바로 옆자리 건너에 있다. 감은 눈을 더 세게 감고 자는 척했다. 난 자는 게 틀림없다. 그렇게 스스로에게 세뇌시키며 마음의 안정을 찾아갈 무렵, 민우 선배의 서늘한 목소리가 들렸다.

"차라리 깡패면 패기라도 하지."

일주일치 장거리를 양손에 들고서 헤라클레스의 기력을 발휘해 원룸의 계단을 걸어 올라갈 때였다. 고개를 푹 숙이고 터벅터벅 걷는데 계단 끝인 평지를 보던 시야에 평상시 못 보던 깨끗한 신발이 잡혔다. 덜컥 불안했다. 신발 주인의 얼굴을 보기 위해 한참을 훑어 올라갔다. 생각보다 남자의 키가 커서 이제 막 가슴 쪽에 시선을 둘 때였다.

"어딜 훑나?"

제발 아니길 바랐는데, 제발 아니길 바란 그 사람이 정면에 떡하니 버티고 서 있었다. 이틀 동안 잘 피했다고 생각했는데 결국 민우 선배와 마주치고 말았다. 아니, 마주친 게 아니라 선배는 마치 날 기다리고 있었던 사람 같았다.

"안녕⋯⋯하세요. 선배."

"자."

내 인사는 들을 필요도 없다는 듯 손에 들고 있던 종이 뭉치를 코앞에 들이밀었다. 이게 뭐냐는 식으로 물끄러미 올려다보자 민우 선배는 종이를 내 코앞으로 더 들이밀며 말했다.

"조별 과제."

"벌써 나왔어요? 저 아직 다 안 했는데. 얼른 할게요."

"너 아직도 안 했냐?"

"네? 아, 네. 아직 못 했어요. 내일까지 해도 된다고 해서. 오늘 날 새 워서 하려고 했거든요."

마주 선 민우 선배의 미간이 좁혀졌다. 키도 큰 사람이 몇 계단 위에 서 있으니 얼굴 보기가 어려웠다. 그래서 과감히 보지 않기로 하고 고개 를 내리니 내 시선 닿는 곳이 민망하게도 허벅지다.

"그래? 빨리 해라. 그래야 내 걸 하지."

"네. 그래야…….. 네? 제가 누구 걸 한다고요?"

"내 거."

민우 선배는 조금도 걸릴 것 없다는 듯 태연하게 말했다. 멍한 표정으 로 선배를 올려다보았다. 내가 왜 네 걸 해야 하느냐, 는 식의 시선을 느 낀 것인지 민우 선배는 날 쳐다보며 말했다.

"사람 죽일 뻔하고 합의도 안 볼 생각이었냐?"

며칠 전 일로 잠잠하다 했더니 이런 걸로 사람 물 먹일 생각인 줄은 미 처 몰랐다. 너무 조용해서 불안했는데 차라리 잘됐다 싶었다. 이걸로 며 칠 전의 화분 사건 실수를 갚기로 마음먹었다.

"네. 네. 합의 봐야죠. 정말 죄송했으니까요. 선배 몫의 숙제 제가 할 게요."

"팔 아프다. 얼른 받아라?"

"지금 보시다시피 장바구니를 두 개나 들고 있어서요. 그러니까…….."

"알겠어."

적어도 남자라면 장바구니 하나쯤은 들어줄 거라고 생각했다. 아니, 나와 이 사람의 관계에서 그건 불가능한 일이라고 이해할 수 있다. 적어 도 내 사정을 알고 알겠다고 대답한 사람이라면 장바구니 안에 종이 뭉치를 접어 밀어 넣어줄 거라고 생각했다. 하지만 오산이었다.

무례하게 큰 키를 가지고 몇 계단 위에 서서 나를 내려다볼 때부터, 내 목 건강 따위는 고려도 하지 않는 이 사람에게 무언가를 바라는 건 불가능한 일이라는 걸 알았어야 했다.

민우 선배는 종이 뭉치 끝으로 내 입술을 톡톡 건드리며 말했다.

"물어."

"아, 미치겠다. 정말."

컴퓨터 앞에 앉아 한글을 켜놓고 썼다 지웠다를 반복한 지 벌써 여섯 번째였다. 내 몫의 숙제는 미리 틀을 짜놔서 네 시간 만에 할 수 있었다. 문제는 민우 선배의 과제였다. 밀려오는 죄책감과 이제라도 이미지 쇄신을 해보고자 선뜻 숙제를 해주겠다고 했는데 실수였다. 내가 할 수 없을 정도로 너무 어려웠다. 물론 쉬운 거였다면 민우 선배가 내게 맡기지도 않았겠지만 말이다.

도저히 집중이 되지 않아 의자 등받이에 등을 대고서 천장을 보았다. 팔이 후들거릴 정도로 무거운 두 개의 장바구니를 든 여자 후배에게 종이 뭉치 끝을, 무려 스테이플러가 찍힌 위험한 부분을 내밀며 물라고 했던 민우 선배가 천장에 둥둥 떠다녔다.

그때 나는 오만하게 종이를 물라고 지시한 민우 선배에게 발끈하며 소리쳤었다.

"선배! 스테이플러 있는 쪽은 피해주세요!"

민우 선배는 내 청에 상냥하게 반대편 부분을 내밀며 말했다.

"빨리 물어라. 팔 아프다."

결국 난 입에 종이를 물고 장바구니 두 개를 들고 씨름한 끝에야 집 안에 들어올 수 있었다. 종이는 이로 짓이겨지고 침으로 번져 처참한 몰골을 하고 있었다. 그리고 그 종이는 물에 씻긴 다음 헤어드라이기로 말려져 내 컴퓨터 옆에 반듯이 누워 있었다.

침, 물, 헤어드라이기라는 시련 세 개를 겪고 나니 종이가 운 건 둘째치고 글자 절반 이상이 사라져버렸다. 이 글자를 해독할 수 있는 사람은 베란다 건너편에서 원룸을 부술 것처럼 미친 듯이 노래를 듣고 있는 저 사람뿐이었다. 처참한 몰골의 종이를 건네주며 숙제를 못 하겠다고 말하면 민우 선배는 내게 뭐라고 말할까. 화분 대신 날 베란다 밑으로 던지지 않을까?

"아! 어려워! 모르겠어! 글자가 안 보여! 그리고 시끄러워!"

벽이 윙 하고 울릴 만큼 시끄러운 음악소리가 들렸다. 휴지를 던져줬던 악연이 맺힌 그 음악이었다. 질리지도 않는지 한 CD를 몇 날 며칠 듣고 있었다. 이 노래에 속아 옆집에 이사 온 사람이 준서 선배인 줄 알았다. 알고 보니 민우 선배가 준서 선배에게 추천해준 노래라 듣고 다닌다고 했다.

머리가 터질 것처럼 울렸다. 자리에서 벌떡 일어나 종이를 거칠게 움켜쥐고서 당당하게 맞은편 집 문 앞에 섰다. 아까까지만 해도 끓어오르던 분노가 민우 선배의 문을 보자마자 차갑게 식어갔다. 갑자기 두려워졌다.

"아, 미치겠네. 미치겠어."

민우 선배네 벨 근처에 가기만 해도 같은 극의 자석이 만난 것처럼 손가락이 허공에서 멈췄다. 답답해서 바닥을 쾅쾅 내리찍으며 한참을 뛰어다녔다.

"아! 진짜! 토하겠네!"

"이제 토까지 하시려고?"

열린 문틈으로 삐딱하게 서 있는 사람을 본 순간이 하필이면 두 발로 땅을 쾅 하고 내리찍을 때였다. 우렁차게 퍼져가는 발 굴리는 소리에 삐딱하게 날 바라보던 민우 선배의 표정이 더 굳어져만 갔다.

"아주 빌라를 박살내지?"

"아, 하하하. 안 주무셨어요? 운동이라도 하려고 나왔는데……."

"운동? 여기서?"

"아, 네. 뭐. 달리 운동할 데가 없으니까요."

"토하면서?"

민우 선배는 그걸 핑계라고 하냐는 식의 표정으로 날 뚫어져라 쳐다보았다. 반팔 티를 입고서 구겨진 표정으로 날 보는 민우 선배의 등 뒤는 조용했다. 차라리 아까 전 내 머리를 터트릴 듯이 울리던 노래가 흘러나와줬으면 할 정도의 갑갑한 침묵이 흘렀다.

"숙제는?"

"……하고 있어요."

"결과는?"

"……아직."

"날 새우려고?"

문을 닫고 들어가줬으면 하는 내 바람과 달리 민우 선배는 문을 박차고 나와 내 코앞에 섰다. 그러고는 허리춤에 팔을 올리고서 짜증이 가득한 표정으로 말했다.

"너 사실대로 말해라. 숙제하고 있어? 안 하고 있어?"

왜 나는 저 말이 '죽을래? 안 죽을래?'라는 말로 들리는 걸까. 내 낌새가 이상하다는 걸 눈치 챈 건지 민우 선배가 가늘게 뜬 눈으로 날 취조하

42

듯 물어 왔다. 나는 잠시 고민하다가 대답했다.

"하려고 했는데 너무 어려운 데다가 글자가 안 보여서 못 하고 있었어요."

"그래서 결론이 뭔데."

"……못 하겠어요."

"하."

민우 선배의 잘빠진 입술 사이로 기가 차다는 한숨소리가 튀어나왔다. 저 사람한테서 제일 많이 들은 소리가 기가 차다는 듯 뱉는 한숨소리 같다. 민우 선배는 닫힌 문에 기대서더니 발끝으로 땅을 툭툭 내리찍었다. 일정하게 복도를 울리는 툭 하는 소리에 괜히 불안해져 입술을 깨물고 서 있었다. 그러다 한참을 고민한 끝에 용기 내어 명치에서 어른거리던 말을 툭 내뱉었다.

"좀……, 도와주세요. 정말 못 하겠어요."

"가져와."

생각보다 너무나도 빠른 답변이 돌아왔다.

"네?"

"과제 가져오라고."

장난인지 진심인지 구분하려 표정을 살피다 미간에 주름 가는 걸 보고 얼른 집에 들어가 과제물을 가지고 나왔다.

이건 분명히 선배의 숙제인데 왜 내가 쩔쩔매야 하는 건지. 그렇게 생각하면서도 늦으면 한소리 듣게 될까 싶어서 슬리퍼를 짝짝이로 신고 현관문 밖으로 튀어나왔다. 그리고 막 선배에게 과제가 적힌 종이를 내밀 때였다.

"맨입으로는 안 되지?"

민우 선배의 말에 나도 모르게 종이를 힘주는 바람에 종이가 파삭 구겨졌다. 어쩐지 순순히 과제를 회수해 간다 싶었다. 불안한 마음에 힐끗 고개를 들어 보니 민우 선배가 우리 집 현관을 뚫어져라 바라보고 있었다.

　"아침에 된장찌개 먹은 거 너지?"

　"어떻게 아세요?"

　우리 집 현관문에 그게 적혀 있던가 싶어 멀뚱히 쳐다보자 민우 선배는 날 만난 후 처음으로 가벼운 미소를 흘리며 말했다.

　"냄새 났어. 내일 아침 8시. 문 열어놔라."

　"네?"

　"예의상 숟가락은 챙겨 갈 테니까 아침밥 준비해놔. 된장찌개로."

　민우 선배는 못 들을 걸 들은 사람처럼 멍하게 서 있는 나를 보며 픽하고 웃더니 과제물을 낚아채 갔다. 그리고 내가 뭐라고 할 새도 없이 자신의 집 문을 열고 들어가다 말고 멈칫하며 돌아섰다. 민우 선배가 글자 반이 물에 녹아 없어진 종이를 살피더니 딱딱하게 굳은 표정으로 날 쳐다보았다.

　나는 흠칫하다 방어 태세를 갖추고는 민우 선배에게 말했다.

　"내일 아침밥 해드리잖아요."

　"그건 당연한 거고."

　"별로 당연한 거까지는 아닌 거 같아요."

　"이게 뭐냐? 빨 게 없어서 종이를 빨았냐?"

　"처음부터 빨 의도는 없었는데 씻다 보니까요."

　"글자는 다 어디 갔냐? 표백제라도 썼냐?"

　"음……."

44

더 이상 변명할 거리가 생각나지 않아 앓는 소리를 내며 서 있는 내게 민우 선배는 엉망이 된 종이를 눈앞에 팔랑팔랑 흔들어 보이며 말했다.

"내일 된장찌개 맛없으면 이 꼴 날 줄 알아라."

아무래도 지금 당장 시장을 보러 가야 할 거 같다.

　

"좋네."

계절상 이른 옷차림, 그러니까 반팔 티셔츠와 청바지를 입은 선배는 왼손에 국자쯤으로 보이는 숟가락을 들고서 정확히 8시에 우리 집 벨을 눌렀다. 그리고 한 시간 전에 미리 준비해둔 된장찌개를 평가하러 온 사람처럼 한입 떠 넣고 음미하더니 한참 후에야 좋다는 말을 꺼냈다. 그 후로 한 마디 말도 없이 된장찌개와 밥만 번갈아가며 퍼먹었다. 옆에 놓여 있는 계란말이와 구운 두부가 민망해질 정도로.

"맛……있어요?"

"……."

대답도 없다. 밥 먹는 꼴이 며칠 굶은 사람 같았다. 그래도 정성이 담겼든 두려움이 담겼든 내가 열심히 만든 요리를 맛있게 먹어주는 건 행복한 일이었다. 한참 밥을 먹던 민우 선배가 어느새 나를 뚫어져라 보고 있었다.

"더 필요한 거 있어요?"

"원래 요리 잘하냐?"

"그냥. 아무래도 혼자 살다 보니 이것저것 해 먹게 되더라고요. 그렇게 맛있었어요?"

"체하지 않을 정도?"

체하지 않을 정도라. 토하지 않을 정도라고 말해준 걸 감사하게 생각해야 하나.

내 밥그릇 두 배하고도 반을 더 쳐서 줬는데 그 크기의 밥을 다 먹어놓고 무슨 아쉬움이 남는지 민우 선배는 젓가락에 꼬치처럼 두부를 줄줄이 꽂고 있었다.

"선배, 저기요. 우리 같은 빌라에 사는 거 비밀로 해주면 안돼요?"

"왜?"

민우 선배가 처음으로 내 얼굴을 똑바로 쳐다보았다.

"그야……. 선배가 우리 집 앞에 사는 게 알려지면 여자 동기들이 우르르 몰려올 테니까요. 그리고 개인 프라이버시를 위해서라도, 우리 둘만 알고 있는 게 나을 것 같아서요."

내 말에 잠시 고민하던 민우 선배가 고개를 끄덕였다.

"알겠다. 말할 곳도 없어. 너랑 맞은편 집에 사는 게 뭐가 자랑이라고……."

말을 예쁘게 하면 안 되는 병에 걸렸나 보다, 저 남자는.

"선배, 있잖아요."

"또 왜."

"혹시……, 그 화분 사건 선배 친구이나 주변 사람들한테 이야기했어요?"

빙빙 돌려 물었지만 내가 알고자 하는 사람은 단 한 사람뿐이었다. 준서 선배. 혹시나 준서 선배가 민우 선배의 말을 통해 내게 안 좋은 선입견을 가질까 봐 두려웠다. 두려운 만큼 민우 선배 앞에서 절절매고 있는 거고.

"집에 가다 죽을 뻔한 게 무슨 자랑이라고 말하고 다니냐."

민우 선배가 퉁명스럽게 대꾸했다.

"그럼 말 안 한 거예요?"

"어. 왜?"

"선배……. 저기, 같은 빌라 맞은편 집에 산다는 거도 비밀인데 화분 사건도 비밀로 하면 안 돼요?"

"쪽팔리냐?"

민우 선배 입꼬리에 웃음이 걸렸다. 웃음만 본다면 매력적이지만 내겐 위협적이게만 느껴졌다. 아무런 답도 못 하고 가만히 서 있자 민우 선배가 한 손에는 숟가락과 젓가락 한 짝, 또 다른 손에는 두부 여덟 개가 꽂힌 젓가락 하나를 들고 자리에서 일어났다.

"나도 쪽팔린다."

"엇, 그럼 말 안 하시는 거죠? 엄청나게 친한 사람이라도 말이죠?"

"어."

민우 선배는 별거 아니라는 듯 가볍게 대꾸했다. 내가 왜 이러는지에 대해서도 궁금함이 없어 보였다. 오로지 손에 들고 있는 두부에 집중하는 표정이었다. 그러다 잠시 나를 바라보더니 얼굴을 찌푸렸다.

"근데 너 어디 노동하고 왔냐?"

"네? 갑자기 그건 왜요? 학기 중에 노동할 만큼 암울한 경제 사정은 아닌데요."

"표정이 구려서."

"아…….."

댁이 온다는 말에 급하게 집 청소해서 그래요. 남에게 집을 보여주는 게 아주 오랜만의 일이라 부끄럽지 않을 만큼 정리하는 데도 세 시간이 걸렸어요. 댁 덕분에 무려 새벽 3시라는 기록적인 시간에 잠이 들었는데 7시에 일어나서 된장찌개까지 끓였으니 얼마나 피곤하겠어요. 차라리 노동을 했으면 좋겠어요. 노동은 보상이라도 받죠. 전 자원봉사단인 가요?

……라고 목 끝까지 차오른 말을 억지로 삼켜냈다. 대신 어색한 웃음으로 답하자 민우 선배는 싱겁다며 뒤돌아섰다. 그러고는 살랑살랑 손을 흔들며 나갈 때 망발 하나 던져주는 걸 잊지 않았다.

"자주 올게."

아무리 생각해도 신은 악마에게 인간의 탈을 씌우신 게 틀림없다.

준서 선배를 볼 수 있다는 기대감 반, 민우 선배를 또 봐야 한다는 좌절감 반의 감정을 안고서 서연이의 집으로 향했다. 인사를 한 후 과제를 위해 각자 편한 자리를 잡고 앉았는데, 그때부터 난 좌불안석이었다. 서연이가 책상 위에, 민우 선배가 거실 테이블에 있는 것과 달리 준서 선배는 내 앞에 앉았다. 자리 비는 곳이 여기뿐이니, 이웃지간으로 지내보자며 내가 자리 잡은 테이블에 준서 선배가 노트북을 밀고 들어온 것이었다.

갑작스레 벌어진 일에 어떻게 행동해야 하고, 어떻게 움직이고, 어떻게 말을 해야 하는지 몰라 멍해졌다. 긴 세월 내가 해왔던 행동들이 모조리 백지화 되어버린 거 같았다. 기계처럼 노트북과 옆 공책만 번갈아가며 보았다.

"민우 선배."

설상가상으로 서연이가 책상에서 일어나 민우 선배를 부르며 방 밖으로 나가버렸다. 서연이의 넓은 방 테이블 위에 단둘만 남은 상황이었다.

"지혜야."

"네? 네에?"

깜짝 놀라 나도 모르게 노트북을 덮었다. 그러자 준서 선배가 놀란 얼굴로 쳐다보았다.

"나랑 있는 거 불편해?"

죄송하다는 말과 괜찮으냐는 말을 두고 저울질하는 사이 준서 선배가 선공을 치고 들어왔다. 잠시 멍하게 있던 나는 황급히 대답했다.

"아, 아니요! 좋아요!"

이성을 잃은 나는 마음의 소리를 여과 없이 뱉어냈다. 아차 하는 사이 준서 선배가 빙긋 웃었다.

"이거 생각지 못한 수확이네."

"수확이요?"

무슨 말이냐는 듯 쳐다보자 준서 선배가 상냥하게 웃으며 말을 이었다.

"난 네가 날 불편하게 생각하는 줄 알았거든. 전에 인사할 때부터 표정이 안 좋아서."

준서 선배가 그때의 일을 기억하고 있다니! 그 일은 나만 기억하는 줄 알았다. 내가 멍한 표정을 짓자 준서 선배가 말을 이었다.

"근데 날 좋게 본다는 애가 왜 나만 보면 그런 표정을 지어?"

"아, 그게……. 제가 낯을 가려서요."

"나도 낯가리는데. 얼굴이 웃는 상이라서 그렇지 사람한테 먼저 못 다가가."

갑자기 공통점이 생겼다는 사실에 속이 울렁거렸다. 실은 준서 선배의 반짝이는 눈동자가 오롯이 날 담고 있고, 입가에 걸린 부드러운 미소가 날 향하고 있다는 사실에 울렁거리는 걸지도 모를 일이었다.

"전 선배가 절 싫어하는 줄 알았어요."

준서 선배가 지나치게 따뜻한 탓일까, 난 처음으로 편하게 준서 선배에게 말을 건넸다. 준서 선배가 가방을 뒤지던 걸 멈추고 눈을 가늘게 뜨더니 의아한 듯 물었다.

"내가 널? 왜? 그런 기억이 없는데."

"아, 선배 집들이……."

말끝을 흐리자 고민하던 표정을 짓던 준서 선배는 아 하는 탄성을 내질렀다.

"말했잖아. 네가 날 싫어하는 줄 알고 부를 수가 없었다고."

"그게……, 다예요?"

난 어쩌면 이 순간이 지나고 준서 선배를 향해 집들이에 대해 물은 것을 후회할지도 모른다. 하지만 고민하고, 앓는 것보다는 차라리 부끄러움에 후회를 하는 게 낫다고 생각했다.

"고민했었어. 널 초대해야 하나 말아야 하나. 그러다가 괜히 불편한 초대가 될까 봐 못 불렀지. 선배가 불렀는데 안 올 순 없잖아. 후배가. 그래서 억지로 오면 어쩌나 싶어서."

준서 선배의 말에 새어나오는 웃음을 막을 수 없었다. 아닐지도 모르고 누구에게나 해주는 평범한 변명일지도 모르지만 이 순간만큼은 이 사람에게 집중 받고 있다는 느낌에 기분이 좋아졌다.

그때 서연이가 방문으로 얼굴을 들이밀며 말했다.

"배고파서 핫케이크 구웠는데 드실래요?"

"네가 한 거야?"

"그럼요. 이래봬도 핫케이크 하나는 정말 잘 구워요."

"그럼 먹어야지."

준서 선배가 뒤따라 일어났다. 어렵사리 조성된 분위기가 깨지자 아쉬움이 몰려왔다.

서연이를 따라 부엌으로 가려던 순간, 방문을 잡는 내 손과 준서 선배의 손이 겹쳤다. 앗, 하고 말할 틈새도 없었다. 놀란 준서 선배가 손을 떼어냈다. 금세 준서 선배의 손길이 멀어진 게 아쉬웠지만 내색 못 하고 방문을 열고서 나왔다. 거실을 가로질러 부엌으로 가는 내내 손이 저릿저릿했다.

식탁에는 김이 오르는 핫케이크와 시원한 우유가 담긴 네 잔이 놓여 있었다. 그리고 식탁 가장 귀퉁이에 앉아 이쪽을 응시하고 있는 민우 선배가 보였다. 알 수 없는 표정으로 나와 준서 선배를 잠시 번갈아보던 민우 선배는 그 표정 그대로 앞에 놓인 핫케이크를 뜨며 말했다.

"기다렸으니 이제 먹는다."

"혼자서 이 많은 걸 먹겠다고?"

"원래 잘 먹잖아."

민우 선배는 우리를 기다린 걸로 모든 예의는 끝났다는 사람처럼 핫케이크에 집중했다. 동그란 식탁에는 우리 네 사람이 둘러앉기에 알맞았고 그 사람은 내 곁에 있었다. 포크를 쥔 오른손이 움직일 때마다 손등으로 눈이 향했다. 아마 준서 선배는 모를 거다. 겹쳐진 손등에 전해진 온기가 얼마나 큰 진동이 돼서 마음을 울리는지.

"나중에 상의할 일도 있을 수도 있으니까 휴대전화 번호 교환해요."

수건에 젖은 손을 닦던 서연이가 테이블 위에 휴대전화를 올렸다. 준서 선배가 자신의 휴대전화를 서연이에게 내밀었고 뒤늦게 상황을 본 민우 선배가 휴대전화를 테이블 위에 올렸다. 서연이가 차례대로 준서 선배와 민우 선배에게 휴대전화 번호를 받을 동안 난 우유를 들이켰다. 그리고 잔을 내려놓자마자 큼지막한 손 두 개를 보았다. 준서 선배와 민우 선배를 번갈아보았다. 잠시 고민하던 나는 조심스레 준서 선배 손 위에 우유가 담긴 컵을 올려놓았다.

"뭐 하냐?"

어이없다는 듯 물은 건 민우 선배였다.

"……달라고 하시길래."

"우유는 우리도 있어."

준서 선배는 대답을 하다 말고 말아 쥔 주먹으로 입가를 막고서 쿡쿡 대고 웃었고 민우 선배는 특유의 어이없다는 표정으로 날 물끄러미 바라보고 있었다.

"지혜야, 휴대전화 번호 교환하자니까."

옆에서 보다 못한 서연이가 말을 꺼내고 나서야 아 하는 탄성과 함께 내 휴대전화를 들긴 했지만 어디다 내려놔야 할지 몰라 고민했다. 손은 두 개고 내 휴대전화는 하나다. 잠시 고민하고 있는 사이 민우 선배가 빈손을 먼저 거둬들였고, 난 편한 마음으로 준서 선배 손 위에 우유를 대신해 휴대전화를 올려놓았다. 준서 선배는 번호를 입력하며 휴대전화가 예쁘다고 칭찬했다. 그 말을 듣자마자 싫증난 휴대전화가 반짝반짝 빛나 보이는 건 왜일까. 준서 선배 곁에 있는 모든 것들은 다 빛이 났다. 내가 좋아하는 것이든, 싫어하는 것이든.

숙제를 모두 마치고 서연이 배웅을 받으며 집 밖으로 나오니 오후 10시가 넘었다.

"지혜는 집이 어디야?"

한 발 앞서 걷던 준서 선배가 몸을 핑글 돌려서 내게 물어 왔다. 아무 생각 없이 말하려던 찰나, 준서 선배 어깨 너머에 보이는 민우 선배 때문에 입을 다물었다. 여기서 잘못 뻥긋거리면 저 사람한테 죽는다. 나는 준서 선배에게 손을 가로저으며 어색하게 웃었다.

"이 근처예요. 걸어서 금방이에요. 저 먼저 가볼게요."

휙.

순간적이었다. 준서 선배를 스쳐지나기가 무섭게 걸음이 멈춰졌다. 준서 선배가 손목을 잡고서 고개를 가로저었다.

"여자애가 이 시간에 어떻게 혼자 가?"

여자가 약해지거나, 마음이 울렁거릴 때는 자신과 확실하게 다른 남자의 힘을 느낄 때다. 특히 걱정해주거나 배려해주거나 신경 써주는 듯한 말투와 함께 내 행동을 강하게 저지해 올 때는 더더욱. 모든 여자가 그렇지는 않겠지만, 적어도 난 그랬다. 특히나 내가 좋아하는 이 사람 앞에서는 그랬다.

"데려다줄게."

놀라서 뻣뻣하게 굳은 사이 준서 선배가 내 어깨 너머를 향해 소리쳤다.

"민우야, 나 지혜 데려다주……."

"뭐?"

저 멀리 어딘가로 사라졌을 거라고 생각했던 민우 선배의 목소리가 준서 선배의 말을 끊었다.

"어. 늦었잖아. 나 지혜 데려다주고 갈 테니까 먼저 가라고."

"신준서, 너……."

민우 선배는 인상을 쓴 채 무언가 말하려다 멈추고 발끝으로 땅을 툭툭 치며 고민하기 시작했다.

"아니요. 전 먼저 가볼게요. 대화하세요."

더 이상 있어서는 안 될 것 같은 분위기에 한 걸음 물러섰다. 그리고 막 몸을 돌리려는 찰나에 강한 손길이 내 가방을 잡아채 끌어당겼다.

"내가 데려다줄게."

순식간의 일이었다. 가방을 낚아챈 민우 선배가 날 끌고 간 것은. 민우 선배의 강한 힘에 끌려가는 모습을 보며 준서 선배는 얼떨떨한 표정으로 손을 흔들며 인사를 건넸다.

"잘 가!"

"아, 네. 조심해서 가세요!"

"응! 민우한테 잘 데려다달라고 해!"

짧은 인사를 마지막으로 먼저 등 돌려 걸어가는 준서 선배를 보았다. 한 번만 뒤돌아보면 좋을 텐데. 지긋지긋하던 조별 숙제가 끝났으니 준서 선배를 따로 만날 일 따위는 없을 거 같았다. 서연이 집에서 긴 속눈썹을 드리우며 노트북을 들여다보던 모습, 지나칠 때마다 예쁘게 웃어줬던 모습, 싫어하지 않아서 다행이라며 안도하던 모습, 방문을 열다 겹친 손, 그 모든 순간이 이제는 돌이킬 수 없는 '추억'으로 남아버렸다.

추억이 많을수록 그리움이 깊어간다는데, 난 오늘 얼마의 그리움을 얻게 된 것일까.

"아, 무거워. 똑바로 안 걷냐?"

날 거의 끌고 가다시피 한 민우 선배가 한 전봇대 앞에서 멈춰 서더니 손을 탈탈 털었다.

"똑바로 걷고 싶었는데 너무 빨라서 뒤돌 수가 없었어요."

심드렁한 표정으로 대꾸하자 민우 선배의 살벌한 표정이 돌아왔다. 아직도 저 얼굴은 적응이 안 된다.

나는 최대한 민우 선배에게서 멀찍이 떨어져서 말없이 걸었다. 둘 다 말이 많은 타입도 아니었고 서로 관심도 없던 터라 말을 이어가려는 의지조차 없었다.

집을 코앞에 남겨둔 상황에서 징하고 휴대전화가 울렸다. 휴대전화를 열어보곤 하마터면 소리를 지를 뻔했다. 손등으로 입술을 틀어막으며 멍하게 휴대전화 액정만 들여다보았다.

- 오늘 수고했어. 다음에 다 같이 밥 한 끼 하자! -

준서 선배였다. 알면 알수록 따뜻하고 배려 깊은 사람이었다. 액정을 보며 정신 놓은 사람처럼 헤실헤실 웃고 있는데 앞서 걷던 민우 선배의 귀찮음이 가득한 목소리가 들렸다.

"신준서, 또 단체 문자……."

수직상승해서 하늘에서 너울너울 놀던 내 기분이 바닥으로 곤두박질쳤다. 단체 문자란다. 민우 선배는 귀찮다는 듯이 답도 하지 않고 주머니에 휴대전화를 밀어 넣었다. 잠시 멈칫거리다 답장을 한 자 한 자 눌러 찍었다.

- 오늘 수고하셨어요. 선배 말대로 밥 한 끼 같이 해요! 꼭이요! -

꼭이요, 한 마디를 붙일까 말까 길게 고민하다 전송을 누르고 한참 동안 휴대전화를 들여다보았다. 혹시나, 아주 혹시나 내 문자에 준서 선배가 '응'이라는 짧은 한 마디를 담은 답장이 올까 싶어서.

원룸 건물 안으로 들어와 문 앞에 섰다. 주섬주섬 열쇠를 꺼낸 후 멀뚱히 서 있는 민우 선배를 쳐다보았다.

"선배, 집이 같긴 하지만 어찌되었든 데려다주셔서 고마워요. 들어가세요."

문 앞에 멈춰 서 있는 민우 선배에게 감사의 인사를 건네고 문을 열고 들어갔다. 그러나 웬일인지 문이 닫히지 않았다. 문이 왜 이러나 싶어서 확 당기려는 찰나에 문틈으로 민우 선배의 하얗고 조막만 한 얼굴 반이 보았다.

"발 아파."

"악!"

느닷없이 보이는 얼굴도 놀라운데 나지막한 목소리에 더 놀라 뒤로 휘청거리는 사이 문틈에 끼어 있던 발을 이용해 민우 선배가 문을 열어젖혔다. 그리고 뒤로 발라당 넘어지려는 날 강하게 붙들어 잡아당겼다. 어색하게 반쯤 안긴 자세가 되어 멍하게 있는 날 보며 민우 선배가 나지막한 목소리로 말했다.

"야."

금방이라도 코끝이 스칠 만큼 아슬아슬하게 가까운 거리였다.

"네……?"

부담스럽게 가까운 자세에 머뭇대는 내게 민우 선배가 말했다.

"집에 밥 있냐?"

"서연이 집에서 많이 먹었잖아요."

생수가 담긴 물 컵을 밥그릇 옆으로 밀어주며 말하자 된장찌개를 먹던 민우 선배가 힐끔 날 올려다보며 말했다.

"느끼하잖아. 핫케이크."

"좀 덜 먹지 그랬어요?"

"그러게. 아, 잘 먹었다."

식탁 의자에 비스듬히 기대서서 숟가락을 내려놓는 민우 선배를 쳐다보았다. 갑자기 닫히는 문 사이에 발을 끼운 이유가 핫케이크 때문에 느끼한데 내가 해준 된장찌개가 생각나서였단다. 그런 어처구니없는 이유로 우리 집에 쳐들어온 사람은 내가 된장찌개를 해주어야 하는 이유로

'널 집까지 안전하게 데려다줬으니까.'라는 더 어처구니없는 말을 꺼내며 우리 집에 눌러 앉았다.

자기 집이나, 우리 집이나.

"넌?"

"시간이 12시예요. 밥이 넘어갈 시간은 아니잖아요."

이 시간에, 이 사람에게 밥을 해주고 있다는 사실이 황당해서 심드렁하게 대답하며 상 위를 치웠다. 식탁을 치우는 틈틈이 휴대전화를 들여다보았다.

민우 선배가 자리를 털고 일어났다. 민우 선배는 구석에 있는 가방을 둘러메고는 뻐근한 목을 좌우로 돌렸다. 정말 키가 큰 사람이었다. 등지고 서 있는 모습만 봐도 크다는 게 느껴질 만큼.

무심결에 고개를 돌리다 멈칫했다. 검은 밤, 집 안이 환하게 비춰 보이는 베란다 유리에 날 빤히 쳐다보고 있는 민우 선배가 보였다. 잠시 말없이 날 지켜보던 민우 선배는 마치 '밥 잘 얻어먹었다.'라는 식의 자연스런 말투로 물었다.

"너 준서 좋아하냐?"

무척 자연스럽게 물어서 당연하다는 듯 대답할 뻔했다. 행주로 상을 닦던 손길이 멈췄다. 덩달아 머릿속까지 굳어버렸다.

"좋아하냐고."

말없이 서 있는 내게 재촉하듯 물었다.

"갑자기 그걸 왜……."

"좋아하는 거처럼 보여서."

가방을 다 챙긴 민우 선배가 그 자리에 서서 날 보며 물었다. 민우 선배와 시선이 얽힌 짧은 순간 스파크가 일어나듯 온갖 생각이 다 얽혀들었다.

"아니요."

"정말?"

"네."

"아아."

민우 선배는 길게 소리를 내더니 고개를 갸웃거렸다. 민우 선배의 반신반의하는 모습에 난 어쩔 수 없이 확고하게 내 마음을 말해줘야 했다.

"준서 선배 안 좋아해요. 저 좋아하는 사람 없어요. 하하."

목구멍 끝에서는 준서 선배를 좋아한다는 말이 맴돌았지만 왠지 저 사람에겐 말해서는 안 될 거 같았다. 여기서 준서 선배에 대한 내 마음을 꺼내면 내가 수습할 수 없는 단계로 일이 벌어질 것만 같았다.

베란다에 비친 민우 선배의 모습이 뿌옇게 보여 표정을 제대로 읽어낼 수 없었다. 민우 선배는 무슨 생각을 할까. 아니라고 부인한 내 말을 믿어줄까.

난 민우 선배를, 민우 선배는 나를. 마치 얼음이 된 사람들처럼 서로만 빤히 쳐다보고 있었다.

"아니면 말고."

시선을 거둔 민우 선배가 몸을 돌려세우며 말했다. 남자답게 뼈가 툭 튀어나온 손목 위에 갈색 줄 시계를 느슨하게 매던 민우 선배가 평상시 무표정을 한 채 날 보고 섰다.

"밥 잘 먹었다."

"다행이네요. 오늘 데려다주신 게 맞는 건지는 잘 모르겠지만, 하여간에 덕분에 편하게 잘 왔어요."

혼자 왔으면 더 편했겠지만요, 라는 말은 삼이기로 했다. 당황함을 숨

기려 하는 내 표정이 많이 이상했던 탓일까. 현관 쪽으로 가던 민우 선배
는 피식 하고 웃던 입을 시계를 찬 손으로 가렸다.

"따라 나올 필요 없어."

"아니요. 문 잠그려고요."

좁은 현관을 비웃기라도 하듯 팔로 양쪽 벽을 짚고서 신발을 신던 민
우 선배가 황당한 표정으로 날 올려다봤다. 마치 이런 경험은 처음이라
는 표정이었다.

민우 선배는 현관문을 열고 나가며 습관처럼 날 빤히 들여다보더니 손
을 들어 휘휘 내저었다.

"간다."

퉁명한 듯, 무심한 듯, 간결한 인사를 건넸다. 덩달아 손을 흔들었다.

"살펴가세요."

"자빠지면 집인데 살필 게 뭐 있냐."

"또 모르잖아요. 가다가 머리 위에서 천장 무너질지."

민우 선배의 표정이 삽시간에 굳었다. 민우 선배의 성격을 잠시 잊고
있었다. 아차 하는 마음에 수습하려 입술을 여는데 민우 선배가 한발 빨
랐다.

"기다리지 마. 아마 준서 답장 안 할 거다."

쾅.

잘 가라며 흔들던 손이 허공에서 멈췄다. 민우 선배가 사라진 후, 신발
장 앞에서 센서의 불이 꺼질 때까지 굳어 서 있었다.

그러니까 내가 준서 선배를 좋아한다는 걸, 민우 선배가 눈치 채버렸
다.

왠지 중학생 때의 악몽이 되살아날 것 같은 불길한 기분이 밀려들

었다.

 나는 학생들이 다 빠져나간 빈 강의실에 앉아 있었다. 공강이 두 시간
이라 빈 강의실에서 시간을 죽일 참이었다. 책을 펴서 읽고 있는데 문 여
는 소리가 나 고개를 돌려보니 그곳에 준서 선배가 있었다.
 "수업 있니?"
 준서 선배는 빈 강의실을 둘러보며 안으로 들어왔다. 순간 놀라고 떨
리는 마음을 숨기며 태연하게 대답했다.
 "아뇨. 공강이라서 책 읽고 있었어요."
 "그럼 나도 여기 같이 써도 될까?"
 "네."
 나는 고개를 얼른 끄덕였다. 내가 있는 옆 분단에 가방을 내려놓은 준
서 선배가 나를 흘깃 보았다.
 "그 책 나도 읽고 있는데."
 준서 선배의 목소리에 가슴이 울렁거렸다. 입을 열면 심장이 쏟아져
나올 것 같아서 입을 꽉 다문 채 웃는 얼굴로 고개를 끄덕였다.
 준서 선배가 자리에 앉아 책을 읽기 시작했다. 그러나 정작 나는 책을
읽을 수가 없었다. 준서 선배와 한 공간에 있다. 함께 숨을 쉬고, 같은
공간을 공유하고 있다는 것만으로도 가슴이 미치도록 뛰어댔다. 이렇게
조금만 더 있다간 심장병 올 것 같다.
 얼마나 그러고 있었을까. 고개를 든 준서 선배가 목 스트레칭을 하다
말고 이쪽을 보았다. 그 순간 나는 움찔하지 않기 위해 엄청나게 애써야
했다. 자리에서 일어난 준서 선배가 내 코앞까지 다가왔다. 사람 기분 좋
게 만드는 은은한 향기에 심장이 더욱 거세게 뛰었다. 천천히 고개를 들

자 준서 선배가 습관처럼 빙긋 웃고 있었다.

"언제까지 있을 거야? 민우랑 서연이랑 같이 밥 먹을까 하는데 어때?"

"좋아요. 웃!"

쿵!

책상을 탕 내리치며 벌떡 일어나다 미끄러져 의자가 뒤로 넘어갔다. 쿵, 하고 강의실 바닥을 쪼갤 듯이 거친 소리가 났다. 분명 나도 쓰러진 의자와 함께 바닥을 나뒹굴어야 했다. 그러나 바닥은 멀게만 보였고 코끝에 기분 좋은 향이 스치고 지나갔다.

"바닥, 미끄럽지?"

내 팔을 붙든 강한 힘. 내 허리를 감싼 손. 내게 물어 오는 목소리에 묻어나는 숨소리. 그 모든 게 날 아찔하게 만들었다. 하지만 그중 가장 숨막히게 하는 건 나를 직시하는 눈동자가 날 살펴보고 있다는 것이었다. 다친 곳은 없는지 훑는 눈동자 두 개에 머리에서 삐 하는 경고음이 들렸다.

"흠, 미안."

너무 가깝다는 걸 알았는지 한 걸음 물러선 준서 선배가 넘어진 의자를 정리했다. 고개를 푹 숙였다. 얼굴에 열기가 훅 하고 끼쳤다. 지금 고개를 든다면 붉어진 얼굴을 고스란히 보여주게 될 게 분명했다. 내게 다가오는 발소리가 들렸다.

"놀랐어?"

누군가가 목을 조른 것처럼 말이 나오지 않아 대답할 수 없었다. 대답 없이 고개만 끄덕이자 머리 위로 무겁게 툭 떨어지더니 이내 슥슥 쓰다듬기 시작했다.

"아직 애네. 이런 걸로 놀라게."

달래는 것처럼, 놀리는 것처럼 자상하고 따뜻하게 말을 건네는 준서 선배 때문에 숨을 쉴 수가 없었다. 준서 선배의 손길이 닿았던 팔이 뜨거웠고, 감쌌던 허리가 뜨거웠고, 머리 위에서 쏟아지던 숨결이 뜨거웠다. 준서 선배의 모든 것이 뜨거웠다.

 처음이었다. 좋아하는 사람에게 그토록 가까이 안겨 있는 게. 그런 자세로 서 있는 것도 처음이었고, 그런 걱정스런 말투도 모두 처음이었다. 누군가를 좋아하는 마음을 인정하고 싶지 않아 억지로 묶어두고 있던 마음의 매듭이 풀리려 하고 있었다.

 아직은 상처가 다 낫지 않아 누군가를 온전하게 좋아하기가 어려운데. 내 마음을 모두 주기가 힘든데. 그런데 자꾸만 어쩔 수 없게 그렇게 되어 가는 내가 느껴졌다.

 "많이 놀랐나 보네."

 준서 선배의 커다란 손이 내 머리를 더 부드럽게 쓰다듬었다. 삐 하던 경고음이 펑 소리를 내며 폭발했고, 눈앞이 아득하게 변했다.

 나는 어떻게든 내 마음을 붙들고 있어보려 했다. 짝사랑하지 않으려고 아등바등하면 내가 애처로워서라도 마음이 내 안에 머물러 있어줄 거라 생각했다. 하지만 그조차도 과신이었다. 내 마음은 날 사랑하지 않는다. 나보다 그 사람을 더 좋아해서 그 사람에게 달려가려 하고 있었다.

 "어서 어서 괜찮아져라. 얍!"

 준서 선배의 장난스런 주문에 마음 끝을 붙들고 있던 긴장을 놓았다. 아니, 놔버릴 수밖에 없었다.

 결국 내 마음은 날 버리고 그 사람을 택했다.

 "캬아."

시원한 맥주가 목구멍 넘어가기가 무섭게 따가운 듯 시원한 느낌에 탄성을 내질렀다. 쓴 입에 땅콩을 털어 넣으며 뻥 뚫린 베란다에 기대섰다.

바람도 선선하고 마음도 선선한 날. 떨리는 마음을 가누지 못하고 연주에게 전화를 걸어 오늘 있었던 일을 폭포수처럼 쏟아냈다. 그 순간 누군가에게 이 일을 말하지 않으면 정말로 가슴이 뻥 하고 터져 버릴 것 같았다. 연주는 조용하게 내 말을 다 듣더니 '그 사람 너한테 관심 있는 거 아니야?'라고 말해 내 마음을 뒤흔들었다.

혹시나, 설마. 정말로 준서 선배가 날 좋아한다면?

내가 좋아하는 사람이 날 좋아하는 건 기적 같은 일이다. 땅에 발을 딛고 서 있는데도 하늘로 떠올라가는 기분이었다. 기적. 사랑. 그건 어쩌면 태초부터 같은 단어였는지도 모른다. 그러다 무언가에 얻어맞은 사람처럼 황급히 고개를 가로저었다.

"아냐. 아냐. 그럴 리가 없어."

무언가를 기대해선 안 된다는 걸 잠시 잊고 있었다.

확인되기 전까진 확신하지 말라. 그것이 사람 마음이라면 더더욱.

사랑한다는 것은 내 마음에서 가장 순결하고 순수한 부분을 꺼내어 보여주는 일. 기대가 실망으로 돌아오면 그 부분에 돌이킬 수 없는 상처가 생기고야 만다. 나는 아직 상처입고 싶지 않다. 어쩌면 산다는 건 끊임없이 자신에게 나는 상처를 감수하고 그것을 달래는 거라지만 난 이기적이라서 상처를 보듬을 자신이 없었다. 그래서 상처로부터 도망치려 발버둥을 치는 것이다.

"후아."

길게 기지개를 켜며 베란다 끝에 아슬아슬하게 매달려 서 있었다. 허공에 멈춰 선 기분이었다. 하늘을 날 수도 있을 것 같은 묘한 기분이 들었다. 눈을 감고 슬며시 웃고 있는데 불쑥 끼어든 말이 기분 좋은 상상을 모두 망쳤다.

"죽으려면 다른 데서 죽어. 집값 떨어져."

건너편 베란다를 보니 어렴풋한 실루엣 하나가 뭔가를 들고 있었다. 뭔가는 술인 듯했다. 건너편 베란다라고 하면 내가 아는 한 사람밖에 더 있겠는가. 심드렁한 표정으로 옆을 뚫어져라 쳐다보았다. 그러자 그 사람이 심드렁한 목소리로 말했다.

"닳아. 고개 돌려."

어차피 자세히 볼 마음도 없었다. 한 번 더 쳐다보면 한마디 할 게 분명하니까.

"무슨 자신감이냐?"

"네?"

민우 선배의 손가락이 한곳을 가리켰다. 짧은 단발을 한 갈래로 묶은 후 여기저기 검은 실핀으로 찔러놓은 내 머리스타일을 가리켰다.

"그냥 이 머리가 편하잖아요. 선배도 할래요? 고무줄 줄까요?"

"맥주에 정신을 놨냐?"

"에이, 꼴랑 맥주에. 선배 앞머리 몇 가닥은 묶이겠네요. 고무줄 줄게요! 이 머리 해봐요! 그러면 내가 내일 된장찌개 해줄게요!"

평상시 같으면 어림도 없을 소리였다. 빈속에 맥주 한 캔을 들이부어서 그런 걸까. 알딸딸한 기분에 자신감이 가득해 땅땅거렸다. 그래서일까, 평소라면 할 수 없는 과감한 발언을 했다.

"아니면 한잔 할래요?"

어렴풋이 보이는 실루엣이 이쪽으로 고개를 돌리는 게 보였다. 아무 말도, 아무 행동도 보이지 않았다. 그러다 대답 하나 없이 집 안으로 들

64

어가버렸다. 아무래도 내 말을 술주정으로 알아들은 모양이었다. 나 역시 진심은 아니었다. 민우 선배와 술을 마실 만큼 절친한 사이도 아닐뿐더러 민우 선배 역시 그럴 마음이 없다는 걸 알기에 놀리듯 물어봤다. 민우 선배가 집 안으로 들어가버리고 나니 베란다에 홀로 덩그러니 남았다. 홀로 남아 새벽바람을 쐬며 들뜬 기분을 한껏 느끼고 있을 때였다.

딩동.

"응?"

딩동.

멀뚱히 현관문을 보았다. 이 시간에 우리 집 벨을 누를 사람이 없다. 의아한 표정으로 현관문을 쳐다보고 있는데 딩동딩동 하고 귀를 찢는 벨 소리가 쉴 틈 없이 들려왔다. 지금 당장 문을 열지 않으면 부술 기세였다.

"갑니다!"

설마, 아닐 거라고 생각했다. 나라면 절대로 하지 않을 행동이라서 이 사람도 나처럼 그러지 않을 줄 알았다. 그런데…….

"초대했으면 문을 열어놔야 할 거 아냐."

30초의 기다림을 참지 못해 벨을 부술 듯이 누른 사람이 미간을 구기고서 우리 집 문 앞에 서 있었다. 손에는 캔 맥주 여섯 개가 담긴 패키지를 들고서.

"서……, 선배?"

열린 현관문 앞에 우뚝 서서 맥주 캔을 내밀고 있는 선배를 뚫어져라 쳐다보았다. 술이 확 깼다. 시계를 보니 밤 12시였다. 아무리 내가 먼저 장난삼아 제안했다지만 자정에 술을 들고 남자가 여자 혼자 사는 집에 왔다. 이걸 어떻게 이해해야 할까.

"비켜."

"자, 잠깐만요! 선배! 잠깐만요!"

문 앞을 가로막은 날 밀치고 집 안으로 들어서려는 민우 선배를 가까스로 잡아 세웠다.

"선배. 설마 정말 온 거예요?"

"그럼 내가 뭐로 보이냐? 정말 온 거다."

"아니. 저, 정말로요? 나랑 술 한잔 하게요?"

"그럼 내가 이 시간에 후배한테 술 배달하러 왔겠어? 비켜. 사람 문 앞에 세워놓지 말고."

얼떨결에 떠밀려 민우 선배가 집에 입성하는 걸 허락하고 말았다. 맥주 캔을 자그마한 테이블에 올려놓은 민우 선배는 바닥에 앉으며 말했다.

"술은 내가. 안주는 네가."

"서, 선배 온다는 말 안 했잖아요? 이, 이렇게 갑자기……, 찾아오면 내가 놀라잖아요."

나도 모르게 말을 더듬거렸다. 내 말 마치기가 무섭게 민우 선배는 자리에서 벌떡 일어나더니 문밖으로 나갔다. 그러더니 날 보며 말했다.

"그래. 술 한잔 하자. 이제 됐냐?"

"아……."

"이제 갑자기 아니지? 들어간다."

"엇, 안 돼요!"

들어오려는 선배를 보며 놀라 본능적으로 문 쪽으로 손을 뻗었지만 늦었다. 나보다 한 수 위인 민우 선배가 현관문을 발로 막고 서 있었다. 그 덕분에 뻘쭘한 상황이 연출되고 말았다. 내가 초대해놓고 선배가 오지

66

못하게 문을 닫으려 했다. 고개를 120도 넘게 들어 보니 어두운 표정으로 날 내려다보고 있는 민우 선배가 보였다. 아차 하는 생각과 동시에 민우 선배의 으름장이 들렸다.

"뭐 한 거냐? 문 닫으려고 한 거냐?"

"네? 아, 뭐. 굳이 그런 건 아니고요. 하하."

"실수한 거야. 너."

"갑자기 그게 무슨. 하……, 하하. 고의로 문 닫으려고 한 건 아니에요."

문 닫기가 실패해 궁색한 변명을 늘어놓는 사이 민우 선배의 표정은 더 안 좋아졌다. 민우 선배는 특유의 쌀쌀맞은 무표정으로 날 내려다보며 말했다.

"네가 불러놓고 나랑 술 마시기 싫다는 거냐?"

그 말에 뜨끔 놀라 손을 황급히 내저으며 말했다.

"네? 아니에요! 아니에요!"

"그럼 골라. 여기? 저기?"

민우 선배가 우리 집 한 번, 어깨너머 자신의 집을 한 번 가리켰다. 그러니까 우리 집 아니면 자기네 집에서 마시자는 건가. 머리가 멍해졌다.

"그게 아니라 저희 집이 정리가 덜 돼서 부끄러워서요. 하……, 하하. 너무 부끄럽더라고요. 그러니까 다음에 한잔 해요. 그때 술이랑 안주랑 제가 다 준비할게요."

어색하게 손을 가로저으며 궁색한 변명을 늘어놓는 내게 민우 선배는 '그럼 맥주 다시 가져와.'라고 말했다. 생각보다 순순히 물러났다. 안도하며 맥주 여섯 캔이 고이 들어가 있는 패키지를 민우 선배에게 건네주었다. 그 순간 민우 선배가 내 어깨를 잡았다.

"가자."

"네?"

"너희 집 안 된다며. 그럼 뭐 남았냐?"

"설마⋯⋯. 선배 집?"

민우 선배는 더 이상 내가 변명할 시간을 주지 않고 자신의 집으로 끌어당겼다. 이럴 줄 알았으면 우리 집에서 마시자고 할 걸 그랬다. 적어도 우리 집에서 마셨다면 전화기 위치, 흉기 위치 정도는 알고 있었을 테니 말이다.

"아, 허업!"

느리게 일어나 길게 기지개를 켜다 속이 쓰려 침대에 도로 누웠다. 그러다 무언가 이상함을 감지하고는 벌떡 일어났다. 시트의 촉감, 날 에워싼 공기의 향, 침대로 들어오는 빛의 방향, 그 모든 것이 우리 집의 것이 아니었다. 그리고 또렷해진 시야와 함께 기억이 돌아오기 시작했다.

"악! 헙!"

기억이 완전히 돌아오기도 전에 어젯밤 내겐 분명 있어서는 안 될 일이 생겼다는 증거물이 시야에 잡혔다. 바닥을 구르고 있는 빈 맥주 캔들과 어젯밤 내가 만든 것으로 추정되는 안주들 사이로 웅크리고 잠이 든 사람이 보였다. 눈을 비비고 뺨을 세차게 때려보았지만 확실히 낯이 익은 사람이었다. 소리를 내지르려다 입을 틀어막았다. 민우 선배와 세 번째 맥주 캔을 마신 후로 어떻게 침대에 올라와서 자게 되었는지, 민우 선배는 그 후로 무얼 했는지 아무것도 기억나지 않았다.

순간 엄마가 생각났다. 딸이 이렇게 지내는 걸 아시면 억장이 무너지실 텐데. 그리고 억장이 무너지신 만큼의 분노를 쏟아내시겠지. 이어 번

68

뜩 준서 선배가 떠올랐다. 준서 선배를 좋아하는 내가 준서 선배의 친구와 날 새도록 한 집에 있었다니. 막막함에 뇌가 날아가버린 듯 모든 행동이 일시 정지되었다.

"설마…… . 설마…… ."

서둘러 손으로 온몸을 더듬어 확인해본 결과 아무 이상이 없다는 걸 확인했지만 쉽사리 마음이 놓이지 않았다. 그 상태 그대로 돌이 된 것처럼 굳어 있기를 몇 분, 우선 이 자리를 탈피하고 보자는 생각이 번뜩 들어 이불을 소리 없이 빠르게 벗어 던졌다. 그러나 곧바로 무산되었다.

"아무 일 없었어."

민우 선배는 아까와 달라진 것 없는 자세였다. 다만 변한 게 있다면 눈을 뜨고 있다는 것뿐.

"서, 선배. 깨…… , 깼어요?"

"맥주 네 캔에 쓰러져서 자길래 침대에 던져둔 것뿐이야."

"선배. 저기…… . 확실히 아, 아무 일 없었죠?"

떨리는 목소리로 묻자 심드렁한 답변이 돌아왔다.

"무슨 일 있길 바라냐?"

"네? 아니에요! 절대로요! 정말 아무 일 없다는 걸 하늘에 감사할 뿐이에요!"

일어서던 민우 선배가 구긴 표정으로 비스듬히 뒤돌아보았다. 금방이라도 한마디 쏘아붙일 것처럼 노려보다 말고 바닥에 있는 맥주 캔을 하나 둘 치우기 시작했다. 도망갈 기회도 놓치고 가만히 앉아 있기도 민망해 하얀 침대에서 몸을 일으켜 바닥에 널려 있는 맥주 캔을 치웠다.

민우 선배가 바닥을 정리하는 동안 당연히 그래야 하는 것처럼 나는 침대를 정리하고 주변을 정리했다. 원룸이라 그런지 두 명이서 부산히 움직이니 10분 만에 깨끗하게 정리되었다.

"야, 너."

딩동.

민우 선배가 뭔가 말을 하려는 찰나 길게 벨소리가 들렸다. 동시에 문을 향해 고개를 돌렸다. 이어 딩동 하는 소리가 이어졌고 민우 선배는 느릿하게 문 쪽으로 다가서며 소리쳤다.

"누구?"

딩동.

"나야! 준서!"

들고 있던 걸레를 놓쳤다. 문을 열던 민우 선배의 움직임이 멈췄다. 동시에 시선이 맞부딪쳤고 민우 선배의 난처한 표정을 보고서야 알았다. 내가 하얗게 질려 있다는 것을. 어찌하지 못하고 멈춰 서 있자 민우 선배는 문을 열다 말고 베란다 쪽을 턱으로 가리키며 내게 말했다.

"여기서 너희 집 베란다까지 뛸 수 있지?"

뛸 수 있겠냐는 물음이 아니라 넌 할 수 있을 거라는 확신형 물음이었다. 단박에 고개를 가로저었다. 아무리 급해도 저승길을 찾아갈 수는 없는 노릇이었다. 얼른 고개를 가로저었다.

"그럼 할 수 없지. 준서를 보고 가든가."

미련 없이 뒤돌아서던 민우 선배를 있는 힘껏 잡아당겨 원 자리로 돌려놓았다. 그리고 금방이라도 울 것 같은 표정으로 민우 선배를 올려다보며 세차게 고개를 가로저었다. 그것만큼은 안 된다고.

"선배. 제 이미지도 생각해주세요. 저 여자애잖아요. 여자 후배가 남자 선배 집에서 술 마시다가 잠이 들었다고 생각하면 준서 선배가 절 어떻게 보겠어요."

고동색 눈동자가 무언가를 찾는 것처럼 내 눈동자를 들여다보았다. 그러다 말고 민우 선배는 짧은 한숨을 내쉬더니 날 끌고 가더니 어두운 화장실 안으로 밀어 넣었다. 여기에 숨어 있으라고? 내가 멍하게 서 있자 민우 선배는 불이 꺼진 캄캄한 화장실 문틈으로 얼굴을 반쯤 보이며 '들키기 싫으면 숨도 쉬지 말고 가만있어.'라고 말했다.

"고마워요."

문을 닫기 직전 건넨 내 인사에 닫히던 문이 잠시 멈췄다. 엄지손가락 길이만큼 열린 문틈으로 민우 선배의 눈이 보였다. 그는 잠시 나를 바라보다 현관 쪽으로 다가가며 '그만 눌러!'라고 소리쳤다. 이어 부산스런 소리와 함께 익숙한 목소리가 들렸다.

"왜 이렇게 문을 안 열어?"

"우리 집은 어떻게 안 거냐."

"왜? 집들이도 안 할 만큼 꽁꽁 숨겨놓은 집 찾아내니까 신기해? 주소 알면 찾아올 수 있잖아."

"무슨 일인데."

화장실에 있는 내가 신경이 쓰여서인지, 아니면 원래 그런 사람인 건지 민우 선배는 퉁명스레 준서 선배의 말을 받아쳤다. 이후 둘은 소소한 이야기들을 주고받았다. 준서 선배는 자취하는 친구 집에 놀러 오고 싶어 막무가내로 찾아왔다고 말했다. 그동안 나는 빛 한 줄기가 스며들어오는 감옥 같은 화장실에서 숨죽인 채 서 있어야 했다.

"사실 할 이야기가 있어서 왔어."

"뭔데."

"고민이라서 말이야. 알잖아. 내가 무슨 일로 고민하는지. 전화할까 하다 그냥 달려왔다."

문 쪽으로 비스듬히 몸을 기울였다. 안부차 말을 주고받던 준서 선배의 목소리가 낮아지는가 싶더니 이내 진지해졌다.

"걔 앞에서 내가 어떻게 해야 하는 걸까?"

"야, 너 지금……."

민우 선배의 목소리가 단번에 난처해졌다. 무슨 말이길래 저럴까.

"알잖아. 너도. 내가 누굴 좋아하는 게 처음이라는 것 정도는."

민우 선배 말을 가로막은 준서 선배의 말에 무언가 쿵 하고 내려앉는 소리가 들렸다. 아마도 마음이 놀란 소리였을 거다.

"그 이야기는 나중에 하자."

단호하게 말한 민우 선배의 목소리에 준서 선배의 말이 묻혔다. 갑자기 문밖이 고요해지면서 분위기가 날카로워졌다.

"너 왜 이 이야기만 나오면 피하는 건데."

"뭐가."

"내가 좋아하는 사람 알고 나서부터 왜 이러는 건데."

준서 선배의 화난 목소리가 들렸다. 민우 선배는 아무 말도 하지 않았다. 화장실에 있는 내 존재를 알고 있어서인지 민우 선배는 말을 아꼈다. 하지만 내가 여기 있을 거라고 상상조차 못 하고 있을 준서 선배는 아니었다.

"말해."

"나중에 해."

"여기 아무도 없어. 지금 말고 언제 이야기해?"

준서 선배의 말에 들이마시던 숨까지 참았다. 나무 문 너머의 상황을 볼 순 없지만 아슬아슬 살벌하게 이어지는 분위기가 피부로 느껴졌다. 하지만 나는 준서 선배에게 좋아하는 사람이 있다는 걸 알고 나서부터 그보다도 더 아슬아슬한 기분으로 화장실 문에 기대서 있었다.

밖은 화장실 안만큼이나 조용했다. 말소리도, 발소리도, 움직이는 소리도 들리지 않았다.

"한민우."

낮은 목소리가 민우 선배를 불렀다. 민우 선배는 대답하지 않았다.

"한민우."

"우선 나가자. 나가서 이야기하자."

"한민우."

"답답해, 여기. 그러니까 나가자."

"내 말에 대답해. 한민우."

민우 선배와 준서 선배의 말이 탁구공처럼 쉴 틈 없이 서로를 향해 쏘아졌다. 결국 민우 선배가 받아치기를 포기했다.

"후, 왜."

귀찮은 듯 민우 선배가 느리게 답했다. 문밖은 다시 조용해졌다. 서로를 바라보고 있을까, 서로를 등지고 있을까. 어떤 모습으로 둘은 서로에게 말하고 있을까. 도무지 상상되지 않지만 하나 확실한 건 그 어떤 것도 좋은 그림은 아닐 거라는 거였다.

몸이 무거워졌다. 뒤집어진 빈속으로 서 있느라 체력이 약해졌다. 무게가 느껴질 정도의 무거운 침묵이 흘렀다. 이윽고 온몸을 내리누르는 침묵만큼이나 감당할 수 없는 말이 내게 달려들었다.

"……설마 너도 서연이 좋아하는 거냐?"

뭐?

순간 눈앞이 캄캄해졌다. 발끝으로 힘이 빠져나가면서 가슴이 빈 맥박질을 시작했다.

"대답해."

단호한 준서 선배의 목소리가 들렸다. 바깥에 무겁게 내려앉은 공기를 보지 않아도 느낄 수 있었다.

"너도 서연이 좋아하냐고."

"후우, 아니."

툭!

"읍."

휘청이며 세면대를 짚을 때 칫솔이 바닥에 떨어지는 소리에 놀라 소리 질러버렸다. 입을 틀어막았지만 이미 늦었다. 이상하리만큼 조용했다.

"신준서!"

민우 선배의 다급한 목소리가 들리는가 싶더니 검은 화장실 바닥 타일 위로 빛 무리가 쏟아져 들어왔다. 눈부신 빛이 칫솔을 주우려 굽힌 허리에 걸쳐졌다. 빛 무리 사이로 의아함을 가득 담은 눈동자 두 개가 날 보며 묻고 있었다. 여기서 뭐 하냐고.

"신준서!"

뒤늦게 따라온 민우 선배가 낭패라는 표정으로 준서 선배 등 뒤에 서 있었다. 화장실 문을 열고 서서 말없이 날 보고 있는 준서 선배에게 어떤 표정으로, 어떤 말로 맞이해야 할지 몰라 우선 떨어진 칫솔을 세면대에 씻어 원래 있던 자리에 꽂아 넣었다. 떨리는 손끝을 숨기려 손을 씻었다. 등 뒤로 준서 선배가 멀어지는 소리가 들렸다.

"방음 돼?"

"될 리 없잖아."

민우 선배가 까칠하게 대답했다.

"우리 이야기……. 다 들었겠구나?"

내가 여기 왜 있는지, 언제부터 있었는지, 뭘 하고 있었던 건지. 적어도 그런 물음이었다면 화장실 밖을 나갈 수 있었을 텐데. 준서 선배는 자신의 말을 들었나부터 걱정했다.

준서 선배가 화장실에서 나간 후 나갈 자신은 없고, 뭐라도 해야 할 것 같아서 세면대 앞에 서서 손을 씻었다. 비누 한 통을 다 쓴 것처럼 세면대에 거품이 차올랐다. 그 속에 손을 담그고 가만히 서 있었다. 민우 선배와 준서 선배가 나누는 대화소리가 웅웅거리며 귀에서 튕겨나갔다.

화장실 문이 열린 순간 태연하게 웃으며 밖으로 나갔다면, 선배에게 웃으면서 서연이를 좋아했냐고 물었다면, 그냥 웃으면서 그 상황을 받아들였다면 난 지금보다 좀 덜 비참했을까.

"나와."

등 뒤로 그림자가 졌다. 고개를 드니 거울 속에 피곤한 표정을 하고 있는 민우 선배가 보였다. 그 곁에 서 있는 거울 속 여자의 모습도 보았다. 그 여자 표정은 정말 서글프고 불쌍해 보였다.

비누 거품이 잔뜩 묻은 손으로 문을 닫을 수 없어 고민하다 발로 밀어 닫으려는데 가로막혔다. 문틈으로 민우 선배 손바닥이 보였다.

"후우."

도로 열린 문틈으로 한숨을 내쉰 민우 선배가 고개를 숙인 채 들어왔다. 비누 거품이 가득한 손등 위로 물줄기가 쏟아졌다. 커다란 손이 물줄기 아래로 내 손을 가져가 씻겼다. 손등, 손바닥, 손가락, 그래봐야 한 뼘 정도밖에 안 되는 크기인데 민우 선배는 물줄기 아래 한참이나 손을 씻겨주었다. 손을 빼려 하자 커다란 손은 더 힘주어 끌어당겼다. 내 손을 씻겨주는 커다란 손의 온기에 울컥 하고 눈물이 솟으려 했다.

왼손, 오른손. 마치 샤워를 한 것처럼 긴 시간 날 씻겨주던 민우 선배는 수건으로 닦아주며 말했다.

"뺏어. 신준서, 네 친구한테서 네가 뺏어."

코끝이 맹해서 되묻지 못하고 올려보자 고개를 숙인 채 묵묵히 손가락 틈을 닦아주던 민우 선배가 한참 만에 말했다.

"다 들었어요. 준서 선배가……, 그런 마음이라는 거."

"못 들었다고 우겨. 아니, 넌 못 들은 거야."

"죄 짓기 싫어요. 거짓말……, 죄잖아요."

"네 친구 모를 때, 네가 가져. 그럼 그건 죄가 되는 게 아니니까."

"선배……?"

가까스로 불렀을 땐 이미 민우 선배는 수건을 걸고 밖으로 나가고 있을 때였다. 발닦개에 커다란 발을 닦고 있던 민우 선배가 멍하게 서 있는 날 끌어당겼다.

"웃."

날 앞세운 민우 선배가 허리를 굽혀 내 귓가로 다가왔다. 그리고 조금은 차가운 목소리로 말했다.

"네 앞에 신준서 있어. 망설이지 말고 해."

"……."

"내가 도와줄 테니까."

바닥에서 발끝, 무릎, 허리, 어깨, 그리고 준서 선배의 눈을 보았다. 준서 선배는 날 보고 있었다. 언제부터인지 알 수는 없지만. 그 두 눈이 내게 무언가를 묻고 있었다.

"선배."

"여기 있는 줄 몰랐어. 민우한테 대충 들었어. 둘이 이번 과제 때문에 친해졌다며? 민우한테 과제를 물으러 오고. 집도 이 근처라며?"

76

준서 선배가 묻지도 않은 말까지 떠벌떠벌거렸다.

"선배."

"응?"

당황해서 두서없이 말을 주절주절 내뱉던 준서 선배가 말을 멈추고 날 응시했다. 먼 듯, 가까운 듯 원룸의 애매한 거리에서 있던 준서 선배와 내가 눈을 마주했다. 등 뒤로 아무 말 없던 민우 선배의 손이 날 앞으로 밀었다.

마른 입술을 앞니로 짓이기다 손으로 입술을 감쌌다. 아직 가시지 않은 비누향이 코끝으로 몰려들었다. 비누 거품 속에 손을 담그고 있던 내 모습이 떠올랐다. 엉망진창이던 내 모습, 거기에 어울리지 않는 비누 향. 민우 선배가 내게 안겨준 용기는 언젠가 사라질 비누 향 같은 것이었다.

"선배."

목소리가 갈라져 나왔다. 준서 선배가 날 뚫어져라 쳐다보았다. 여전히 당혹감을 다 감추지 못한 그런 표정으로.

"서연이 좋아하시죠?"

"그, 그런데?"

당혹감이 서려 있던 표정이 낭패감으로 젖어든 건 순간이었다. 그 표정의 변화를 본 나는 좀 더 깊은 곳으로 추락하는 기분을 느껴야 했다.

또다시 지옥에 갇혔다. 내가 좋아하는 누군가가, 내 친구를 사랑한다는 믿기 힘든 현실이 지옥이 아니고 뭘까. 내가 어떤 몸부림을 쳐도 지옥은 변하지 않을 거라는 걸 어렴풋이 느낄 수 있었다.

등 뒤에 닿은 민우 선배의 손을 조심스레 밀어냈다. 곁에 선 민우 선배의 의아한 시선이 느껴졌다.

울음으로 번져 있던 눈가를 억지로 접으며 웃어 보였다. 입가가 바들

바들 떨렸지만 다행히 목소리는 차분하게 흘러나왔다.

"선배, 서연이랑 선배……. 잘되길 바랄게요."

조용해졌다. 이렇게 불쑥 찾아오는 침묵은, 참으로 사람을 힘들게 만들었다. 특히 이 집에서 이런 사람들과의 침묵은.

"진심이야?"

의아하게 묻는 준서 선배 앞에서 주먹을 꽉 쥔 채 내가 할 수 있는 한 환하게 웃으며 고개를 끄덕였다.

"네. 선배랑 서연이가 잘되었으면 좋겠어요."

"그럼, 음. 지혜야. 네가 좀 도와줄래? 나도 잘하고 싶은데 마음처럼 되질 않아서."

준서 선배가 환하게 웃으며 참으로 잔인한 부탁을 했다. 심장 뛰게 예쁜 웃음으로 부탁하는데 어떻게 거절할 수 있을까. 더욱이 거절할 명분도 없었다. 주먹을 그러쥐었다.

"……그럴게요."

"정말?"

"네."

"민우야, 지혜가 도와준대!"

놀라움 반, 기쁨 반으로 환호성을 내지르듯 준서 선배가 소리치자 그 사이 부엌에서 물을 마시던 민우 선배의 목소리가 들렸다.

"나도 들었어."

누가 듣기에도 냉정하고 딱딱한 목소리였지만 준서 선배는 느끼지 못한 듯했다. 나는 서둘러 돌아서며 말했다.

"오늘은 먼저 가볼게요. 볼일이 끝나서요."

"나중에 연락할게."

"……네."

더 이상 준서 선배의 연락한다는 말이 기쁘지 않았다. 마음이 무너져 내려갈 뿐이었다. 가까스로 태연한 척 현관으로 나섰다.

"먼저 가볼게요. 안녕히 계세요."

전과 같은 모습으로 인사를 건넸다. 손 흔드는 준서 선배를 가로막으며 민우 선배가 현관으로 성큼성큼 다가섰다.

"안녕히 계세요."

선배에게 꾸벅 인사하고 돌아서는데, 등 뒤로 민우 선배의 힘 빠진 목소리가 들렸다.

"병신."

"으윽……. 흡."

집으로 들어서는데 숨을 들이마시기가 무섭게 울음이 터져 나왔다. 많이 놀라서 우는 거라고 스스로를 토닥거리기엔 눈물이 넘쳐흘렀다.

중학생 시절, 그리고 대학에서 서연이를 만난 후부터 나는 이지혜가 아니라 서연이의 친구로 많이 불리었다. 그러니 이런 일도 내겐 너무나도 흔한 일이 되었다. 그러니 이런 일에는 적응되어 있으니까 심장이 멈출 것 같은 놀람도 곧 가실 거라고 스스로를 위로했지만, 그럴수록 더욱더 비참해졌다.

"왜 하필……. 왜. 왜."

왜 하필 내가 좋아하는 사람이 또 친구를 좋아할까. 처음부터 예상했어야 했던 일이다. 집들이에 생판 모르던 서연이를 초대한 순간부터 짐작하고 있었어야 했다. 그 사람에게 나는 서연이의 친한 친구였고, 그래서 잘 대해줘야 하는 사람이었을 뿐이었는데 난 그것도 모르고 성급한 기대를 품었다.

"으흡."

입술 새로 참을 수 없는 울음이 잇달아 터져 나왔다. 깊은 절망에 갇혀 숨조차 편히 쉴 수 없었다.

사람을 먼저 좋아하고, 더 많이 좋아한다는 건 약자가 된다는 거다. 난 그 사람을 먼저 좋아했고 더 많이 좋아해서 약자가 되었다. 어디든 약자가 잘살 수 있는 곳은 없다. 약자는, 약자이기에 아픔을 동반한 시간들을 보내게 된다. 어떤 세계든 말이다.

사회라는 이름을 가진 세계든, 사랑이란 이름을 가진 세계든.

그녀의 이야기, 둘

눈을 떴는데 몸을 일으킬 수가 없었다. 억지로 힘주어 몸을 비트니 가시바늘에 찔린 것처럼 속이 따끔거렸다. 베개 옆에 있던 휴대전화를 들어 친구에게 전화해 갑자기 몸이 이상해졌다며 증상을 이야기해주니 무덤덤한 목소리로 물어 왔다.

- 너 어제 과음했지?

"응."

- 술병이야! 끊어! 나 바빠!

술병이라니. 기가 막혔다. 맥주 세 캔에 술병이 날 수도 있다는 게 신기했다. 해장하려고 수납장을 열었다가 주저앉았다. 어젯밤 인스턴트 북엇국을 안주로 먹어치운 게 기억났다.

잠시 후 원룸 골목 끝에 자리한 허름한 슈퍼로 들어가 인스턴트 북엇국을 하나 집어 들었다. 계산을 하고 나온 골목길에 환한 햇살이 내려앉았다. 세상은 이토록 반짝반짝한데 나 홀로 무채색 같다. 햇살 아래에 더 서 있기가 비참해서 걸음을 건물 안으로 옮겼다.

북엇국을 옆구리에 끼고서 넋이 나간 표정으로 현관문을 열 때였다.

마치 이 순간을 기다린 것처럼 끼익 하는 불길한 소리가 등 뒤에서 들렸다.

"야."

그보다도 더 불길한 소리. 민우 선배가 무표정하게 날 불렀다. 지금은 이 사람도 보고 싶지 않았다.

"안녕하세요. 제가 바빠서요. 그럼 안녕히 계세요."

뒤도 안 돌아보고 떠벌떠벌 말한 후, 열린 문으로 휙 들어가 문을 쾅하고 닫았다. 현관문 너머는 잠잠했다. 북엇국을 싱크대 위에 던져놓고 바닥에 드러누웠다.

민우 선배는 분명 알고 있었을 거다. 내가 준서 선배를 좋아한다는걸. 그래서 날 잡고서 뺏으라고 말하고 등 뒤를 소리 없이 밀어줬을 거다. 그러나 기대에 부응하지 못한 모습은 물론이고, 비참함을 감추려 웃으며 잘되게 도와준다는 말 따위를 뱉었다. 이러니 민우 선배가 병신이라고 말할 수밖에. 이런 상태로 민우 선배 앞에서 아무 일 없었다는 표정으로 인사할 수 없었다.

만약 그 자리에서 준서 선배에게 고백했다면 어떻게 됐을까. 아마도 준서 선배와 내 사이는 어색해질 거고, 그걸 서연이가 눈치라도 채면 준서 선배와 거리를 둘 거다. 그럼 준서 선배는 결국 날 원망하고 말 거다. 중학교 때 그 누군가처럼.

그나저나 민우 선배는 날 왜 그 사람 곁으로 밀어주려고 했을까. 민우 선배도 준서 선배 말처럼 서연이를 좋아해서, 내가 준서 선배를 뺏길 바랐던 걸까. 곰곰이 생각해보니 그 가능성이 가장 컸다. 남자치고 서연이를 안 좋아하는 사람을 못 봤을뿐더러, 민우 선배와 술을 마셨을 때 선배가 내게 서연이에 대해 이것저것 물어봤던 게 어렴풋이 기억났다.

헛웃음이 튀어나왔다. 윙 하고 머리맡에서 울리는 진동에 휴대전화를 들어 보니 '서연'이라는 글자 두 개가 액정에서 산만하게 움직이고 있었다. 휴대전화를 머리 너머로 휙 던졌다. 지금은 서연이와도 연락하고 싶지 않았다.

아직도 휴대전화가 울리고 있었다. 저 전화를 받으면 서연이는 분명 걱정이 가득 묻어나는 목소리로 내게 괜찮으냐고, 어디 아프냐고 묻겠지. 표정이 와락 구겨졌다. 난 괜찮지 않고, 아프다. 그래서 전화를 받을 수 없었다.

- In the End!

갑자기 귀를 찢을 것 같은 음악소리가 벽면을 울려댔다. 린킨 파크의 'In the End'라는 노래였다. 준서 선배가 옆집으로 이사 왔을지도 모른다는 기대를 품게 한 노래 중에 하나였다. 이 노래를 이런 크기로 들을 사람은 이 원룸에 한 사람밖에 없었다.

벽면을 힘껏 노려보았다. 마치 이런 나를 투시해서 보고 있었다는 듯 노랫소리가 더욱 커졌다. 아마 민우 선배 집 안은 사운드로 가득해 터질 듯이 팽창해 있을 거 같았다. 내가 방금 무시하고 집에 들어왔다는 것 때문에 성질난 걸까. 아니면 잠잠하던 미친 버릇이 돌아버린 걸까.

귀를 틀어막고 이불에 기어 들어가도 가사가 선명하게 들렸다. 굳이 뒤흔들지 않아도 난 충분히 심란하고 힘든 상태였다. 대체 저 사람은 왜 저럴까.

"아!"

이불을 들춰내고 빽 소리를 질렀지만, 이 소리마저 귀가 터질 것 같은 소음에 묻혔다. 사정상 따질 수가 없던 나는 입술만 앙다문 채 다른 주민이 따지길 기다렸다. 하지만 어찌된 일인지 누구 하나 따지러 오는 사람이 없었다. 지금 시각은 3시 20분. 건물에 사는 대부분의 사람들이 학생이라 다들 학교 간 모양이었다. 하필이면 이 원룸에 저 사람과 내가 남아있는 거고 말이다.

술병이 난 데다가 마땅히 갈 곳이 없어서 외출하지도 못한 나는 오디오의 주인이 제발 노래를 끄길 빌었다. 하지만 30분 넘게 소음에 시달린 나는 두 손, 두 발 다 들었다.

삼색 슬리퍼를 신고서 집 밖으로 나가기 전 머리를 새로 묶고 얼굴을 확인한 후 문을 열었다. 문을 열자 더 심하게 들리는 음악소리에 머리가 울렸다.

저러다 린킨 파크 성대 나가겠다, 싶었다.

딩동.

패기 있게 문밖으로 나선 것이 무색하게 3분을 고민하다 가까스로 벨을 눌렀다. 저대로 내버려뒀다가는 밤새도록 들을 게 분명했기에. 노래에 벨소리가 묻힌 걸까. 문 안쪽은 감감무소식이었다.

벨을 다시 한 번 눌렀다. 노랫소리가 뚝 그쳤다. 의아함에 조심스레 문쪽으로 귀를 가져다 대는 순간, 머리에 별이 떠올랐다.

쾅!

"윽!"

머리를 감싸 안으며 주저앉았다.

"뭐야."

심드렁한 목소리. 문틈으로 상체만 비스듬히 내보인 민우 선배가 귀찮다는 표정으로 날 내려다보았다.

"저기 노랫소리가 너무 커서요."

"인사는 팔아먹었냐?"

84

이 와중에 인사까지 받길 바라는 민우 선배에게 대충 고개를 까닥였다. 피해를 입은 건 나인데, 위축되는 것도 나라는 게 서글펐다.

마주한 민우 선배는 무표정이었지만 냉소적이었다. 단지 내 기분 탓이라고 하기에는 눈빛이 지독하게 차가웠다. 눈을 내리깔며 우물쭈물 말했다.

"그러니까……, 노랫소리가 너무 커서요."

"그래서?"

"네?"

상대방이 저렇게 '예의'를 씹어 삼킨 말투로 물으면 난 할 말이 없다.

"그러니까 건너편에 있는 제 방까지 노랫소리가 다 들려서 그러니까 노랫소리를 줄여달라고요."

답이 없다. 고개를 슬쩍 들어 보니 날 보는 민우 선배의 시선이 냉정했다. 이 사람과 신경전 벌이는 것 자체가 귀찮아졌다. 역시 괜히 왔다. 슬쩍 고개를 돌리며 말했다.

"아니에요. 그냥 들으세요."

갈 곳이 없긴 하지만 어디로든 외출하면 될 일이었다. 하지만 돌아서기도 전에 민우 선배 손에 붙들려 멈춰 서야 했다.

"할 말이 그거뿐이야?"

"네?"

다른 말, 뭘 기대했던 걸까. 어느새 문밖으로 나온 민우 선배가 답답한 건지, 화가 난 건지 알 수 없는 표정을 짓고 있었다.

"정말로 할 말 없어?"

"……무슨 말을 원하시는데요?"

"도와달라는 말."

민우 선배 말에 품 하고 웃어버렸다. 내 팔목을 잡은 민우 선배의 손이 느슨해졌다. 이상하게 웃음이 나왔다. 헛웃음을 비웃음으로 이해한 건지 민우 선배는 아까보다 더 굳은 표정으로 날 내려다봤다.

"말만이라도 충분히 고마워요. 선배. 하지만 준서 선배가 서연이가 좋다는데, 내가 어떻게 해요?"

사람 마음, 돕는다고 도와지는 게 아니라는 거, 돌린다고 돌려지는 게 아니라는 거, 짝사랑 한 번 해본 이 나이쯤 되면 다 아는 거니까.

"나만 접으면 모두가 해피엔딩이에요. 굳이 억지 부리지 않아요. 짝사랑……, 추억도 많이 없으니까 접을 수 있겠죠. 멋진 사람 좋아했다는 것만으로도 충분해요. 그 두 사람, 예쁘잖아요. 누가 봐도."

"그래?"

"……네. 욕심……, 안 낼 거예요."

욕심 부리지 않을 거라고, 그렇게 스스로에게 세뇌시켰다. 피가 나도 어느새 딱지가 생기는 것처럼 시간에 나를 맡겼다. 민우 선배가 내 팔목을 놓더니 탁탁 소리가 나게 손을 털며 말했다.

"그럼 약속 잡아."

"무슨?"

"서연이랑 준서 본격적으로 도와줘야지. 둘이 모텔 방에 밀어 넣어놓을까?"

빈정거리는 목소리에 힘껏 고개를 돌리다 멈칫했다. 빈정거리는 목소리와 다르게 민우 선배는 감정 하나 담기지 않은 무표정으로 날 내려다보고 있었다. 발끈하는 내 반응을 예상이라도 했다는 듯 싸늘하게 말했다.

"병신 짓은 네가 먼저 시작했어."

약속시간보다 조금 늦은 시간, 가게 문을 열고 들어가자 날 알아본 준서 선배가 손을 흔들어 보였다. 그 옆에는 며칠째 좀처럼 마주칠 수 없었던 민우 선배와 서연이가 자리하고 있었다.

"왜 이렇게 늦었어?"

"미안. 서연아. 미안해요. 선배들. 집 청소하느라고 시간 가는 줄 몰랐어요."

사실 오기 싫어 동네 골목길을 빙빙 둘러 걸어왔다. 조금이라도 불편한 자리에서 덜 있기 위한 소심한 반항이었다.

"괜찮아. 얼마 안 기다렸어."

서연이가 사람을 불러 새 잔을 내 앞에 내려놓자 기다렸다는 듯이 준서 선배가 하얀 거품이 일도록 맥주를 따라주었다.

"에. 선배. 거품!"

거품이 절반 넘는 맥주잔을 보며 서연이가 장난스럽게 지적했다.

"원래 거품이 잘 나는 맥주야."

언제 친해졌는지 어느새 둘은 스스럼없이 말장난을 치고 있었다.

오늘 이 자리는 준서 선배가 넷이서 술 한잔 하자고 연락하면서 만들어졌다. 처음 연락을 받았을 땐 피하고 싶었다. 하지만 준서 선배에게 도와주겠다고 한 말을 지키기 위해 참석할 수밖에 없었다. 오히려 약속 자리에 나갈까 말까 고민하던 서연이를 설득까지 했다. 그러니까 이 술자리는 순전히 준서 선배와 내가 만든 자리였다. 공식적으로는 넷의 친목 도모, 비공식적으로는 서연이와 준서 선배의 만남이었다. 목이 타 맥주 반 잔을 한 번에 비워냈다.

"아, 오늘 술 맛있다."

서연이가 방긋 웃으며 말했다. 이렇게 취한 모습이 오랜만이라 걱정스러웠다.

"많이 마시지 마."

"걱정 안 해도 돼."

서연이는 아무래도 술에 취한 모양이었다. 발음이 새는 서연이를 걱정스레 쳐다보았다.

"준서 선배가 나 데려다준댔어. 술 많이 취하며언."

걱정이 깡그리 사라졌다. 굳은 표정을 숨기려 반 잔 남은 맥주를 한 번에 들이켰다. 아직 아물지 못한 마음에 할 수 있는 게 맥주를 붓는 일뿐이라는 게 눈물 나도록 서러웠다.

"그렇죠? 선배애? 나 데려다줄꺼죠오?"

"응. 네가 원하면 해줄게."

"거봐! 준서 선배가 나 데려다준댔잖아. 그러니까 마셔도 되는 거야!"

"……그래."

내게 자랑하듯 얼굴을 내밀며 말하는 서연이에게 힘없이 웃으며 답했다.

술자리 분위기는 대체로 화기애애했다. 술에 취해 배시시 웃으며 조곤조곤 이런저런 이야기를 꺼내는 서연이와, 그런 서연이를 사랑스럽게 바라봐주는 준서 선배와, 그 분위기에 맞춰 웃어주는 나. 한 사람만 빼면 분위기는 무척이나 좋았다.

"선배, 선배는 왜 말이 없어요오?"

한참 이런저런 말을 하고 있던 서연이가 고개를 홱 돌려 한 마디도 않고 있던 민우 선배에게 말을 건넸다. 내가 오기 전부터 말이 없었나 보다. 내가 온 후로도 인사 한 마디 없이 묵묵히 술을 마시던 민우 선배였

88

다.

빈 잔에 맥주를 따른 후 민우 선배 쪽으로 고개를 돌렸다가 깜짝 놀랐다. 민우 선배가 날 보고 있었다. 무슨 생각인지 전혀 알 수 없는 무표정을 한 채로. 문득 시선의 의미가 궁금해졌다. 이러고 있는 게 병신 같다고 비웃고 있을까, 아니면 포기한 채 이런 나를 감상하고 있을까. 시선이 어떤 의미든, 내 마음을 알고 있는 민우 선배 앞에서는 초라할 수밖에 없었다.

"선배 어디 봐요오? 너무 조용해요오."

이상함을 감지했는지 서연이가 민우 선배의 시선을 따라가려는 찰나, 민우 선배가 눈을 내리깔았다.

"무슨 말 하길 바라는데?"

"그냥 궁금한 거라든지 이런 거 저런 거요!"

술잔을 빙그르르 돌리던 민우 선배가 준서 선배를 보며 픽하고 웃더니 서연이에게 물었다.

"이상형이 뭐야?"

민우 선배의 물음에 준서 선배가 마시던 술도 포기하고 곧바로 서연이를 쳐다보았다. 민우 선배도, 나도 모두 서연이를 보았다.

"으음 그냥 멋진 사람이 좋아요."

"멋진 사람?"

"네. 내 눈에 멋진 사람이요. 공부도 열심히 하고, 뭔가 열심히 하는 모습도 멋지고, 나한테 하는 모습도 멋지고. 그냥 나에게 너무너무 멋진 사람이었으면 좋겠어요. 그러면 금방 반할 거 같아요. 선배들은 이상형이 뭐예요?"

서연이의 질문에 준서 선배가 테이블 위로 팔을 괴며 가까이 다가왔다.

"음. 예쁜 사람."

"에? 그게 뭐예요? 선배 예쁜 사람 좋아했어요?"

"내 눈에 예뻐 보이는 사람. 내 눈에 귀엽고, 내 눈에 예쁜 그런 사람."

"아, 정말요? 복학해서 그런 사람 있어요?"

서연이의 물음에 준서 선배는 묘하게 웃어 보였다.

"그건 비밀."

술기운이 더 오른 서연이는 새침한 표정으로 더 친해지면 알려달라고 웃으며 말했다. 고개를 홱 돌린 서연이는 곧장 민우 선배를 쳐다보았다.

"민우 선배는요?"

"뭐가?"

"이상형이 어떻게 돼요?"

"없어. 그런 거."

"선배도 선배 눈에 예뻐 보이고 멋져 보이면 되는 거예요?"

"글쎄. 내 눈에 병신같이만 안 보이면 돼."

"쿨럭!"

"괜찮아? 지혜야?"

내가 병신이란 말에 이렇게 예민한 줄 몰랐다. 하마터면 맥주를 뿜을 뻔했다. 어쨌든 나는 민우 선배의 이상형이 절대로 아니란 소리였다. 날 향해 병신 같다고 끊임없이 말하던 사람이었으니까.

준서 선배와 서연이는 이런저런 이야기를 하며 서로에 대해 알아갔다. 그러다 갑작스레 자리에서 일어나는 민우 선배에게 모두의 시선이 쏠렸다.

"어디 가요?"

"잠시 실례."

"아, 네! 얼른 다녀오세요!"

준서 선배를 지나쳐 나가던 민우 선배가 휙 돌아서더니 서연이를 향해 한마디 툭 던졌다.

"너, 술 그만 마셔라."

서연이가 민우 선배의 말에 즐거움을 감추지 못한다는 표정으로 웃어 댔다. 민우 선배도 서연이가 걱정되는 모양이었다. 가던 길 멈추고 돌아서서 저런 말을 할 정도면.

술에 취한 서연이를 준서 선배가 사랑스럽다는 눈길로 바라보고 있었다. 불편하기 짝이 없는 술자리다. 어서 끝나버렸으면 좋겠다.

"준서 선배 나 진짜 집에 데려다줄꺼죠오?"

"응. 그러니까 걱정 마."

온몸을 데울 만큼 준서 선배의 시선은 따뜻했다.

"음, 근데 손배를 믿어도 되나? 남자는 다 짐승인데에……. 에효오."

"짐승이 되더라도 너 데려다주고 나서 변할 테니까 걱정 마."

서연이가 꺄르르 웃자 행복한 표정으로 그 모습을 보는 준서 선배였다. 나는 도저히 견디지 못하고 튕기듯이 자리에서 일어났다.

"저도 잠시 실례할게요."

"빨리 다녀와아."

서연이가 손을 휙휙 내저었다. 날 보던 준서 선배의 오른쪽 눈이 찡긋 댔다. 둘을 위해 일부러 자리를 피해준 거라 생각한 모양이었다. 테이블을 등지고 돌아서는데 내가 삼킨 안주들이 모조리 한 자리에 멈춰 선 기분이었다.

쾅, 쾅 상체가 들썩이도록 내리치며 화장실로 향했다. 갈색 타일이 얼기설기 엮인 바닥을 보며 걷다 신발이 보여 옆으로 피했다. 신발도 옆으

로 와 내 앞을 가로막았다. 왼쪽으로 피하자 신발 역시 왼쪽으로 따라왔
다.

"취했냐?"

귀에 익은 낮은 목소리에 느리게 고개를 들었다. 바지 주머니에 손을
넣고서 내 앞을 가로막고 있는 민우 선배가 보였다.

"술 취했냐고."

"아니요. 괜찮아요. 이 정도로 아무렇지도 않아요. 큰일 날 정도는 아
니니까요."

"이 정도는 아무렇지도 않다고?"

"네. 그리고 선배, 음. 이렇게 있다가는 서로 불편해질까 봐 말씀드리
는 건데요. 음, 저 준서 선배 안 좋아해요. 그러니까……, 그냥 관심이었
어요. 있으면 그만, 없어도 그만인 그런 감정 있잖아요. 그러니까 오해하
지 말고, 혹여나 저 신경 쓰셨다면 안 쓰셔도 돼요."

민우 선배가 날 물끄러미 바라보다가 건조하게 답했다.

"신경 쓴 적 없어."

"아……. 다행이네요. 저 두 사람 너무 예쁘잖아요. 아, 두 사람 잘됐
으면 좋겠다."

내가 꺼낸 마음에도 없는 말들이 내 마음을 헤집었다. 이런 말이라도
해서 어색함을 깨고 싶었고, 깔려버린 자존심을 세우고 싶었다.

"그럼 전 실례할게요."

몸을 틀어 지나치려다 민우 선배의 손에 붙잡혔다. 아까까지만 해도
바지 주머니에 있던 손이 언제 날 잡았는지 모르겠다.

"하실 말씀 있으세요?"

담담한 척, 민우 선배에게 말을 꺼냈다.

"서연이 놀이공원 좋아한다며?"

역시 이 사람은 서연이를 좋아하는 게 틀림없다. 그렇지 않고서야 그 사실을 이 사람이 알 리 없었다.

"……그런데요?"

"시간 되는 대로 놀이공원 가자. 멤버는 이 멤버."

난 또 들러리가 되고, 서연이의 그림자가 되고, 머릿수만 맞춰주는 사람이 되겠구나, 라는 생각이 가장 먼저 들었다. 지금도 이렇게 숨이 막히는데 그곳은 생각만 해도 끔찍했다. 사람들이 쏟아지는 곳에서 난 얼마나 더 비참해질까.

"저……. 시간 없어요."

민우 선배 얼굴을 볼 용기가 없어 그렇게 서 있었다.

"시간 내. 네가 말한 대로 잘 어울리는 두 사람을 위한 일이니까 말이야."

민우 선배가 뒤도 안 돌아보고 지나갔다. 성큼성큼 테이블로 향하는 민우 선배를 보다 어깨너머에 서연이의 앞머리를 쓰다듬어주고 있는 준서 선배가 보였다.

손 털고 일어나서 아무 일도 아니었다고 말할 수 있는 그런 단순한 호감이었다면 얼마나 좋았을까. 그랬다면 지금처럼 초라함, 부끄러움, 슬픔, 아픔, 미움들로 내가 더럽혀지는 일은 없었을 텐데.

내가 없어도 즐거워 보이는 세 사람을 보며, 이 거리가 참 멀게만 느껴졌다.

어딜 가나 학교에서 화제가 되는 사람이 있고, 이목을 끄는 사람이 있기 마련이다.

"엇, 저기 온다."

자리에 앉기가 무섭게 강의실 한 귀퉁이에서 높은 목소리가 들렸다. 힐끔 돌아보니 민우 선배와 준서 선배가 문을 열고 들어오고 있었다.

"매력적이야."

누군가가 뒤에서 그렇게 말했다. 매력적이라고. 강의실에 자리 잡고 앉아 수업 준비를 하는 모습마저 '매력적'이게 된 저 사람들은 얼마나 큰 행운을 안고 태어난 건지 평범한 난 가늠할 수조차 없었다.

뒤를 힐긋 돌아보던 준서 선배가 이쪽을 향해 손을 흔들어 보였다. 휴대전화를 만지작거리고 있던 서연이가 언제 알아본 건지 곧바로 손을 흔들었다. 준서 선배는 한눈에 서연이를 찾아본 게 틀림없다. 그에 비해 민우 선배는 한 분단 너머에 우리가 있다는 걸 아는지 모르는지 고개를 푹 숙인 채 리포트 검토에 여념 없어 보였다.

술자리 이후 민우 선배를 본 건 무려 이틀 만이었다. 맞은편 집이라는 게 무색할 만큼 우린 왕래 없이 시간을 보냈고, 더욱이 시간표가 다른 어제 같은 날은 얼굴 보기가 하늘에서 별 따기만큼 어려웠다. 설령 오늘처럼 같은 시간표가 있다고 해도 저렇게 등 돌리고 앉아 있으면 얼굴 보기는 여전히 어렵다. 그래서 고마웠다. 그 일이 있은 후로 전보다 훨씬 민우 선배가 불편해졌던 차였다.

"너희 뭐야?"

등 뒤에서 들리는 뾰쪽한 말투에 돌아보니 여자 동기들이 얍실하게 눈을 뜨고서 나와 서연이를 번갈아보고 있었다. 어째서 준서 선배와 다정하게 인사를 나누냐는 뜻이었다.

"그냥 같이 술 한잔 했었어. 우리 같은 조였잖아. 그런 기념으로 한잔 했을 뿐이야."

서연이의 말에 여학생들의 눈 안에서는 우릴 향한 무한대 스파크가 일었다. 정확히 말하면 서연이를 향한 스파크였다. 친구들도 서연이가 얼마나 귀찮을 정도로 남학생들에게 인기가 많은지 알고 있었다.

"저 선배들도 너 좋아하는 거 아냐?"

여전히 말에 가시가 빠지지 않았다. 적당히 눈치를 보고 빠진 나와 달리 순수함이 주 무기이자 최고의 빈틈인 서연이는 손을 가로저으며 말했다.

"아니야. 그럴 리 없잖아. 저 선배들이 얼마나 인기가 많은데. 저기봐, 민우 선배는 나 알은척도 안 하잖아."

"그렇긴 해. 그럼 준서 선배가 널 좋아하는 거 아냐?"

친구의 추궁에 서연이는 다시 한 번 손을 내저으며 그럴 리 없다는 표정을 지어 보였다. 아무래도 서연이는 아직 준서 선배의 마음을 모르고 있는 눈치였다. 실제로 서연이는 눈치가 없는 편이었다. 그토록 오랜 시간 남자들의 구애를 받아왔으면 도가 틀 만도 하건만, 아직까지도 자신에게 다가오는 남자들이 자신을 친구로 여겨서 다가온다고 믿고 있었다.

"지혜야, 그럼 너는……."

"아, 런웨이야."

이제 타깃이 내가 되려던 찰나, 누군가가 탄성 비슷한 소리를 흘렸다. 그 여학생의 시선은 우리 등 뒤를 향하고 있었다. 런웨이라는 건 준서 선배의 걸음을 보고 말하는 걸까, 아니면 민우 선배를 보고 말하는 걸까. 경험에 미루어보자면 런웨이라는 건,

"야."

……민우 선배 쪽에 가깝다. 책상 모서리를 짚고서 앞쪽으로 비스듬히 숙이고 있는 민우 선배가 보였다. 아무 생각 없이 몸을 돌렸다가 너무 가

깝게 스치는 얼굴에 놀라 허리를 뒤로 젖혔다. 이틀 만에 본 민우 선배 얼굴을 이렇게 가깝게 볼 생각은 없었다. 더욱이 민우 선배를 추종하는 여학생들이 많은 이런 장소에서는 말이다. 내 반응이 마음에 안 드는지 얼굴을 구기며 민우 선배가 말했다.

"이번 주 주말. 멤버는 우리 넷."

"주말이 왜요?"

의아하게 물은 건 나인데 내 쪽으로 시선도 안 준 채 민우 선배는 서연이를 뚫어져라 쳐다보며 말했다.

"놀이공원 가자."

"와! 놀이공원이요?"

기뻐하는 서연이의 모습에 민우 선배가 가볍게 피식 웃었다.

"시간 되지?"

아까와 다르게 부드러운 말투였다. 고개까지 끄덕이며 경쾌하게 네 라고 대답하는 서연이의 옆에서 손을 내저었다.

"선배. 저 과제……."

처음으로 민우 선배의 시선이 날 향했다. 웃음은 싹 사라진 차가운 표정으로 말이다.

"과제가 왜?"

정 떨어질 만큼 딱딱한 물음이었다.

"과제해야 해요. 이번에 교양이 엄격한 과목이라서 칼같이 과제해서 내야 해요."

"밤에 해."

"집에 컴퓨터가 없어서 안 돼요."

"PC방 가든지."

"PC방 위험하잖아요."

"그럼 우리 집 와서 하든지!"

탁구공처럼 쉼 없이 주고받던 대화는 민우 선배의 말로 끊겼다. 싸하게 내려앉은 분위기 속, 사람들의 시선이 엄청나게 쏟아졌다.

"제, 제가 선배 집을 어떻게 가요? 어디 있는지도 모르는데요."

나도 모르게 말을 더듬으며 물었다.

"약속은 지켜."

그러나 민우 선배는 그 기묘한 발언에 대해 해명할 생각이 없는지 제할 말만 했다. 분위기가 싸하게 내려앉았다. 나는 민우 선배의 단호한 얼굴을 노려보았다.

준서 선배와 서연이가 잘되길 간절히 바라는 건지, 아니면 답답한 날 괴롭히는 게 하나의 낙이 되어버린 건지, 아니면 서연이가 좋은데 그 화풀이를 나에게 하는 건지. 도저히 속을 알 수 없는 민우 선배를 보며 결국 패배를 인정했다.

"……알았어요. 주말에 나갈게요."

푸쉬쉬쉬.

컴퓨터에서 바람 빠지는 소리가 나면서 액정이 나갔다. 나는 조용히 뒤돌아서서 산처럼 쌓인 과제를 보았다. 인터넷을 뒤져서 붙여넣기만 하면 되는 소소한 과제부터 책 세 권을 읽고 요점만 A4용지에 두 장 분량으로 정리해야 하는 방대한 과제가 다채롭게 펼쳐져 있었다. 책 정리를 하는 거야 A4용지에 손으로 쓰면 된다지만 인터넷을 뒤져야 하는 숙제는 그야말로 컴퓨터가 필요한 숙제였다.

그런데 방금 컴퓨터 본체에서 불안한 소리를 내며 윙윙 대더니 이내 힘없이 픽 꺼졌다. 시간이 늦어 컴퓨터 수리기사를 부르기에도 마땅찮았다.

어쩔 수 없이 책상 위에 올려놓은 방대한 짐들을 가방 안에 밀어 넣고는 둘러멨다. 지금 당장 어깨가 탈골된다 해도 이상할 게 없을 만큼 가방은 무거웠다. 우거지상을 한 채 현관문을 열고 나오다 맞은편 집 문틈으로 불쑥 튀어나오는 사람을 마주쳤다. 그는 한 손에는 커다란 쓰레기봉투를, 다른 한 손에는 윙 하고 진동 울린 휴대전화를 들고 있었다.

"이사 가냐?"

불룩하게 튀어나온 내 가방을 보며 민우 선배가 물었다.

"휴대전화 진동 오던데 확인해보세요. 그럼."

싸늘하게 대꾸하면서 꾸벅 인사를 하고 곧장 몸을 돌렸다. 민우 선배는 먼저 돌아서는 날 잡지 않았고, 나 역시 뒤돌아보지 않았다.

민우 선배의 속을 알 수 없다면 궁금해 하지 않으면 될 거라는 결론이 나왔다.

PC방으로 가는 길목은 어두컴컴했지만 곳곳에 켜져 있는 가로등과 하늘에 커다랗게 떠 있는 보름달 때문에 그리 무섭지는 않았다. 다만 눈물 나게 좋은 이 바람에 감정의 찌꺼기들이 휩쓸려 날아갔으면 하고 바랄 뿐이었다.

"지혜야?"

확신 없이 내 이름을 부르는 곳으로 고개를 돌리니 흐릿한 인영이 보였다. 하지만 목소리만으로도 그 사람이 누군지 알 수 있었다.

"너 맞구나. 너인가, 아닌가 긴가민가했는데. 이 동네 살아?"

환하게 웃으면서 내게 반갑게 다가오는 준서 선배 때문에 겨우 추슬러 놓은 마음이 엉망이 돼버렸다. 하필이면 달빛 좋고, 바람이 상쾌한 이 순간에 만나다니.

"안녕하세요. 선배."

하지만 아무렇지도 않은 척, 무너지는 마음을 붙들고서 웃는 얼굴을
해 보였다. 이제 내겐 웃는 얼굴쯤은 아무 일도 아니다.

"집에 가는 길이야? 이쪽인가? 가는 방향 같으면 같이 갈까?"

"예? 아뇨, 그게."

"가방 들어줄게."

말릴 틈도 없이 내 가방이 준서 선배의 손에 들려 있었다. 가방을 다시
받으려고 했는데 준서 선배가 이미 한쪽 어깨에 걸쳤다.

"뭐가 들었는데 이렇게 무거워?"

"아니에요. 제가 들면 돼요."

"많이 무거운데? 내가 들어줄게. 너한테는 서연이 일로 고마운 게 많
으니까."

가방을 뺏으려던 손이 멈칫했다. 나와 함께 있으면 이 사람은 서연이
생각부터 나는 모양이었다. 갑자기 무기력해져서 팔이 축 늘어졌다.

준서 선배가 한 보 앞서 걸으며 내게 물었다.

"어디 가는 길이야?"

"집이요. 선배는요?"

실은 과제하러 가는 길이지만 말할 수가 없다. 힘이 다 빠져서 PC방
가봤자 모니터만 멍하니 보다가 올 것 같았다.

"나는 술 한잔 하자고 해서 나가는 길이지."

준서 선배가 말하는 찰나 낯익은 건물 앞에 서 있는 흐릿한 인영이 보
였다. 익숙한 실루엣에 눈을 찌푸리며 바라보는데 준서 선배가 말했다.

"민우가 한잔 하자고 해서."

그리고 이내 시야로 아니꼽다는 표정으로 서 있는 민우 선배가 보였다. 이 세상에서 가장 피하고 싶은 첫 번째 남자와 함께 귀가하다가, 세상에서 가장 만나기 싫은 두 번째 남자까지 만났다.

"너희가 왜 같이 오냐?"

"오다가 만났어. 지혜가 집에 가는 길이라고 해서 같은 방면이라 같이 왔지. 근데 무슨 일 있는 거야? 표정이 왜 그래?"

"집에 가는 길?"

질문에 상관없는 답을 한 민우 선배의 눈은 준서 선배의 어깨에 둘러진 내 가방을 훑고 있었다. 이게 왜 저기 있냐는 그런 표정이었다. 곧장 민우 선배의 표정이 구겨졌다.

"왜 이렇게 날이 서 있어? 진짜 무슨 일 있어? 표정 풀어. 주변 사람 긴장하게 하지 말고."

까닭 없이 삐쭉대는 민우 선배의 태도에 준서 선배 역시 딱딱한 목소리로 말했다. 민우 선배는 대답 대신 준서 선배 어깨에 둘러져 있던 가방을 빼앗아 내게 던지다시피 내밀었다. 가방의 무게에 윽 하고 한 걸음 밀려나자 민우 선배가 한 손으로 날 잡아 세웠다. 그리고 다른 팔로는 다가오려는 준서 선배를 막으며 물었다.

"너 서연이 좋아하지?"

"알잖아."

"대답해."

"좋아해."

"확실하지?"

질문은 준서 선배에게, 시선은 나에게. 한 손은 준서 선배에게, 다른 손은 나에게. 정신 차리라는 듯 팔을 꽉 움켜쥐고 있는 민우 선배 때문에

100

어깨부터 손목까지 팔이 저려 왔다. 아파서 오만상을 다 찌푸렸으나 민우 선배는 내 아픔 따위는 안중에도 없어 보였다. 끊어질 듯이 아픈 팔도, 가방을 부여잡고 있는 엉거주춤한 자세도, 그리고 아직은 쉽사리 놓아줄 수 없는 내 마음도.

"어."

이유도 모른 채 추궁 받던 준서 선배가 단호한 대답을 뱉어냈다. 꾹, 민우 선배의 엄지손가락이 내 팔을 지그시 눌렀다.

무슨 말을 하고 싶었던 걸까, 실수였던 걸까. 아무래도 상관없었다. 난 지금 당장 민우 선배가 내 귀에 무슨 말을 속삭인다고 해도 들리지 않을 테니까.

민우 선배는 그제야 준서 선배 쪽으로 고개를 돌리며 내 팔을 놨다. 팔에 불꽃이 한 번 휘감고 지나간 듯 뜨거웠다.

"그럼 노선 똑바로 정해. 새끼야. 여기 저기 헷갈리게 하지 말고."

띵 하고 머리가 울렸다. 술을 한 방울도 마시지 않았는데 과음한 다음 날과 증상이 비슷했다. 대충 몸을 일으켜 씻은 후 된장찌개를 끓이는데 건너편이 제법 소란스러웠다. 나가고 싶지 않아서 못 들은 척했다.

어젯밤 무슨 소리냐고 되묻는 준서 선배에게 민우 선배는 한 마디의 대답도 없이 곧바로 등 돌려 그 자리를 떠났다. 이유도 모르고 내게 미안하다 사과하던 준서 선배는 곧 민우 선배의 뒤를 따라 건물 안으로 들어갔다. 둘이 무슨 이야기를 주고받았는지는 모른다. 아니, 두 사람이 만났는지도 의문이었다.

다만 내가 바라는 건 민우 선배가 내 이야기를 꺼낼 만큼 감정적인 사람이 아니길 바란다는 것뿐이다. 나도 잘 모르는 내 마음을 나보다 더 서툰 방법으로 말하지 않기를.

드디어 쾅 하고 문이 닫히는 소리가 들렸다. 마치 누군가 들으라는 듯 평상시보다 두 배는 크게 들리는 문 소리에 저절로 눈이 갔다.

아침밥을 먹는데 피곤이 몰려왔다. 준서 선배를 향한 애틋한 안타까움만으로도 24시간 수면을 취해도 피로가 풀리지 않을 지경인데 설상가상 풀어놓은 개처럼 날뛰는 민우 선배를 보니 머리가 더 아팠다.

민우 선배는 서연이를 좋아하는 듯했다. 서연이에 대한 거라면 숨겨진 거라도 알아내는 사람이니까. 더욱이 칼바람 쌩쌩 불어치는 민우 선배가 답지 않게 서연이를 향해서는 잘 웃어주기도 했다. 그리고 언젠가 들은 기억이 있다. 어떤 남자 선배가 민우 선배에게 물었다고 했다. 학과 여자애들 중에 누가 제일 예쁘냐고. 민우 선배는 1초의 망설임 없이 '서연'이라고 정확히 이름까지 집어 말했다고 했다. 그럼 서연이를 빼앗아 올 생각을 하든지, 왜 엄한 날 잡고 난리를 피우는지 모를 일이었다.

"하아."

생각이 거기까지 치닫자 밥맛이 떨어져 쇠숟가락을 밥상 위에 올려놓았다. 식지 않은 된장찌개에선 아직까지 김이 뭉쳐져 폴폴 올라오고 있었다. 그림을 감상하듯 밥상 위의 모습을 쳐다보았다. 손가락 하나 까닥하기 싫을 만큼 무기력해졌다.

한참을 멍하게 있다가 휴대전화가 꽤 시끄럽게 울려서 정신 차렸다. 휴대전화를 잡으려고 왼팔을 뻗는데 욱신거렸다. 어제 민우 선배가 부술 것처럼 잡은 그곳이었다. 내가 왜 아파야 하는 건지. 건너편에서 편하게 있을 사람을 생각하니 아픈 게 억울해졌다.

휴대전화 액정에는 '서연'이라는 두 글자가 떠 있었다. 잠시 고민하다 휴대전화를 귀에 대자마자 벨소리만큼이나 소란스런 목소리가 귀청을 찢을 듯이 울려댔다.

- 지혜야!

"……윽. 살살 말해."

- 아, 미안해.

"무슨 일이야?"

- 나……, 나……, 이상한 소리를 들었어.

"무슨? 끊어 말하지 말고 한꺼번에 말해봐."

어깨와 귀 사이에 휴대전화를 끼운 채 밥상 위를 정리했다. 역시 오늘은 입맛이 없다. 뚜껑 덮은 된장찌개는 가스레인지에 올려놓고 남은 밥은 랩에 싸놓고 반찬은 냉장고에 넣어놓고 수저는 싱크대에 넣어놓고. 그 긴 시간 동안 서연이는 계속해서 당황한 목소리만 냈다. 밥상을 접으며 무슨 일이냐고 물으려는 찰나, 서연이가 입을 열었다.

- 준서 선배가 나 좋아한대.

아침부터 마음이 바닥에 곤두박질쳤다. 실제로 왼팔로 가까스로 들고 있던 밥상이 떨어지기도 했다.

- 친구랑 어제 새벽에 전화하고 있는데 그런 말을 하는 거야. 준서 선배가 날 좋아하는 거 같다고. 원래 여자들한테 잘하는 사람이라서 나한테도 그런 건 줄 알았는데, 아닌가 봐. 여보세요? 지혜야? 듣고 있어?

"응. 듣고 있어."

서연이가 이런 고민을 말할 상대가 나밖에 없다는 걸 알고 있다. 대학에서도 여자애들 간에는 무리라는 게 있는데, 그 무리 중 하나가 나와 서연이, 그리고 얼마 전 휴학한 친구 두 명이었다. 친구 두 명이 휴학하고 서연이가 대학 문제로 의논할 사람은 나밖에 없다는 걸 충분히 알고 있었다.

그리고 그 충분한 이해는 언젠가는 서연이의 입에서 나오는 준서 선배의 이야기를 들어야 한다는 걸 내포하기도 했다. 그런데 알면서도 받아들이기 힘들다.

- 왜 아무 말이 없어? 나 어쩌지?

휴대전화를 귀 사이에 끼운 채 물 한 컵을 들이켰다. 휴대전화에서 쏟아지는 말 중에 준서 선배 이름밖에 들리지 않았다.

- 지혜야, 너도 준서 선배한테 먼저 문자 오지 않아?

"아니."

- 그럼 전화는? 사흘에 한 번이라거나, 이틀에 한 번이라거나 전화오지 않아?

"나한테는 안 와."

- 정말? 나는 원래 그런 선배인 줄 알았지. 나랑 친해지고 싶어서 그러는 줄 알았어. 나도 친하게 지내고 싶어서 잘 대했던 건데.

"넌 어쩌고 싶은데?"

티끌도 묻어 있지 않을 것 같은 순수함으로 속을 긁어내리는 친구 앞에서 난 친구가 원하는 틀에 꼭 맞는 착한 친구의 역할을 해야 했다. 조금도 어긋나서는 안 된다. 지금 폭발할 것처럼 가슴 안에서 웅웅대는 소리를 들려줘서는 안 된다. 틀에서 벗어난 순간 난 모든 걸 들킬 테니까.

- 글쎄.

"준서 선배가……, 널 좋아한다잖아. 진지하게 생각해봐. 연애할 생각 없어?"

- 남부럽잖게 연애하고 싶긴 하지.

잠시 침묵이 감도는 동안 문밖이 소란스러웠다. 오늘 안으로 문을 부수려고 작정을 한 모양이다. 그렇지 않고서야 온몸으로 부딪쳐야 나올 법한 소리를 낼 리가 없기 때문이다.

"준서 선배가 싫어?"

- 아니. 그런 건 아닌데. 준서 선배 너무 좋은 사람이지. 다른 애들이 부러워할 정도로 잘생기고, 공부도 열심히 하고, 성격도 좋고, 키도 크고, 집도 잘산다고 그러고. 뭐 하나 빠질 것 없을 만큼 잘난 사람이지. 그렇지만 막상 사귀기엔 좀 그렇다? 한 부분이 빠지는 거 같아. 뭘까? 내가 본 남자 중에 제일 완벽치에 가까운데 뭐가 빠진 걸까?

내겐 돈을 주고서 부족함을 꼽으라고 해도 꼽을 것 없는 사람을 두고서 뭔가가 빠진 거 같단다. 그 사람 문자 한 통에 기분이 좋아 하루를 즐겁게 사는 내가, 그 사람 생각에 정신을 놔버린 사람처럼 멍하게 있었던 내가 듣기에는 잔인한 말이었다.

등받이 의자에 기대앉아 무기력한 모습으로 천장을 들여다보았다.

- 나 정말 준서 선배랑 잘되어야 하는 거야? 우리 잘 어울려?

속이 쓰리다.

"응. 어울려."

- 근데 어울리면 사귀어야 하는 건가? 너무 좋고 완벽해. 내가 봐도 좋은 사람이고. 하지만 말이야. 난⋯⋯.

더 이상은 무리다.

"서연아. 미안한데 나 지금 전화 기다리는 사람이 있어서. 미안한데 나중에 시간나면 내가 전화할게."

- 내가 너희 집 갈까? 너희 원룸 안 가본 지도 오래됐네.

"아니. 나 외출해야 해. 좀 이따가. 미안. 모레 학교에서 보자. 안녕."

- 으응. 슬프네. 지혜랑 이야기하고 싶었는데.

여자애다운 따뜻한 말투, 애교스러운 태도, 그 모든 게 내겐 거부감이 일었다. 통화를 마치자마자 휴대전화를 침대 위로 내팽개치듯 던졌다. 원하지 않았는데 다 가지게 되었다는 말이 진짜로 가지지 못한 사람에게는 얼마나 상처가 되는지 모른다. 한순간이라도 누려보고 싶은 본심을 표현하지 못하고 내리눌렀다.

속이 끓어오르는 것과 달리 몸은 축 처져 책상 위에 널브러졌다. 눈가가가 뜨거워지더니 왼쪽으로 무거운 눈물이 흘렀다.

뭐 하나 지켜내지 못한 자존심에서 떨어진 값싼 눈물이.

과제를 하다 말고 고개를 들어 시간을 확인하니 네 시간이나 흘러 있었다. 그런데도 아직 반도 채 하지 못했다. 집중력이 다했는지 이제 글자들이 제대로 눈에 들어오지 않았다.

오늘 서연이에게 전화를 받은 내내 기분이 가라앉아 돌아올 기미가 보이지 않았다. 휴대전화를 집어 들어 전화번호부를 살피다가 접었다. 각자의 삶을 살고 있는 친구가 내 이야기를 이해할 수 있을까. 이해한다고 해도 공감해줄 수 있을까. 이해와 공감은 다른 거니까.

공감한다면 내 말을 들은 채 가만히 있어줄 수 있을까. 서툰 경험으로 진단을 내리고 섣부른 답을 내리려 하진 않을까, 하는 의문이 꼬리에 꼬리를 이은 탓이었다.

휴대전화를 등 뒤로 집어던졌다.

마음에 고름이 찬 순간에는 혼자 있는 게 답이다. 사람은 혼자 사는 게 아니라고 해도 아픈 순간에는 혼자다. 누구도 대신 아파줄 수도, 함께 울어줄 수도 없다.

대충 외투를 걸쳐 입고 모자를 푹 눌러쓴 채 편의점으로 가 맥주와 간단한 마른안주를 사서 파라솔 아래에 눌러 앉았다.

106

맥주 두 캔을 비운 후 자리에서 일어나자 눈앞이 어질했다. 빈속에 맥주 두 캔은 무리였나 보다. 원룸으로 향하다 전봇대를 짚고 서서 남색 하늘을 무심히 올려보았다. 별과 달이 금방이라도 바닥을 향해 쏟아질 거 같았다.

갑자기 견딜 수 없이 외로워졌다. 마음에 찬바람이 새어들어 가는 느낌이었다. 틈을 주지 않고 촘촘히 들어온 바람은 나가지 않고 내 마음을 울렁거리게 만들었다.

"아, 죽겠다. 정말."

이만큼 좋아하는 줄 몰랐다. 생각만으로 마음이 먹먹해져 울어버릴 만큼 좋아하게 될 줄 몰랐다. 내가 만약 이렇게 좋아할 줄 알았더라면 그 사람을 좋아하지 않을 수 있었을까.

부스럭. 갑작스레 골목에서 들리는 인기척에 황급히 눈물을 닦으며 집이 있는 쪽으로 걸음을 틀려는데 머리가 띵하고 다리엔 힘이 풀려 왔다. 가까스로 전봇대를 짚고 섰다.

"야."

등 뒤가 시끄러웠다.

"야."

누군지 모르겠지만 얼른 대답 좀 해줬으면 좋겠다. 시끄럽다.

"야, 이지혜!"

그 누군가가 나일 줄이야.

이 시간에 날 부를 사람이 누가 있나 돌아보니 반팔 셔츠에 청바지 하나를 걸친 차림으로 검은 비닐봉지를 들고 있는 사람이 보였다. 지금으로선 그다지 보고 싶지 않은 얼굴이었다. 민우 선배는 마땅한 말을 꺼내기도 전에 코앞까지 다가와 얼굴을 불쑥 들이밀었다.

뒤로 물러서려다 다리 힘이 풀려 휘청거리던 날 민우 선배가 잡아 세
웠다.

"술 마셨냐?"

"그냥, 뭐. 가볍게 했어요."

"약속 있던 차림은 아닌데?"

"그냥……, 그냥 그랬어요. 신경 안 쓰셔도 돼요. 먼저 올라갈게요."

"어쭈. 술까지 샀네?"

내 말 따윈 안중에도 없다는 듯 어느새 내 비닐봉지를 민우 선배가 물
끄러미 내려다보고 있었다.

"그게 무슨 상관……!"

"이거."

민우 선배가 들고 있던 검은 비닐봉지를 치켜들었다. 검은 비닐봉지
안에서 무언가 부딪치는 소리가 들렸다.

"너랑 같은 거."

그러고는 검은 비닐봉지를 흔들어 보이는 게 아닌가. 민우 선배도 술
을 사 왔던 모양이다. 근처 다른 편의점을 간 모양이었다.

민우 선배가 점점 흔들려 보였다. 술기운도 제법 많이 올랐고, 뭐든 잡
고 싶은 심정이었다. 그 순간 민우 선배가 웃는 나를 이상한 눈으로 쳐다
보았다. 위로 올라가려던 선배를 꽉 붙들었다.

"선배. 나랑 술 한잔 할래요?"

"……."

"장난 아니에요. 선배도 심란할 거 아니에요. 혼자 마시려고 술 사 온
거 보니까. 나도……, 혼자 마시면 괜찮아질 줄 알았는데 갑자기……, 누
군가랑 술 마시고 싶어졌네요."

술을 마셔도 감당할 수 없는 외로움이 스미는 밤이었다. 민우 선배도 서연이를 좋아하니까 이 마음을 충분히 이해할 수 있을 거라는 생각이 들었다. 짝사랑을 하면서 생기는 외로움과 애달음. 이 순간엔 어떤 것으로도 감당할 수 없는 그런 감정 말이다.

눈이 풀린 채 헤실헤실 웃는 나를 민우 선배는 가만히 지켜보더니 술주정이라 생각했는지 내 팔을 잡고서 계단 쪽으로 향했다. 그러나 술에 취해 내가 휘청거리자 민우 선배는 나를 거의 들다시피 하고서 올라갔다.

5분이면 충분히 오르고도 남을 계단을 15분에 걸쳐 힘겹게 오른 후, 민우 선배는 인상을 쓴 채 이마의 땀을 손등으로 훔쳐냈다. 문고리를 짚고 서서 열쇠를 꺼내 문을 열었다.

"너희 집?"

"네. 네?"

대답 마치기가 무섭게 민우 선배가 열린 문틈으로 날 밀더니 뒤따라 들어왔다. 앉은 것도 아니고 선 것도 아닌 어정쩡한 자세로 남의 원룸에 발을 디디는 민우 선배를 멀뚱히 올려다보았다. 능숙한 솜씨로 안주를 정리하고 술병을 바닥에 깐 민우 선배는 신발장에 기대서 있는 날 보며 물었다.

"세팅까지 완료했는데 거기서 뭐 하냐?"

"선배, 지금 뭐 하는⋯⋯?"

"술 마시자며."

술주정이 아니라 진심으로 들은 모양이었다. 민우 선배와 두 번째 마시는 술이었다. 첫 번째는 민우 선배 집, 두 번째는 우리 집. 친한 것도 아니고, 안 친한 것도 아니고, 아는 사이도 아니고, 모르는 사이도 아닌

미묘한 관계인 우리가 두 번째 술자리를 하게 되었다.

아무래도 상관없었다. 술을 마셔도 굳이 말 많이 하지 않아도 되는 사람. 내 감정을 어느 정도 아는 사람. 그냥 마음이 술에 축축해지도록 내 버려둘 수 있는 사람. 어쩌면 친구보다 이 순간에 가장 필요한 사람이 민우 선배일지도 모른다. 술잔을 들어 어울리지 않는 건배까지 해가며 들이켰다.

"원 샷?"

"원 샷! 콜!"

민우 선배가 흔들거려 보였다. 고추장이 찍힌 쥐포를 물고서 천장을 올려다보고 있는데 예상치 못한 질문이 급습했다.

"……많이 좋냐?"

"컥."

"물 마셔라. 아, 물 없다. 그냥 술 마셔라. 자, 술."

물처럼 건네주는 술을 받아들었지만 마시지 못하고 바닥에 내려놨다.

"갑자기 무슨 소리예요!"

"술 말이야."

"아, 아. 조, 좋아요. 좋아하니까 마시겠죠."

가볍게 고개를 끄덕이던 민우 선배는 알 수 없는 표정을 하고 있었다. 그 후로 별말 없이 술만 주거니 받거니 하면서 마셔댔다. 한참을 마신 후에야 내가 소주와 맥주를 섞어 마시고 있었다는 걸 알았다. 아마 내일이 되면 내 장들은 파업을 하고 나설 거다.

"자, 술."

"선배도 하안자안하세효오."

말이 꼬인 입술을 손등으로 막고서 민우 선배가 주는 술을 받았다. 그

110

러나 더 마시지 못하고 술잔을 바닥에 내려놨다. 그러고는 입술을 꽉 깨물었다.

술은 어느 정도 취할 만큼만 마시면 기분이 좋아진다. 하지만 그 이상 들어가면,

"흑."

이렇게 내 감정에 충실해져버린다.

"흑……. 흐흑…….."

기어코 꾹 눌러왔던 울음이 터졌다. 둑 터지듯 눈물샘이 터져버린 것이다. 하루 종일 울지 않고 잘 견뎌왔다고 생각했는데.

툭.

"……많이 좋냐?"

아까와 같은 질문. 전혀 다른 목소리. 힘이 풀린 듯, 체념한 듯, 담담한 목소리로 민우 선배가 물어 왔다. 또다시 술 이야기인가 싶어 억지로나마 '네'라고 대답하려는 찰나 민우 선배가 더 빠르게 치고 들어왔다.

"그렇게 많이 좋아하냐?"

하나 확실한 건 누가 들어도 술 이야기는 아니었다. 내게 가까워지는 걸음 소리를 들었다. 그리고 난 얼마 후 민우 선배에게 안겨 있었다. 등을 두들기는 커다란 손, 귓가를 스치는 한숨소리, 편하게 느껴지는 민우 선배의 향. 민우 선배는 아까 같은 담담한 목소리로 말했다.

"나도 오늘 죽겠다. 진짜."

서연이를 좋아하는 민우 선배, 준서 선배를 좋아하는 나. 우리는 전혀 달랐지만, 너무나도 닮은 모습을 하고 있었다.

눈을 번쩍 떴다. 좁은 천장에 달린 낯익은 전등을 확인하는 순간 우리

집이라는 안도감과 동시에 어제 있었던 일이 빠르게 머리를 관통해 지나 갔다. 어젯밤 민우 선배 품에 안겨 엉엉 울다가 맥주 캔 하나를 더 마시고 나서부터 기억이 없다. 맥주 캔 하나를 다 마셨는지, 아니면 마시다 중간에 잠이 든 건지 도통 기억이 없었다.

"깼냐?"

"……."

"눈 감는 거 다 봤다. 일어나라."

침대 아래에서 들리는 목소리에 얼른 눈을 감다가 걸렸다. 목이 잠긴 듯 걸걸한 목소리가 들린 쪽으로 슬그머니 고개를 돌렸다. 바닥에 양반 다리를 하고 앉은 민우 선배가 날 보고 있었다. 언제부터인지는 모르겠지만 하나 확실한 건 저 사람은 내가 깨어나기 한참 전부터 날 보고 저렇게 앉아 있었을 거라는 거였다.

멈춰 있는 나를 민우 선배는 가만 지켜보다 싱크대 쪽으로 걸음을 옮겼다. 그사이에 나는 헝클어진 머리를 정리하느라 정신이 없었다. 그리고 자리에서 막 일어나려는 찰나 배가 아파 침대에 도로 드러누웠다.

"가만히 있어. 술병 났을 거다."

"네?"

"술을 마시는 거냐, 술로 링겔을 맞는 거냐? 그렇게 때려 부으면 속이 멀쩡하냐?"

틱틱대며 구박하는 말투와 달리 민우 선배의 손에는 쟁반이 들려 있었다. 그리고 침대에 걸터앉더니 내 앞에 내밀었다.

"뭐, 뭐예요?"

아침 댓바람부터 술을 데워서 해장술이라고 주는 건 아닌가 심히 걱정스런 표정으로 쟁반과 민우 선배를 번갈아보았다.

"3분 인스턴트 북엇국이다. 마셔라."

"아…….."

"감동 받지 말고."

먹을 수 있는 건지 확인 중이었다. 민우 선배는 음식으로서의 위생을 걱정하는 내 표정을 감동받은 거라 오해하고는 숟가락을 턱 밑까지 들이밀었다. 한참을 고민하다 숟가락을 받아들었다. 한입 북엇국을 떠먹는데 속에서 음식물을 완강히 거부했다. 지금은 물도 넘어가지 않을 정도였다.

"어제 기억 나냐?"

북엇국을 힘없이 뒤적이던 숟가락이 멈췄다.

"어제요?"

"어. 어제."

"음……. 다, 당연하죠!"

사실 반만 기억나고 나머지 반은 기억이 나질 않는다. 반 토막 난 기억이 모두 채워지려면 오늘밤이나 되어야 할 듯하다.

침대에 걸터앉아 있던 민우 선배는 언제 갈아입었는지 모를 흰 티셔츠 소매를 둘둘 말며 단조롭게 물었다.

"그래? 그럼 어제 좋다고 울면서 소리 지른 건 기억 나냐?"

"……네?"

"좋다며. 좋아서 죽겠다며. 미칠 것처럼 좋다고 소리 지른 거 기억 나냐고."

"네? 거, 거짓말하지 마세요!"

떠오르지 않는 기억을 부인하려 하자 민우 선배는 애당초 그럴 줄 알았다는 듯 턱으로 내 팔을 가리켰다. 떨떠름하게 내려다보니 훤하게 드러난 왼쪽 팔에 시퍼런 멍이 들어 있었다.

"어제 생긴 상처."

"……."

"머리는 괜찮냐? 바닥에 아주 들이박았는데."

이렇게 명백한 증거를 보여주고 있는데 어떻게 부인하겠는가. 더불어 증거가 내 몸에 이토록 선명하게 들어가 있는데 말이다. 그리고 나를 더 부인할 수 없게 만드는 건 새하얀 기억 속에 어렴풋이 '좋아해'를 연발하고 있는 내 모습이 떠올랐기 때문이었다. 백짓장처럼 얼굴이 새하얗게 질린 나를 민우 선배가 비웃고 있었다. 비웃어도 할 말 없는 상황이긴 했다. 그래도 기분은 슬쩍 나빴다.

"난 또 그렇게 좋아하는 줄 몰랐지."

"아, 아니에요! 저 준서 선배 안 좋아해요!"

"알아. 누가 뭐래?"

민우 선배는 내 말이 마치기가 무섭게 받아쳤다. 침대에서 느릿하게 일어난 민우 선배는 상쾌한 아침을 맞이한 사람처럼 상큼한 표정으로 좁은 나의 원룸을 슥 둘러보았다.

"집 좀 더 깨끗이 해놓고 살아."

"……."

"그리고 저 베란다에 화분 치워. 또 어느 놈 머리통에 내리꽂으려고 저걸 해놨냐?"

민우 선배는 다시 떠올리기 싫다는 표정으로 베란다에 올려놓은 내 화분을 손가락으로 가리켰다. 얼마 전 연주가 다시 사다 준 화분이었다. 지금 심정으론 저 화분으로 민우 선배 머리를 내리찍어 기절시키고 싶은 마음뿐이었다. 나의 간절한 마음을 아는지 모르는지 민우 선배는 엄마처

114

럼 집을 둘러보며 여기저기를 살펴봤다. 그러다 마지막으로 바닥에 널브러진 술병을 턱 하니 가리켰다.

"그리고 제일 먼저 해야 할 거."

"술병 치우라고요?"

"아니. 술 줄여."

"아, 네. 선배."

"이제부터 선배 말고 오빠라고 불러."

"……네?"

뜬금없는 발언이었다. 들고 있던 숟가락이 손에서 미끄러져 북엇국에 빠져버렸다. 지금 무슨 소리를 하는 건지 도통 이해할 수 없다는 표정으로 물끄러미 민우 선배를 올려다봤다. 민우 선배는 놀라 굳어버린 나를 무심한 눈으로 쳐다보며 말했다.

"좋다며."

"네? 그, 그건."

"준서 아니라며."

"그, 그렇긴 하죠."

"근데 좋다며."

"…….."

"어제 네가 그랬잖아. 좋다고."

말이 그렇게 되는 건가. 술이 뇌세포를 다 죽여버린 건지 뭐라 반박할 말이 없었다.

"내 앞에서 좋다고 말했잖아."

"…….."

"내가 좋다는 거네."

115

멋대로 해석인데 반박할 여지가 없다는 게 날 당혹스럽게 했다. 지금 당장 민우 선배가 내게,

"아님 다른 놈이라도 있냐? 이름 대봐."

이렇게 물어온다면 난 할 말 없다.

난 어제 분명히 민우 선배 앞에서 좋다고 소리를 쳐댔다. 그리고 난 준서 선배를 좋아하는 게 아니라고 부인했다. 그리고 좋아한다고 소리칠 때 내 앞에는 민우 선배가 있었다. 무작정 좋다고 소리치며 매달린 내 고백을 자신을 향한 고백이라고 알아들었던 걸까. 내가 준서 선배를 좋아하는 걸 분명히 아는 사람인데 갑자기 시치미 뚝 떼고 왜 이러나 싶었다.

민우 선배는 아무 말 없이 북엇국을 앞에 두고 넋이 나간 나를 그럴 줄 알았다는 확신 담긴 표정으로 내려다보았다.

더는 민우 선배의 눈빛을 마주하지 못하고 그의 팔을 보고 있을 즈음, 들리는 충격적인 발언에 나는 그만 북엇국이 든 쟁반을 바닥으로 떨어뜨렸다.

"그래. 뭐, 사귀어줄게."

'사귀자.'도 아니고 '사귀어줄게.'라고 민우 선배가 말했다. 오늘 아침에 있었던 일인데도 아주 먼 옛일처럼 아득하기만 했다.

"지혜는 왜 이렇게 말이 없어?"

운전하고 있던 준서 선배가 룸미러로 흘깃 나를 쳐다보았다. 덩달아 보조석에 앉아 있던 서연이까지 뒤로 돌아 날 보았다. 두 사람은 놀이공원 간다는 사실에 무척이나 들떠 보였다. 그러나 나는 오늘 아침 일 때문에 지금껏 정신이 없었다. 처음으로 서연이와 준서 선배가 눈에 들어오지 않았다.

"아, 그냥요. 속이 좀 안 좋네요."

둘의 시선에 부끄러워 고개를 돌렸다. 서연이가 걱정스럽게 날 보며 물었다.

"어디 아파?"

"아니야. 어제 그냥 술을 마셨더니."

"아, 그래? 누구랑?"

"어?"

"왜 이렇게 놀라?"

"아냐. 아무것도. 속이 아파서 좀 쉴게."

서연이의 말에 난 아니라며 고개를 얼른 흔들었다. 서연이는 의아하다는 표정으로 날 보다가 준서 선배 쪽으로 고개 돌렸다.

"선배. 민우 선배는 왜 같이 안 가요? 집이 근처라고 안 그랬어요?"

"민우는 혼자 가겠대. 어디 들렀다가 올 건가 봐. 놀이공원 앞에서 보자더라."

보조석에 앉은 서연이가 고개를 끄덕이는 동안 난 혼자 놀란 가슴을 진정시켜야 했다. 민우 선배라는 이름만 들어도 놀란다.

창문 너머에 보이는 사이드 미러로 앞을 보고 앉아 준서 선배와 이런저런 이야기를 하며 웃는 서연이를 보았다.

초승달같이 접히는 눈에 자외선은 혼자 다 비껴가는지 잡티 하나 없는 피부에 오밀조밀 예쁘게 구성된 얼굴. 역시 서연이는 예쁘다.

"다 왔다!"

"와아! 놀이공원이다!"

준서 선배 외침과 맞물려 신난 서연이의 목소리가 들렸다. 둘을 따라 느릿하게 내렸다. 약국에 가서 과음 후 복용하는 약을 사 먹었는데도 아직 속이 안 좋다.

"여어."

내 곁으로 익숙한 민우 선배의 목소리가 들렸다. 저절로 몸이 굳었다.

준서 선배와 서연이가 웃으며 민우 선배를 반겼다.

"왔어?"

"왔네요! 선배! 전화하려고 했던 참인데!"

"집에 갔다가 차 가지고 나왔지."

왼쪽에서 선명하게 들리는 목소리. 늘 준서 선배 곁에 서던 민우 선배가 오늘은 무슨 바람이 분 건지 내 옆에 바짝 붙어 서 있었다.

"들어가자. 표는 미리 끊어놨으니까."

민우 선배가 티켓을 부채처럼 펼쳐 한 손에 들어 보였다. 준서 선배와 서연이가 먼저 돌아서고 몇 발자국 뒤에 둘만 남았다. 아침처럼 하얀 셔츠를 입고 있는 민우 선배와 눈이 마주친 순간,

"그래. 뭐, 사귀어줄게."

라는 말이 들려왔다. 방금 전에 들은 것처럼 선명한 목소리에 있는 힘껏 머리를 가로저었다. 그러다 커다란 두 손에 머리가 붙잡혔다.

"술병은?"

"윽. 손부터 좀."

"술병은?"

내 말 따윈 듣지도 않고 민우 선배는 자기 할 말만 했다. 포기했다.

"술병은 약 먹어서 금방 가라앉을 거 같아요."

"아니. 술병 치웠냐고."

그럼 그렇지, 걱정은 개뿔.

"허! 네. 네. 술병 치웠어요."

그제야 만족스럽다는 듯 민우 선배는 내 팔을 잡아끌었다. 이렇다 할만한 스킨십 따위 하지 않던 우리 사이가 왜 이렇게 변해버린 건가.

더욱이 오늘은 꽤나 시끄러운 하루가 될 거 같았다. 준서 선배로 충분히 시끄러운 마음에 민우 선배까지 날뛰기 시작했으니 말이다.

"와!"

준서 선배와 서연이를 뒤따라 들어가니 저 멀리에 있는데도 시야를 꽉채우는 관람차부터 시작해 거칠게 부딪치고 있는 범퍼 카까지 크기별로, 종류별로 다양한 놀이기구들이 있었다. 그곳에서 뿜어져 나오는 소리에 덩달아 흥분돼 주먹을 꽉 쥐고 주변을 휙휙 둘러보았다.

처음은 늘 그러하듯이 간단한 놀이기구부터 차근차근 밟았다. 말들이 늘어서서 빙글빙글 도는 회전목마, 차들끼리 부딪치는 범퍼 카, 주머니는 다 비우고 타야 하는 다람쥐통, 허공에서 빙글빙글 도는 공중그네까지.

"아 재밌다!"

"이제 시작이지."

"우리 저기로 가봐요!"

처음에는 눈치 보던 서연이는 이내 들뜬 감정을 감추지 못하고서 사방을 쏘다녔다. 처음에 함께 신났던 나는 다람쥐통을 탄 후 술병이 도져 엉거주춤한 자세로 따라다녔다. 약속 있는 걸 알면서도 스스로 관리 못 한 내 잘못이라고 생각하며 서연이와 준서 선배를 뒤따라 걷고 있었다.

휙.

"윽. 컥!"

뒷덜미가 잡혀 목이 졸렸다. 컥컥대며 뒤로 돌아보니 심드렁한 표정을 짓고 있는 민우 선배가 보였다.

"술병 난 주제에 다람쥐통을 타다니. 그렇게 토하고 싶었냐?"

"아우, 손이나 놔줘요. 이게 더 토할 거 같으니까."

"너희 뭐 해?"

저 멀찍이서 멈춰 선 두 사람이 우릴 향해 물었다.

"어, 얘가 토하고 싶대! 화장실 갔다 올 테니까 놀고 있어!"

민우 선배는 내가 토하고 싶다는 걸 놀이공원에 있는 모든 사람들이 들을 수 있을 만큼 커다란 목소리로 말하고선 내 손목을 잡고서 질질 끌고 갔다.

"아, 좀. 뭐예요? 윽! 나 토 안 해요! 멀쩡해요! 아!"

꽤나 소란스럽게 반항하며 끌려가던 찰나 우뚝 멈춰 선 민우 선배 등에 코를 박고 멈춰 섰다.

"앉아."

벤치 앞이었다. 안 그래도 벤치에 앉아서 쉬고 싶었는데, 어떻게 내 마음을 알았을까. 우선은 왈가왈부 떠들 힘도 없어 벤치에 앉아 울렁거리는 속을 달랬다. 상체를 앞으로 숙인 채 있는데 뭔가 불쑥 시야를 가로막았다.

"숙취 해소 약."

"먹었어요. 지금은 뭘 먹어도 토할 거 같아요."

"챙겨둬. 그리고 이거."

"이거 왜요?"

"토할 때 쓰라고."

어디서 준비한 건지 검은 비닐봉지 석 장까지 함께 챙겨주었다. 북엇국부터 시작해 약까지. 이 남자가 챙겨주는 게 낯설었다.

"고마워요."

"별말씀을."

민우 선배가 가볍게 어깨를 으쓱거리며 대답했다. 난 잠시 숨을 고르며 쉬었다. 속이 차츰 가라앉으면서 주변의 것들이 눈에 들어왔다.

벤치에 가만히 앉아 있자니 선선한 바람이 불었다. 투명한 연둣빛을 발하는 잎들은 흔들리고 바람은 부드러웠다. 간간이 들리는 사람들의 웃음소리와 민우 선배 등 너머에 있는 풀잎에서 풍기는 향. 눈을 감고 누우면 금방이라도 잠이 들 거 같았다. 평화는 이런 거야, 라고 보이는 이곳에서.

하지만 잘 수 없었다. 나만 뚫어져라 보고 있는 누구 때문에.

"선배 오늘 아침, 그거 장난이죠?"

"아니."

민우 선배가 빛의 속도로 대답했다.

"선배가 나랑 왜 사귀어요?"

"네가 좋다고 하니까."

"그건! 후, 그럼 누가 선배 좋다고 하면 다 사귀어요?"

"아니."

"그럼 대체 뭐예요?"

도저히 속을 알 수 없는 민우 선배 말에 잠시 잠잠했던 속이 다시 쓰려오려 했다. 그래도 대답은 들어야 할 것 같아서 그 상태로 물었다.

"진짜 나랑 왜 사귀어요?"

"비장하게 질문하네."

올라오는 통증에 인상을 쓴 채 심각하게 묻는 나를 앞에 두고 민우 선배는 눈 하나 깜짝 하지 않았다. 내가 저 사람이랑 무슨 이야기를 나누겠는가.

"아, 뭔가를 바란 내 잘못이죠."

숙취 해소 약과 비닐봉지를 주머니에 넣고 자리를 털고 일어났다. 계속 앉아 있다간 드러눕고 싶을 것 같았다. 주머니에서 윙 하고 떨림이 느껴져 꺼내 보니 '서연'이라는 이름 두 글자가 떠올랐다. 약간의 시간차로 민우 선배 휴대전화에서 벨소리가 들렸다. 준서 선배일 거다. 아마 토하러 간다는 말을 남긴 후 사라져서 걱정하는 모양이었다.

꽤나 걱정했겠다 싶어 통화 버튼을 누르려는 순간 커다란 손에 막혔다.

"받지 마."

"서연이에요."

"알아. 둘이 데이트 중일 텐데 방해할 필요는 없잖아."

"찾으러 다닐지도 몰라요."

"그래도 둘이 같이 있을 테니까, 상관없잖아."

민우 선배 머릿속에는 서연이와 준서 선배 생각밖에 없는 것 같았다. 그래서 준서 선배를 좋아하는 나를 잘 알면서도 사귀자는 몹쓸 장난을 쳤던 거다.

따져 물을 힘도 없었다. 대신 감정을 담아 거칠게 민우 선배의 손을 쳐내자, 민우 선배의 얼굴이 구겨졌다. 나는 민우 선배를 똑바로 쳐다보며 말했다.

"집에 간다는 말은 해줘야죠. 집에 가야겠어요. 아무래도 못 견디겠어요. 몸이 보다시피 엉망이네요. 거기다가 전 집에 과제도 많고 할 일도 많아서 이제 그만 가봐야겠어요. 선배도 이제 그만 장난치셔도 돼요. 저 이제 정말 아무렇지도 않을 수 있을 거 같으니까요. 시간이 해결할 거라고 믿으니까요. 늘 그랬던 것처럼."

122

울컥하는 마음으로 속에 있던 말, 없던 말을 한 번에 쏟아냈다. 내가 말하는 동안 휴대전화 배터리를 분리시킨 민우 선배가 가만히 내 눈을 쳐다보았다. 그리고 말이 끝나기가 무섭게 물어 왔다.

"아무나 괜찮은 건 아니라는 거 알지?"

"갑자기 무슨 말이에요?"

"나 좋다고 다 사귀진 않아. 앞으로도 그럴 생각 없고."

"난 선배 안 좋아해요."

단호한 내 말에 민우 선배가 잠시 텀을 주고서 답했다.

"알아."

"아깐……."

"장난이지. 아니, 머리 좀 쓴 거지."

"……."

"그런데 왜 사귀자고 했냐고?"

나도 모르게 날 보고 있던 민우 선배 시선에 고개를 끄덕였다. 목 끝까지 선배 역시 날 좋아하진 않잖아요, 라는 말이 맴돌았다. 하지만 민우 선배가 더욱 빨랐다. 민우 선배는 끝이 살짝 올라간 눈초리가 말리도록 웃으며 말했다.

"우리, 꽤 괜찮을 거 같아서 말이야."

민우 선배도 느꼈나 보다. 남은 절대로 느낄 수 없는 우리만의 미묘한 닮은꼴을 말이다.

이후 민우 선배는 날 데리고서 곧장 주차장으로 향했다. 뭐 하는 거냐고 몇 번이고 물었지만 민우 선배는 누군가에게 쫓기는 사람처럼 나를 차 안에 밀어 넣었다. 무슨 짓을 하려고 준서 선배, 서연이에게 말도 안 하고 날 데리고 온단 말인가. 더군다나 여기는 태어나서 처음 보는 자동차 안이 아닌가.

"어디 가?"

도망치려고 몸을 틀었으나 운전석에 착석한 민우 선배에게 붙잡혔다.

"가, 갑자기 어디 가는데요? 이런 데 사람을 밀어 넣는데 안 놀랄 수가 있어요? 뭐 하려고 갑자기 차에 올라타요? 무, 무섭잖아요."

"하."

긴장 반, 두려움 반으로 차문에 달라붙어 노려보자 시동 걸던 민우 선배가 같잖다는 웃음을 날렸다.

"그런 상상을 하는 네가 더 무섭다. 딱지 끊기 싫다. 안전벨트나 매. 안 그러면 뒷좌석에 눕혀버릴 테니까."

"누, 눕혀요? 왜요!"

"그야 경찰 눈에 안 띄어야 하……, 잠시만, 너 정말 무슨 생각 하는 거냐?"

바짝 긴장해 두 눈을 동그랗게 뜨고 되묻자 어이없다는 표정으로 민우 선배가 날 쳐다봤다. 곱게 펴져 있던 표정에 슬슬 주름이 가기 시작하더니 눈썹을 치켜 올린 민우 선배가 몸을 반쯤 틀었다.

"'저 놀이공원에 있으면 죽을 것 같아요.'라는 표정으로 비틀대길래 구해줬더니 사람을 범죄자 취급해? 야, 너 내려."

나는 얼른 검은색 혓바닥같이 생긴 안전벨트를 죽 당겨 단단히 맸다.

정색하는 민우 선배의 표정에서 절대로 손멜 생각 없다는 뜻을 읽었기 때문이었다. 그때 윙 하는 진동 소리가 들렸다. 동시에 민우 선배 휴대전화에서는 벨소리가 울려 퍼졌다.

"왜."

핸즈프리 이어폰을 귀에 꽂고서 귀찮음이 가득한 목소리로 민우 선배가 물었다. 그러는 사이 차는 주차장 밖을 유유히 빠져나가는 중이었다.

"여기가 어디냐면……. 도로. 집에 가는 중. 데이트는 둘이서 해. 귀찮은 사람 괴롭히지 말고. 아, 그리고 옆에 병……, 아니, 지혜 데려간다. 얘 아프다. 서연이한테 말 잘하고."

분명 병신이라고 하려고 했을 거다. 민우 선배 머리는 날 아마 병신이라 정의 내려놓았을 거다. 남몰래 한숨을 내쉬며 휴대전화를 여니 다급하게 날린 서연이의 문자가 보였다.

- 나 준서 선배랑 둘이 있으면 어색해. 빨리 돌아와. -

그러기엔 이미 늦었다. 민우 선배 차는 유턴도 없는 도로 한복판을 달리고 있었다.

"알아서 해. 끊어."

민우 선배는 상대방의 동의도 구하지 않고 곧바로 귀에서 이어폰을 뽑더니 휴대전화마저 꺼버렸다. 나 역시도 한참 액정을 들여다보다 휴대전화를 꺼버렸다. 지금 이곳에서 돌아갈 수도 없을 테지만, 그러고 싶은 마음 역시 없었다. 이게 서연이를 위하는 길이자 나를 위하는 길일 것이다.

집으로 가는 길 내내 민우 선배는 아무 말 없었다. 아마 민우 선배 속도 나만큼이나 새까맣게 탔을 거다. 우정과 사랑 중 뭘 택할래, 라는 흔한 상황에서 우정을 택한 피눈물 나는 민우 선배의 속을 나는 잘 이해하고 있으니 말이다. 제대로 맘 편하게 이야기 나눠본 적은 없지만, 민우 선배도 우리가 비슷한 상황에서 비슷한 감정을 느끼고 있다는 걸 알고 있는 것 같았다.

하지만 이건 아니다. 꿩 대신 닭도 아니고 사귀는 건 절대로 있을 수 없는 일이다. 내겐 첫 연애다. 첫 연애만큼은 좋아하는 사람과 하고 싶다. 닭 말고 꿩이랑 말이다.

"속은?"

"이제 좀 괜찮아요."

"다행이네."

"갑자기 이러니까 이상하네요."

"뭐가?"

"선배, 원래 이런 사람 아니었잖아요. 먼저 챙겨주고 말 먼저 건네주고 이런 거 몇 주, 아니 며칠 전만 해도 가당찮은 일이었잖아요. 갑자기 선배가 너무 달라진 거 같아서 내가 아는 사람 같지 않아요."

"원래 네가 아는 나는 어떤 사람인데?"

"음……."

곤란한 질문이었다. 한참 뜸을 들이는 나를 민우 선배가 쳐다봤다. 잠시 뜸을 들이다 대답했다.

"꼭 대답해야 하나요."

"어."

역시나 칼 같은 대답이었다. 지금 당장 대답하지 않으면 차를 세워서라도 듣고 말겠다, 라는 결의를 민우 선배의 눈에서 보았다. 숨을 스읍 하고 들이마신 후, 입을 열었다.

"아무래도……, 속이 아픈 저에게 약을 사다 주기보다는 놀이공원까지 와서 표정이 썩었다는 이유로 갖다 버릴 이미지랄까요."

민우 선배 시선이 다시 한 번 나를 향했다.

"그러니까 네 눈에는 시체에 칼 꽂는 성격으로 보였다는 거냐?"

표현 한번 살벌하다. 뭐라 반박하기도 전에 기가 차다는 듯 하 하는 웃음소리가 들렸다. 그러나 웃는 소리와 다르게 민우 선배의 왼쪽 눈썹이 슬쩍 위를 향했다. 핸들에 감겨 있던 검지가 핸들 위쪽을 일정하게 툭툭 두들겼다. 아까보다 더 야무지게 다문 입술과 유리 너머 도로를 노려보고 있는 민우 선배의 표정을 보니 무언가를 진지하게 고민하는 듯했다. 슬쩍 미안한 마음이 들어 조용히 말을 건넸다.

"선배, 뭐 굳이 시체에 칼 꽂……. 하여튼, 그 정도까지는 아니에요. 그냥 아주 조금 무섭게 봤을 뿐이에요. 워낙 학과에서 사람들한테 관심도 없고, 그리고……, 첫 만남도 첫 만남이었던지라. 그래서 그랬죠. 하……, 하. 하. 하."

"잘 봤어. 맞아."

"네?"

"그런 놈 맞다고."

내 말이 상처가 됐던 걸까. 수긍해버리는 민우 선배를 떨떠름한 시선으로 쳐다보다 차문 유리창에 뒤통수를 들이박았다. 민우 선배를 보느라 급회전 하는 곳을 제대로 보지 못했던 탓이었다. 민우 선배는 엄청난 파열음에 나를 힐끗 보며 물었다.

"괜찮냐?"

"네? 네. 전 뭐……."

"아니. 차문 유리창."

"……얘도 멀쩡해 보이네요."

아무래도 그런 놈 맞나 보다. 이 상황에서 자신의 자동차 유리창부터 살피는 걸 보니 말이다. 주말 도로 같지 않게 뻥 뚫린 도로를 신나게 밟다 보니 어느새 집이었다. 시동이 꺼진 차에서 내리려고 안전벨트를 푸는 순간 잠긴 목소리가 들렸다.

"원래 그런 놈 맞아. 남한테는. 남이야 죽든 살든 남이니까."

설마 아직까지 고민하고 있었던 거야?

뜨악한 얼굴로 쳐다보았으나, 선배는 아랑곳없이 말을 이어갔다.

"근데 넌 이제부터 남이 아니잖아?"

"……."

"내 여자친구는 내가 관리해야지. 안 그래?"

"저기요. 선배……. 뭔가 너무 빠르다는 생각은 안 드나요?"

"결정하기 직전까지가 어려울 뿐이지. 결정하고 나선 고민할 거 없잖아."

"선배. 제가 아까는 너무 놀라서 이야기를 제대로 나눌 수 없었던 것 같은데요. 우리 진지하게 이야기를 한번……."

"결정 후 협상은 없어."

마치 내 생각을 읽고 있었던 사람처럼 단호했다. 나를 부술 듯이 강하게 치고 오는 시선을 피하기 위해 나는 고개를 숙이는 수밖에 없었다. 가까스로 시선을 피하느라 말이 되어 날아오는 공격을 방어할 수 없었다.

"설득은 더더욱 당할 일 없고."

방어를 못 해낸 내가 무슨 대답을 할까.

"오늘……, 수고하셨어요."

짐을 챙겨 후다닥 차에서 내렸다. 그리고 뒤도 안 돌아보고 곧장 집으로 올라갔다. 사귀자는 말은 장난이라 생각했다. 그런데 선배는 진심으로 달려들고 있었다. 병신이라는 개념은 어디로 날려 보내고 내가 '내 거'라는 개념으로 재정립된 걸까.

집에 들어오자마자 문을 걸어 잠갔다. 그리고 그 상황을 잊으려는 듯 옷들을 훌훌 벗어던지고 곧장 화장실에서 찬물로 샤워를 시작했다.

발치에 떨어져 깨져버리는 물방울을 멍하게 바라보았다. 깨지기가 무섭게 다른 물방울들 파편과 뭉쳐지고 그리고 곧장 하수구로 빨려 들어간다. 깨진 파편은 그런 거다. 깨져서 또 다른 새로운 것으로 만들어지지 못하고 저렇게 어디론가 휩쓸려 사라지게 되는 거다. 그렇기 때문에 안 된다. 나와 민우 선배는. 준서 선배와 서연이에게서 각자 떨어진 파편들이 뭉치면 새로운 것이 아니라 어디론가 휩쓸려 사라지게 될 거다. 아무것도 남기지 않고 말이다.

하수구에 빨려가는 수많은 물방울의 파편이 되고 싶진 않다. 아닐 거라는 작은 희망보다는 확률 높은 현실을 택하고 싶다.

"……앞으로 무조건 피하는 거다."

홀로 중얼거리며 주먹을 불끈 쥐었다.

휴대전화를 켠 순간 내가 어떤 상황을 등지고 왔는지 생각해냈다. 민우 선배가 휘저어놓은 생각의 범위가 컸던 터라 놀이공원에 있을 두 사람을 생각하지 못했다.

부재중 전화 6통. 문자 4통.

놀이공원에 내가 없다는 게 그들에겐 그렇게 큰일이었던 것일까. 서연이 전화 5통. 준서 선배 전화 1통이 찍혀 있었다. 서둘러 수신 메시지함 아래에 있는 문자부터 읽어나갔다.

- 지혜야 도와줘어어어어어어ㅠ.ㅠ -

- 어디 간 거야? 정말 민우 선배랑 가버린 거야? 나 준서 선배 어색한데에! ㅠ.ㅠ -

- 문자 보는 대로 전화 줘. -

마지막 문자에 이모티콘이 하나도 없다는 걸 발견해냈다. 화났다는 증거다. 그리고 이 문자는 무려 내가 잠들기 직전인 8시간 30분 전에 와 있었다. 서연이가 얼마나 화났을까에 대한 번잡한 고민을 하며 버튼을 옆으로 누른 순간 비슷한 내용의 문자에 턱이 빠질 뻔했다.

- Call Me. -

영어에 놀란 게 아니다. 이 정도는 잠결에 읽어도 이해될 만큼 초등학생 영어가 아니던가. 내가 놀란 건 6개의 알파벳보다는 아래에 정확하게 찍혀 있는 '민우 선배'라는 글자 때문이었다.

"아아, 내가 미쳐."

능지처참 당하는 기분이었다. 왼팔은 준서 선배가, 오른팔은 서연이가, 왼발은 미처 하지 못한 과제가, 오른쪽 발은 민우 선배가 잡고서 사방으로 날 잡아 뜯는 것 같았다. 바닥에 앉아 침대 모서리에 턱을 걸친 채 멍하게 있다 손에서 느껴지는 진동에 폰을 들었다.

위이이이잉 위이이잉.

서연이였다. 내가 일어난 건 어떻게 알았을까. 단두대 앞에 선 죄인처럼 혼란스런 표정으로 휴대전화를 귀에 가져다 댔다.

"여보세요."

- 휴대전화 켰네?

"아, 응. 문자랑 부재중 전화 이제야 확인했어. 미안해. 어제 집에 오자마자 확 도진 술병 때문에 바로 쓰러져 자버렸다. 넌 어제 어떻게 된 건데? 준서 선배랑은? 많이 어색했어? 괜찮잖아. 준서 선배라면."

혼자서 열심히 말했다. 어색하지 않기 위해서.

- 넌? 넌 어제 어떻게 된 건데?

"나? 나야 민우 선배 차 타고 바로 집에 왔지."

- 아, 그래?

대답하는 서연이의 목소리가 무겁다.

"어제 무슨 일 있었어?"

- 아니.

"그럼……. 화 많이 났어?"

- ……아냐. 피곤해서 그래. 저기…….

"왜? 준서 선배가 많이 부담스러워?"

휴대전화 너머가 잠잠했다. 내가 정곡을 찔러서일까, 아니면 말을 잘라버려서일까. 책상 위에 쌓여 있는 숙제들을 보았다. 아직 한가득이었다. 숙제에 대한 걱정으로 생각이 기울어질 때쯤 말없던 휴대전화 건너편에서 담담한 목소리가 흘러나왔다.

- 준서 선배는 직접 말한 게 아니니까 미리 설레발 칠 필요 없잖아. 그냥……, 있기로 했어. 준서 선배, 좋은 사람이니까. 좋은 쪽으로 생각하기로 했어.

그렇게 말하는 서연이의 목소리는 납덩이처럼 무겁게 바닥으로 가라앉았다. 내게 말할 수 없는 일이 생겨버린 걸까. 그러나 그게 뭐냐고 한 번쯤 물어보지 못했다. 갖은 혼란을 다 껴안은 내가 서연이에게 네 혼란을 말해봐, 라고 호기 있게 외칠 상태가 아니었다.

- 나중에 학교에서 보자.

"응."

대답이 건너편 휴대전화 너머로 당도하기도 전에 뚝 하고 끊겼다. 휴대전화를 덮어 침대 위에 던졌다. 그러고는 부엌으로 가 갈색 빛 도는 결명자차를 물 컵 가득 부어 마실 때였다.

딩동.

쾅쾅!

"병, 아니 이지혜!"

이웃집 저 남자는 내 성을 '병아니이'로 아는 건가. 몇 번이고 같은 실수를 반복하는 민우 선배의 목소리에 기겁하게 놀라다 슬그머니 불쾌함이 치밀었다. 벨을 누른 후 기다릴 줄 모르고 남의 집 멀쩡한 문을 두들겨대다니. 더군다나 지금 시각은 내게 새벽인 9시다. 이런 새벽에 왜 남의 집 문을 두들긴단 말인가.

쾅쾅!

"없냐? 없으면 대답해봐!"

하마터면 없다고 대답할 뻔했다. 용의주도한 사람이다. 민우 선배는 한두 번 더 두들겨보더니 없나 보네 라고 말하며 돌아섰다. 여기까지 온 이유가 궁금하긴 했지만 피하기로 했으니 참기로 했다. 나는 결연한 표정으로 찻잔에 비친 내 얼굴을 물끄러미 바라보았다.

나는 감정이 없는 상태에서 누군가를 만나고 연애를 할 수 없다. 그렇게까지 해서 누군가를 만나고 싶을 만큼 외로움에 골이 패인 것도 아니었다. 더군다나 그 상대가 화제의 인물인 민우 선배라면 더욱 곤란하다. 첫 연애는 내가 좋아하는 사람과 신중하게 하고 싶었다.

툭.

무언가 날아 들어오는 소리다. 뒤로 돌아보니 잠잠했다. 여차 하면 유리컵을 던질 요량으로 한 손에 꽉 쥐고서 베란다로 나가보니 두루마리 휴지가 일자로 죽 펴진 채 벽에 박혀 있었다. 마치 하얀 천처럼 길게 풀려 있는 두루마리 휴지의 끝을 향해 옆으로 고개를 돌리다 멈칫했다.

"내가 없으면 대답하랬지?"

휴지 끝을 잡고서 두루마리 부분을 집어던진 남자는 베란다에 비스듬히 기대 이럴 줄 알았다는 표정으로 날 빤히 보고 있었다.

난 어째서 베란다 구조가 테라스형인 이런 곳을 택했을까, 라는 고민을 하고 있을 때쯤 민우 선배는 두루마리 휴지 끝을 잡고서 말기 시작했

132

다. 남의 집 베란다에 두루마리 휴지를 던져놓고 다시 말아가는 저 행위는 행위예술의 일환인가, 하는 생각으로 쳐다보았다.

"아, 끊어졌다!"

"이건 무슨 행동인가요?"

"마지막 두루마리야. 쿨하게 너한테 선물로 주고 싶은데, 오늘 당장 쓸 휴지가 없다."

쿨하게 '던진' 두루마리 휴지 따윈 선물로 받지 않아요, 라는 말을 목구멍으로 꾸역꾸역 삼키며 두루마리 휴지를 집어 민우 선배에게 던져주었다. 그러자 민우 선배는 '머리 좋은데?'라는 다소 어처구니없는 말로 받아쳤다.

빈 낚싯대에 물린 멍청한 물고기처럼 나는 두루마리 휴지에 낚여 베란다까지 나왔다. 검은색 반팔 티셔츠를 입고서 기껏해야 몇백 원 할 두루마리 휴지를 말고 있는 저 모습이 왜 저렇게 잘나 보일까. 테라스 형 베란다에서 민우 선배는 쏟아지는 아침 햇살마저 자신을 위한 조명처럼 사용하고 있었다. 여자, 남자 할 것 없이 입 모아 찬양하는 이유를 알 것 같다.

"어디 갈래?"

두루마리 휴지에 한참 집중하던 사람이 내가 한 걸음 물러서기가 무섭게 물어 왔다. 무슨 소리냐는 식으로 빤히 쳐다보자 처음의 모양처럼 말아놓은 두루마리 휴지를 집 안 어디론가 휙 하고 던지며 말했다.

"어디 가고 싶으냐고."

"어디 꼭……, 가야 해요?"

"아니. 그런 건 아닌데, 집에 있으려고?"

"네. 뭐. 아무래도?"

"명색이 첫 데이트를 집에서? 뭐 난 아무래도 상관없어."

그게 무슨 소리야!

하마터면 물 컵을 던질 뻔했다. 심란한 내 얼굴을 보며 심드렁한 표정을 짓고 있던 민우 선배가 한쪽 입꼬리를 올리며 물었다.

"설마 첫 데이트 신청을 거절할 건 아니지?"

"서, 선배 왜 이러세요? 갑자기. 하……, 하하."

"난 어젯밤부터 생각했으니까 갑자기는 아니지."

"아! 맞다! 선배! 어쩌죠? 저 과제가 엄청나게 많아서 PC방 가서 정리를 해야 해요. 거기다가 오늘 오후에 수업이 있어서 지금 당장 하지 않으면 곤란해요. 아까도 숙제를 하느라 미처 나가 보지 못했었거든요. 지금도 숙제를 하러 가봐야겠어요. 그럼!"

최대한 안타깝다는 표정으로, 어쩔 수 없는 일이라는 듯 구구절절이 말하는 나를 쳐다보며 민우 선배가 물었다.

"PC방?"

"네!"

"숙제 때문에? 워드?"

"네!"

드디어 내 말이 먹히는구나 라며 환희에 차오를 무렵 민우 선배가 머리통에 찬물을 끼얹었다.

"건너와."

내 중간 손가락보다 더 긴 검지를 까딱거리는 민우 선배를 멍한 표정으로 보았다.

"PC방 갈 거 없잖아. 내 방에 컴퓨터 있고, 프린터 있어. 써."

멍해졌다. 민우 선배의 달갑지 않은 호의에 대처해야 할 방법이 없다.

이렇게 나올 거라고는 생각도 못 했다. 내가 아는 민우 선배는 절대로 이런 사람이 아니니까. 태연하게 자신의 컴퓨터 성능을 말해주며 자신의 과제 일부분을 참고해도 좋다는 넓은 아량을 베푼 순간 깨달았다.

이 사람은 민우 선배가 아니다! 어젯밤 벼락에 머리를 맞지 않은 이상, 저렇게 온화한 표정으로 순순히 자신의 과제를 보여줄 리가 없다. 더욱이 잉크도 많으니 프린트해도 좋다는 말까지 하다니!

충격으로 더듬더듬 입술을 열었다.

"선배, 혹시 쌍둥이예요?"

"쌍둥이? 남의 멀쩡한 가정사 뒤집어엎을 생각하지 말고, 건너와. 컴퓨터는 켜져 있으니까."

"아뇨! 서, 선배! 선배 집에서 신세를 질 순 없죠! 여태껏 선배한테 진 신세가 얼만데요! 괜찮아요! 전 혼자서 PC방 가는 게 속 편하니까 집에 계세요!"

"그런가?"

피하기는 실패했어도, 만남의 시간은 줄여야겠다고 생각했다. 민우 선배는 잠시 고민하는 표정을 짓더니 허리를 곧추세워 똑바로 섰다. 그리고 늘 그래왔던 것처럼 건너편 베란다에 서 있는 날 내려다보며 말했다.

"좋아. 뭐 첫 데이트에 PC방도 나쁘지는 않지."

"네?"

"PC방 커플석, 한번 사용해보고 싶었거든."

그리고 민우 선배는 소리 없이 슬쩍 웃어 보였다. 마치 네 생각쯤은 아까 전부터 꿰뚫어보고 있었다는 그런 표정이었다. 커플석이라 함은, 각자 의자를 가지는 게 아니라 긴 의자 하나를 두 사람이 나눠 앉는 그 좌석을 말하는 게 아닌가. 자칫하다간 살이 스치고 그 스파크에 서로 눈이 맞아 높은 등받이를 벽 삼아 몰래 키스까지 한다는 그곳.

갑자기 뒤통수가 얼얼해졌다. 한 대 맞은 기분이었다. 피하려다 되레 붙잡히게 생겼다.

"어떡할래? 집에 올래? PC방을 함께 갈까?"

내 결정을 기다린다는 듯 짓는 민우 선배의 부드러운 미소가 내겐 빨간 뿔이 돋아난 악마로 보인다. 그 순간 가열하게 고민했다. PC방은 부담스럽도록 서로에게 밀착되어 있다. 내게 남은 선택권은 하나다. 그나마 도망 다니거나 피할 수 있는 여유 공간이 있는 곳, 적어도 서로의 살이 스치지는 않을 곳.

"……생각해보니까 선배 집이 더 낫겠네요."

"어서 와."

벨을 누르기도 전에 민우 선배가 문을 열고서 반겼다.

"실례하겠습니다."

머쓱한 인사를 건넨 후 집 안으로 들어간 나는 곧바로 컴퓨터 앞에 앉아 신의 속도로 타자를 치기 시작했다. 민우 선배의 접근을 막기 위해 누구라도 건드리면 가만두지 않겠다는 엄청난 포스를 일부러 풍겼다.

"자판 부서진다."

하지만 나만 느끼는 포스였나 보다. 민우 선배는 눈 하나 깜짝하지 않았다. 오히려 정수리를 커다란 손바닥으로 꾹 눌렀다.

"뭐 먹을래?"

"아니요."

"뭐 마실래?"

"아니요."

"도와줄 건?"

"없어요."

칼같이 대답하며 빠르게 자판을 두들겼다. 나는 최대한 빨리 과제를 매듭짓고 이곳을 벗어나야겠다는 일념뿐이었다. 타자가 필요한 숙제는 엄청나게 많았지만, 급한 과제만 하기로 했다. 나머지는 PC방에 혼자 가서 할 생각이었다.

한참 타자를 치고 있던 나는 다른 사람의 움직임이 전혀 느껴지지 않을 만큼 조용한 걸 깨닫고는 퍼뜩 고개를 들었다. 갑자기 불안함이 엄습해 왔다. 펄떡대는 심장을 안고서 슬쩍 고개를 뒤로 돌렸다. 아무것도 없었다. 침대 쪽을 보았다. 침대에 걸터앉아 있을 줄 알았는데 없었다.

"뭐 찾아?"

"히익."

"나?"

내가 찾던 그 사람은 바로 뒤, 바닥에 앉아 있었다. 양반다리를 하고 앉아 한쪽 무릎에 팔꿈치를 대고 턱을 괸 채로 말이다.

"왜, 왜 그러고 있어요?"

"그럼 내가 뭘 해야 하는데?"

"네?"

"할 게 없잖아."

"서, 선배는 뭐 할 거 없어요?"

"글쎄. 이 시간에는 주로 문 열어놓고 샤워를 하는데……."

"히익!"

"안타깝게도 그건 이미 다 했고, 숙제는 다 끝났고. 할 게 없네."

문 열어놓고 샤워한다는 말에 놀라 모니터에 등이 닿을 만큼 뒤로 물러나며 기겁하는 나를 재미있다는 듯 쳐다보던 민우 선배가 자리를 털고 일어났다. 겁을 먹은 표정으로 괴수 같은 선배를 올려다보았다. 왠지 여기로 다가올 것만 같은 불안한 기분이 들었다. 아니나 다를까 선배는 나의 기대에 한 치도 어긋나지 않게 내 쪽을 향해 걸어왔다. 정확히 한곳을 응시하면서.

느리게 다가서는 민우 선배를 보며 머릿속이 백짓장처럼 질려 입도 뻥긋 못 했다. 허공에 들린 채 굳어버린 내 손을 휙 잡아챈 민우 선배가 팔꿈치를 무심한 눈으로 쳐다보았다.

"이거 뭐야?"

가까스로 정신을 차려 민우 선배가 가리킨 내 팔꿈치를 보았다. 팔꿈치에는 어디서 생겼는지 모를 상처 하나가 보였다. 하나 확실한 건 상처가 생긴 지 얼마 되지 않았다는 거였다.

빨갛게 부풀어 오른 상처 끝은 찢어져서 붉은 피까지 보이고 있었다. 팔꿈치가 이렇게 되도록 느끼지 못하고 있었다니. 어쩐지 움직일 때 불편하다 싶었다.

"가만있어. 연고랑 대일밴드 줄 테니까."

상처를 제대로 보려고 버둥대는 내 어깨를 잡아 누른 민우 선배가 곧 밴드와 연고를 가져왔다. 그러고는 싱크대에 가 손을 씻더니 상처 위에 연고를 바르고 그 위에 대일밴드를 붙여주었다. 이렇게 약을 바르고 밴드를 바를 만큼, 큰 상처는 아니었는데 민우 선배를 말리지 못했다. 민우 선배는 나를 흘깃 보며 타박했다.

"칠칠맞기는. 네 신경세포는 다 죽었냐? 찢어진 것도 모르고 있게?"

"……."

"약은 얇게 펴 발랐으니까 오늘 밤에 대일밴드 떼어도 될 거야. 대일밴

138

드 오래 붙이면 더 안 좋은 거 알지?"

"……."

"뭘 그렇게 봐?"

"이상해서요."

"뭐가."

"선배, 정말 이런 사람 아니었잖아요."

너무 낯설고 이상해서 내가 아는 사람이 아닐지도 모른다는 기이한 생각까지 했다. 이렇게 다정한 사람이 아니었다. 그는 칠칠맞은 나를 구박하거나, 혹은 모르는 척해야 맞는 사람이었다.

"네가 보지 못한 상처를 내가 발견한 게 이상한 일인가?"

연고와 대일밴드를 챙겨 넣은 후 침대에 걸터앉은 민우 선배 등 뒤로 햇살이 쏟아졌다.

"아뇨. 치료해준 게……, 이상한 거죠."

"하, 결론은 내가 이러는 게 이상하다?"

"네……."

어느새 햇살에 적응된 건지 민우 선배가 특유의 무표정한 얼굴로 날 쳐다보았다.

"같은 질문엔 같은 대답밖에 해줄 수 없잖아."

예전 민우 선배의 대답이 뭐였는지 기억나지 않아 멍하게 쳐다보았다.

"내 여자친구는 내가 관리한다고 말했잖아."

날카롭고 사나운 분위기를 유지하던 민우 선배의 표정이 점차 온화하게 풀렸다. 상황에 맞지 않는 부드럽고 편한 표정이었다.

"달라진 건 하나뿐이야. 네가 내 사람이 됐다는 거."

잠시 멍하게 있던 나는 이 어색하고도 난감한 분위기를 피하기 위해 얼른 돌아서셨다. 그러고는 지문이 닳도록 자판을 두들겼다.

민우 선배는 그 후로 날 부르지 않았다. 이따금씩 등 뒤에서 따끔거리는 시선이 느껴졌지만 모르는 척하며 숙제에 몰입했다.

난 최대한의 속도로 숙제를 끝내고 파일을 메일로 보낸 후 '감사합니다! 잘 썼어요!'라고 소리친 후 그 집에서 뛰쳐나왔다. 프린트할 시간조차 만들고 싶지 않았다. 프린터가 윙윙대는 소음을 내며 종이를 뽑아낼 동안 생길 어색한 분위기를 감당할 힘이 내겐 없었다.

집에 돌아온 나는 심장께를 손으로 꼭 누르며 숨을 몰아쉬었다. 하마터면 크게 홀릴 뻔했다.

민우 선배는 위험한 사람이었다. 알 수 없는 묘한 분위기로 사람들의 시선을 잡아놓고 정작 자신은 귀찮다는 듯 신경 쓰지 않는다. 사람들은 그 차가움에 안달하는 것이다. 좀 더 자신의 곁에 시선이 닿기를, 자신의 존재가 인식되기를, 좀 더 가까워지기를.

하지만 그런 간절한 요구들은 민우 선배에게 닿지 않는다. 그들에겐 꽤나 큰 바람이겠지만, 민우 선배에겐 수많은 사람들 중 하나밖에 되지 않는다.

그리고 민우 선배가 그나마 인정한 사람들, 민우 선배의 관심과 대화와 웃음을 받을 수 있는 몇 안 되는 사람들은 민우 선배 안에서 벗어나지 못한다. 그게 얼마나 받기 어려운 관심인지 머리가 아니더라도 본능적으로 알아채기 때문이다. 사람도 짐승의 습성이 남아 있어 자신보다 우월한 어떤 매력이 있는 존재의 눈 밖에 나는 걸 원하지 않는다. 위를 향하는 사람들의 시선, 멋지고 아름다운 것을 향하는 사람들의 시선은 변함없다.

그리고 나 역시 그런 사람 중 하나다. 부인할 수 없다. 민우 선배가 드문드문 웃음을 보일 때마다, 나도 모르게 두근거렸다.

하지만 준서 선배를 좋아하면서 다시 한 번 깨달았다. 매력적인 사람을 가지려는 욕심을 품는 순간 다치는 건 내가 된다는 것. 이젠 매력적인 사람들 때문에 힘들고 싶지 않다.

그러니까, 민우 선배는 내게 가까이 있어서는 안 될 사람이다. 다시 한 번 민우 선배와 거리 설정을 해야겠다.

- 10시. 집 앞. 등교 함께 할 예정. -

10시에 나와 함께 등교할 예정이라는 사람은 이틀간 죽은 듯이 잠잠했던 이웃집 사람이었다. 잊을 만하면 불쑥 나타나 사람을 휘젓는다. 시간을 확인하니 8시 1분이었다. 난 9시부터 강의 시작인데 10시에 함께 등교를 하자니? 내 계획을 가뿐하게 무시하는 이런 일방적인 약속 문자는 뭐란 말인가.

휴대전화를 탁 소리 나게 덮고서 검은색 백팩 가방 안에 밀어 넣었다. 다음에 다시 한 번 이런 문자가 온다면 스팸 처리해버릴 거라고 생각하며.

"안녕."

이른 시간에 도착해 강의실 문을 열어보니 중간에 홀로 덩그러니 앉아 있는 서연이가 보였다. 등 뒤에는 얼굴만 익힌 여자 선배들 셋이서 뒤에 앉아 서연이의 등을 보며 쑥덕이고 있었다. 나는 서연이 옆에 앉아 슬쩍 뒤를 돌아보며 물었다.

"무슨 일 있어? 뒤에 있는 사람들 선배들 아니야?"

"맞아."

서연이의 대답이 꽤나 싸늘했다. 아직도 놀이공원에 홀로 버려두고 온 걸 화내는 걸까. 내가 슬쩍 눈치를 본다는 것을 알았는지 서연이가 곧장 이유를 설명했다.

"중간에 있는 선배가 준서 선배를 좋아하나 봐. 어디서 무슨 소리를 들었는지 모르겠지만 내가 눈엣가시인가 보지. 뭐. 괜찮아. 한두 번 있었던 일도 아니고. 굳이 이런 일에 난 억울하네 마네를 말하는 것도 고등학생 때나 하던 짓이지."

서연이는 별것 아니라는 듯 대꾸했지만 톡 쏘는 말투나 일그러진 표정을 보면 마음이 불편한 모양이었다. 나는 그 곁에서 괴로워하는 서연이의 등을 두들겨주는 것 말고는 할 수 있는 일은 없었다.

얼마 후, 삼삼오오 애들이 몰려 들어왔다. 애들과 이런저런 이야기를 나누다 교수님이 강단에 서자 모조리 입을 다물고 앞을 쳐다봤다. 늘 그렇듯 평소와 비슷한 하루의 시작이었다.

11시 강의가 시작되기 전, 두툼한 강의실 문을 열고 들어온 민우 선배가 무섭게 날 쏘아보기 전까지는.

11시 수업이라는 언론 역사의 이해라는 과목은 80명이 수강한다. 지금 시각은 10시 55분. 지각이 확정된 사람이 아니라면 웬만한 학생들은 자리를 잡고 앉아 있을 시간이었다. 이곳에서 민우 선배가 쓸데없는 소리를 한다면 학과에 돌이킬 수 없는 파장이 이는 건 불 보듯 훤한 일이었다.

선배가 막 무언가를 소리쳐 부를 때였다.

"야."

"서, 선배!"

이건 뭐야 라는 듯 민우 선배가 자신의 앞을 가로막은 자그마한 여자애를 쳐다보았다. 갑작스레 벌어진 상황에 수업을 준비하는 모든 학생들의 시선이 민우 선배와 후배를 향하고 있었다. 자그마한 여자애는 민우 선배를 향해 무언가를 쑥 내밀었다. 어깨를 펴고 당당하게 서 있어도 작아 보일 것 같은 여자애가 수줍어하면서 떨고 있으니 더 왜소해 보였다.

"이, 이거요."

"뭐냐. 이건."

"선배 책이요."

미심쩍은 표정으로 여자애와 책을 번갈아보던 민우 선배가 자신의 책임을 확인하자 받아들었다. 그러고는 긴장한 듯 굳어 있는 여자애를 향해 시선 한 번 주지 않은 채 책을 이리저리 살피며 물었다.

"없다 했더니. 범인이 너였어?"

"아뇨! 아뇨! 선배가 두고 간 걸 제가 챙긴 거예요!"

갑자기 도둑으로 몰린 여자 후배가 다급하게 고개를 가로저었다.

"아, 그래? 고맙다."

"네. 네."

옆에서 서연이가 1학년 중에서 가장 인기 많은 여자애라고 소곤거렸다. 그 말에 나는 동의할 수밖에 없었다. 그러거나 말거나 민우 선배의 시선은 오로지 책에만 향하고 있었다. 자신의 책이 멀쩡한 것을 확인하더니 자신의 책을 옆구리에 끼고는 여자애를 보며 물었다.

"할 말이 남았어?"

"아니요. 그건 아닌데요. 선배, 굳이 책 때문은 아닌데요. 제가 예전부터 선배를, 그러니까……, 되게 멋지다고 생각해 왔거든요. 굳이 이성으로서가 아니라요. 그러니까 동경이랄까요. 선배가 너무 멋져서요. 그래서 그런데……, 오늘 점심에 시간 어떠세요?"

당돌한 스무 살이네, 라는 소리가 어디선가 터져 나왔다. 누군가 내 마음을 간파해 읽은 게 틀림없었다. 이미 시간은 11시 4분. 등 뒤를 힐끔 돌아보니 뒷문으로 들어오던 교수님마저 이 광경을 구경하고 있었다.

나는 내 처지를 잊고서 턱을 괸 채 두 사람을 바라보며 분석했다. 저 여자는 정말 민우 선배를 이성으로서 여긴 것이 아닐까 라는 의문이 들었다. 아무래도 아닐 것이다. 책을 놔두고 간 선배가 멋진 여자였다면 책을 돌려주었을지언정 대담하게 점심 한 끼를 함께하자는 말을 꺼내진 않았을 거다.

그래도 내 앞에 선 이 자그마한 여자애가 나보다 더 커 보였다. 누군가를 향해 좋아하는 마음, 혹은 그 아이의 말대로 순수한 동경일지라도 그 마음을 내보이는 건 좀처럼 하기 힘든 대단한 일이기 때문이다.

"그거 꽤 귀찮은 절차를 밟아야 하는데."

한참 뜸을 들이던 민우 선배가 고개를 비스듬히 꺾은 채 여자애를 보며 말했다.

"같이 점심 먹기로 한 녀석들한테 미안하다고 말해야 하고, 점심 먹은 후에 도서관에 들르기로 한 준서 녀석한테도 미안하다고 말해야 하니까. 거기다 또 어떤 녀석한테 널 만난다고 말을 해주고 결재를 받아야 하는 몸이라서 말이야."

'어떤 녀석'이라고 힘주어 발음하는 동안 민우 선배의 시선이 여자애 어깨 너머 내게로 슬쩍 넘어왔다. 다른 사람이 눈치 채지 못할 만큼 아슬아슬하게 내게 시선을 주고, 모두의 앞에서 나를 말하는 민우 선배를 보았다.

온몸에 전기가 통하는 짜릿한 기분이었다. 민우 선배가 80명 남짓 되는 많은 사람들 앞에서 나를 말했지만, 그 수많은 사람은 나를 모른다. 묘한 기분에 사로잡혀 있는 나를 보며 민우 선배는 이것조차 계산한 사람처럼 슬쩍 입가에 미소를 그려 보였다. 마치 그 여자애를 향해 웃어 보이는 것처럼 가장해서 말이다. 역시 위험한 사람이다.

"미안한데 그 절차 꽤 복잡하고 귀찮아서 말이야."

조금은 미안한 듯, 또 다르게는 건드리지 말라는 경고처럼 민우 선배는 그 여자애를 내려다보았다. 완벽하게 거절당한 여자애는 부끄러움과 굴욕으로 벌게진 얼굴을 한 채 강의실 밖으로 뛰어나갔다.

나는 멀어지는 여자애의 뒷모습을 안타깝게 바라보았다. 여자 후배는 이 문을 열고 들어오는 데 꽤 많은 용기가 필요했을 거다. 그리고 이 문을 열고 나가는 순간에는 용기만큼 다친 자존심을 회복시킬 힘이 필요할 것이다.

"이거 청춘이란 말이야. 허허허. 내가 십 년만 젊었어도!"

여자 후배라는 방해물이 빠지고 나자 민우 선배와 내가 마주 보는 꼴이 되었다. 민우 선배가 내게 막 무어라 말하며 다가오려는 찰나 교수님의 굵직한 목소리가 강의실 뒤편에서 들려왔다. 더 구경할 게 없다고 판단한 교수님은 빠른 걸음으로 내려와 강단 앞에 섰다.

교수님의 시력이 좋아 입술을 달싹이며 내게 달려들려고 한 민우 선배를 봤더라면 아마 이것보다 더 큰 구경을 할 수 있었을 거다. 민우 선배는 불만스러운 표정으로 입을 다물고서 자신이 늘 즐겨 앉는 자리에 앉았다. 남몰래 한숨을 내쉬며 나는 교수님의 안 좋은 시력에 감사했다.

교수님은 강의 전 봤던 고백 장면 때문에 쉬는 시간 없이 연강하겠다고 말했다. 곳곳에서 탄성이 쏟아졌지만 그 누구보다도 '악!' 소리 내며 괴로워한 건 민우 선배였다. 대체 내게 무슨 한이 저리도 많이 맺혀 반 학기 동안 단 한 번 흔들림 없던 사람이 저렇게 소리를 지른단 말인가.

교수님이 기나긴 수업이 드디어 끝나갔다. 교수님이 마무리 말을 하는 동안 휴대전화를 꺼내 문자를 확인한 나는 손끝을 덜덜 떨었다.

문자 5통. 부재중 전화 3통. 죄다 한 번호.

- 어디냐. 10시다. 문 부술까? -

- 너희 집 베란다에 휴지 던져놨다. 가지고 나와라. -

- 20분 타임 오버. -

- 전화 안 받냐? -

그리고 마지막 피날레를 장식한 무서운 여섯 글자.

- 학교에서 보자. -

문자에서 좀처럼 보기 힘들다는 마침표를 본 순간 머리가 아득해졌다. 마지막 점을 찍는 순간 민우 선배는 무슨 생각을 했을까. 수업을 마치기가 무섭게 가방을 싸들고 문밖으로 뛰었다.

뛰면서 내가 왜 저 사람의 일방적인 약속을 지키지 않았다는 이유로 피해야 하며, 내 팔자는 왜 이렇게 기구한가에 대해 고뇌를 거듭했다.

한참을 달리다 체력이 고갈돼 헉헉대며 등나무에 비스듬히 기대서 있을 때였다. 등 뒤에서 발소리가 들린다 싶더니 이내 등나무 기둥을 익숙한 손 하나가 턱 하고 내리찍었다.

"네가 뛰어봐야 학교 안 아니겠냐? 도망가려면 택시라도 탔어야지. 그래봐야 오늘 저녁에 보겠지만 말이야."

헉헉대는 숨소리가 겹쳐 들렸다. 목 뒤에 털들이 모조리 다 곤두서는 기분이었다. 누군지 굳이 확인하지 않아도 이젠 확실히 알 거 같았다. 손만 볼 땐 민우 선배가 아닐지도 모른다는, 별똥별에서 외계인이라도 굴러 떨어질 정도의 작은 기대를 했는데 말이다.

"10시. 어디 갔었어?"

"매점……이요."

"매점은 왜?"

물음이 칼같이 돌아왔다. 그 말투에 밴 싸늘함이 아슬아슬하게 내 목을 내려칠 듯 말 듯했다.

"수업이 9시였어요. 수업 마치고 배고파서 우유 하나 사 먹으려고 갔었어요."

민우 선배가 말없이 날 돌려세웠다. 나는 불안하게 좌우를 살폈다. 어디서 우리를 아는 사람들이 나타날지 모른다는 생각 때문이었다. 그러다가 민우 선배 손에 턱이 잡혔다.

"윽."

시야에 민우 선배 한 사람만 들어왔다. 순간 왜 이 사람에게 이런 꼴로 잡혀 있어야 하는지 억울함이 울컥 치솟아 올라왔다. 더는 참을 수가 없어서 먼저 쏘아댔다.

"그러길래 누가 약속을 막 잡으래요? 제 시간표가 어떻게 되어 있는지도 모르면서 혼자서 약속을 잡으니까 이런 상황이 생기는 거잖아요. 적어도 약속이라면 같이 해야 하는 거잖아요. 그렇게 무턱대고 일방적인 게 아…….."

"미안. 약속 혼자 잡은 건."

딱딱한 목소리가 내 말을 잘랐다. 난 내 잘못만이 아니라고 말하고 싶었다. 그리고 내 잘못만은 아닌 사실은 변함없었다. 민우 선배도 자신의 잘못을 시인했다. 여기까지로 끝이 났다면 내 각본은 맞아떨어졌을 거다.

하지만 민우 선배는 내 생각만큼 쉬운 사람이 아니었다. 민우 선배가 무겁게 내려앉은 눈동자로 날 보았다.

"근데 너 문자 할 줄 모르냐?"

"……."

"먼저 간다고, 수업이 9시라고 말했으면 되잖아. 문자가 안 될 상황이었으면 전화를 받기라도 했으면 됐잖아. 뻔히 10시에 사람 기다리는 거 알면서 휴대전화 꺼낼 생각조차 못 했냐? 미리 연락을 해주든가, 그것조차 안 될 상황이었으면 내 전화라도 기다리든가! 그럼 적어도 너희 집 문 20분 동안이나 두들기고 있을 필요 없었잖아! 너희 집 베란다에 두루마리 휴지 던져서 소란 피울 필요도 없었고!"

민우 선배는 진심으로 화가 난 표정으로 조금의 틈도 주지 않고 바싹 붙어서 날 다그쳤다. 내 무심함과 무성의한 태도에.

민우 선배의 눈빛이 서늘하게 식었다.

"내가 어느새 네 병신 바이러스에 옮았나 보다."

"……."

"내가 병신이지, 후."

신경질적으로 썩은 등나무를 발로 걷어찬 민우 선배가 싸늘한 한마디를 남기고 돌아섰다. 썩은 등나무 안에서 쩍 하고 갈라지는 소리가 들렸다. 그 소리가 얼마나 생생한지 내가 맞은 기분이었다.

저렇게까지 화나게 만들 생각은 없었다. 아니, 민우 선배가 저렇게 화낼 거라곤 생각도 못 했다. 몇 번 문 두들겨보고 없으면 무신경하게 돌아서겠지, 라고 생각했다.

하지만 그것은 섣부른 판단이었다. 20분을 기다렸다는 사람이 간 곳을 멍하게 바라보며 한참 서 있어야 했다. 귀에서 들리는 환청에 한참을 시달리며 말이다.

"내 건 내가 관리한다고 말했잖아. 달라진 건 하나뿐이야……."

그리고 그 뒷말.

"네가 내 사람이 됐다는 거."

하루 일과를 마친 후, 할 말이 있다는 서연이에게 오늘은 머리가 아파 쉬고 싶다고 말한 후 집에 돌아왔다. 서연이가 섭섭한 표정을 지었지만 실제로 머리가 아파서 이야기를 들어줄 여력이 없었다.

오자마자 문부터 살폈다. 어딘가 움푹 파여 있거나 고장 났을 줄 알았는데, 20분 두들겼다는 문치곤 멀쩡했다. 그로써 20분을 기다렸다는 선배의 말은 과장일 거라는 나의 생각이 현실화 되는가 했다. 적어도 죄책감이 덜어졌다는 상쾌함에 베란다 문을 열어젖힐 때까지만 해도 말이다.

민우 선배가 한 말 중에 또 다른 말이 있다는 걸 까먹고 있었다. 우리 집 베란다 쪽으로 두루마리 휴지를 던졌다는 말. 뜯지도 않은 새 두루마리 휴지가 우리 집 베란다에 산처럼 수북이 쌓여 있었다.

바닥에 쌓인 두루마리 휴지를 베란다 옆면에 세워보니 31개였다. 30개의 새 두루마리 휴지와 반은 사용한 휴지 1개. 사용한 휴지를 자세히 보니 한 번 풀었다 도로 만 흔적이 보였다. 아마 언젠가 우리 집 베란다로 던졌다 다시 가져간 그 휴지인 모양이었다. 베란다 벽면에 성처럼 쌓인 휴지를 보며 내 죄책감도 성처럼 높아졌다.

"……무식한 사람, 그냥 갈 것이지."

베란다 얼룩이 묻은 두루마리 휴지를 꾹 누르며 홀로 중얼거렸다.

"화……, 많이 났을까."

화 많이 났다. 그렇지 않고서야 한동안 잠잠하던 사람이 벽면이 들썩일 만큼 노래를 크게 틀어놓을 리 없기 때문이었다. 귀가 찢어질 것 같았다. 저 비트 안에서 민우 선배는 어떻게 버티는 걸까. 그리고 이 동네 사람들에 대한 의문도 새록새록 돋아났다. 다들 귀가 멀어버린 것일까, 아니면 민우 선배는 나를 제외한 동네 주민들에게 돈 봉투라도 뿌리고 다니는 것일까. 어떻게 이 음악소리를 듣고 신고할 생각도, 항의할 생각도 하지 않는 걸까.

베란다로 나가 무릎을 끌어안고 앉았다. 노랫소리가 힘차게 뿜어져 나오는 베란다 창문은 불이 꺼져 검었다.

무심히 31개나 되는 두루마리 휴지를 보다 방에서 검은색 네임 펜을 가지고 나왔다. 그러고는 두루마리 휴지가 말린 윗부분에 몇 마디 끄적거려 건너편 베란다에 폭탄 투하하듯 던졌다.

1개, 내가 무심했죠?

2개, 그럴 생각은 아니었는데

3개, 선배가 기다릴 줄 몰랐죠.

4개, 휴지가 참 많네요.

5개, 근데 노래 볼륨 좀 낮춰주면 안 돼요?

……그리고 마지막 너덜너덜해진 31번째 휴지를 집어 들었다. 마지막 말이었다. 한참을 고민했다. 내가 화가 난 선배에게 무슨 말을 할 수 있을까. 30개의 새 휴지에 적고도 말하지 못했다. 해야 하는 말, 그리고 애초부터 내가 하고 싶었던 말. 너덜너덜해진 휴지 위에다 한 글자 한 글자 힘주어 적었다. 그리고 막 건너편 베란다를 향해 던지려는데,

삐.

땅에서 무언가가 솟아나는가 싶더니 베란다 문이 열리고 어느새 린킨파크의 노래가 뚝 끊어졌다.

"허, 헉!"

너무 놀라 소리도 못 질렀다. 헛바람을 집어삼키며 몇 걸음 물러서는 게 다였다.

뒤늦게 한 손에 오디오 리모컨을 들고 있는 민우 선배가 또렷하게 보였다. 내가 메모를 쓴 두루마리 휴지를 던지기 시작할 때부터, 아니 내가 베란다 밖으로 나오기 전부터 민우 선배는 베란다에 앉아 있었던 모양이었다. 내가 베란다로 나온 이후부터 민우 선배의 베란다 문이 열리는 건 단 한 번도 본 적이 없었으니까.

"서, 선배 거기서 뭐, 뭐 해요!"

"노래가 시끄러워서."

"끄⋯⋯, 끄면 되잖아요!"

"볼륨 조절이 안 돼."

환한 보름달 때문에 또렷하게 보인 민우 선배는 내 걱정과는 달리 꽤나 태평한 얼굴이었다. 하지만 날 향한 시선은 여전히 곱지 않았다. 민우 선배가 두루마리 휴지로 난장판이 되어 있을 바닥을 내려다보며 인상을 찌푸렸다.

"곱게 돌려줘도 뭐할 판에 남의 휴지에다가 뭘 이렇게 적어놓은 거냐."

민우 선배가 바닥에 깔린 휴지 중 하나를 들어 보였다.

"'선배, 고막은 괜찮아요?' ⋯⋯이게 그렇게 중요한 말이냐? 휴지에 적어 던지게?"

민우 선배가 기가 차다는 표정으로 두루마리 휴지를 들어 보이며 물었다. 저게 아마 17번째던가 18번째쯤 적었던 거 같다. 민우 선배는 짧게 한숨을 내쉬더니 바닥에 너저분하게 널려 있는 휴지들을 주우며 하나하나 읽었다.

휴지가 투하될 때는 가만히 앉아 있다가 왜 이제 와서 저러는 걸까.

민우 선배가 휴지를 흔들며 말했다.

"서른 개. 한 개 모자라네."

"아, 이거요?"

손에 들려 있는 휴지를 흔들자, 민우 선배가 고개를 끄덕였다.

"어. 그거."

"드릴까요?"

"읽어."

"네?"

"거기에 쓴 거 읽으라고. 밤에 뭐 읽으려니까 눈 아프다. 대신 읽어."

하필이면 이걸 읽으란다. 낡은 휴지를 들고서 어정쩡하게 섰다. 차마 내 입으로 뱉을 용기가 안 나 슬쩍 고개를 들어 보니 민우 선배가 단호한 표정으로 날 보고 서 있었다. 협상 따윈 있을 수 없다는 표정이었다.

읽어야 하나 말아야 하나에 대해 머릿속이 시끄럽도록 고민하다 두 눈 질끈 감고 말했다.

"미안해요. 고의는 아니니까……."

"……."

"……미워하지 마세요."

베란다를 휩쓰는 적막. 동네가 죽어버린 것처럼 조용했다. 슬쩍 눈을 떠 위를 올려다보니 동그랗게 만 주먹으로 입술을 틀어막은 채 큭 하며 웃고 있는 민우 선배가 보였다. 아무리 좋게 해석하려고 해도 비웃는 걸로밖에 보이지 않았다.

어쨌든 민우 선배가 웃었다는 상황에 좋다고 해야 하는 건지, 슬퍼해야 하는 건지. 내 감정에 갈피를 잡을 수 없어 우왕좌왕하는데 웃음기 섞인 민우 선배의 낮은 목소리가 들렸다.

"아까 봤지? 점심 하자고 했던 그 여자애. 나 인기 많아. 여기저기서 밥 먹자는 소리 많이 나와. 길 가다 잡히기도 하고."

어느 누가 간 크게 길 가는 민우 선배를 붙잡는가.

그나저나 대체 무슨 말을 하려고 저러나 싶어 쳐다보자 민우 선배가 '내가 무심했죠?'라고 적힌 1번 휴지를 들어 보이며 말했다.

"그러니까 알면 잘 잡아둬라."

그녀의 이야기, 셋

"저번 조별 발표에 실망했어요. 다들 무성의하게 발표하고 말이야. 이번에 준 주제는 제대로 하길 바라요."

이번 주 초만 해도 별말 없던 교수가 갑자기 과제를 들먹이더니 부족하다며 다른 주제로 하라는 벼락같은 명령을 내렸다.

"3명에서 6명 사이로 멤버 정해서 내일까지 게시판에 올리고……."

앞줄에 앉아 있던 복학생 선배가 손을 번쩍 들었다.

"교수님. 그러면 멤버는 기존 팀으로 합니까? 아니면 새로 구성합니까?"

"새로 해도 되고 기존의 팀으로 해도 돼요. 그건 여러분의 뜻대로 하세요."

교수님은 교단 위에 서서 큰 아량 베푸는 사람처럼 말했다. 교수님이 나간 후 생각지도 못한 폭격을 맞은 강의실은 아수라장이 되었다. 여기저기에 옹기종기 모여 앉은 사람들 입에서 수군수군 말들이 새어나왔다. 저 교수님 갑자기 왜 저러느냐, 집에 일 생겼느냐 등등. 꽤나 시끄러운 소리가 오가는 와중에 점차 한곳으로 시선이 향했다. 가장 앞자리에 앉아 교수님 수업을 알뜰하게 청강하던 모범생이자 학과의 자랑거리인 두 사람에게 모였다. 두 사람 역시 이 상황이 답답하다는 듯 표정을 찌푸리고 있었다.

"아, 이번에는 우리랑 안 할 거 같은데? 우리도 다른 사람 찾아봐야 하는 거 아냐?"

내가 서연이에게 조용히 말하기가 무섭게, 준서 선배가 뒤돌아보며 우리를 불렀다.

"서연아! 지혜야! 조별 같이 하자!"

"아, 네."

내가 거절할 틈도 없이 서연이가 앞서 가버렸다. 마땅히 다른 조에 낄 자리도 없기도 했다. 여기저기서 수군거리는 소리가 들렸다. 불만 반, 어쩔 수 없다는 의견 반이었다.

짐을 챙기다가 파우치 하나를 떨어뜨렸다. 파우치를 주워 엉거주춤 일어나니 머리 위로 그림자가 져 있었다.

"오라니까 자고 있냐?"

민우 선배는 한쪽 어깨엔 내 가방을, 다른 손으론 내 책을 들고 서서 심드렁한 표정으로 묻고 있었다.

"뭐 하세요?"

떨떠름하게 묻자 눈썹에 불이라도 붙은 것처럼 씰룩이던 민우 선배가 긴 손가락으로 파우치까지 가져가며 말했다.

"안 와서 데리러 왔잖아!"

민우 선배 말에 사람들의 시선이 흘깃 닿았다. 어디선가 '언제부터 지혜랑 민우 선배랑 저렇게 친했어?'라고 물었다. 서연이와 준서 선배 또한 민우 선배의 행동이 의아한지 멍하게 쳐다보고 있었다. 괜히 머쓱해졌다.

간단히 조별 과제에 대한 상의를 마친 후, 준서 선배와 서연이는 매점으로 갈 거라고 말했다.

"지혜, 너도 뭐라도 먹고 갈래?"

준서 선배가 웃으며 내게 물어 왔다.

"아뇨. 저는 잠시 들를 곳이 있어서요."

"그래? 아쉽네."

아쉽다는 선배의 말에 나는 싱긋 웃었다. 이젠 그 사람이 내게 인간적인 관심이 있다는 것만으로도 충분히 고마웠다.

그러다 느껴지는 시선에 옆을 돌아보니 뭐가 마음에 안 드는지 인상을 바짝 쓰고 있는 민우 선배가 보였다. 저 사람의 속은 알다가도 모르겠다. 나는 두 사람에게 가볍게 인사한 후 학회실로 향했다. 그러다 등 뒤에서 들리는 발소리에 몸을 홱 돌렸다가 민우 선배를 보았다.

"기분 나쁘게 왜 그렇게 쳐다봐?"

"어디 가세요?"

"학회실."

"식사 안 하세요?"

이 사람 피하려고 기껏 밥 먹는 것도 포기하고 학회실을 왔더니만 다 쓸모없게 되었다. 민우 선배가 나를 따라오는 것 같다면 지나친 확대해석일까.

"학회실 갔다가 하려고."

그러고는 민우 선배가 나를 홱 지나쳐 학회실 문을 열어젖혔다. 그러고는 나를 힐끔 보며 물었다.

"안 와?"

몰래 도망치려고 했는데 빼도 박도 못 하게 민우 선배가 날 보고 있었다.

"예. 예. 갑니다. 가요."

자포자기 심정으로 학회실 안으로 들어섰다.

달칵.

문을 열자마자 하이 톤의 목소리가 들렸다.

"민우 선배! 와! 선배가 학회실을 다 오네요! 사물함 신청 안 해서 학회실에서는 못 볼 줄 알았더니!"

민우 선배가 있다는 걸 알아보곤 학회실 바닥이 울려라 뛰며 기뻐하는 여자애는 1학년 중에 좋게 말하면 사교성이 좋고, 나쁘게 말하면 오지랖 넓은 여학생이었다. 1학년 총대표 자리를 맡고 있다는 소리를 들었던 것 같다.

"뭐야."

"선배! 반가워요! 제가 1학년이라 2학년인 선배도 제대로 못 보고! 보고 싶었어요!"

정색하고 있는 민우 선배를 보며 저렇게 웃을 수 있는 건 저 여자애밖에 없을 거라 생각했다. 누가 다가오는 걸 질색하는 민우 선배가 무시할 거라는 예상과 달리, 나를 힐끗 보더니 웃는 얼굴로 여자 후배에게 대답했다.

"어."

"선배! 보고 싶었어요! 진짜로요! 선배도 제가 보고 싶었죠? 그렇다고 말해주세요! 네?"

"내가 왜."

"사랑하는 후배니까요!"

칼바람이 불어치는 말투와 달리 민우 선배는 웃고 있었다. 여자 후배는 민우 선배 팔에 매달려 애교 아닌 애교를 피워댔고 민우 선배도 딱히 밀어내진 않았다.

"빨리요!"

"싫다."

"아잉! 선배는 너무 냉담해!"

그러는 사이 내 손에서 책이 쏟아졌다. 어이가 없어서 손에 힘이 풀린 건지, 어떤 건지 모르겠다. 그러나 하나 확실한 건 기분이 별로다. 아니, 좋지 않았다. 그런 감정을 억지로 숨긴 채 허리를 숙여 책을 주웠다.

그러나 마지막 책은 불행하게도 민우 선배 팔에 대롱대롱 매달려 있는 여학생 발에 짓밟히고 있었다. 둘만의 세상에 갇힌 것처럼 대화를 나누고 있는 두 사람 사이에 끼어들고 싶지 않아 여자 후배가 방방 뛸 때 책을 빼려 손을 넣었다.

"아!"

순식간에 뺄 수 있을 거라 생각했는데 시간 계산의 실패였다. 여자 후배가 책과 내 손을 동시에 밟았다. 소리에 놀란 여자 후배가 한 걸음 물러섰고 그제야 내 책은 여후배의 발 아래에서 벗어날 수 있었다. 책 위에 먼지처럼 뿌옇게 내려앉은 발자국을 보며 길게 한숨을 내쉬었다.

"어, 선배 미안해요! 선배 책이 있는 줄 몰랐어요! 그냥 방방 뛰다 보니까!"

"괜찮아."

"책 많이 더러워졌네요. 어쩌죠? 제가 털어드릴게요."

"괜찮아. 걱정하지 마."

내 책 위에서 폴짝폴짝 뛴 여자 후배는 내게 다가오더니 손가락과 책을 번갈아보며 미안해서 어쩔 줄 모르겠다는 표정을 지었다. 괜찮으니 걱정 말라고 하려는 찰나, 여자 후배가 불만스러운 표정으로 중얼댔다.

"그냥 제게 비켜달라고 하시지, 왜 굳이 손을 넣으셔서는……. 이런 건 말로 하시면 되는 건데 괜히 다치셨잖아요. 괜히 제가 선배 책 밟고, 선배 손까지 찍은 나쁜 여자 후배가 되었네요. 민우 선배 앞에서."

민우 선배는 좋은 구경거리라도 본 사람처럼 빙긋 웃으며 여자 후배 옆에 서 있었다. 내 손가락과 날 번갈아보면서, 조금도 움직이지 않는 그 자세로.

왜인지 여자 후배의 막 나가는 말버릇보다 민우 선배의 표정에 빈정 상했다. 내 기분이 어떤지, 상황이 어떻게 돌아가는지 파악 못 한 여자 후배는 따발따발 말을 이어갔다.

"그치만 선배 저 나쁜 사람 아니라는 거 알죠? 이거 실수인 거 알죠? 전 제 발밑에 책이 있는 것조차 몰랐어요! 정말로요! 진짜! 진짜! 일부러 그럴 일도 없지만, 제가 선배한테 왜 그러겠어요."

저 여자 후배는 내게 미안한 마음보다 민우 선배 앞에서 실수했다는 것이 부끄럽다 못해 화나는 모양이었다. 기분이 더러워졌다.

후후 불어도 털리지 않는 발자국이 찍힌 책을 던지다시피 여자 후배에게 내밀었다.

"그래? 그럼 내가 여기서 더 나쁜 사람 되면 되겠네. 그치? 내 책에 남은 발자국 다 지워. 공부하다 얼굴 파묻고 자는 책인데 네가 밟은 데서 잠이 오겠어?"

"서, 선배."

"왜? 이런 시나리오도 약한가? 더 세게 나갈까? 어떻게 해야 네가 착해 보일까."

"손가락 많이 아프냐?"

싸늘한 표정으로 빈정거리자 놀란 후배 대신 민우 선배가 나섰다.

"괜찮아요."

"정말로 괜찮냐?"

날 살피려 뻗은 민우 선배의 손을 쳐냈다. 민우 선배가 왜 그러냐는 듯 굳은 표정으로 날 쳐다보았다.

"괜찮다고 말했잖아요. 굳이 살펴볼 필요 없어요."

여자 후배가 들고 있던 책을 빼앗아 학회실 밖으로 나왔다. 걷고 있던 걸음은 점점 빨라지더니 결국 얼마 못 가 강의실까지 뛰고 말았다.

민우 선배에게 휘둘리는 이 마음이 미치도록 싫어서.

원룸 안이 엉망진창이었다. 분명 청소를 하면서 살았다고 생각했는데 냉장고며 침대 밑이며 먼지가 없는 곳이 없었다. 더는 견딜 수가 없어서 창문을 활짝 열고 대청소를 시작했다.

청소는 한 시간 반이 지나서야 얼추 끝이 났다. 마지막으로 남은 쓰레기 배출을 위해 현관에 섰다. 발로 쓰레기를 꾹꾹 눌러 담아 바짝 묶었다. 손톱으로 찌르면 금방이라도 펑 소리를 내며 터질 것처럼 팽팽한 쓰레기봉투를 들고 부랴부랴 아래층으로 내려갔다. 쓰레기봉투를 쓰레기 더미 속으로 휙 하고 던졌다. 묵은 때를 씻어버린 것 같은 후련함을 느끼며 손을 탈탈 털었다.

까만 어둠 사이로 무언가가 보인다고 생각했다. 그리고 그 무언가가 또렷한 형태로 내 눈에 들어왔을 땐 이미 내 몸은 그곳을 등지고 섰다.

"눈 감고 다니지 않는 이상 내가 안 보일 리는 없을 텐데."

하지만 그 짧은 찰나에 상대편도 날 본 모양이었다. 말을 건네는 나지막한 목소리에는 힘이 실려 있었다.

"손가락이 밟혀서 신경세포가 괴멸이라도 한 거냐. 그래서 시력도 안 좋아진 거냐?"

"아니요. 이제 잘 보이네요. 먼저 가볼게요."

"유치하네."

걸음이 멈췄다. 돌아섰다. 그럴 줄 알았다는 여유로운 표정으로 날 보고 선 민우 선배가 보였다. 다시 한 번 이 사람 손바닥에서 놀아났다는 기분을 느끼며 금방 내다 버린 쓰레기같이 더러운 기분을 느껴야 했다. 다시 돌아섰다. 굳이 말을 섞을 이유 따위 없었다. 저 사람 페이스에 휘말리는 건 이제 그만하고 싶었다. 돌아서서 걷는 내게 민우 선배는 흐트러지지 않은 목소리로 물었다.

"솔직하지도 못하고."

못 들은 척 걸었다.

"겁까지 많아서 도망가네."

"무슨 말이 하고 싶은 건데요!"

"방금 내가 말한 행동들 하지 말라고."

"하! 뭐라고요?"

결국 그 사람 페이스에 휘말려 멈춰 서버렸다. 울컥하고 치밀어 오르는 감정을 애써 누르며 노려보자 민우 선배가 여유롭게 다가와 내 앞에 섰다.

"겁 많은 거, 솔직하지 못한 거 하지 말라고."

"지금 스무고개 해요? 그런 거 흥미 없어요."

"스무고개라도 할래?"

"장난치지 마요! 지금 그런 걸 이야기할 때가……."

팔짱을 낀 채 서 있는 사람의 표정에선 조금의 장난기도 찾아볼 수 없었다. 진지한 표정을 하고 있었다. 말끝을 흐린 날 대신해 민우 선배가 입을 열었다.

"스무고개라도 하자. 그거라도 해야 덜 답답하겠다."

"……."

"나 아까 그 여자 후배 이름도 몰라."

"그게 무슨……."

"넌 날 너무 허술하게 보는 경향이 있어. 나한테 관심 없는 척하지 마. 관심 없는 척하려면 그런 표정을 짓지 말든가. 그 후배랑 이야기 제대로 한 것도 처음이야. 너한테 자극을 줄 필요를 느꼈을 뿐이야."

민우 선배는 표정에 흔들림 하나 없이 평상시처럼 말했다. 이용을 당한 건 내가 아니라 여자 후배라고 말이다. 하지만 말의 중심은 그게 아니었다.

"아뇨. 잠깐만요. 지금 그 말은 내가 선배를 좋아하는데 내가 튕기고 있다는 거예요? 제가 선배를 좋아하는데 무자각 상태라서 선배가 도와줬다고요? 자극을 주려고?"

"아니라는 건가."

"그거야 당연하잖아요!"

탁구공이 튀듯이 주고받던 대화의 흐름에 따라 크게 외쳤다. 그리고 승리는 누군지 모르게 탁구공 대화는 막을 내렸고 싸한 침묵만 내려앉았다.

쓰레기를 버리러 나온 사람들은 말없이 서로를 쳐다만 보고 있는 우리를 이상하다는 시선으로 번갈아보다 들어갔다.

"그래?"

민우 선배가 말을 이었다.

"그럼 오늘 당장 널 포기하고 내일부터 당장 다른 사람을 찾아도 된다는 말이네. 내가 내일 당장 누굴 좋아하고, 누굴 사귀고 그래서 보고 싶다고 말해도 되고 말이야."

대답할 수 없었다. 하지만 침묵을 긍정으로 알아들은 걸까. 똑같이 침묵으로 응수하던 민우 선배가 한참 만에 아까와 조금도 다를 바 없는 차분한 목소리로 말했다.

"그래. 알았다."

민우 선배는 빠르게 수긍했고 그보다도 더 빠른 속도로 날 지나쳤다. 난 민우 선배를 잡지 않았고, 민우 선배는 내게 한 번 더 묻지 않았다. 빠르게 다가왔던 시작처럼 우리의 끝은 빨랐다. 오늘 이 시간 이후로 내가 생각했던 시나리오대로 흘러가게 되었다. 민우 선배와 가깝게 살지만 어떠한 감정으로도 엮이지 않는 사이가 말이다.

원룸으로 올라서던 걸음을 멈췄다. 계단에 쭈그려 앉다시피 걸터앉았다. 학회실 밖으로 벗어나 강의실로 달려가는 그 순간에는 화가 나서 울음이 나올 뻔했다.

그때 이미 난 그 울음의 이유를 깨달았다. 내가 정말로 화가 났던 건 민우 선배 탓이 아니라 민우 선배에게 나도 모르게 기대하고 실망하는 내 자신이라는 걸 알고 있지만 표현할 수 없었을 뿐이다. 민우 선배에게 생긴 묘한 감정을 인정하는 순간 더 커질 거라는 걸 알기 때문에.

누군가를 좋아하는 마음은 그 마음을 인정할 때마다 자라난다. 그걸 잘 알기 때문에 도망치고 있었다.

하지만 난 모르고 있었다. 누군가를 좋아하는 마음을 인정하지 않는다고 해서 사라지지 않는다는 걸 말이다.

뚜렷하게 좋아한다고 말할 순 없지만 기울고 있는 내 마음을 이제야 인정했다. 이미 길이 다 사라진 지금에서야.

탁, 탁. 등 뒤에서 발소리가 들려 계단 옆으로 비켜 앉았다. 올라가야 했지만 좀 더 앉아서 생각을 정리하고 싶었다. 내가 벌인 일이었으니까 정리도 내 몫이었다. 아래를 향하던 발소리가 들리지 않았다. 대신 등 뒤에서 검은 그림자가 날 덮어씌웠다. 그림자는 움직이지 않았다.

"거기다 자존심까지 세냐?"

"……."

"자존심에 따라오지는 못하겠는데, 마음은 쓰리고."

어째서 나보다 더 나를 잘 아는 걸까.

민우 선배는 몇 계단 아래로 내려와 쭈그려 앉아 있는 날 내려다보았다.

"집에 간 거 아니었어요……?"

"잡으면 잡혀주려고 기다리고 있었지. 숫자 100 세면서. 근데 150까지 셌어."

"……."

"죽었나 싶어서 내려오니까 계단에 앉아서 청승 떨고 있을 줄 누가 알았냐."

민우 선배는 어떤 상황 설명보다 먼저 내게 '유치하네.'라고 말했다. 그리고 '나 아까 그 여자 후배 이름도 몰라.'라고 말했다. 처음부터 내가 왜 화가 났는지 알고 있었던 거다. 유치하게 질투하던 날 한눈에 알아봤던 거다. 아니 애초부터 내가 질투할 거라는 걸 알고 있었던 거다. 내가 어떤 마음이 되어가는지도 알고 있었고 말이다. 그리고 변해가는 내 마음을 외면하려 애쓰는 날 알았던 거다.

그러니까 처음부터 민우 선배는 모조리 날 알고 있었던 거였다.

결국 민우 선배 손바닥 안이었다.

"자."

민우 선배가 손을 내밀었다.

"셋 셀 테니까 얼른 잡아."

"……."

"그러면 잡혀줄 테니까."

어쩌면 앞으로도 내가 이길 수 없는 상대일 것만 같았다.

"셋."

"선배. 장난치는 거 아니죠?"

"둘."

"우리 하나도 정리 안 됐어요."

"하나."

"선배!"

"끝."

"……."

결국 민우 선배 손을 잡지 못했다. 다만 절박한 마음으로 다른 곳을 덥석 붙잡았다.

선배는 빈손을 거두며 자신의 티셔츠 끝을 빤히 쳐다봤다.

"거기가 내 손이냐?"

"손……, 더러워요. 쓰레기 버려서."

민우 선배 손을 잡는 대신 셔츠 끝을 잡았다. 민우 선배는 내 손이 달린 티셔츠 끝을 보며 황당하다는 듯 웃더니 내 손을 잡았다. 그러고는 벼락이라도 맞은 듯 가로젓는 내 손을 굳이 꽉 잡았다.

나중에 쓰레기 냄새 난다고 뭐라고 할 거면서.

민우 선배 손에 잡힌 채 영문도 모르고 건물 밖으로 끌려 나왔다.

"이 건물 뒤쪽으로 난 골목길 위에 올라가면 벤치 있는 거 아냐?"

"그런 곳도 있어요?"

"어. 거기 가고 있는 거야. 근데 너 그만 좀 꼼지락대라. 간지럽다."

"……손에서 쓰레기 냄새 난다니까요. 대청소하고 손도 못 씻었는데……."

하필이면 쓰레기 버린 날 이런 고백을 하게 만들다니. 타이밍 못 맞춘 남자를 곁눈질로 노려보며 말했다. 뒷골목으로 올라가던 선배는 쓰레기 냄새를 맡은 건지 내 손을 났다. 괜히 무안해져 손바닥을 바지에 닦으려는데 선수를 뺏겼다. 내 손 대신 내 손목을 잡은 민우 선배가 자신의 티셔츠로 손을 닦기 시작했다.

"선배?"

이게 무슨 일인가 싶어 멍하게 쳐다보자, 민우 선배가 덤덤하게 대꾸했다.

"걱정이라며. 난 상관없는데 네가 굳이 신경 쓰인다니까."

언젠가 화장실에 숨어 있던 내 손을 닦아주던 그때처럼 손가락 사이사이를 꼼꼼히 자신의 티셔츠로 닦아주었다. 그러고는 낚아채듯 내 손을 잡으며 물었다.

"됐지?"

아니라고 대답할 수가 없다. 어정쩡하게 고개를 끄덕이자 민우 선배는 내 손을 꽉 잡고서 벤치 위로 올라갔다.

뒷골목 끝부분은 가파르게 휘어 있었고 평소 운동 부족으로 심장이 튀어나올 듯이 헉헉댄 후에야 민우 선배가 말한 벤치를 볼 수 있었다. 내

품보다 더 큰 나무 아래에 벤치가 놓여 있었다.

나는 벤치로 가면서 물었다.

"모래도 아니고 흙이네요."

"비오는 날 오면 미끄러져 죽어. 여기 못 사는 동네라서 안전망도 없거든."

그러고 보니 벤치 앞 다섯 발자국 앞으론 그 흔한 울타리 하나 없었다. 안전벨트 없이 바이킹 탄 기분이었다. 나뭇가지 사이에 가려졌던 야경은 불빛으로 수놓은 까만 도화지처럼 신기했다.

"와! 예쁘네요. 어떻게 알았어요? 여기 있다는 거?"

"어. 참치 캔 사러 나왔다가 길 잃어서 여기까지 올라왔는데 이런 데가 있더라. 다음에 고백하면 써먹어야지 했는데. 정작 고백은 이상한 쓰레기더미에서 하고. 데이트용으로 쓰네."

데이트. 갑자기 얼굴이 화끈거렸다. 이제부터 우리가 만나서 밥을 먹고 영화를 보고, 혹여는 같이 시장이라도 보게 된다면 남들 눈에는 데이트가 되는 거다. 그렇게 생각하자 새삼 이 세상 모든 것이 다르게 보였다.

나는 힐끔 고개를 돌려 민우 선배를 보았다. 몸을 뒤로 젖혀 야경을 가만히 보고 있던 민우 선배의 옆모습은 자로 대고 그려놓은 것처럼 반듯했다.

이 사람은 옆모습마저도 완벽하구나.

"뭘 그렇게 봐?"

내가 쳐다보는 걸 느꼈는지, 민우 선배는 눈만 움직여 날 쳐다보며 물었다.

"그냥……. 신기해서요. 보면 안 돼요?"

민우 선배가 홱 고개를 돌렸다. 내 옆으로 바싹 다가와 붙더니 픽 웃으며 말했다.

"가까이서 봐도 돼. 이제는."

"뭐, 뭐 이렇게 가까이서 볼 필요까지야……."

"훔쳐볼 바엔 당당하게 봐."

민우 선배는 목을 빼 내 쪽으로 얼굴을 내밀었다. 마치 만져도 된다고 허락하는 것처럼. 쌍꺼풀 없는 날카로운 눈과 반듯하게 도면되어진 얼굴이 또렷하게 보였지만 아직 내 사람 같지 않았다. 내게 이 상황은 믿기지 않는 상황이었다.

첫 연애다. 그리고 날 처음으로 좋아해준 사람이다. 그런 사람이 이렇게 멋진 사람이라니. 갑작스레 모든 것이 실감나기 시작하면서 심장이 거세게 뛰었다.

"내 얼굴 자세히 보여?"

"네."

"나도 네 얼굴 자세히 보여."

"히익!"

민우 선배를 얼른 밀쳤다. 생각도 못 했다. 내가 가까이 본 만큼 민우 선배도 가까이 볼 수 있다는걸. 세게 밀친 힘에 잠시 휘청이던 민우 선배는 큭큭거리며 웃어댔다. 손으로 얼른 얼굴을 닦아댔다. 그리고 생각했다.

아, 쓰레기 만졌던 손인데.

손 대신 티셔츠로 얼굴을 슥슥 닦는 날 보며 민우 선배는 여전히 큭큭대고 웃느라 바빴다. 사막 한가운데 오아시스라도 발견할 확률처럼 보기드문 민우 선배의 웃음이 남발하자 당황한 건 내 쪽이었다. 하지만 기분

168

나쁘지 않았다.

민우 선배를 따라 웃었다. 서로의 웃음소리에 웃겨 웃음이 멈추질 않았다.

마음 끝이 간질간질거리는 이 기분, 아까와 다르게 보이는 주변 풍경들, 입가를 비집고 나오는 웃음, 세상이 행복으로 가득 찬 느낌.

처음치고 나쁘지 않았다.

아니, 좋았다.

우리의 사이가 미묘한 선후배에서 사귀는 사이가 되었다고 해서 크게 변할 거라는 기대는 하지 않았다. 하지만 적어도 조금의 배려는 바라고 있었다. 내겐 꼭두새벽이나 마찬가지인 8시에 문을 두들겨 된장찌개를 해달라는 행동은 없어지길 바랐다는 거다.

"눈은 뜨고 요리하냐?"

민우 선배가 싱크대에 반쯤 기대서는 내 얼굴을 살피며 의미심장하게 물어 왔다.

"뜨고 있어요."

"내 눈에는 네 동공이 안 보인다?"

"걱정 마요. 하암. 근데 정말 잠 와요."

"그래도 눈 떠. 손 다친다."

예전 같으면 남의 방을 구경만 하고 있었을 텐데, 이젠 슬그머니 다가와 걱정해줬다. 찌개가 끓을 동안 싱크대 앞에 쭈그리고 앉아 민우 선배를 쳐다보며 볼멘소리를 냈다.

"예고 없이 들이닥치니까 꼴이 엉망이잖아요. 앞으로 아침 일찍 오는 건 피해줄래요?"

"언제는 예뻤나?"

민우 선배의 말에 눈을 갸름하게 떴다. 민우 선배는 오랜 시간 나의 잠이 덜 깬 모습부터 제대로 정리되지 않은 모습까지 다 봐온 터라 개의치 않는 듯했다. 문제는 내가 신경 쓰인다는 거였다.

민우 선배는 나를 따라 맞은편에 쭈그려 앉으며 내게 물었다.

"몇 시 수업이냐?"

"오늘 12시 수업이요. 선배는요?"

피곤함을 떨치려 얼굴을 문질렀다. 대답이 돌아오고도 남을 시간인데 묵묵부답이었다.

"선배?"

"다시."

"네?"

"뭐라고?"

"선배 몇 시 수업이냐고요."

"틀렸잖아."

민우 선배는 무릎에 팔꿈치를 가져다 대 턱을 괸 채로 날 빤히 쳐다봤다.

"선배가 뭐냐. 마음에 안 들어. 다른 걸로 바꿔."

"그럼 뭐라고 해요?"

"애칭 지어놔. 시간은 오늘 저녁에 내가 전화할 때까지."

애칭이란다. 갑자기 이게 무슨 소리인가. 3년을 함께한 여고 동창들에게도 지어주지 않은 애칭을 어떻게 만들어내라는 건가. 하늘에서 날벼락 치는 소리가 귓전을 울렸다. 선배가 '된장찌개 언제까지 저렇게 둬야 해?'라고 물을 때까지 된장찌개는 새까맣게 잊고 있었다.

밥상을 차려주자 민우 선배는 정말로 맛있게 식사했다. 그 모습을 보는 동안엔 아침 피로를 느끼지 못했다. 식사를 마치고 물 한 잔까지 거뜬히 비운 선배가 만족스럽다는 웃음을 띠며 자리에서 일어났다.

"수업 마치면 몇 시?"

"한 5시쯤 될 거예요."

"아침은 네가 해줬으니 저녁은 내가……."

"만들어줄 거예요?"

"사줄게."

"기대했는데."

"나도 기대하고 있을게. 오늘 저녁까지다. 애칭."

"우선은 알겠어요. 아! 선배. 우리 연애하는 거……, 비밀로 해야 하는 거 알죠?"

"왜?"

민우 선배가 왜 그래야 하냐는 얼굴로 날 쳐다보았다.

"그야 알려지면 학과 사람들 입에도 오르내릴 텐데 피곤하잖아요. 선배는 익숙할지 몰라도 전 그런 거 싫어하거든요. 그리고 준서 선배랑 서연이한테는 두 사람이 사귄다고 말하면 서프라이즈하게 밝혀요. 재미있잖아요."

내 말에 민우 선배가 잠시 고민하는 얼굴로 턱을 쓸어내리더니 신난다는 얼굴로 웃었다.

"그러자. 재미있겠네. 간다!"

민우 선배는 손을 크게 휙휙 흔들고는 인사할 틈도 주지 않고 자신의 집으로 건너갔다.

선배가 먹고 간 그릇과 수저를 싱크대에 담은 후 내 밥을 그릇에 펐다.

식은 된장찌개에 밥을 먹으며 진지하게 고민했다.

"애칭이라."

웬만한 과제와 맞먹는 창작의 고통이다.

"신민우. 민둥이?"

개 이름인가.

"그냥 과감하게 민우야?"

한 번 부르고 헤어지게 될지도.

"자기야……."

웰.

"아! 뭐로 하지?"

같은 학교, 같은 학과, 그리고 같은 학년의 사람과 사귄다는 건 꽤 난감한 일이다. 더욱이 비밀 연애를 한다면 말이다.

"들었어? 민우 선배한테 음대 여신이 고백했대."

"뭐? 와! 대박. 개 도도하기로 유명하잖아. 아! 민우 선배 이번에 과제 만점 받았다며."

내가 모르는 민우 선배 이야기를 다른 사람 입을 통해 듣게 되자 기분이 묘해졌다. 맞장구를 치기도 애매하고, 아는 척하기엔 더더욱 애매한 그런 상황이었다.

"3학년에 한가인 선배 알지? 그 선배가 민우 선배 찍었다던데."

이런 이야기는 기분 나쁘기까지 하다.

"아, 근데 지혜야, 서연아. 이쪽으로 머리를 모아봐."

"뭔데?"

민우 선배를 극찬하던 친구가 갑자기 비밀 회담을 하듯 목소리를 낮추며 고개를 숙였다. 수업을 10분 남겨놓고 무슨 소리를 할지 궁금해져 뒤따라 고개를 숙였다. 친구가 나와 서연이를 번갈아보더니 작게 속삭였다.

"너희 소개팅 안 할래?"

"갑자기 무슨 소개팅이야?"

"우리도 이제 2학년이잖니. 풋풋한 1학년들이야 자기네들끼리 눈이 맞는다지만, 동기들 다 군대 가고 남은 건 선배들인데. 꽃돌이 두 선배들은 우릴 보지도 않잖아. 그리고 다른 남자 선배들은……, 그냥 생략하자. 하여튼 이런 불모지 같은 상황인데 우리끼리 잘 찾아봐야지. 안 그래? 서연이 너도 애인 없을 거고, 지혜 너도 없으니까. 하자! 소개팅! 6대 6으로!"

나는 곧장 서연이를 쳐다보았다. 서연이도 뒤따라 나를 쳐다보았다. 서연이에게는 준서 선배가 있고, 내게는……, 그 사람이 있다. 서연이는 내키지 않는다는 표정으로 고개를 가로저으며 말했다.

"미안한데 나 소개팅은 별로야. 소개팅 안 좋아해."

"야! 그래도 숫자라도 맞추려면 나와야지! 가자! 응? 이번에 한 번만 가자!"

"저기……. 미안한데. 좋아하는 사람이 있어서 내키지가 않네."

서연이가 좋아하는 사람이 있다는 말까지 하며 싫다는 의사를 밝히자 애들이 서로를 쳐다봤다. 다들 직접적으로 말을 꺼내지 않았지만 서연이가 좋아한다는 사람이 누군지 알겠다는 표정으로 입을 다물었다. 학과 사람들 대부분이 서연이와 준서 선배 사이를 눈치 채고 있는 상황이었다.

"그럼 지혜는?"

"나? 왜?"

서연이를 조르던 친구는 절망적인 표정으로 머리를 가로젓다 내 쪽을 향해 휙 고개를 돌렸다. 그러고는 간절하다는 눈빛으로 날 응시했다.

"넌 소개팅 갈 거지? 할 수 있잖아! 지혜야! 서연이가 아니라면 너라도 얼굴마담으로 나가야지. 가자!"

"얼굴마담은 무슨! 비행기 태우지 마!"

질색해서 손을 휘젓자, 친구가 내 팔을 잡고 늘어졌다.

"야아! 네가 얼마나 귀여운데. 귀여운 너라도 있어야지! 응? 가자! 우리 좀 구원해줘!"

"저기, 나는 약속이……."

"2학년 때 소개팅만큼 중요한 약속은 없단다. 자, 우리 지혜는 이 언니와 함께 소개팅 하는 걸로 결정! 예!"

친구는 결정이라도 난 것처럼 주먹을 불끈 쥐고 힘차게 예를 외쳤다. 아니라고 옆에서 아무리 외쳐도 그 친구는 나를 깔끔하게 무시하곤 몇 시에 만나야 하는지 설명했다.

"소개팅?"

갑자기 등 뒤에서 음산한 목소리가 들렸다. 고개를 돌리자 한 손에는 두툼한 종이와 책을 든 민우 선배가 보였다. 민우 선배는 못 들은 걸 들은 사람처럼 표정을 구기고 있었다. 느닷없는 민우 선배의 출현에 다들 벙찐 얼굴이 되었다.

"소개팅이라고 했냐고."

"네? 아, 네에."

민우 선배의 물음에 친구가 뭔가에 홀린 것처럼 고개를 끄덕였다. 민우 선배는 힐끔 날 내려다보았다. 짧게 마주친 시선이었지만 등허리가

174

서늘하게 느껴질 만큼 차가운 시선이었다.

"소개팅이라. 좋을 때네. 애인 없는 사람한텐 최고의 방법이지."

갑자기 사근사근하게 응대하는 민우 선배를 왜 이러나 하는 표정으로 올려다봤다. 언제부터 다른 사람들에게 저렇게 착했나.

"그, 그렇죠."

친구가 있는 힘껏 고개를 끄덕이며 대답했다.

"그럼 애인 있는 사람은 데려가면 안 되겠네."

"그, 그렇죠?"

"지혜는 못 가겠네."

"네? 지혜가 왜요?"

친구의 물음에 민우 선배는 하루에 한 번 볼까 말까 한 미소를 띠었다. 잠시 웃음에 홀려 있던 친구는 퍼뜩 정신을 차려 날 쳐다봤다. 더불어 서연이까지 해명을 바라는 얼굴로 날 보고 섰다. 이 남자는 대체 무슨 짓을 한 걸까. 비밀 연애를 하자고 한 지 하루도 지나지 않았다. 나는 다급하게 말을 꺼냈다.

"서, 선배 갑자기 무슨 그런 장난을 치세요. 하……, 하하."

"어제 벤치에 앉아 있던 남자 멋지던데 사귀는 사이라며. 잘 어울리더라."

시치미 뚝 떼고 본인을 칭찬하는 민우 선배를 얼빠진 표정으로 쳐다봤다. 공부를 잘해서 머리가 좋은 사람이라고는 생각했지만 잔머리 회전력까지 빠른 줄 몰랐다. 모두에게 내가 애인 있다는 걸 말하면서 자기는 쏙 빠졌다. 결국 나만 임자 있는 사람이 되어버리는 거다.

"무슨 소리야. 너 애인 있어?"

"누구야! 누구! 누가 지혜의 봄을 불렀어! 어느 놈이야!"

"누구야? 어떻게 깜찍하게 우리를 속일 생각을 해?"

민우 선배의 목격담까지 거론되니 친구들이 두 눈에 불을 켜고 달려들었다. 졸지에 친구를 속이고 등 뒤에서 비밀 연애를 한 사람이 되었다. 연애는 같이 하는데 피 보는 건 나다.

민우 선배는 당혹감과 절망감이 교차되어 있는 내 얼굴을 보며 한쪽 눈을 찡긋거렸다. 알아서 처리하라는 거다. 민우 선배는 두터운 종이 뭉치를 책상 위에 올려놓고는 평소답지 않게 다정한 목소리로 말했다.

"오늘밤까지 조별 숙제 메일로 보내놔. 그거 말하려고 왔어. 자료 정리하려면 이 정도는 걸릴 텐데 소개팅 같은 거 할 시간 없을 거야."

돌아서서 가다 말고 민우 선배는 아, 라는 소리와 함께 돌아서서는 한마디 더 덧붙였다.

"아, 그리고 애인한테 잘해. 소개팅 하려고 한 걸 알면 얼마나 슬퍼하겠냐."

아무래도 내 애인은 슬퍼하지 않을 거 같다. 오히려 이 상황을 즐겼으면 즐겼지 말이다.

몇 시간 만에 수척해진 모습으로 나타나자 민우 선배는 길가에 날 세워놓고 빙글빙글 돌아보더니 '살 빠진 거 같다?'라고 말했다. 길에 서 있을 힘도 없어 민우 선배를 끌고서 근처 패스트 푸드 점에 들어가 창가 쪽에 앉았다.

"얼마나 시달렸는데요. 애인 생겼냐는 말을 하루 종일 들었고요. 누구냐고 묻는 문의 질문이 쇄도했어요. 이제 애인이라는 말 들으면 소름 돋을 거 같아요. 대충 선배가 장난친 거라고 둘러댔어요. 서연이도 누구냐고 얼마나 캐물었는지 알아요? 비밀 연애 하자고 했더니 거기서 그런 소

176

리를 해요?"

다시 생각해도 피곤해져 온몸이 부르르 떨렸다. 서연이와 준서 선배가 사귀는 순간 짜짠 하고 놀라게 해줄 생각으로 참고 또 참았지, 그게 아니었다면 진즉에 불었을 거다.

"그러길래 누가 소개팅하래?"

"할 생각 없었어요!"

"소개팅 미수 혐의야. 내가 착한 놈이라서 화를 안 낸 거지."

민우 선배는 등받이에 기대앉아 콜라를 들며 말했다.

차라리 화를 내지. 그게 더 나았을 텐데.

더는 따져 물을 힘도 없었다. 한숨을 내쉬며 그대로 엎드려 누웠다. 그 상태로 10분 정도 앉아 쉬다가 학교에서 멀리 떨어진 시내로 나가 걸었다. 길을 가던 민우 선배는 아무렇지도 않게 덥석 내 손을 잡았고, 손을 틀어 빼려 하자 꽉 쥐며 말했다.

"소개팅 미수 혐의의 죄목을 덮어주도록 할게."

"할 생각 없었다니까요!"

"글쎄. 그건 모르는 일이고. 넌 나쁜 여자니까."

누군가가 나한테 나쁜 여자라고 하는 건 처음이었다.

"왜?"

"선배 저 착해요. 그러니까 꼭두새벽부터 선배 된장찌개 끓여주죠. 이렇게 착하게 내조하는 여자가 어딨어요?"

민우 선배가 어이없다는 듯 하 하고 웃더니 길 한복판에 섰다.

"사귀기 전까지 얼마나 튕겼냐. 사귀어준다는데도 싫다고 도망 다니고. 연락 씹고. 그런 주제에 내가 다른 여자랑 있는 건 싫어하고, 그러면서 정작 넌 좋아하는 놈 따로 있고. 이래도 네가 착한 여자냐?"

이 사람이 머리가 좋고 기억력까지 좋다는 걸 잠시 잊고 있었다. 아니라고 대꾸하는 대신 입을 꾹 다물었다. 민우 선배는 뿌루퉁한 표정을 짓고 있던 날 끌고 길을 걸으며 이야기를 시작했다.

"옛날에 살던 동네에 이웃집 아줌마가 있었는데, 그 아줌마의 남편이 자주 바람을 피웠거든? 하루는 아줌마가 쭈그려 앉아 울면서 열 살밖에 안 된 날 붙들고 한 이야기가 있어. 넌 인물값 하지 마라. 그리고 잘난 거랑 살지 말라고. 잘난 건 인물값 한다고. 그러겠다고 약속했지."

민우 선배와 손을 잡고 걷는 동안 길가에 있던 여자들이 힐끔거렸다. 난 애써 그 시선을 외면하며 채근했다.

"그래서요?"

"근데 그 아줌마한테 미안하네. 반밖에 못 지킨 거 같거든."

"지금 인물값 하겠다는 거예요?"

이 사람이 아직도 꽁해 있나 싶어 노려보니 민우 선배가 피식 웃더니 날 끌어당겨 어깨를 감싸 안았다.

"아니. 난 인물값 안 하는데 인물값 하는 걸 만났거든."

이 사람은 선수였다. 그렇지 않고서야 말 한 마디로 날 들었다 놨다 할 수 없는 거다.

"선배 아무래도 전생에 제비였나 봐요."

"뭐?"

"말을 너무 잘해. 아무래도 전생에……, 아니, 전직 제비 아니에요?"

"하 제비?"

"엇, 저기 타로점 있네요! 한번 보러 가보면 되겠네!"

제비라는 말에 가던 길조차 잊고 어이없어하는 민우 선배를 끌고 근처 줄이 긴 타로점 앞에 섰다. 민우 선배는 싫다며 버둥거렸지만 '찔리는 거 있어요?'라는 내 물음에 가장 먼저 자리 잡고 앉았다. 정말 억울한 모양이었다. 장난삼아 던진 돌에 민우 선배가 나자빠진 격이었다.

30분쯤 기다렸을까. 붉은 색 천을 들고 들어가니 타로카드를 한 손에 쥐고 앉아 있는 아줌마가 보였다. 우리 두 사람이 자리 잡고 앉기도 전에 아줌마는 '궁합?'이라고 물었고 카드를 펼쳤다.

"아뇨. 이 사람이 전직에 제비인지 아닌지 알아보려고, 읍!"

"그냥 궁합 봐주세요."

커다란 손이 내 입을 틀어막았다. 그사이 아줌마는 카드를 활처럼 휘게 카드를 펼치더니 한 사람당 세 장씩 뽑으라고 말했다. 나는 아주 신중하게 카드를 뽑았다. 코웃음 치며 대충 뽑을 거 같던 민우 선배는 나보다 더 신중하게 석 장을 뽑았다. 타로점 같은 건 신경도 안 쓸 것 같던 사람이 의외로 나보다 더 진지했다.

"음, 두 사람 만난 지 얼마 안 됐죠?"

"네."

타로 아줌마는 붉은 천막 아래서 기이한 눈빛을 번뜩이며 말을 꺼냈다.

"보니까 남자는 주변에 인기도 엄청 많고, 여자가 많이 따라. 원하지도 않는데 여자들이 줄을 서 있어. 근데 기면 기고 아니면 아니야. 여자는 많은데 정작 좋아하는 여자는 살면서 몇 명 없어. 그다지 여자를 좋아하는 성격이 아니네. 특이하게. 근데 성격이 강하네. 둘이서 자주 싸우지 않아? 여자도 은근히 고집 있는 편인데?"

이 아줌마 민우 선배랑 아는 사이 아냐?

섬뜩한 표정으로 바라보자 아줌마가 말을 이었다.

"그리고 여자도 남자를 좋아하는 거 같네. 좋아하는데, 남자가 여자를 더 많이 좋아하는 거 같아. 맞지?"

민우 선배는 긍정도 부정도 하지 않은 채 팔짱을 끼고서 아줌마를 가만히 보고 있었다. 결국 타로점의 내용은 처음에는 많이 싸우지만 서로 이해하고 잘 버티면 오래가는 사이라고 나왔다.

타로점 천막을 나올 때까지 민우 선배는 한 마디도 하지 않았다. 무언가를 생각하는 거 같기도 했고, 불쾌한 거 같기도 했다.

"선배, 왜 이렇게 말이 없어요?"

내 물음에 민우 선배는 덥석 내 손을 잡았다. 그리고 곰곰이 뭔가를 생각하기 시작하더니 물었다.

"너 저 아줌마랑 친하냐?"

"네? 갑자기 무슨 소리예요? 여기 처음 와봐요. 저보다도 선배를 더 잘 맞히던데, 선배랑 아는 사이 아니에요?"

"나도 처음인데. 근데 꼭 아는 사이처럼 말하냐. 무섭게."

꿰뚫어보는 것 같았다며 몸서리치는 선배를 보며 풉 하고 웃음이 나왔다. 남들 다 놀랄 일에는 신경도 안 쓰던 사람이 타로점 하나에 놀라서 한 마디도 못 하고 듣다가 나왔단다. 웃음을 참지 못하고 길가에서 신나게 웃었다.

"아, 선배 그럼 여태껏 신기해서 한 마디도 못 하고 있었던 거예요? 하하! 진짜요?"

"……그만 웃어라. 쪽팔린다."

민우 선배는 그제야 손등으로 제 입가를 가리며 중얼거렸다. 하지만 한번 터진 웃음은 좀처럼 멈추지 않았다.

"너, 애칭은?"

웃음이 거짓말처럼 멈췄다.

"저녁 먹기 전에 들어나 보자. 선배라는 말 거슬려서 더 이상 못 듣겠으니까. 설마 너 아직도 생각 못 해낸 거냐?"

"으음……. 서, 선배는 애칭 정해 왔어요?"

"어."

준비력까지 철저하다. 뭐냐고 묻자 민우 선배는 사뭇 진지한 얼굴로 말했다.

"된장녀."

내가 제대로 들은 건지 의심스러워 민우 선배를 향해 되물었다.

"니 애칭이 된장녀라고. 근데 그냥 된장이라고 부를게."

"……되, 된장이라니요!"

"된장찌개 잘 끓이잖아. 너."

"그렇다고 애칭이 된장……, 된장…….."

그럼 양식 전문 요리사 애인의 애칭은 양식이고, 한식 전문 요리사 애인의 애칭은 한식이니.

민우 선배는 자신의 애칭에 자부심을 느끼며 얼른 내게 애칭을 말할 걸 강요했다. 민우 선배를 꽤 많이 알고 있다고 여긴 내 생각이 무너졌다. 애칭을 된장이라 지을 줄 꿈에도 몰랐다. 민우 선배는 애칭을 말하라며 다그치기 시작했고 난 결국 기어들어가는 목소리로 말했다.

"……민둥이."

"뭐?"

"민둥이!……요."

내가 들어도 개 이름 같다. 민우 선배는 입을 꾹 다물고는 침묵으로 일관했다. 요새 개 이름도 아롱이, 꽃비라고 짓는 시대에 애인 애칭을 민둥이라고 지었으니. 놀란 건지 당황한 건지 민둥이라는 명칭을 한참이나 되새기던 민우 선배가 말했다.

"괜찮네. 민둥이."

민우 선배의 입꼬리가 슬쩍 올라갔다. 당황한 건 내 쪽이었다.

"진심이에요?"

"사실 개 이름 같아서 짜증나긴 하는데."

민우 선배는 어리벙벙하게 있는 내 머리를 헝클어뜨리며 산뜻하게 말했다.

"그래도 뭐, 네가 만든 거니까."

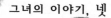

그녀의 이야기, 넷

티 없이 맑은 하늘이었다. 창가의 나뭇잎들은 연둣빛을 빛내며 바람에 넘실댔다. 창살 같은 햇살이 하늘에서 쏟아져 내렸고 그 빛은 따사로웠다. 건조하지도 습하지도 않아서 땀 흘려 뛰어다니기 알맞았다.

상경대 체육대회는 학교 행사 중 이름난 볼거리 중 하나였다. 유명한 이유 중 한 가지는 많이 먹기로 소문난 상대인들을 위해 야외 운동장 앞까지 찾아온 먹거리 차 때문이었다. 배고픈 학생들이 색다른 맛을 찾겠다며 뛰어올라 겸사겸사 체육대회를 보고 가곤 했다.

또 다른 한 가지로는 체대 이후로 가장 살벌한 대결 구조였다. 체육대회 사활을 걸고 임하는 사람이 한둘이 아니었다. 우리 과는 짝피구와 농구에서 연승 행진을 기록하고 있었는데, 만년 2등인 광고홍보학과가 매번 우리 자리를 노리면서 피 터지는 대결 구도가 만들어졌다.

그리고 셋째는……

"과 티가 노란색이 뭐냐?"

"눈에 띈다고 이걸로 했대."

"학생 의견은 껌이냐?"

노란색 옷의 끄트머리를 잡고서 투덜대는 민우 선배와 그 모습을 웃어

넘기는 준서 선배 때문이었다.

"지혜야."

두 사람과 떨어진 곳에 비켜서 있던 내 쪽으로 준서 선배가 다가왔다.

"콜록, 콜록."

"선배, 감기 걸렸어요?"

"응. 갑자기 웬 감기인지 모르겠네. 이런 날씨에."

준서 선배는 이마에 손을 얹고서 화창한 하늘을 보며 중얼거렸다. 그러는 사이 이쪽으로 다가온 민우 선배가 노란색 후드 모자를 내 머리에 푹 눌러 씌우며 말했다.

"너 병아리 같아."

앞이 보이지 않아 치우라며 버둥거리는데 큭큭거리는 낮은 웃음소리가 들렸다. 머리를 흔들수록 모자를 아래로 누르는 손의 힘은 세졌고 결국 모자가 턱까지 내려왔다. 가까스로 손에서 벗어나자 민우 선배는 히죽 웃으며 헝클어진 머리를 비벼댔다.

"웃긴 녀석."

날 웃기게 만든 게 누군데!

내가 따지기도 전에 민우 선배는 자신을 저 멀리서 부르는 친구에게 뛰어갔다. 가는 내내 뭐가 신경 쓰이는 건지 중간마다 힐끔 뒤를 돌아봤다.

"민우 신기하네."

주먹을 동그랗게 말아 쥐고 콜록대던 준서 선배가 점이 되어가고 있는 민우 선배의 등을 보며 중얼거렸다.

"뭐가요."

"민우가 저렇게 남한테 친근한 녀석이었던가? 나 이런 모습 처음 봐서

184

신기해서."

"그래요?"

짧게 되묻긴 했지만 기분 나쁘진 않았다. 한참이고 한 방향을 보고 서 있던 나는 돌아서려던 준서 선배를 불렀다.

"선배."

"응?"

"이거 받으세요."

"뭔데?"

"감기약이요. 알약이에요. 물이랑 같이 꼴깍 삼켜요. 약발 잘 받을 거예요."

"갑자기 약이 어디서 났어?"

잡상인을 보듯 신기한 눈으로 준서 선배가 주머니와 내 얼굴을 번갈아 보았다.

"감기 기운이 오는 거 같아서 준비했는데 감기는 아닌 거 같아요. 그냥 한때 느낀 한기였나 봐요. 챙겨놔요."

"그래. 고마워. 아, 그리고……."

약을 살랑살랑 흔들던 준서 선배가 가던 걸음을 멈추고 다시 한 번 돌아섰다.

"서연이한테는 말하지 마. 걱정할지도 모르니까."

"네."

걱정 말라는 듯 웃어 보이자, 준서 선배는 마음 놓인다는 표정으로 웃다 말고 콜록대며 응원석으로 걸어갔다. 저 정도 기침이라면 내가 굳이 말하지 않아도 조만간 서연이가 알 듯했다.

체육대회는 과별 줄다리기로 시작했다. 빵 하는 총소리와 함께 새파란

하늘을 가로질러 터지던 흰 연기에 줄의 양쪽을 잡은 곳에서 비명 같은 기합 소리가 들렸다.

화장실에 들렀다가 응원석으로 가니, 서연이가 내 자리를 맡아났다. 앞자리엔 준서 선배와 민우 선배가 앉아 있었다. 아프다던 준서 선배는 입에 소시지를 밀어 넣고 있었고 그 옆에서 질세라 민우 선배 역시 김밥을 먹고 있었다. 둘은 내가 앉기가 무섭게 손을 들어 알은척을 해 왔다.

"왜 이제 와?"

준서 선배가 김이 폴폴 오르는 소시지 볶음이 한가득 담긴 접시를 코 앞으로 내밀며 물었다.

"화장실 갔다 왔어요."

김밥을 다 먹고 빈 호일을 구기다 민우 선배가 준서 선배 주머니에서 떨어진 무언가를 들어 보였다. 약봉지라는 걸 확인하기가 무섭게 민우 선배는 준서 선배를 보며 '너 감기 걸렸냐?'라고 물었다. 약봉지를 들킬 거라 생각 못 했는지 당황한 준서 선배가 아니라고 부인하다가 서연이가 '감기예요? 어쩐지 기침하더라니.'라는 말을 하자 이내 포기한 표정으로 말했다.

"어. 아까 지혜가 주더라. 내가 감기 걸렸다고. 그래서 조금 이따가 먹으려고 챙겨놨어."

"누가 줘?"

준서 선배가 굳이 검지로 뒤에 앉아 있는 날 콕 집어 가리키며 말했다.

"지혜."

민우 선배는 말없이 손가락이 가리키는 방향으로 슥 날 돌아보더니 약봉지를 준서 선배에게 내밀고는 '아, 그러냐.'라고 물었다. 그러더니 아무 일 없었다는 듯 소란해진 경기장 쪽으로 몸을 틀었다. 민우 선배의 목

186

소리가 싸하게 들린 건 기분 탓인가.

약봉지를 까 입에 털어 넣은 준서 선배는 바쁘게 고개를 돌리며 무언가를 찾아댔다. 설마 하는 마음으로 손에 들고 있던 물병을 내밀자 얼른 낚아채 병째로 들이부었다.

"콜록! 콜록!"

약을 삼키기가 무섭게 연신 기침을 하던 준서 선배는 손등으로 눈가에 맺힌 눈물을 닦으며 씩 웃어 보였다.

"고마워. 너 아니었으면 약 녹여 먹을 뻔했다."

"괜찮은 거죠?"

"당연하지."

준서 선배와 이야기를 주고받는 사이 학회장이 응원석으로 달려와 소리쳤다.

"짝피구 할 팀! 남자 한 명, 여자 한 명! 신입생 커플 발목 삐어서 못한대! 자, 얼른 한 팀만 나옵시다!"

누군지 모르겠지만 짝피구 걸리면 꽤나 고생하겠다, 라고 생각하는 찰나 내 손이 번쩍 들렸다. 멍한 얼굴로 고개를 들자 내 손목을 잡고서 번쩍 손을 들고 있는 민우 선배가 보였다.

"우리."

꽤 간단한 말이었지만 파급력은 컸다. 학회장도 의아한 얼굴로 물었다.

"미, 민우 너랑 지혜?"

"왜? 하면 안 되냐?"

"아, 아니. 저쪽으로 가서 서 있으면 돼. 나와."

"선배!"

정신 차리기가 무섭게 손목을 빼려고 했지만 이미 우리가 출전하기로 상황은 종료된 듯싶었다. 뒤에서 얼떨떨한 표정으로 우릴 지켜보는 사람들, 옆에서 무언가 이유를 듣기를 바라는 표정으로 목을 빼고 있는 준서 선배와 서연이가 보였다. 민우 선배는 내가 도망칠까 노란색 후드 모자를 꽉 쥐고서 앞서 걸으며 말했다.

　"몸빵은 네가 최고니까."

　민우 선배 시선이 날 슥 한 번 훑었다. 화낼 틈도 없이 민우 선배는 '얼른 와라.'라는 말을 남기고 훌쩍 짝피구 팀이 모여 있는 쪽으로 걸음을 옮겼다. 다들 몸빵이라는 말에 대충은 납득이 간다는 표정으로 고개를 끄덕였다.

　나는 학과에서 꽤나 운동신경 좋기로 유명하긴 했으나, 몸빵을 할 만큼의 맷집까진 안 된다. 뻐근해지는 뒷목을 주무르며 잔디밭에 서 있는 민우 선배 근처로 다가섰다.

　"선배."

　"각오해."

　등 뒤에 다가가 부르기가 무섭게 선배가 나지막한 목소리가 말을 잘랐다.

　"예?"

　"내가 혼낼 순 없으니까."

　"혼내다니요. 때릴 생각이었어요? 아니, 잠시만. 내가 맞을 짓 한 게 뭐가 있다고 날 때려요?"

　"비밀 연애 갑갑해서 못 해먹겠다. 진짜."

　도저히 무슨 소리를 하는지 모르겠다는 표정으로 올려다보자 민우 선배가 응원석을 가리키며 말했다.

"지금 당장 신준서 멱살 쥐고서 먹은 약 토하라고 하고 싶어. 친구 새 끼만 아니면."

"……."

"난 비밀 연애를 하자고 했지, 딴 놈한테 눈 돌리는 거까지 봐준다는 소리는 안 했다."

안 보는 것처럼 앉아 있길래 관심 없는 줄 알았는데 다 보고 있던 모양 이었다. 민우 선배는 한쪽 눈썹을 치켜뜨며 짜증난 표정을 여과 없이 보여 주었다. 한참을 날 보던 민우 선배가 싸늘한 표정으로 휙 돌아섰다. 이런 경우가 처음이라 나는 무슨 말을 해야 할지 몰라 등 뒤에서 머뭇거렸다.

민우 선배를 달래볼 생각으로 손을 뻗었다가 짝피구 대기하고 있던 애 들 무리 쪽으로 걸음을 옮기는 바람에 어색하게 거둬들여야 했다.

짝피구는 여자 뒤에 남자가 서 있는 게임인데, 여자는 공에 아무리 맞 아도 죽지 않는다. 다만 남자가 여자를 놓치게 되거나 공에 맞게 되면 그 팀은 죽는 거였다. 신방과는 평소 원수처럼 지내는 광고홍보학과 사람들 과 마주했고, 예선전답지 않게 결승전의 분위기가 났다. 짝피구가 시작 되기 전까지 민우 선배와 한 마디도 하지 못했다. 게임이 갑자기 빠르게 진행된 탓도 있지만 민우 선배에게 섣불리 무슨 말을 꺼내야 할지 답이 서질 않았던 이유가 더 컸다. 내 허리를 대범하게 감싸 안은 민우 선배에 게서 남자에게 좀처럼 나지 않는 비누향이 은은하게 불어왔다.

"자, 시작!"

공정성을 위해 섭외해 왔다는 인문대 회장의 걸쭉한 목소리를 시작으 로 짝피구가 시작되었다.

"무조건 이겨."

민우 선배가 귀에다 대고 작게 속삭였다. 동시에 허리를 감싸 안은 민우 선배 팔에 힘이 가해졌다. 배에 힘 넣으랴, 날아올 공 준비하랴, 내 등 뒤에 선 민우 선배 신경 쓰랴. 머리가 세 개라도 부족할 판이었다. 그래도 용케 공을 피하고 던지기를 반복했다.

그러다 신발 끈이 풀려 잠시 허둥대는 중에 광고홍보학과 자이언트라고 불리는 커다란 여학생이 던진 슈퍼볼이 그대로 내 머리통을 후려치고 날아갔다. 뺨이 얼얼했고, 고개는 비틀렸다. 비명도 못 질렀다. 뻑 하고 쩌렁쩌렁 울리는 소리에 갑작스레 주변이 고요해졌다. 이후 심판이 호루라기를 불면서 경기가 일시 중지됐다.

"야."

몸이 휙 돌아섰다. 놀란 표정으로 내 뺨을 보고 선 민우 선배가 보였다. 허둥지둥 인문대 회장이 달려와 내 얼굴을 살폈다.

"괜찮아? 신방과?"

얼떨떨한 표정으로 답도 못 한 채 서 있는데 인문대 회장 어깨 너머로 광고홍보학과 자이언트 여자 하나가 짜증난다는 표정으로 바닥을 툭툭 걷어차며 소리쳤다.

"빨리 시작합시다! 엄살 부리지 말고! 이런 거 한두 번도 아니고 앞으로 더 겪을 건데! 거기서 그러고 있지 말고 아프면 나가든가! 그러고 보니 그 공 튕겨서 뒤에 있던 남자한테 맞은 거 아니에요?"

"그런 거 같은데? 남자 팔 맞았어! 스쳤다고!"

광고홍보학과는 개떼같이 달려들어 나와 민우 선배를 게임 밖으로 밀어냈다. 뒤따라 우르르 나온 신문방송학과에서도 기다렸다는 듯이 따지기 시작했다.

"무슨 소리야! 이 경기 규칙 사람 어깨 위로 때리는 거 금지 아니에요? 지금 규칙 어긴 것도 모자라서 무슨 생떼예요!"

팽팽한 긴장감이 도는 찰나 심판이 두 팀을 갈라놓으며 중재했다.

"얼굴 맞는 건 안 되기는 하는데, 규칙으로 정해진 건 아니라서. 암묵적으로 당연히 얼굴은 공격 안 할 줄 알았거든. 거기다가 얼굴에 맞긴 했어도 공이 튕겨서 뒤에 있던 남자 옷에 스치긴 했어. 어쩔 수 없어."

심판 약 먹었나.

심판의 말에 대꾸하려던 날 민우 선배가 말렸다. 그대로 날 끌고 경기장 밖으로 나왔다. 한쪽 뺨이 부어올라 손톱으로 찌르면 터질 것처럼 탱글탱글해졌다. 명치에서 뭔가 울컥거려 애꿎은 입술만 잘근잘근 물어뜯었다. 평상시 성격이라면 이 판을 엎어버리고도 남았을 민우 선배는 웬일인지 입을 꾹 다문 채 퉁퉁 부어오른 내 얼굴 위에 찬 물통만 올려놓고 있었다. 부은 얼굴엔 아무 감각이 없었다. 그저 뜨겁다는 것 정도밖에는.

"괜찮냐?"

"……속 시원해요?"

"뭐가."

"몸빵인 내가 선배가 원하던 대로 신나게 얻어터지고 오니까 속 시원하냐고요."

민우 선배는 대답하지 않았다. 난 입술을 짓이겼다. 선배에게 무작정 화내려고 한 건 아니었다. 다만 몸빵이라고 날 칭하고, 준서 선배에게 신경 쏟은 걸 엄청난 죄처럼 몰아붙이는 민우 선배가 미워서 그래서 화가 났다. 그러나 가장 화나는 건 부은 얼굴도, 얻어맞아야 했던 이 상황도 아니라 내가 맞았음에도 광고홍보학과 팀에게 화 한 번 내지 않는 눈앞의 이 사람 때문이었다.

"그게 궁금하냐?"

민우 선배의 물음이 마치기가 무섭게 삑 하고 짝피구 남녀 자리를 바

꾸는 소리가 들렸다. 민우 선배는 대답 대신 말없이 바닥을 훑는 나를 끌어당겨 경기장에 들어섰다. 화낼 타이밍도 놓쳐 반 포기 상태로 멍하게 뒤통수만 올려다봤다.

"그 팀 게임할 겁니까?"

"네."

민우 선배는 짤막하게 대답한 후 내 손을 가져다가 자신의 허리에 올려놓게 했다.

"경기 할 거예요?"

"어."

"난 안 할래요."

돌아서는 날 민우 선배가 잡아 원래 자리로 세웠다. 그리고 비틀어 빼는 내 손을 억지로 자신의 허리에 가져다 댔다. 내가 힘을 줄수록 내 힘의 두 배 되는 힘으로 날 당겼다. 의아하게 우리를 보는 사람들 시선 따위는 아무래도 좋았다.

"행동 멈춰. 대답해줄 테니까."

"무슨 대답이요? 속 시원하냐는 질문에 대한 대답이요? 그 대답이 이거예요? 다시 경기를 할 만큼, 보란 듯이 경기를 해도 좋을 만큼 난 튼튼한 몸빵이고, 선배의 안목은 탁월했다, 뭐 이런 거 자랑하고 싶어요? 그래요! 선배 안목 탁월했어요! 됐어요? 그러니까 놔요!"

다시 돌아서는 날 잡아 세운 민우 선배가 옴짝달싹 못할 만큼 강한 힘으로 붙들며 말했다.

"난 아직 대답 안 했어. 혼자 멋대로 묻고 멋대로 판단하지 마. 여기서 나가더라도 5분 후에 나가. 지금 그냥 나가면 나 정말로 화낼 거니까."

민우 선배가 내 손을 자신의 후드 주머니에 밀어 넣었다. 다른 사람들

눈에는 내가 민우 선배 옷을 잡은 줄 알게끔 말이다. 힘이 쭉 빠져 그 자리에 서 있었다.

삑.

민우 선배의 끄덕임을 해도 좋다는 신호로 받아들인 심판이 시작을 알렸다. 다들 분주하게 오가는 한편 민우 선배는 꼼짝도 않고 한자리에 서 있었다. 그리고 민우 선배는 예상처럼 광홍과 자이언트들의 목표가 되었다. 민우 선배 어깨 너머로 보니 광홍과의 남자가 이쪽으로 공을 날렸다. 눈을 질끈 감았다. 민우 선배 등에서 쿵 하는 소리가 들렸다. 눈을 떠보니 민우 선배 품에 공이 안겨 있었다.

그 후 곧바로 뻐억, 하며 돌 갈라지는 소리가 들렸다. 공은 누군가의 머리통을 들이박고 주인을 찾아오듯 민우 선배 발 앞으로 굴러왔다. 느리게 굴러가는 공을 아무도 잡지 못했다. 반은 멍하게 민우 선배를, 또 다른 반은 얻어맞은 누군가를 보고 있었다. 심판조차 놀라 움직이지 않았다. 싸하게 내려앉은 분위기를 굵직한 목소리가 깼다.

"자기야! 자기야! 괜찮아? 괜찮은 거야?"

머리를 감싸 쥐고서 바닥에 뻗다시피 주저앉은 남자를 일으켜 세우는 여자는 다름 아닌 내 얼굴을 공으로 가격한 그 여자였다. 주저앉은 남자를 보고 놀라 어찌할 바를 모르는 여자를 보며 민우 선배는 같잖다는 듯 피식 웃으며 공을 들어 올렸다.

"거기 둘 앉아서 뭐 하냐? 머리통 깨졌어도 일어나. 게임 중이잖아?"

"야! 너! 지금 사람한테 뭐 하는 짓이야? 이게 사람한테 던질 세기야? 누군 못 던져서 안 던지는 줄 알아?"

"던져. 누가 뭐래? 일어서. 시간 아까우니까."

상대방이 길길이 날뛸수록 민우 선배는 차분해졌고, 그럴수록 민우 선배 손에서 돌아가던 공의 회전 속도는 빨라졌다. 남자가 가까스로 일어나고 그 뒤편을 꼭 잡은 여자를 보며 민우 선배는 손바닥에서 돌고 있던 공을 곧바로 날렸다.

다시 한 번 뻐억 하는 소리가 들렸다.

"꺄아! 자기야!"

남자는 일어나기가 무섭게 뒤로 나자빠졌다. 민우 선배는 아무 일 없다는 듯 튕겨 우리 쪽으로 굴러온 공을 발로 세웠다. 여자의 비명에 상황 파악된 심판이 이쪽으로 달려왔다.

"신방과, 이런 식으로 하면."

남자가 비틀대며 일어나기가 무섭게 공을 드는 민우 선배를 심판이 말렸다.

"뭐가 문제죠? 룰엔 분명히 머리를 후려치는 게 문제가 없다고 했을 텐데요."

"하지만 고의로 이러면……."

"이번엔 배였어요."

"그래도……."

"다음번엔 어깨를 칠 거고, 그 다음번엔 다리. 그리고 그 다다음엔 어딜 하나."

민우 선배가 뻗은 남자를 찬찬히 훑으며 중얼거렸다. 심판은 당황한 표정으로 어찌할 바를 모르고 있었고, 게임이라고 하기엔 살벌해진 분위기에 응원석조차 입을 다물고 있었다. 간간이 광고홍보학과에서 욕설이 섞인 비난이 날아왔지만 민우 선배는 신경 쓰지 않았다. 화가 난 여자가 시뻘게진 얼굴로 민우 선배에게 악을 써댔다.

"야! 너 일부러 지금 이러는 거지! 우리 자기한테만 그러는 거지! 아까 내가 네 뒤에 있는 여자 후려쳤다고! 지금 유치하게 그거 복수하려고 우리 자기한테만 이러는 거지!"

"어."

"그건 게임이었고! 이건⋯⋯!"

"게임이야."

"아니야! 이건 폭력이야! 차라리 날 때려! 내가 저년 얼굴 후려갈겼으니까 차라리 나랑 붙자고! 그럼 되잖아!"

"너 저 새끼 애인이냐?"

"그렇다면 어쩔 건데!"

"그럼 저 새끼만 노릴 거야. 게임 끝날 때까지."

"어째서! 왜! 설마 꼴에 여자라고 날 못 때리겠다는 거야? 어?"

민우 선배는 한 손으로 공을 던졌다 받았다를 반복했다. 민우 선배는 피눈물이라도 흘릴 듯 벌겋게 충혈 된 눈으로 노려보는 여자와 살벌한 분위기와는 전혀 상관없이 느긋한 모습이었다.

"너도 느껴봐야지. 차라리 맞은 놈이 나였으면 좋겠다, 라는 거지같은 기분을."

"⋯⋯."

"아직 악쓸 힘 남아 있는 걸 보니 덜 느꼈네. 저 곰 같은 새끼 경기 중에 자지 말고 일어나라고 해. 한 백 번은 더 맞아야 한다고."

민우 선배의 크기도 작지도 않은 목소리에 경기장 분위기가 잔뜩 얼어붙었다. 민우 선배의 말에 여자는 거의 울다시피 기권을 요청했고 심판은 기다렸다는 듯 얼른 받아들였다.

그 후로 민우 선배는 게임이 진행되는 동안 분풀이라도 하듯 남은 광홍과 사람들을 공으로 내리쳤다. 우리 과 사람들은 민우 선배가 앞의 사람들을 맡을 때 뒤에 둘러선 광홍과 사람들을 맡아 처리해주었다. 반은 공에 맞아 죽고, 남은 반은 기권했다. 신방과의 절대적 승리였다.

게임이 끝난 후에야 민우 선배와 내 곁으로 과 사람들이 몰려든 후에야 알았다.

게임 시작한 후 끝날 때까지 난 몇 발자국도 제대로 움직이지 않았다는 것을.

"괜찮냐?"

차가운 물통이 얼굴에 닿았다. 민우 선배는 내 옆에 앉아 물통으로 내 얼굴을 문질러주었다. 그런 민우 선배를 힐끔 볼 뿐, 아무 말도 하지 못했다.

"너도 느껴봐야지. 차라리 맞은 놈이 나였으면 좋겠다, 라는 거지같은 기분을."

어디선가 또 다른 민우 선배가 내게 말을 건네는 것 같았다.

벌게진 민우 선배 손바닥 위로 내 손을 올렸다. 민우 선배 손에서는 열이 났다. 아마도 공을 던지고 받으며 생긴 마찰 때문인 듯했다.

"……괜찮아요?"

"내가 먼저 물었어."

"난 괜찮아요."

"그럼 나도 괜찮아."

민우 선배는 사람을 미안하게 만드는 능력이 있다. 민우 선배는 날 찬찬히 살피며 얼굴을 찌푸렸다.

"멍들겠네. 그 새끼 더 때릴 걸 그랬네."

"여자라서 못 때렸어요?"

"거기에 여자가 어디 있었냐? 내 등 뒤면 몰라."

다른 말로 돌리려고 해도 민우 선배는 자꾸만 나를 미안하게 만들었다. 아니, 내 앞에 서서 차라리 맞은 놈이 나였으면 좋겠다, 라고 말하는 순간부터 지금까지 쭉 미안했다.

"……미안해요, 아까 화내서."

"……."

"그렇게 화낼 생각은 아니었어요. 몸빵이라든지 그런 거라든지……. 그냥. 유치하게 선배가 편하게 느껴져서 선배한테 화냈나 봐요. 별거 아닌데 말이죠."

민우 선배가 무릎에 팔꿈치를 대고 턱을 괸 채로 고개 숙인 내 얼굴을 살폈다.

"그 말은 내가 먼저 해야 해."

무슨 말이냐는 식으로 쳐다보자 작게 한숨을 내쉰 민우 선배가 물통을 내려놨다. 그리고는 본인의 머리를 감싼 노란 수건을 뒤로 젖혔다.

"준서, 내 친구고 네 친구 애인 될 놈이니까 자주 보긴 봐야겠지. 근데."

"……."

"나보다 더 챙기지 마."

"……."

"나보다 더 신경 쓰지도 말고."

"……."

"나보다 더 좋아하지도 마."

"……."

민우 선배는 손바닥으로 자신의 눈을 꾹 누르며 중얼거리듯 말했다.

"준서가 정말로 부러워질 거 같으니까."

체육대회를 마치고 삼삼오오 모여 뒤풀이 장소로 향했다. 농구, 축구, 줄다리기, 그리고 짝피구 1위로 종합 1위를 차지한 우리 과는 교수님들이 어깨에 힘주며 내놓은 돈 때문에 공짜로 배터지게 먹을 수 있는 기회가 생겼다. 마지막에 잠시 내린 가랑비 때문에 모두 젖어 있었지만 신난 표정은 사그라지지 않았다.

그리고 나 역시 사그라지지 않는 묘한 기분에 사로잡혀 모두가 가는 방향 따라 넋 놓고 걸었다. 준서가 부러울 것 같다고 말한 민우 선배는 멍하게 쳐다보는 날 두고서 뒤도 안 돌아보고 성큼성큼 경기장으로 가버렸다. 부끄러웠던 걸까.

그 후로 민우 선배는 모든 경기에 빠짐없이 참가하느라 응원석 쪽으로 올 틈이 없었다. 아니, 올 이유가 없었다. 응원석에 마련되어 있는 음료수, 수건, 하다못해 개인 소지품인 가방을 들고서 비서처럼 따라다니는 여자애들 덕분이었다.

내가 민우 선배와 눈이 마주칠 때는 허리 근육을 풀기 위해 허리를 젖힐 때와 민우 선배가 응원석 중간을 쳐다볼 때였다. 가끔 민우 선배는 손도 흔들어 보였는데, 그때마다 응한 건 내가 아니라 내 앞에 앉은 준서 선배였다. 농구 3점 슛을 넣다가 발목을 삐어 쉬는 통에 준서 선배 빈자리를 민우 선배가 모조리 메워주고 있는 상황이었다.

미안한 마음을 담아 크게 손 흔드는 준서 선배를 보며 민우 선배는 반가워하기는커녕 알 수 없는 표정으로 어깨를 으쓱거렸다.

"우리 음료수 하나 마시고 갈래?"

내려가는 길에 내 팔을 잡아당긴 서연이가 턱으로 음료수 자판기를 가리켰다. 목이 마른 것도 같아서 서연이를 따라 벤치에 앉았다. 포카리 스웨트 한 캔을 내 앞에 내려놓은 서연이는 한 캔을 금세 비웠다. 음료수는 반 캔 이상 못 마시는 서연이가 웬일인가 싶었다.

"서연아, 목말랐어?"

"응. 목 너무 말랐는데, 움직일 수가 있어야지. 꽉 막혀서 나갈 수도 없는 데다가 오늘 경기 너무 멋져서 계속 보고 싶었거든."

"하긴."

경기마다 조마조마했다. 민우 선배가 활약했던 경기들을 떠올리며 히죽 웃고 있는데 서연이가 맞은편에 앉아 나와 같은 표정으로 히죽 웃어 보였다.

서연이는 누굴 생각하는 걸까. 준서 선배겠지.

시간이 흘러 서연이가 준서 선배와 사귄다고 발표하면 민우 선배와 나도 두 손을 꼭 잡고 '우리도 사귀어.'라고 말할 거다. 그때를 생각하니 놀란 반응이 눈앞에 그려진 듯해 저절로 웃음이 났다.

나는 일행들이 사라진 곳을 힐끔거리며 서연이에게 물었다.

"지금 따라가봐야 하는 거 아냐?"

"어차피 다 가서 자리 잡고 하려면 시간 좀 걸릴 거야. 조금 뒤에 합류하자. 나 너한테 할 말도 있고."

"할 말?"

"우선 나 화장실부터 다녀올게."

서연이는 디카와 휴대전화, 지갑 등 개인 소지품이 담긴 가방을 내 품에 맡긴 채 벤치 뒤에 있는 건물 쪽으로 급하게 뛰어갔다.

건물에 가려진 부분 뒤쪽으로 학생들이 아직도 내려가는지 시끌벅적했다. 심심해서 여기저기 둘러보다 서연이 디카를 꺼내 켰다. 아니나 다를까 서연이의 디카 안에는 절대로 공개되어서는 안 될 내 엽사 두 장이 자리하고 있었다. 응원하다 입 벌린 사진, 멍한 표정으로 비 오는 하늘을 올려다보는 사진.

"이럴 줄 알았어."

삭제 버튼을 눌러 얼른 두 장을 지웠다. 버튼을 눌러 뒤쪽에 있는 사진을 봤다. 노란색 과 티에 회색 트레이닝 복 바지를 입고서 농구공을 던지고 있는 사람의 사진이 보였다. 응원석에서 경기장을 확대해 잡아서 얼굴이 제대로 보이지 않았다. 노란색 과 티에 회색 트레이닝 복 바지면 준서 선배였다. 더군다나 농구할 때라면 확실했다.

"역시 언제쯤 사귀려고 이러나."

아직도 연애 전 밀당에 여념이 없는 건지, 아니면 준서 선배가 깊은 매너만큼이나 쑥맥이라서 일이 진전이 안 되는 건지 분간할 수는 없었다. 그래도 농구하는 선배의 사진을 10장 넘게 찍을 정도면 좋아하는 마음은 있는 듯했다.

얼굴이 보이진 않지만 노란색 과 티에 회색 트레이닝 복 바지를 입은 사람의 사진이 끊임없이 이어졌다. 간간이 자신의 셀카와 나와 함께 찍은 사진 몇 장을 제외하곤 모조리 그 사람의 사진이었다. 노란색 과 티에 회색 트레이닝 복 바지를 입은 사람은 서연이의 디카 안에서 축구를 하고 있었고, 농구를 하고 있었고, 그리고 나와 함께 짝피구를 하고 있었다. 준서 선배는 농구 중에 다리를 다쳐 그 이후의 모든 경기에 참여하지 않았다.

그렇다면 이 사람은…….

"뭐야, 이거."

디카를 잡은 손에 힘이 들어갔다. 노란색 과 티에 회색 트레이닝 복 바지를 입은 또 다른 사람이었다. 이 디카 안에 담긴 사진의 90퍼센트는 준서 선배가 아닌 또 다른 사람, 민우 선배였다.

"지혜야 뭐 하고 있⋯⋯."

"어? 어, 디카."

조금은 당황한 표정으로 서연이에게 디카를 내밀었다. 서연이는 주춤거리다 디카를 받아 액정을 보더니 표정과 달리 담담하게 물었다.

"봤어?"

"어? 어. 그냥. 시간이 남는데 할 게 없어서."

"안 그래도 말하려고 했는데 잘됐다."

서연이가 맞은편에 자리 잡고 앉은 순간 난 뒤돌아 도망가고 싶었다. 머리고 심장이고 구분할 것 없이 모든 감각이 이 자리를 벗어나라고 소리치고 있었다. 이런 날 알았던 걸까. 자리를 박차고 일어나려는 순간 서연이가 내 손을 덥석 잡았다.

"나, 너한테 할 말 있었거든. 며칠 내내 고민했는데 네가 요즘 감정 기복이 심하고 안 좋은 일이 있는 거 같아서 못 말했어. 그런데 오늘 기분도 좋아 보이고, 더 이상 미뤄뒀다가는 내가 심장이 뻥 하고 터질 거 같아서 말이야. 나 있잖아. 사실 좋아하는 사람 있어."

아무 말도 듣고 싶지 않았다. 그러나 서연이는 디카를 내밀며 말했다.

"이 사람."

디카 속에 민우 선배의 모습이 담겨 있었다.

"⋯⋯민우 선배?"

"응. 민우 선배."

아니라는 말이 너무 듣고 싶어서 내 입으로 확인사살 해야 했다. 하지만 서연이는 귀여운 얼굴 한가득 쑥스러움 반, 막 사랑에 접어든 여자의 그런 얼굴을 하고서 내게 고개를 끄덕였다.

머리가 멍해졌다. 앞에서 서연이가 조목조목 하는 말들이 내 안에서 시끄럽게 떠들어대는 소리들에 의해 파묻혀갔다.

서연이가 민우 선배를 좋아할 거라는 생각을 한 번도 한 적 없었다. 서연이가 누군가를 진심으로 좋아하는 모습을 본 적 없었고, 여태껏 당연히 서연이는 준서 선배와 사귀게 될 거라고 믿고 있었다. 무엇을 바탕에 두고 시작된 건지 알 수 없는 광신적인 믿음은 내 안에서 절대적인 거였다. 하지만 그 절대적인 믿음이 깨졌다. 그것도 절대로 파편이 튀어서는 안 되는 방향으로.

서연이는 들뜬 표정으로 주절주절 말을 시작했다.

"이상하게 민우 선배 앞에 서면 심장이 뛰는 게 느껴져. 언제부터인지 모르겠는데 자꾸만 민우 선배가 보이고, 신경 쓰이고, 안 보이면 보고 싶고 그래서 나도 모르게 자꾸 휴대전화를 보게 돼. 민우 선배가 문자 할 리 없는데……."

"저기, 서연아. 있잖아."

"걱정 마. 그런 걱정스런 표정으로 보지 않아도 괜찮아! 민우 선배가 좋아하는 사람 있다고 하던데, 혹시 나일지도 모르잖아. 설령 내가 아니라도 하더라도 빼앗으면 되지. 짝사랑이 대수겠어? 늘 내가 만나온 사람들은 날 좋아하는 사람들이었는데, 이제 만나는 사람은 내가 좋아하는 사람이었으면 좋겠어. 내가 늘 보고 싶고 원하는 그런 사람. 나 그런 사람이 생겼다는 것만으로도 신나! 그리고 이왕 짝사랑하는 거면 그렇게 멋진 사람 좋아하는 게 좋잖아? 후회 남지도 않고? 그러니까 그런 까칠남 좋아한다고 걱정할 필요 없단 말씀!"

마치 벼랑 끝으로 내몰린 사람처럼 초조해하는 내 표정을 자신을 위한 걱정이라 여긴 서연이가 말을 막아 세웠다. 그러고는 그 가녀린 주먹에 힘을 불끈 실어 넣으며 단호한 목소리로 말했다.

"나 그래서 말이야!"

"……."

"내가 먼저 다가가려고. 먼저 연락하고 먼저 이야기할 거야."

"……."

"내 사람으로 만들 거야. 꼭."

서연이는 환하게 웃으며 스스로에게 다짐하듯 말했다. 반쪽뿐이라는 짝사랑 앞에서도 당당한 마음을 가진 서연이 앞에서 아무 말도 못 했다. 뱉지 못할 말들이 입안에서 제멋대로 굴러다녔다.

널 좋아하는 준서 선배는 어떻게 할 건데, 곧 너한테 고백할 준서 선배는 어떻게 할 건데? 준서 선배가 널 좋아해서 각자 좋아하는 사람 포기한 나랑 민우 선배는 어떻게 할 건데?

이제 막 민우 선배가 좋아진 난 어쩔 건데……?

쾅! 쾅!

검지로 한 번만 살짝 누르면 누르는 사람도 편하고, 듣는 사람도 편한 벨을 내버려두고 무식하게 주먹으로 두들겨대는 소리에 잠이 깼다. 깊게 숨을 들이마시며 시간을 확인하니 꼭두새벽인 7시였다. 이 시간에 저렇게 문을 두드릴 사람은 한 사람뿐이었다.

"나가요."

퍼석퍼석하게 갈라진 목소리가 흘러나왔다. 현관문을 열자 문틈으로 말아 쥔 주먹을 허공에 들어 올린 민우 선배가 보였다.

"나간다고 말했잖아요."

"너, 나 가지고 실험하냐?"

"무슨 실험이요?"

"인간이 화가 나면 정말로 몸에서 발열 현상이 생길까, 아니면 인간의 인내력 깊이는 어느 정도며 며칠 정도 유지할 수 있을까 그런 거 말이다."

"그런 적 없어요."

말을 하는 내내 쩍쩍 갈라진 목소리가 듣기 싫어 저절로 얼굴이 찌푸려졌다. 민우 선배는 입을 열면 불이라도 뿜어낼 것처럼 무서운 표정으로 문을 잡고 서 있었다.

"하루 종일 문자도 씹고, 전화도 피하고, 학교도 안 오고. 근데 그런 적 없다고? 연락 하나 없이 잠수 타놓고 내가 열 받을 줄 몰랐다고 말하고 싶은 거냐?"

대답하는 대신 문고리를 잡고 비틀대는 몸을 곧추세웠다. 열 기운이 머리끝부터 발목까지 쏟아져 내렸다. 이러다 몸이 타버리면 어쩌나 하는 쓸데없는 생각까지 들었다.

"이제 입 다물고 시위하냐?"

"⋯⋯아니에요. 미안해요. 하루 종일 잤어요. 흐음. 흠."

목소리가 또 갈라졌다. 말할 때마다 목구멍 내벽이 찢어질 듯 아파 왔다. 침을 삼킬 때도 따가웠다. 그때 차가운 무언가가 뜨거운 이마를 덮었다.

"야, 너 아프냐?"

이마를 짚은 민우 선배의 손이 뺨, 목, 팔에 바쁘게 오갔다. 힘이 빠져 지친 표정으로 올려다보니 민우 선배가 얼빠진 표정을 짓고 있었다.

"가지가지 한다."

"……."

"근데 진짜 아프냐?"

문을 잡고 선 민우 선배는 기가 차다는 표정을 짓다 말고 진지하게 고개를 갸웃대며 물었다.

"……어쩌다 보니."

"언제부터?"

"글쎄요. 기억 안 나요."

"이리 와."

불과 몇 초 전만 해도 문이라도 부술 것처럼 화난 표정을 짓고 있던 건 까먹은 사람처럼 날 끌고 집 안으로 들어섰다. 갑자기 쏠린 힘에 내가 휘청거리자 민우 선배가 양손으로 날 반쯤 안아들고서 침대에 조심스레 눕혔다.

민우 선배는 내 옆에 있던 휴대전화를 들어보더니 배터리가 없는 걸 확인하고는 더 어이없다는 표정을 지었다.

"니 휴대전화도 대단하네. 주인 닮아 꼭 필요할 때 배터리 나가지?"

"배터리 나갔어요? 그런 줄도 몰랐네요. 저 살아 있어요. 생존 확인 됐으니까 그만 가보세요."

말을 하기가 무섭게 목구멍이 아파 이불을 말아 올렸다. 체육대회 때 비 맞고 난 후 뒤풀이에 가지 않고 귀가하다 한 차례 비를 더 맞은 게 화근이 되었다. 생각에 정신이 팔려 비가 우박처럼 쏟아진다는 것조차 자각하지 못했었다.

"널 두고 가면 내가 잘도 잠이 오겠지?"

꼭두새벽에 잠이 웬 말이에요 라고 하려다 입을 다물었다. 대신 인상을 찌푸리며 목을 감싸 쥐자 민우 선배의 손이 내 손 위로 겹쳤다.

"목 다쳤냐?"

고개를 가로저으며 입 모양으로 감기라고 뻥긋거리자 민우 선배가 알아들었다는 듯 고개를 끄덕였다.

"냄비는 싱크대 안에 있냐? 맞으면 끄덕거리고 아니면 고개 흔들어."

"요리하게요?"

조금은 겁에 질린 표정으로 묻자 민우 선배가 반쯤 일으킨 내 몸을 다시 눕히며 말했다.

"어. 왜? 먹으면 침대에서 벌떡 일어날 수 있을 거다. 토하러 화장실에 뛰어가려고."

"……."

"장난이고. 죽 정도는 할 줄 아니까 걱정 말고 누워 있어. 얼굴 보니까 밥 한 끼 못 퍼먹은 꼴이네."

"아침 먹었어요. 건너가요."

아픈 목을 감싸 쥔 채 가까스로 말하자, 싱크대를 뒤적거리던 민우 선배가 빨간 냄비를 꺼내며 말했다.

"네가 벌써 아침밥을 해 먹었다고? 그 몸으로 싱크대 물 한 방을 안 튀게 설거지까지 다 해놓은 거냐? 아니면 그 몸으로 싱크대를 마른 걸레로 닦아놓은 거냐?"

민우 선배는 애당초 내 말 따윈 믿지 않는다는 표정으로 마른 싱크대를 탕탕 두들기며 물었다. 그러고 보니 어젯밤부터 한 끼도 안 먹고 죽은 듯이 잠만 잤다. 잠에서 깨면 서연이가 눈앞에 나타났고 그게 싫어서 억지로 잠이 들어 있었다.

"그러니까 안심하고 잠이나 자."

민우 선배가 부엌에서 부산히 오갔다. 나는 못 이기는 척 가만히 누워 민우 선배 뒤태를 눈으로 따라 그렸다. 사실 저 뒤태가 보고 싶었다. 시비 걸듯이 툭툭 던지는 말투에 밴 솔직함이 그리웠다. 날 쳐다보는 눈동자가 그리웠고, 날 향한 걸음이, 가끔 가다 보여주는 웃음이 그리웠다. 매순간이 그리웠다.

그리고 그리운 만큼 무서웠다.

"내 사람으로 만들 거야. 꼭."

감기 바이러스가 심장까지 약하게 했는지 떠오른 서연이의 말 한 마디에 심장이 욱신거렸다. 그 아이 앞에서 내 사람이라고 말할 수 없었다. 화려하게 빛나는 그 아이의 자신감 때문이기도 했지만, 자신 있게 내 사람이라고 말하기엔 잊히지 않는 사실이 있기 때문이었다. 민우 선배가 서연이를 좋아했다는 사실. 서연이마저 민우 선배를 좋아한다는 건 그들의 사랑은 각자 일방향이라 믿지만 사실은 양방향이다. 그리고 그 사이를 가로막게 되는 건 나였다. 졸지에 주인공에서 두 사람의 사랑을 방해하는 악역이 된 셈이었다.

한참 죽을 끓이던 민우 선배와 눈이 마주쳤다. 민우 선배가 씩 웃었다. 난 따라 웃을 수가 없었다.

멀어져야 하는 걸 알고 있다. 둘 사이를 방해하는 나쁜 사람이 될 순 없었다. 혹여 지금 이 사람이 날 위해 죽을 끓이고 있다고 하더라도 영원히 내 사람일 순 없다. 준서 선배로 인해, 그리고 나로 인해 타이밍이 엇갈려 두 사람이 만나지 못했지만 조만간 둘은 만나게 될 거다. 그리고 누구보다 예쁘고 멋진 모습으로 학교를 누비고 다니게 될 거다. 잘 알고 있다.

하지만 그렇지만 아직까지는.

이불을 움켜쥔 손이 뜨거웠다.

"죽 다 끓이고 갈 거예요?"

"아니."

"그럼 가지 말고 옆에 있어요."

아프니까 오늘까지만. 아니, 이 시간까지만.

가스레인지 불을 약하게 낮춘 민우 선배가 침대 쪽에 다가와 눈높이를 맞춰 쭈그리고 앉았다. 한 손에는 죽을 젓다 만 주걱이 들려 있었고 앉은 자세 또한 웃겼다. 하지만 웃을 기분이 아니었고 민우 선배 역시 웃음기 전혀 없는 얼굴로 날 보고 있었다.

"왜 그러고 있어요?"

"가지 말라며."

"죽 타요……."

"탄 건 내가 먹을게."

"암 걸려요."

"젊을 땐 괜찮아."

두 손 두 발 다 들었다. 민우 선배를 이기는 건 불가능한 일이니까.

그러다 번뜩 엉망일 내 몰골이 생각나 이불을 뺨까지 끌어당겼다.

"기껏 얼굴 보러 왔는데 감추면 어쩌자는 거야?"

이불을 목까지 확 끌어내린 민우 선배가 투덜거렸다.

"나 못난이예요. 엉망인 얼굴 봐서 뭐하게요?"

"지금 봐둬야 나중에 네가 화장했을 때 예쁘다고 생각하지."

피식 웃음이 났다. 역시 말로는 이길 수 없다. 힘으로도 당연히 이길 수 없을 테고, 지식으로도, 머리로도, 하다못해 몸무게로도 이길 수 없을 거다. 그리고 마음으로도 이기지 못할 거다. 더 좋아하는 쪽이 약자니까.

"많이 아파? 약은 먹었고?"

약을 먹지 않았지만 고개를 끄덕였다. 민우 선배의 크고 따뜻한 손이 내 손을 잡았다.

"죽 갖고 올게."

민우 선배가 자리에서 일어나 부엌으로 걸어갔다. 이내 쟁반 위에 따뜻한 죽을 담아 내밀었다. 선배가 내민 숟가락을 받아들어 느리게 죽을 떠먹는데 나지막한 목소리가 물었다.

"그거 따뜻하지?"

"네."

"따뜻한 거 먹으면 속이 든든해서 불안한 거 가라앉을 거야."

무슨 소리냐는 식으로 올려다보자 기다렸다는 듯이 눈이 마주쳤다. 언제부터 날 저렇게 보고 있었던 걸까.

"불안해 보여. 너."

그리고 언제부터 날 저렇게 잘 파악할 수 있게 되었던 걸까. 마음이 흔들렸다. 말해도 되지 않을까.

"말해."

죽을 씹는다는 명분으로 입을 우물거렸는데 민우 선배는 단박에 알아냈다.

"기다리는 거에 흥미 없고, 귀찮아."

"……"

"사람 답답해서 기절하는 거 보고 싶냐?"

"선배 우리 학과에서 누가 제일 예뻐요?"

"뭐? 죽 먹다 데었냐? 뭔 소리야? 갑자기."

진지한 표정으로 침대에 걸터앉아 있던 민우 선배가 허탈하다는 표정으로 되물었다.

"그냥 궁금해서요. 서연이도 있고 뭐, 그렇잖아요. 서연이 예쁘죠?"

"어."

"학과에서 제일요?"

"당연하잖아. 서연이가 제일 예뻐."

민우 선배는 더 고민할 것도 없다는 듯 질문하기가 무섭게 답을 내놓았다.

"그런데 왜?"

민우 선배의 물음에 나는 고개를 가로저었다.

"아뇨. 별거 아니에요."

"정말로 별거 아니야?"

"네."

혹시나 했는데 역시나 민우 선배는 서연이를 좋아했던 게 틀림없었다. 그렇지 않고서야 저런 표정으로, 저런 말을 할 순 없을 테니까. 더군다나 여자친구인 내 앞에서 가장 예쁘다고 말할 정도니까. 아무렇지 않은 듯 고개를 끄덕였다.

예상했던 답변이었다. 놀랄 필요도, 마음 안 좋을 이유도 없었다. 그렇게 아무것도 아니라고 위로했다. 조금도 먹혀들지 않을 위로였지만.

생기발랄하던 학교의 분위기가 진지해지고 지나치는 사람들의 가방이 무거워지는 시기, 좀처럼 펼치지 않는 책을 알아서 펴게 하는 시기, 시험 기간이 코앞까지 다가왔다.

기나긴 고열을 견뎌내고 학교로 돌아왔을 땐 들어가기 겁날 만큼 강의실 분위기가 사뭇 달라져 있었다.

"지혜야!"

이틀 만에 본 친구들이 번쩍번쩍 손을 들어 알은체를 해왔고, 그 곁에 가서 앉았다. 서연이는 책을 보다 말고 놀란 얼굴로 내게 물었다.

"아팠다면서? 지금은 괜찮은 거야?"

"응? 아, 괜찮아. 지금은."

힐긋 서연이의 어깨 너머를 살폈다. 그곳에 민우 선배와 준서 선배가 공부에 열중하고 있었다.

"지혜야, 뭘 그렇게 봐?"

"아니. 별로. 근데 너 어디 가? 시험기간인데 왜 이렇게 꾸몄어?"

"아."

서연이가 뺨을 살짝 감싸 쥐며 부끄러워했다.

"흠, 흠."

그 순간 시험 공부하던 사람들이 헛기침을 하며 우리를 노려보았다. 슬그머니 몸을 책상으로 돌려 책을 꺼내는데 메모가 적힌 연습장 귀퉁이가 책상 너머로 밀려 들어왔다.

　　: 나 도서관 갈 거야. 오늘!

펜을 꺼내 그 아래에 적었다.

　　: 도서관? 안 불편해? 응?

　　: 내 앞자리가 민우 선배거든!

펜이 허공에 멈췄다. 멍한 표정으로 연습장에 적힌 '민우 선배'만 뚫어져라 보았다. 답변을 기다리듯 한참 날 보던 서연이가 아래에 무언가를 끼적였다.

'걱정 마. 네 자리도 잡아놨어. 내 옆자리!'

불행인 걸까, 다행인 걸까. 얼마 전 책을 빌린다며 내 학생증을 빌려간 서연이가 내 학생증으로 자신의 옆자리까지 잡아놨다고 말했다. 더불어 민우 선배 옆자리는 준서 선배라고 했다. 결국 한 테이블에 네 사람이 모두 모이게 된 판이었다.

: 싫어?

서연이가 고개를 숙여 내 표정을 살피며 물었다.

: 아니. 공부하자.

잠시 고민하다 대답했다. 네 사람이 한곳에 모이는 건 불편하지만, 마냥 피할 수만은 없는 문제였다.

: 알았어!

연습장에 대답을 끼적인 서연이가 빙긋 웃었는데, 참 예뻤다. 이런 애가 제 마음 숨기지 않고 민우 선배에게 달려가겠다고 말했다. 말릴 수도, 그렇다고 응원할 수도 없었다. 그저 돌처럼 굳어 있는 것 말곤 내가 할 수 있는 게 없었다.

"저쪽이야."

도서관으로 들어서자 서연이가 나란히 비어 있는 두 자리를 가리켰다. 그 맞은편에는 미리 온 준서 선배와 민우 선배가 벌써 책상에 머리를 박은 채 책과 씨름하고 있었다. 민우 선배 맞은편 자리를 어떻게 잡았냐고 묻자 서연이는 민우 선배와 함께 잡았다고 답했다. 둘이서? 어떻게? 궁금했지만 굳이 묻지 않았다. 사실을 확인하고 나면 마음이 더 쓰릴 것 같았다.

자리에 착석한 후 서연이가 민우 선배와 준서 선배에게 미리 준비해 온 사탕을 하나씩 내밀었다. 사탕이 책 중간까지 굴러가서야 둘 다 고개를 들어 우릴 확인했다. 준서 선배는 사탕을 살랑살랑 흔들며 고맙다는 제스처를 취할 때 민우 선배는 우리 둘을 보기가 무섭게 사탕을 한쪽에

212

밀어놓고 책으로 고개 돌렸다. 마치 시간 낭비했다는 듯이.

서연이는 민우 선배가 치워놓은 사탕에서 눈을 뗄 줄 몰랐고 그런 서연이를 준서 선배가 물끄러미 쳐다봤다. 복잡한 표정이었다. 내가 쳐다보는 줄도 모르고 서연이를 살피는 준서 선배가 안쓰러웠다.

얼마 후 준서 선배는 밖으로 나갔고, 서연이는 노골적으로 민우 선배를 흘깃댔다. 이걸 지켜보고 있자니 마음이 더 심란해졌다. 괜히 따라왔다는 생각이 들어서, 눈치 보다가 집에 가야겠다고 갈겨쓴 메모를 서연이에게 건네주고는 도서관 밖으로 뛰쳐나왔다.

"어? 지혜야. 어디 가?"

건물 밖으로 나오기가 무섭게 익숙한 목소리가 날 잡아 세웠다. 힐끔 돌아보니 종이컵을 들고 있는 준서 선배가 보였다.

"선배 여기서 뭐 하고 있어요?"

"잠이 와서 커피 한 잔 마시고 있지. 너도 마실래?"

"음, 커피 대신 코코아로요."

"그럴래?"

준서 선배는 가볍게 웃더니 코코아 한 잔을 뽑아 내밀며 물었다.

"공부하다 말고 어디 가?"

"집에요."

"왜? 도서관에서 공부 안 돼?"

"생각보다 쉽지 않네요. 잠이 와서요."

"그래?"

준서 선배는 가벼운 웃음으로 대꾸했지만 이내 어두운 표정으로 종이컵을 내려다봤다. 내가 코코아 한 잔을 다 마실 때까지 준서 선배는 식은 커피 잔만 뱅글뱅글 돌리며 생각에 잠겨 있었다.

"선배, 사랑 참 어렵죠?"

내가 돌려 묻자, 준서 선배가 힐끗 날 보다 바닥으로 시선을 돌리며 대답했다.

"어렵지. 일로 성공하는 거보다 사랑이 더 어려운 거 같네. 일은 해낼 수 있는 방법이 여러 가지인데 사랑은……, 하나뿐이니까."

"……."

"그 사람 마음을 가져야 하는 그 길밖에 없잖아. 참 잔인하지. 사랑한다는 거."

멍하게 생각에 잠긴 준서 선배를 물끄러미 쳐다봤다. 내 시선을 느낀 준서 선배가 머쓱한 표정으로 웃으며 턱을 쓸었다. 나는 그런 준서 선배를 바라보며 홀린 것처럼 내 마음을 뱉어냈다.

"좋아해도 좋아한다고 쉽게 말 못 하는 게 얼마나 갑갑한 일인지 안 겪은 사람들은 모를 거예요. 좋아합니다. 다섯 글자. 좋아해요. 네 글자. 하다못해 좋아해. 세 글자. 그 말이 참 어려워요."

"지혜, 너 누구 좋아해?"

"좋아하는데, 좋아하기 싫네요."

"힘들어서?"

"선배도 그런가 보네요."

"가까워졌다 싶으면 멀어져. 그 아이가 원하는 게 뭔지 모르겠지만, 점점 내가 아닐 거라는 확신이 생기네."

"슬픈 일이죠."

준서 선배 입에서 나온 말이 왜 내 이야기 같고, 내 이야기가 준서 선배 이야기 같을까. 묘하게 감정이 겹쳐서 슬픔이 밀려들었다. 말하지 않았지만 준서 선배도 이 감정을 느끼고 있는 듯했다.

자판기 주변을 얼씬거리는 사람이 있어 옆으로 비켜섰다. 그러다 보니 준서 선배와 얼굴을 마주할 만큼 가까워졌다. 그래도 더는 이전처럼 가슴이 뛰거나 설레지 않았다. 오히려 친한 오빠처럼 친근하게만 느껴졌다.

"선배, 저 가볼게요."

"지혜야."

준서 선배가 날 잡아 세웠다. 준서 선배 손에 잡힌 손목을 내려다봤다.

"술 마시자고 하면 무리일까."

시험기간에 술이라.

"술 한잔 하는 건 나쁘지 않죠. 언제요?"

뭐든 좋다. 술쯤이야. 오늘만 사는 사람처럼 하고 싶은 걸 하고 싶었다. 내일을 걱정해 오늘을 절제한다고 해도 나의 내일이 달라질 건 없기에.

"어디서 볼래요?"

준서 선배가 활짝 웃으며 손가락 일곱 개를 펴 보였다.

"학교 앞에서 보자. 7시에 대학 정문에서."

"그래요. 그럼 그때 나올게요."

준서 선배의 배웅을 받으며 먼저 돌아서서 내려갔다. 살다 보니 준서 선배가 나의 뒷모습을 보는 날도 오는구나. 입안이 써서 마른침만 삼켰다.

집에 도착하고 나니 약속시간까지 겨우 한 시간 남짓 남았다. 마땅히 할 게 없어 집에 가서 시험공부 시간표를 짰다. 물론 오늘 하루는 시험공부 기간에서 빼버렸다.

띠리리띠리.

휴대전화에 있는 기본 벨이 시끄럽게 울려댔다. 액정을 보니 대학교 친구 이름 석 자가 둥둥 떠다니고 있었다. 받을까 말까 고민하다 벨소리가 길게 이어지길래 시끄러워 받았다.

"여보세요."

- 여보세요? 나야! 혜은이!

"액정에 네 이름 떠. 문자도 아니고 갑자기 웬 전화?"

- 아, 그게 물어볼 게 있어서.

혜은의 주변이 시끌시끌했다. 옆에서 '물어봐! 물어봐!'라는 소리가 들렸다. 책상을 정리하며 어깨와 귀 사이에 꽂은 휴대전화에 집중했다.

- 저기. 지혜야, 민우 선배랑 서연이랑 혹시……, 요즘 뭐 썸씽 있어?

"무슨 소리야?"

미간에 인상을 쓰며 들고 있던 책을 놓고 휴대전화를 고쳐 잡았다.

- 아니. 도서관에 있는데 눈앞에서 서연이가 민우 선배랑 같이 있잖아. 안 놀라겠어?

"지나가다 만났겠지."

- 그거면 우리도 말도 안 해! 팔짱을 끼고 있으니까 그러지!

"팔……짱?"

- 응! 팔짱! 서연이가 민우 선배한테 팔짱끼고 있더라고! 엘리베이터 타야 해서 보고 넘어가긴 했는데 대체 이게 무슨 일이야? 두 사람 사귀어?

"글쎄. 혜은아. 나 지금 전화 길게 못 받을 상황이라서. 미안. 끊을게."

- 지혜야! 지혜…….

휴대전화를 닫아 침대 위로 던졌다. 책상을 정리하다 말고 의자에 털썩 소리 나게 주저앉았다. 입술이 바짝 말라갔다. 감은 눈꺼풀이 뒤늦게 파르르 떨렸다.

그냥 날 내버려두지. 이렇게 흔들어놓고 쉽게 다른 사람한테 갈 거였으면 처음부터 오지 말지. 처음부터 남처럼 멀리 서 있지.

서로 모르는 사람으로 살아갔더라면 편했을 텐데. 비록 준서 선배 때문에 아프고 서연이로 인해 비참하다 해도 지금처럼 괴로울 일은 없었을 테니까.

"왔어?"

시험기간이라는 걸 상기시키기라도 하듯이 한 손에 두꺼운 책을 든 준서 선배가 학교 정문 앞에서 손을 흔들어 보였다. 학교 앞 분위기 괜찮은 술집으로 들어가 맥주 1,700cc와 소주 한 병, 과일 안주, 육포를 시켰다. 기본 안주로 나온 쥐포를 씹으며 술집 안을 시끄럽게 울리는 노래를 들었다.

"선배 여태껏 도서관에 있었어요?"

"응. 오늘 해놓을 거만 대충 해놓고 나왔지. 넌 집에서 뭐 했는데?"

"그냥 있다 왔죠. 뭐."

한 게 없었다. 책상 조금 정리하다 말고 멍하게 바닥만 쳐다보다 시간 맞춰 급하게 뛰어나왔다.

"서연이랑……, 선배도 집에 갔어요?"

"응. 둘 다 집에 갔어."

둘 다 집에 간 건지, 아니면 둘이서 어딜 간 건지 아무도 모를 일이었다.

"시험기간인 거 뻔히 아는데 술 마시자고 할 사람이 너밖에 없었어. 민우한테 마시자고 해도 되겠지만, 오늘따라 저기압이라서 부를 수도 없더라. 근데 너랑은 말이 잘 통할 거 같아서."

"다행이네요. 저도 술 한잔 하고 싶었는데요. 이런저런 이야기하면서요."

술자리에서 감정을 공유할 사람이 있다는 건 행운이다. 그러나 행운을 마주한 사람들치곤 우리 둘의 표정은 좋지 않았다. 점점 현실로 윤곽을 드러내는 상상 속 최악의 시나리오에 서서히 질려가고 있었다.

술이 나오고 안주가 테이블의 중심에 자리를 잡고 나서야 제대로 하고자 했던 이야기를 꺼냈다.

"넌 뭐가 힘든 건데?"

"전……. 글쎄요. 사람 좋아하는 게 콕 집어 뭐 때문에 힘들다고 말할 순 없잖아요."

준서 선배가 맥주 한 잔을 들이켜며 가볍게 고개를 끄덕였다. 나도 뒤따라 맥주 한 잔을 순식간에 비워냈다. 얼른 취하고 싶다는 바람을 들어주기라도 하듯이 마신 지 얼마 되지도 않아 눈앞이 어지러웠다.

"선배는 꽤 시간도 많이 흘렀고 친하게 지냈는데 왜 고백을 못 했어요?"

선배가 서연이 마음을 확실하게 붙들었더라면, 이런 일은 없었을 텐데.

"좀 더 가까워지면 하고 싶었어. 서연이에게서 확신이 생길 때."

그 사람도 내게 그런 확신이 생길 때 고백하지. 너무 쉽게, 그렇게 말고.

"하아. 그 확신은 어떻게 생기는 건데요? 느낌으로 아는 거예요?"

"어. 느낌이지."

준서 선배는 앞에 놓인 술잔을 들어 한 번에 비워냈다. 그 모습을 보다 나도 한 잔을 비웠다. 목구멍에서 술 냄새가 역류해서 저절로 얼굴이 찌그러졌다. 준서 선배가 내 빈 잔에 술을 채워주며 말했다.

"잘 마시는구나?"

"잘 마실 수밖에 없는 상황이니까요."

"그건 그래."

그 후로 우린 말없이 한참을 술만 마셨다. 들어간 술은 속을 뜨겁게 휘저어놓았고 결국 눈앞을 핑 돌게 만들었다. 그때 준서 선배가 한 일 자로 굳게 닫혔던 입술을 열었다.

"서연이가 다른 사람을 좋아하는 거 같아."

갑자기 심장이 거세게 뛰기 시작했다. 대답도 못 한 채 멍하게 쳐다보자 준서 선배가 술잔을 감아쥐며 씁쓸한 표정으로 말했다.

"처음엔 설마 했는데 그런 거 같아. 지혜 너한테는 이야기했겠지? 그 사람이 누군지."

아니라고 말할 수 없었다. 하지만 맞다고 대답할 수 없었다. 그래서 묵비권을 행사했다. 준서 선배도 딱히 대답을 들을 생각이 아니었는지 말을 이어갔다.

"그래서 어떻게 해야 하나 고민하고 있어. 시작한 지 얼마 안 된 이 마음을 접어야 하나, 아니면 꿋꿋하게 지키고 있어야 하나. 마음을 접기는 거의 불가능한 거 같은데, 그렇다고 이 마음 가지고 있는 것도 내가 불쌍하잖아. 그리고 짝사랑은 예의도 아니고 말이야."

"……좋아하는 게 왜 예의가 아닌데요?"

따지듯 물었다. 왜 혼자 좋아하는 것까지 죄가 되어야 하냐고. 내 마음이 가버린 건 내 탓이 아니다. 내 마음이 끌리도록 적합한 그 사람의 탓도 아니다. 사랑한다는 건 죄가 될 수 없다. 난 단호하게 박힌 내 생각을 삼키며 준서 선배 대답을 기다렸다. 그런 내 표정을 보며 준서 선배가 나지막하지만 단호한 목소리로 말했다.

"그 사람에 대한 예의, 나에 대한 예의가 아닐 테니까. 그 사람은 이유도 모른 채 내게 원망을 듣게 될 거야. 왜 날 알아주지 못했냐고, 왜 날 사랑하지 못했냐고. 그런 이유에서 그 사람은 내게 죄인이 되어가겠지. 그리고 결국 지쳐서 난 그 사람의 단점을 보려고 노력할 거야. 그 사람은 원하지도 않게 나로 인해 착한 사람이 되었다가, 나쁜 사람이 되었다가를 반복할 테니까. 그보다도 나에 대한 예의가 아니지. 짝사랑. 그 고달픈 길로 날 끌고 간다는 게, 나에 대한 예의는 아닐 테니까."

"……."

이것 역시 답하지 못했다. 아니라고 부인할 수 있는 게 하나도 없었다. 서로 사랑하는 사람은 다른데 어째서 마음은 같은 모양인지. 지금 우리의 사랑을 받고 있는 사람들은 그 사람들 나름대로 같은 마음을 공유하고 있을까.

가슴이 찡하더니 결국 코끝까지 찡해졌다. 금방이라도 눈물이 날 것 같았다. 술 마시다 우는 게 쪽팔려 손등으로 이마를 짚는 척 가렸다.

준서 선배를 원망하고 싶었다. 서연이를 왜 잡지 못했냐고. 왜 이제 와서 포기하겠다고 말하는 거냐고. 당신이 포기하면 서연이가 나의 그 사람에게 가버린다고. 난 무기력하게 그 모습을 보고 있을 수밖에 없다고. 그러니까 왜 당신은 내가 두 사람을 좋아한 그 긴 시간 동안 아무것도 해낸 것이 없냐고 소리라도 치고 싶었다.

하지만 난 이 수많은 물음을 할 수 없었다. 그 언젠가 후에 준서 선배가 이 모든 진실을 알고 난 후, 날 붙잡고서 '왜 넌 민우를 잡지 못했니.'라고 묻는다면 나 역시도 대답할 말이 없기에.

돌이켜 생각해보면 난 준서 선배를 꽤 열렬히 좋아했다. 그 사람 때문에 버렸던 시간을 달력에 검은 볼펜으로 표시한다면 한 면이 까맣게 될 정도였다. 꽤 깊게 좋아했다고 말할 수 있었다. 하지만 이제는 그 사람과 나란히 술을 마시고 어두운 밤을 함께 걸어도 아무렇지도 않았다. 내 마음이 완전하게 그 사람에게서 떠나버린 것이다.

이제 더 이상 서연이를 좋아하는 준서 선배의 모습에 미치도록 슬프지도, 화가 나지도, 더불어 내게 실망스럽지도 않았다. 그러니까 준서 선배에 대한 마음을 이겨냈던 것처럼 어느 순간 민우 선배에 대한 마음이 이겨내질 거다. 다만 그 시간을 관통하는 오늘이 견딜 수 없게 아프다는 게 문제다.

"여기가 집 근처야?"

"네. 저기로 가면 돼요. 그만 가보세요."

술에 취해 눈앞이 어지러운 와중에도 민우 선배와 한 빌라에 사는 게 비밀이라는 사실이 생각나 애꿎은 옆 빌라를 가리켰다. 준서 선배는 내가 가리킨 건물을 보다 힐끔 옆 건물을 보며 중얼거렸다.

"전에 데려다줬을 때는 여기가 아닌 거 같은데."

"으, 음. 이사 갔어요. 하……, 하하."

준서 선배가 예전에 날 데려다줬던 기억을 되살리며 중얼거리자 뜨끔해 손을 가로저으며 답했다. 준서 선배는 대수롭지 않게 고개를 작게 끄덕였다.

"그랬구나? 여자 혼자 살려면 조심할 게 한두 가지가 아니겠다."

옛날엔 이런 배려에 심장이 뛰었는데 이젠 아무렇지도 않다. 날 향한 웃음, 날 향한 배려, 날 향한 저 모든 것들이 다른 사람들에게 모두 해당된다는 걸 잘 알고 있기 때문에. 그래서 오로지 날 향해 웃어주고, 나만을 위해 장난을 걸어주던 그 사람이 더더욱 보고 싶어졌다.

"선배 먼저 가세요."

준서 선배를 먼저 보내야 했다. 이 건물의 출입문 비밀번호 따위 모른다. 준서 선배는 한참이나 들어가는 걸 먼저 보고 가겠다 우기다가 내가 강경하게 나오고 나서야 돌아섰다.

"갈게. 시험공부 할 시간 뺏어서 어쩌지?"

"괜찮아요. 어차피 술 안 마셨어도 공부는 안 했을 거예요. 덕분에 마음은 조금 가벼워졌어요."

"그래. 잘 자."

"네."

준서 선배가 돌아섰고, 점이 되어 사라질 때까지 그 모습을 보다 우리 빌라 쪽으로 걸음을 옮겼다. 빌라 안으로 들어가려다 답답해 계단에 걸터앉았다.

검은색 페인트로 발라놓은 것처럼 까만 밤하늘로 긴 한숨을 쏟아냈다. 멍하게 하늘을 보며 할 짓 없이 별을 세고 있는데 등 뒤로 발소리가 들렸다. 한밤중이라 예민하게 반응했지만 이내 빌라에서 나온 사람이겠지 라는 생각으로 하늘에서 눈을 떼지 않았다. 다시 한 번 하아 하고 긴 한숨을 쉬는데 이어져야 할 발소리가 잠잠했다. 순간 불안한 기분에 몸을 움츠리며 등 뒤로 시선을 돌렸다.

바지 주머니에 손을 꽂아 넣은 채 날 보고 선 민우 선배가 보였다. 보고 싶지 않았는데. 침묵이 주위를 휩쓸었다. 따끔거리는 마음을 다잡으며 시선을 하늘 쪽으로 돌렸다.

"선배, 늦은 시간에 어디 가나 봐요?"

아무렇지 않은 척 말을 꺼냈다.

"넌 이 시간에 어딜 갔다 오냐?"

222

"술 한잔 했어요."

"누구랑?"

"……친구랑요."

이유는 모르겠지만 준서 선배라는 네 글자를 꺼내선 안 될 거 같았다. 말하면 아슬아슬한 우리 관계가 무너져 내릴 것 같았다.

등 뒤가 조용했다. 어색한 침묵이 죽도록 싫었다. 일어서서 집으로 들어가기엔 민우 선배를 지나쳐야 했다. 그것도 싫어, 아픈 목을 참으며 검은 하늘만 죽도록 올려다봤다. 이러다 행성까지 꿰뚫어볼 지경이었다.

"네가 언제부터 신준서랑 친구였냐?"

"……!"

지독하게 차분한 목소리로 내게 물어 왔다. 나도 모르게 멈칫했다.

"대체 언제부터 신준서랑 술까지 나눠 먹는 친구 사이가 된 거냐고 묻고 있잖아. 지금."

"……어떻……게 알았……어요?"

"그게 중요하냐?"

"……."

"사람 엿 먹이는 것도 가지가지다."

민우 선배의 말투가 거칠어졌다.

"내가 신준서랑 엮이지 말랬지. 나 자극하지 말라고. 그런데 나 몰래 준서랑 술 마시고, 거짓말하고. 너 대체 뭐냐."

"……."

"최대한 믿음 보여주려고 애쓰는 나한테 너 진짜 어디까지 실망하게 할래?"

민우 선배는 언제 화냈냐는 듯 한풀 꺾였다. 지치고 피곤한 말투였다.

"난 사귀는 거 책임감 있게 해왔어. 근데 넌 아니야."

책임감. 사귀는 거. 그 어디에서도 애정이 묻어나는 사랑이나 따뜻한 단어는 없었다. 어쩌면 사귀는 이유조차 사무적이었고, 사귄 후도 민우 선배에겐 책임이었는지도 모른다. 책임감이라는 단어에 울컥해 입을 열려는 순간, 민우 선배 말이 한발 앞섰다.

"최악이다, 너."

그 말을 들은 순간 울컥하던 감정도, 눈물 나던 그 이상한 기분도 모조리 백짓장처럼 사라졌다. 힘이 다 빠진 목소리로 민우 선배가 진심을 다해 말했기에.

초점 잃은 눈으로 멍하게 민우 선배를 올려다봤다. 뜨겁게 치솟던 술기운은 찬물이라도 뒤집어쓴 듯 온기 하나 남기지 않고 증발되었다.

그 말을 끝으로 돌아선 선배는 점점 작은 크기가 되어 멀어졌고, 동시에 시야가 뿌옇게 흩어졌다. 부들부들 떨리던 입가와 안면근육이 제멋대로 꿈틀거리는가 싶더니 붉어진 눈가에선 눈물이 뚝뚝 흘러내렸다.

밉다. 제멋대로 말하고 돌아서는 저 모습이. 정말 밉다. 더 이상 고민할 것도 없다는 듯 멀어지는 저 모습이. 너무 밉다. 등 뒤에서 북받쳐 오른 울음을 쏟아내는 날 모르는 그 사람이.

자리에서 벌떡 일어나 뛰었다. 그러고는 곧장 그 사람 등을 주먹으로 힘껏 쾅 내리쳤다. 예상치 못한 충격에 크게 휘청이다가 가까스로 벽을 짚고 선 민우 선배가 무슨 짓이냐는 표정으로 쳐다봤다. 얼굴 피부가 화끈거릴 만큼 세게 손등으로 닦아냈는데도 추하게 눈물이 흘렀다.

"야, 이 자식아! 최악? 내가 누구 때문에 술 마셨는데! 남의 속도 모르면서 편하게 이야기하지? 괜히 내 핑계 대지 말고 그냥 말해! 싫으니까 헤어져달라고! 차라리 그게 남자답고 좋잖아! 그 말 기다리고 있었어! 그

224

래서 술 마셨어! 그러니까 그냥 말해! 씨…….”

악쓴 목소리가 원룸 빌라 전체를 쩌렁쩌렁 울렸다. 민우 선배가 얼빠진 표정으로 내려다보고 있었다. 난 왜 그게 귀여워 보이는 건지. 지금 당장 내 눈을 뽑아버리고 싶었다. 눈을 뽑는 대신 손등으로 눈을 꾹 누른 채 울음 섞인 목소리로 중얼거렸다.

“씨……. 그래도……. 그래도……. 서연이가 좋다니까 냉큼 가냐……? 그렇게 서연이 좋아했으면 처음부터 나한테 오지 말았어야지! 불쌍해 보이더라도 날 내버려뒀어야지! 그럼 적어도 이렇게 비참하거나 화나진 않잖아!”

“…….”

“난 이제야 네가 정말로 좋고 생각나고 보고 싶었는데……. 날 시작하게 해놓고 넌 발 빼냐……. 나쁜 놈.”

“…….”

“넌 세상에서 제일 나쁜 놈이야!”

민우 선배를 등지고 계단을 뛰어내려왔다. 다다다 하는 시끄러운 발소리가 끝나고 빌라 밖에 섰을 땐 눈앞이 깜깜했다. 내 눈물은 까만색인지 앞을 자꾸만 가렸다.

느릿한 걸음으로 한참을 헤매다 찾은 놀이터는 한적하다 못해 적막하기까지 했다. 이 시간에 구석진 놀이터를 찾는 사람이 나 말고 누가 있을까. 삐거덕. 삐거덕. 밤중에 그네 소리가 무섭게 허공으로 퍼졌다. 얼마나 울었는지 코가 다 막혔다. 킁킁대도 뚫리지 않았다.

휴대전화를 열어보니 배터리가 나가 있었고, 지갑을 열어보니 천 원짜리 한 장이 돌돌 말려 끄트머리에 끼여 있었다. 영락없이 놀이터에서 날을 새워야 할 판이었다. 멀쩡한 집 놔두고 여기서 웬 청승인가 하는 설움이 몰려왔지만 아까의 욱한 감정이 가라앉고 나니 맨 정신에 민우 선배를 마주할 자신이 없었다. 제정신이었다면 상상도 못 할 짓을 여러 가지 해놨다. 민우 선배의 평상시 까칠한 성격과 사람 기를 꺾어놓는 화려한 대화 스킬로 생각해보건대 고분고분 넘어가지는 않을 듯했다. 특히 이렇게 안 좋은 감정만 덕지덕지 남은 우리 상황을 보건대 최악의 사태만 남았다.

"하아."

울룩불룩하게 솟은 모래를 발로 평평하게 쓸었다. 모래 위로 민우 선배의 표정이 떠올랐다. 발로 다시 스윽. 민우 선배의 다른 표정이 떠올랐다. 발로 쾅쾅. 그래도 민우 선배다. 눈앞에 막이 씌워진 건 아닐까 의심스러울 만큼 민우 선배의 생각으로 머릿속이 가득했다. 이제 이것도 익숙해져야 할 거다. 그리고 차차 잊어가는 연습을 해야 할 거다.

찡해지는 코끝과 다시 밀려오는 감정을 가까스로 추스르며 길게 퍼진 밤하늘을 무심하게 올려다봤다. 까만 밤하늘은 누군가 장난스럽게 그려 놓은 그림 같은 초승달과 몇백 년 전쯤에 보냈을 별빛으로 반짝이고 있었다.

가슴을 쓸어내렸다. 아기를 다루는 것처럼, 누군가를 위로하는 것처럼 다독다독 나를 달랬다.

괜찮을 거다. 괜찮을 거다. 어두운 밤이 있기에 태양에 가렸던 별과 달이 빛나는 거라고, 내 어두운 지금의 시간은 언젠가 찾아올 아름다울 내 시간을 더욱 찬란하게 빛내줄 거다. 그러니 괜찮다.

파랗게 동이 트는 새벽은 차분했지만 잔잔하게 움직이는 사람들로 조용하진 않았다. 울다 말고 그네에서 졸다 몸에 힘이 빠져 휘청이다 깨고,

다시 하늘 보다가 울다 잠들고. 몇 번을 반복했는지 모른다. 그네 위에서 잠깐씩 잔 토막잠이 날 더 피곤하게 만들었다. 지금 당장 눈앞에 침대가 보인다면 엎어져 잠들 수 있을 거 같았다.

서둘러 원룸으로 걸음을 옮겼다. 따뜻한 파스텔 계열의 색이 발린 익숙한 원룸 건물이 보였다. 원룸이 보이면 당장 뛰어 들어갈 수 있을 줄 알았는데 막상 눈앞에 보이니 들어서기 쉽지 않았다.

잠시 밖에서 서성이다 건물 안으로 들어섰다. 타박타박하고 계단을 오르는 발소리가 시끄러워 뒤꿈치를 들고 걸었다. 긴 드레스를 잡듯 바지 양 끝을 잡고서 걸으니 궁에서 도망 나온 공주 같았다.

우리 집과 민우 선배 집 사이를 두리번거리며 살폈다. 조용했다. 내 생각대로 민우 선배는 자는 모양이었다.

긴 한숨으로 긴장했던 가슴을 쓸어내리며 열쇠를 꺼내 막 문고리에 집어넣는 순간,

"야."

"악!"

낮은 목소리에 기겁하게 놀라 문에 붙어 서자 민우 선배가 입술 위로 검지를 가져다 올리며 '쉿, 다 깬다.'라고 말했다. 민우 선배는 위층으로 올라가는 계단 쪽에 앉아 있었다. 용쓴 보람이 없어졌다. 지금이라도 당장 집 안에 들어가 이 상황을 피해야겠다는 생각에 등 뒤로 열쇠를 돌려 문을 따려는데,

"행동 정지."

란다. 내 행동을 미리 보고 온 사람처럼 예리했다. 빌라를 나서던 것과 또 다른 의미로 눈앞이 캄캄해졌다. 별로 오지 않았으면 하는 상황이 와 버린 것이다. 더 이상 피할 수 없다는 걸 느끼고 그 자리에 섰다.

"야."

민우 선배는 날 불러놓고 한참 말이 없다. 내가 상상한 화난 표정이 아니었다. 긴 새벽을 거치는 동안 감정을 전부 다 소모한 탓인지 꽤 멍한 표정이었다. 민우 선배는 긴 손가락으로 제 이마를 쓸다 말고 나와 바닥을 번갈아보는 둥 정신 산만한 짓을 한참이나 하더니 다시 한 번 날 불렀다.

"야."

대답할 힘조차 없어 무기력한 표정으로 민우 선배를 올려다봤다.

"네가 한 말 하나도 모르겠다."

다짜고짜 이해할 수 없는 말을 꺼냈다.

"네가 하고 간 말 무슨 뜻인지 하나도 모르겠다고."

"……내가 한 말 못 들었어요?"

"아니. 들었는데, 못 알아먹겠다. 서연이가 날 좋아한다고?"

모르고 있었나.

"그래. 이건 알아먹겠는데……."

비참해서 대답하지 않았다. 잠시 뜸을 들인 민우 선배가 정말 이해할 수 없다는 목소리로 물어 왔다.

"내가 서연이를 좋아한다고?"

"……본인이 제일 잘 알잖아요."

"그 본인은 모르겠다는데?"

무슨 소리냐는 표정으로 계단에 걸터앉아 있는 민우 선배를 올려다봤다. 민우 선배 역시 이해 못 하겠다는 표정으로 날 보고 있었다. 그리고 마치 잘못된 문자 오타를 수정해주듯 민우 선배가 친절하게 다시 한 번 풀어 말했다.

"난 서연이 좋아한 적 없어. 단 한 번도."

"……."

"그 표정은 뭐냐?"

"거……짓말."

"하."

기가 차다는 듯 코웃음 친 민우 선배가 접혔던 긴 몸을 일으켜 자신의 문 앞에 서서 날 마주봤다. 그러고는 조금 지쳐 보이지만 그걸로 가려지지 않는 잘난 얼굴을 내게 내밀며 말했다.

"이 표정을 봐라. 거짓말인지. 그리고 내가 왜 너한테 거짓말을 하는데?"

"그, 그거야."

"아니 땐 굴뚝에도 연기가 나는구나."

"서연이가 놀이공원 좋아하는 거 알고 있었잖아요! 그리고 서연이 끔찍하게 챙겼잖아요! 서연이가 좋아하는 거, 서연이 이야기도 다 들어주고! 그 더러운 성격 참아가면서 서연이한테는 잘해줬잖아요!"

속사포처럼 말을 쏴대는 날 황당하다는 표정으로 내려다본 민우 선배가 답답하다는 듯 길게 한숨을 내쉰 후 입을 열었다.

"그 더러운 성격? 후, 이건 나중에 이야기하고. 놀이공원은 준서 놈 때문에 후배들한테 정보 수집한 거고, 친구 놈이 좋아한다는 여자를 내가 막 다루냐? 난 서연이 단 한 번도 좋아한 적 없어."

"서연이가……, 제일 예쁘다고 그랬잖아요. 내가 물었을 때 서연이가 과에서 제일 예쁘다고 말했잖아요."

"하, 얘 봐라? 서연이? 예쁘지. 객관적으로는 예쁘지. 근데 나한테는 사귀고 싶을 만큼 안 예뻐. 그리고 예쁘면 다 좋아하냐? 처음부터 예쁜 거 좋아했으면 학교 밖에서 서연이보다 더 예쁜 애 사귀었어. 학과 커플 돼서 학과 남자애들 다 적으로 돌릴 바에는.”

“……..”

“서연이랑 팔짱끼고 다녔다면서요.”

“걔 발 삐끗하는 바람에 잡고 있었던 것뿐이야.”

“같이 도서관에서 자리도 잡았다면서요.”

“그건 도서관 앞에서 만났으니까.”

“……진짜예요?”

“니 눈엔 내가 거짓말을 이렇게 공들여 칠 성격으로 보이냐?”

입이 있어도 할 말이 없었다. 한동안 멍하던 머릿속이 정리되면서 퍼즐조각이 맞아가듯 민우 선배 말이 착착 맞아 들어가기 시작했다. 거짓말이라고 외치고 싶은데, 거짓말이 아니었으면 했다.

뚫어져라 쳐다보는 내 시선에 민우 선배는 꿀릴 거 없다는 당당한 표정으로 마주했다.

“야, 너 창작 쪽에 재능이 있나 보다. 특히 소설 쪽에.”

확신이 흘러넘치는 민우 선배 말에 머리에서 마른 북소리가 둥둥하고 울렸다. 나의 오해를 비웃던 민우 선배가 한숨과 함께 표정을 바꿨다. 답답하다는 표정인지, 피곤한 건지 분간 안 가는 표정으로 계단에 주저앉았다.

“지금 누구랑 누구를 엮는 거냐? 뭐? 서연이가 좋다니까 냉큼 달려가?”

생각할수록 머리 아프다는 표정으로 관자놀이를 꾹꾹 누르던 민우 선배가 날 쳐다봤다.

“서연이가 아니라 준서 놈한테 달려가서 멱살 잡고 내 여자친구랑 술 마시지 말라고 소리치고 싶은 심정이다."

시험을 마친 후, 31가지 종류의 아이스크림을 판다는 가게로 들어가 세 가지 아이스크림이 한 통에 담기는 파인트를 시켜 매장 테이블에 앉았다. 분홍색 숟가락으로 초코볼이 들어간 아이스크림을 한입 듬뿍 퍼 넣었다. 입 속에 든 아이스크림을 녹이려 우물거리는데 휴지가 입술 위를 덮쳐 왔다.

"묻었다. 입에."

맞은편에 앉은 민우 선배가 휴지로 내 입술을 닦아줬다. 무안함과 민망함에 씩 웃자 휴지로 입술 위를 꾹 눌러 왔다.

"뭘 잘했다고 웃냐."

구박하던 민우 선배도 뒤따라 아이스크림 분홍색 숟가락을 손에 쥐었다.

그날, 어느 날보다 이른 새벽에 마주한 우리는 그 후로 한참이나 말이 없었다. 덜컥 겁이 났다. 모든 게 나의 편협한 이해 방식에서 나온 오해였다.

미안하다고 말했다. 센서가 꺼져 새벽 푸르스름한 빛이 새어 들어오는 계단에 앉아 있던 민우 선배는 날 가만히 쳐다보았다. 그러고는 한숨을 푹 내쉬더니 잔뜩 갈라진 목소리로 '내가 널 어쩌면 좋냐.'라고 중얼거렸다.

가슴이 덜컥 내려앉았다. 중학생 시절 서연이의 친구이자, 서연이의 그림자로 살아왔던 시절이 무의식중에 남아 나도 모르게 민우 선배를 의심하고야 말았다. 이젠 다 나은 줄 알았는데 내가 좋아하는 사람이 서연이를 좋아했던 그날의 충격이 아직도 남아 있었나 보다.

고개를 푹 숙이고 서 있는데 내 앞으로 민우 선배가 다가왔다. 그리고 커다란 손이 내 등을 다독이며 말했다.

못났다, 날 안아준 민우 선배가 픽하고 웃으며 한 마디 덧붙였다. 내 여자친구.

울음이 나서 삭이느라 대답해주지 못했다.

"무슨 생각 해?"

검지로 툭 하고 이마를 밀쳤다. 아이스크림을 먹다 말고 넋을 놓은 채 생각에 빠져 있던 게 민우 선배 눈에는 이상해 보였나 보다.

"아무것도 아니에요."

내가 웃자 민우 선배는 별다른 말 하지 않았다. 금세 아이스크림 한 통이 다 비었다.

숟가락을 내려놓은 민우 선배가 등받이에 기대앉아 행인들이 스쳐지나가는 창밖을 내다봤다. 멍한 표정으로 길 건너편을 보고 있는 듯했다. 그 사이 나는 민우 선배를 구경했다. 날카롭게 뻗은 눈매에 오뚝한 콧날, 꽉 다문 붉은 일자 입술이 보는 눈을 황홀하게 만든다.

이젠 적응될 만도 하건만 아직도 신기하다. 이 사람이 나를 좋아하고, 내가 이 사람을 좋아한다는 것이.

"선배."

"……."

"민우 선배."

"……."

"민둥 선배."

"……."

"민둥 오빠."

"왜?"

얼굴이랑 안 맞게 민우 선배는 호칭에 꽤 집착했다. 민둥이라는 애칭이 좋은지 간만에 순한 표정으로 살짝 미소 짓기까지 한다. 다른 사람에게는 죽어도 보여주기 싫은, 사랑스런 표정이었다.

"서연이 어쩌죠."

"걔가 왜 나와."

"선배를, 아니 오빠를 좋아한다잖아요."

"그건 걔 사정이야. 누가 좋아하래?"

민우 선배 말투에서 특유의 냉정함이 흘러나왔다. 싸늘하다 못해 살벌하기까지 하다. 자기 감정 귀한 줄은 알면서 다른 사람 감정은 무 자르듯 단박에 잘라버린다.

"오빠는 걱정하지 않아요. 단지 서연이가 다칠 거 같아서요. 진심으로 좋아하는 게 처음이라던데. 그리고 준서 선배가 만약 이 사실을 안다면 상처받을 거니까요. 다 상처받게 되겠네요. 좋은 수가 없을까요."

"된장아."

민우 선배가 욕하는 줄 알았다. 된장이라고. 곰곰이 생각해보니 내 별명이었다. 테이블 앞으로 몸을 기울인 민우 선배가 미간 사이를 좁혔다.

"준서 좀 까먹고 살면 안 되냐?"

"준서 선배를 까먹으라고요?"

"내 말 기억 안 나냐? 준서 멱살이라도 쥐고 싶었다고. 네 과거 남자 이야기는 별로 안 듣고 싶다."

"과거 남자라니요. 아무 일도 없었고, 엮일 일도 없었잖아요!"

"네가 좋아했던 남자잖아. 그럼 과거의 남자지."

"……"

민우 선배의 말도 안 되는 억지에 웃음이 났다.

"그러니까 준서 이야기 일주일간 금지. 생각도 하지 마. 연락도 하지 말고."

민우 선배가 엄한 얼굴로 손가락을 휘저으며 말했다. 다른 사람들은 상관없어도 준서 선배만큼은 안 된다고 말하는 모습이 꽤나 준서 선배를 신경 쓰는 것 같아 귀여워 웃어버렸다.

날 향해 숨기지 않고 자신의 감정을 말하는 모습이 그 어떤 모습보다 멋졌다.

"오빠는 날 왜 용서했어요? 최악이라면서."

"베란다 위에서 볼 때는 미치게 화났었는데 풀렸어. 네가 그랬잖아."

"……."

"내가 좋고, 생각나고, 보고 싶었다고. 그리고 뭐, 귀엽게 오해한 거 같으니 마음 넓은 내가 넘어가야지."

민우 선배의 말에 픽 웃었다.

그 순간 열린 문틈으로 여름 향을 담은 바람이 불어 들어왔다. 따뜻하지만 풀잎 향이 묻어 끝이 시원한 그런 바람이. 몸이 허공으로 붕 떠오를 것 같은 기분이었다.

좋아한다고, 고맙다고 말하기에 부끄러웠다. 대신 푸른빛이 도는 청량한 기운을 가득 담아 세상에서 제일 환하게 웃어주었다.

이게 내가 지금 할 수 있는 최대한의 표현이었다.

"하하하하하하."

"아, 정말요? 하하하."

웃음이 난무하는 이곳. 살얼음판이다. 시험이 끝난 후 우리에게 찾아

234

온 과제의 계절은 꽤 잔혹했다. 특히나 우리에게 말이다. 민우 선배. 준서 선배. 나. 서연이. 누구보다 완벽하다 생각했던 멤버가 이렇게 어긋나 보이긴 처음이다. 준서 선배는 웃고 있었고, 서연이도 즐겁게 이야기를 하고 있었고, 난 마지못해 웃고 있었고, 민우 선배는 정색한 채 노트북에 타자만 죽어라 칠 뿐이었다. 그렇다고 민우 선배가 과제를 하고 있는 것도 아니었다.

서연이가 고개를 기울이며 민우 선배에게 물었다.

"민우 선배 열심히 하네요. 우리도 열심히 해야겠어요. 근데 뭘 해야 하죠?"

"그러게. 민우야, 너 뭐 해? 뭐 치고 있는 거야?"

준서 선배가 묻자 민우 선배가 심드렁하게 답했다.

"별 헤는 밤 6페이지."

"……."

영특하게도 별 헤는 밤을 한컴 타자 연습이라 곧바로 알아들은 두 사람은 같은 표정을 한 채 멍하게 민우 선배를 보았다. 한참 두들기던 민우 선배는 눈이 아픈지 손바닥으로 눈두덩을 꾹 눌렀다.

그러는 사이 난 각자 할 몫의 과제를 분담해 나눠주었고, 민우 선배는 노트북으로 자료 검색, 서연이는 도서관에서 빌려온 책에서 자료 찾기, 준서 선배는 민우 선배와 서연이가 준 자료를 배열하기로 했고, 난 준서 선배가 준 자료로 파워포인트를 만들기로 했다. 꽤 간단한 작업 같았지만 자료가 방대해 오랜 시간이 걸릴 듯했다.

얼마나 시간이 지났을까, 앉은 허리가 뻐근했다. 목 뒤도 뻣뻣했고 팔까지 저렸다. 나만 그런 건 아닌 듯했다. 준서 선배가 지친 얼굴로 말했다.

"서연아, 아까 내가 사 온 거 냉장고에 있지?"

"네."

"우리 뭐라도 먹으면서 하자. 내가 갖고 올게."

준서 선배가 거실 옆에 있는 커다란 부엌으로 들어갔다. 그러는 사이 서연이가 민우 선배를 힐끔 쳐다보다 말을 꺼냈다.

"저기, 민우 선배."

"왜?"

여전히 눈을 감은 채 민우 선배가 대답했다.

"우리 이 과제 마치면 몇 시쯤 될까요?"

"글쎄. 해봐야 알겠지."

"선배, 내일 주말인데 뭐 하실 거예요?"

"그것도 글쎄."

"선배, 저 보고 싶은 영화 있는데 같이 보러 안 가실래요? 포인트 적립된 거 많아서 그거 쓰면 되거든요. 제가 영화 보여드릴게요. 선배가 밥 사주세요."

"그래. 밥은 사줄게."

서연이의 직접적인 데이트 신청에 민우 선배가 그제야 눈을 떴다. 그리고 흔쾌히 밥을 사주겠다고 말했다. 나는 무슨 생각이냐는 표정으로 민우 선배를 쳐다보았다.

"단, 내일 말고. 월요일 날 학생 식당 가자. 조별 숙제 마치는 날이니까 다 사줄게."

"선배, 다 같이요? 그럼……, 영화는요?"

서연이가 시무룩하게 되물었다. 애처로운 저 표정은 보통 남자들이 말하는 '애간장 녹이는 표정'이라는 거다.

"영화는 안 돼."

그러나 민우 선배가 눈 하나 깜빡하지 않고 단호하게 거절했다. 충격 받은 표정으로 앉아 있는 서연이에게 민우 선배는 덤덤하게 말했다.

"여자친구가 싫어할 거야. 내 여자친구가 다른 놈이랑 영화 보는 거 싫거든. 그래서 나도 그러기 싫다."

"선배……, 여자친구 있어요?"

"어."

칼 같은 대답이었다. 충격 받은 건 서연이만이 아니었다. 그 어깨 너머에 있는 나 역시도 기겁한 표정으로 민우 선배를 쳐다보며 '왜 그러느냐.'는 소리 없는 몸짓만 하고 있었다.

서연이는 자리에서 벌떡 일어나더니 울먹거리는 표정으로 뛰어갔다. 쾅 하고 방문이 닫혔다. 막 들어오던 준서 선배가 모든 상황을 알아차렸는지 쟁반을 테이블 위로 내팽개치다시피 올려놓고는 서연이를 뒤따라 갔다.

"뭐예요?"

곧장 민우 선배에게 물었다. 조금 더 시간이 지나고 서연이와 진지하게 이야기를 할 수 있는 시간이 마련된다면 내 입으로 말하고 싶었다. 그러나 민우 선배의 착잡한 얼굴을 보는 순간 더는 따져 묻지 못했다.

준서 선배를 떠올렸는지 민우 선배는 미안한 표정을 지었다. 마음 아플 서연이와 준서 선배가 생각나 자리에서 일어났다.

"된장아."

그러나 이내 민우 선배의 부름에 멈춰 섰다.

"다른 사람은 모르겠는데……. 너만큼은 이게 최선이라고, 잘했다고 말해줬으면 좋겠다."

민우 선배가 지친 얼굴로 중얼거렸다. 그 모습이 측은했다. 잠시 고민하다가 나는 민우 선배 곁에 조용히 다리를 모으고 앉았다. 그리고 말없이 머리를 쓰다듬어줬다.

민우 선배에게 화낼 수도, 왜 그랬냐고 추궁할 수도 없다. 친구도, 사랑도 제대로 잡지 못하고 어정쩡하게 밀려다니는 내가 확고하게 입장을 밝힌 민우 선배 앞에서 당당할 수 없었다. 그래서 아무 말도 못 한 채 한참이나 그의 머리를 쓰다듬어주었다.

새벽 3시, 잠자다 말고 민우 선배에게 베란다로 나오라는 연락을 받았다. 싫다고 거절했으나 나오지 않으면 찾아가겠다는 말에, 잠이 덜 깬 채 베란다로 나갔다. 눈을 비비며 서 있는데 건너편에서 포물선을 그리며 무엇인가 날아와 바닥에 떨어졌다. 빤히 보고만 있자 민우 선배가 '들어봐.'라고 말했다.

들어보니 비닐이었다. 비닐 안을 열어보니 뭔지 모를 것이 둘둘 말려 있었다.

"뭐예요?"

"눈 뜨고 봐."

이 밤중에 뭘 보라는 건지.

가까스로 둘둘 말린 천 끝에 고정된 테이프를 떼어낸 후 활짝 펴 보였다. 풀기가 무섭게 뭔가가 툭 떨어졌다. 주워들어 보니 가슴 쪽에 흰색 'V'가 그려진 노란색 반팔 티셔츠였다. 노란색 티셔츠를 감싸고 있던 것도 역시 옷이었다. 알 수 없는 필기체 영어가 갈겨진 검은색 후드 티였다.

"어때? 괜찮냐?"

민우 선배가 어깨를 으쓱거리며 물었다.

"저야 원래 후드 티셔츠 좋아하니까요. 이거 저 주는 거예요?"

"어."

"우와! 선물이라니! 근데 크네요?"

"어. 프리 사이즈라는데 나한테 맞는 걸 사다 보니까 좀 크더라. 여자애들 크게 잘 입고 다니던데? 그리고 너한테도 그리 크지는 않을걸?"

"아니, 내 옷을 왜 오빠 사이즈에 맞춰요?"

내가 묻자 옆으로 서 있던 민우 선배가 몸을 반쯤 돌려 섰다. 주변이 어두워 눈을 찌푸렸다. 그러자 민우 선배는 빛이 있는 쪽으로 걸어 나와 내가 잘 보이게끔 두 손을 활짝 펼쳐 보였다. 민우 선배가 입고 있는 옷은 검은 후드. 역시 읽을 수는 없으나 영어로 추정되는 필체.

"오빠……. 이건."

"커플 티."

"헛……."

"이걸 내 돈 주고 살 줄이야."

자신 역시 이해할 수 없다는 듯 고개를 가로저었다. 그러다 멍한 표정으로 서 있는 날 발견하더니 좋아하는 척이라도 하라며 강요하기 시작했다. 무슨 말을 해야 하는지도 모르겠고, 어떻게 좋아해야 하는지도 몰라서 멍하게 민우 선배를 바라보고만 있었다. 그리고 한참 후에야 더듬거리는 목소리로 말했다.

"고마워요. 오빠. 난 해준 것도 없는데 이런 거나 받고. 아, 근데 너무 예뻐요! 정말로 잘 입을게요! 이건 겨울용이고, 얘는 여름용이죠? 우리 맨날 입고 다니면 되겠네요! 그죠?"

"안 빨 거냐? 더럽게."

"밤에 빨아서 낮에 입으면 되죠!"

내 말에 베란다에 기대 있던 민우 선배가 픽하고 웃었다. 내가 좋아하는 모습을 보고 나서야 한시름 놨다는 표정이었다.

"선배."

"쓰읍."

"민둥이 오빠."

"잘했어."

옆에 있으면 머리라도 쓰다듬어줄 기세였다.

"정말로 고마워요. 그리고 나 봐요."

멍하게 나와 같은 곳을 보고 있던 민우 오빠가 힐긋 고개를 돌렸다. 심장이 미친 듯이 뛰기 시작했다. 이럴 때 애교라도 부려줘야 하는데, 어떻게 부리는지 모른다. 손바닥에 땀이 삐질삐질 새어나왔다.

왜 불렀냐는 듯 담담하게 날 보고 있는 민우 오빠에게 나는 손으로 하트를 그려주었다.

"사랑해!"

덤으로 사랑한다고 크게 외치곤 후다닥 방으로 뛰어 들어오다가 문턱에 걸려 넘어졌다. 통증 반, 부끄러움 반이 뒤섞여 침대에 뛰어들어 이불을 머리끝까지 올려 감았다. 부끄러워서 죽어버릴 것 같다.

그러다 사위가 너무도 고요함을 느껴 자리에서 벌떡 일어났다. 잠시 고민하던 나는 발뒤꿈치를 든 채 조용히 베란다로 나가보았다. 민우 오빠가 입을 틀어막은 채 홀로 큭큭대며 웃고 있었다. 그러고는 주머니에서 휴대전화를 꺼내더니 어딘가로 전화를 걸었다.

혹시나 정신병원에 전화하는 건 아닌가, 아니면 친구에게 전화해서 이 황당한 상황을 보고라도 하려는 건 아닐까 조마조마한 마음으로 보고 있는데 침대 위에 있던 휴대전화가 힘차게 벨소리를 내뿜었다.

"뭐, 뭐야? 내 전화야?"

액정에 뜬 민우 오빠의 번호.

받을까, 받지 말까를 한참 고민하고 있는데 베란다 건너편에서 '받아!' 라고 민우 오빠가 외치는 통에 휴대전화를 귀에 가져다 댔다.

"여보세요?"

- 괜찮냐? 넘어지더니.

그걸 봤어?

질색했으나 내색하지 않았다.

"걱정해주신 덕에 멀쩡해요."

도도한 척, 멋지게 말했지만 난 상전을 모시듯 휴대전화를 두 손으로 잡고 있었다. 진동이라도 온 것처럼 휴대전화가 가늘게 떨리기까지 했다. 심장이 심각하다 싶을 정도로 뛰어댄 탓이었다.

- 커플 티 산 보람이 있어서 좋네.

민우 오빠의 목소리에서 여지없이 웃음기가 묻어 있었다.

"오빠가 보람을 느끼셨다니 저도 좋네요. 하……, 하하하…….."

- 앞으로 종종 해줘?

"예쁜 짓 하면 해줄게요."

- 베란다 뛰어넘어갈까?

민우 오빠는 멀쩡한 문 놔두고 굳이 베란다를 뛰어넘으려 했다.

"굳이 그렇게 죽을 필요 없잖아요."

- 그래. 내가 죽으면 네가 슬퍼하겠지. 하아, 좋네. 여자친구 옆집에 산다는 건. 보고 싶을 때 보고, 전화하고 싶을 때 하고.

기분 좋은 목소리에 덩달아 웃었다. 잠시 갈등하던 나는 용기를 내어 말을 꺼냈다.

"저도 좋아요. 오빠가."

쉽지 않은 고백. 누군가는 얼굴만 봐도 사랑한다고 말한다던데, 난 부끄럽고 쑥스러워 말하기 쉽지 않았다. 휴대전화 건너편이 잠잠했다. 세상 사람들이 다 잠들고 우리만 밤을 틈타 사랑을 나눈 사람들이 된 것 같았다.

- 여자 옷 산 거 처음이야. 그리고 커플 티 산 것도 처음이고.

민우 오빠 목소리가 부드럽게 귀를 감쌌다. 문득 민우 오빠와의 첫 만남이 생각났다. 겁을 잔뜩 먹은 나와 삐쭉삐쭉 날을 세운 채 달려들었던 민우 오빠. 그때 민우 오빠는 시베리아 벌판처럼 차갑기만 했었다.

- 네가 처음이라서 좋다.

하지만 지금의 내게 민우 오빠는 흩어지는 벚꽃보다 빛나고, 벚꽃을 감싸 안은 봄보다 따뜻한 사람이었다.

토요일 아침이었다. 수업도 없고, 날씨도 흐려 잠자기 좋은 날이었다. 그러나 민우 오빠가 온다고 연락하는 바람에 샤워를 한 후, 된장찌개를 끓였다. 상을 펼쳐 위에 뚝배기와 반찬을 올리고 밥을 한 그릇 퍼 담아 자리에 앉았다.

나는 된장찌개를 좋아하긴 해도, 일주일에 네 번을 먹을 만큼 좋아하진 않았다. 그런데 어느 순간 입이 심심하거나 배가 엄청 고플 때는 된장찌개가 꼭 생각났다. 민우 오빠 버릇을 닮은 모양이었다.

딩동.

호랑이 제 말하면 온다는 속담이 헛것이 아니라는 걸 증명이라도 하듯 벨이 울렸다.

"네. 나가요!"

대답하며 잠긴 문을 연 순간 생각났다. 민우 오빠는 벨보다 문을 주로 두들기는 사람이라는걸.

"짠! 놀랐지!"

자기 얼굴 가까이에 손을 붙여 까꿍이라도 하듯이 귀엽게 자세를 취한 서연이가 우리 집 앞에 서 있었다. 내가 놀란 표정을 짓자 서연이의 눈이 초승달처럼 접히며 환하게 빛났다.

"어, 어떻게 알고 왔어?"

"너희 집이 어디 있는지는 알고 있었잖아. 한번 와봐야지 하면서 잘 못 왔네? 생각나서 왔어! 전화하니까 전화도 안 받길래, 놀라게 해주려고 냉큼 달려왔지!"

서연이의 의도가 날 놀라게 하는 거였다면 대성공이었다. 나는 민우 선배의 집 문을 흘깃 본 후 서둘러 서연이를 집 안으로 들였다.

"밥 먹고 있었어?"

서연이가 검은 비닐봉지를 책상에 올려놓곤 상을 살피며 물었다. 비닐 봉지 틈으로 과자와 맥주가 보였다. 그러는 사이 서연이는 이미 밥 한 그 릇을 퍼서 식사를 시작했다.

"음! 지혜 요리 완전 잘하네? 시집가면 성공하겠다! 남편 된장찌개만 끓여줘도 되겠다!"

"안 그래도 그런 남자랑 결혼할까 생각 중이야. 그나저나 갑자기 왜 온 거야?"

"내가 너 보는데 이유 있니?"

서연이는 씩 웃으며 애교 있게 말했지만, 맥주를 보아하니 이유가 있어 보였다. 답답한 마음을 풀려고 온 모양이었다.

"잘됐다. 나도 할 말 있었는데."

오늘이 기회라는 생각으로 나도 크게 심호흡했다. 그러자 서연이는 여자끼리 수다라며 좋다고 반겼다. 그전에 우선 민우 선배에게 연락을 해야겠다는 생각에 침대 위에 놓인 휴대전화를 열었다. 어젯밤 민우 선배와 통화하다 잠들어버린 탓에 배터리가 다 됐는지 켜지지 않았다. 황급히 휴대전화 배터리를 충전시키며 그 앞에 쪼그려 앉아 있었다. 서연이가 그런 날 보며 물었다.

"급하게 연락 올 곳 있어?"

"어? 아니 그냥. 휴대전화가 꺼져 있으니까 불안하네."

"와서 밥 먹어. 된장찌개 식겠다. 된장찌개의 묘미는 따뜻함에 있는 거 아니겠니? 근데 진짜 맛있다."

맛있다는 소리를 연발하던 서연이의 맞은편에 앉아 넘어가지 않는 밥을 꾸역꾸역 씹어 삼켰다. 더 이상 지체할 수 없었다. 오늘 이렇게 자리가 마련된 김에 민우 오빠와 나의 관계에 대해 모두 말해야 했다.

식사를 마치고 치운 후 휴대전화를 켜기가 무섭게 민우 오빠에게 얼른 문자를 보냈다.

- 오빠, 저희 집에 서연이 있어요. 오지 마요. 나중에 연락할게요. -

"지혜야!"

"어?"

"뭘 그렇게 놀라? 뭐 나쁜 짓이라도 했어?"

"아니. 내가 너한테 나쁜 짓 할 게 뭐가 있니?"

이렇게 말하고 나니 양심이 파산 신청이라도 하러 갈까 겁이 났다. 이르지만 술 한잔 하자는 서연이의 말에 캔 맥주를 쥐고서 아까 전까지 밥상이었던 곳에 자리 잡고 앉았다. 서연이는 술 한 모금 마시자마자 금방이라도 울 것 같은 표정으로 날 쳐다봤다. 잠시 말없이 내 얼굴만 보고 있던 서연이가 입을 열었다.

"지혜야."

목소리마저 가늘게 떨렸다. 불안했다. 내가 아는 그 이유일 거 같아서. 내가 전혀 도움이 될 수 없는, 아니 방해만 될 그 이유로 서연이가 우는 것만 같아서.

"너무 힘들어……. 막 가슴이 답답해……. 울음이 자꾸 나와……. 난 왜 자꾸 그 사람 생각만 나는 거니……. 머리에 그 사람만 살고 있는 거 같아……. 이런 내가 무섭고, 바보 같고, 그래서 슬픈데……. 근데 그 사람이……, 보고 싶어."

가슴 밑바닥에서 쾅 하는 소리가 들렸다. 동시에 눈앞이 아찔해졌다. 민우 오빠가 문자를 봐야 할 텐데, 라는 생각도 한순간에 종적을 감췄다. 가슴이 답답했다. 그 사람이 보고 싶어, 라는 말끝으로 울어버리는 서연이에게 뻗던 손이 허공에서 멈췄다.

내가 서연이를 위로할 자격이 될까. 죄책감 묻은 손으로 초라하게 굽혀진 서연이의 등을 쓸어줄 수 없었다.

"너무……, 힘들어. 민우 선배 좋아하는 거."

너무나도 동감돼서 해줄 수 있는 말이 없었다. 누구보다 잘 알고 있었다. 가슴 아프게 누군가를 좋아해본 사람만이 공감할 수 있는 '힘들다'는 말.

누군가를 좋아한다는 건 스스로 행동할 수 있는 의지의 권리를 포기하는 일이었다. 좋아한다는 건, 그 사람을 생각하지 않을 권리, 그 사람을 그리워하지 않는 권리, 그 사람을 보고 싶어 하지 않는 권리, 그 사람 연락을 기다리지 않는 권리, 그 사람이 포함된 모든 행동의 권리를 포기하는 일이기 때문이다.

서연이가 손등으로 흐르는 눈물을 닦았다. 서연이는 한 모금의 술을 마시고는 내 앞에서 소리 내어 엉엉 울었다. 사람이 힘들 때 술을 마시는 건 힘든 일을 잊기 위해서라기보단 소리 내어 울 때 '취했다'라는 변명이 필요해서가 아닐까 하는 생각이 들었다.

내가 막 진실을 말하려 할 때였다. 서연이가 다시금 울음 섞인 목소리를 터뜨렸다. 그 때문에 다시 한 번 말할 기회를 놓쳤다.

"민우 선배는 내가 싫은 걸까? 왜? 내가 너무 적극적이었어? 그리고 여자친구는 대체 언제 사귄 걸까? 그 여자친구보다 내가 못난 걸까? 그래서 내가 싫은 걸까?"

울던 서연이는 맥주를 홀짝이며 민우 오빠의 행동을 분석하기 시작했다. 난 그 앞에서 한 마디도 해 줄 수 없었다. 민우 오빠와 나 사이의 일을 말하려니 입술이 떨어지지 않았다. 서연이가 맥주를 마시기 전, 아니 서연이가 자리를 잡고 앉기 전에 내가 먼저 말했더라면 조금 더 쉬웠을 텐데.

손에 땀이 차올라 티셔츠를 쥐려다 멈칫했다. 하필이면 커플 티셔츠였다. 손바닥을 바지에 문질러 닦았다.

"서연아."

'응?' 하고 물으며 서연이가 반짝이는 눈으로 고개를 들었다. 내심 내가 한 마디라도 해주길 바란 표정이었다.

"그게 있잖아. 서연아. 놀라지 말고 내 말 들어줘. 지금 이런 때 내가 할 말 아니라는 거 아는데……. 사실……"

말을 하려던 차였다.

쾅! 쾅! 쾅!

문을 주먹으로 두들기는 소리에 심장이 철렁하고 내려앉았다.

"된장아! 이지혜! 밥 줘!"

막을 틈 없이 민우 오빠의 목소리가 들렸다. 서연이가 동그래진 눈으로 날 쳐다보았다.

"이 목소리……."

"된장아! 밥 줘! 밥!"

"서연아, 그게……."

하얗게 굳은 내 얼굴을 보던 서연이는 무언가 깨달은 듯 자리에서 벌떡 일어났다.

"서연아!"

내가 말릴 틈 없이 서연이가 우리 집 문을 활짝 열어젖혔다. 민우 오빠가 얘가 왜 여기 있냐는 얼굴로 서연이를, 서연이 또한 놀란 얼굴로 나와 민우 오빠를 번갈아보았다.

"뭐야? 두 사람?"

눈을 질끈 감아도 떨리는 서연이의 목소리를 피할 순 없었다.

"뭐냐고. 두 사람!"

서연이의 낮은 목소리가 채근했다. 나는 그 어떤 변명도 할 수 없었다. 민우 선배가 우리 집에 놀러 왔다고 말할 수 없었다. 내 앞에 선 민우 오빠는 나와 같은 노란색 반팔 티셔츠를 입고 있었다.

잠시 호흡을 고른 서연이가 민우 오빠를 똑바로 쳐다보며 물었다.

"……뭐예요? 선배. 선배가 말해줘요! 나 믿기지가 않아서 그러니까요."

"뭐가 알고 싶은데."

민우 오빠의 담담한 목소리가 들렸다. 집 안에 들어선 민우 오빠가 쾅 하고 문을 닫았다.

"난 안 된다고 말한 이유, 선배가 말한 애인이라는 사람…… 내가 생각하는 사람 맞아요?"

"어. 지혜, 내 여자친구야."

나와 민우 오빠를 한참이나 번갈아보던 서연이는 기가 차다는 듯 한숨을 내쉬며 말했다.

"……참 잔인하네요. 두 사람. 내 마음 실컷 다 알고 있으면서 여태껏 비밀로 한 거네요? 즐거웠겠어요. 내가 바보 된 꼴 보면서……."

"서연아! 그런 거 아니야!"

"뭐가."

서연이가 빨갛게 변한 눈으로 나를 보며 물었다. 무너지는 그 얼굴을 보면서 나는 잠시 할 말을 잃었다.

"네가 제일 나빠. 민우 선배보다 네가 더 밉고. 정말, 기가 찬다."

서연이가 자리를 박차고 일어났다. 뛰어가 서연이를 붙들었지만 강하게 뿌리쳤다. 서연이는 눈물로 붉어진 눈가로 날 힘껏 노려보았다.

"넌 친구도 아냐."

휙 하고 돌아선 서연이를 다시 잡을 수 없었다. 엉거주춤하게 서연이를 따라 나서려는 날 민우 오빠가 잡아 세웠다. 나는 허탈한 표정으로 서연이가 나간 곳만 바라보았다.

"지금 가봤자 감정만 더 상해. 서연이한테 시간을 줘."

이렇게 될 것 같아서 말하지 못했다. 결국 서연이를 울려버렸다. 나라면 절대 용서하지 못할 일을 내가 서연이에게 저질렀다.

내가 나쁜 사람이었다.

서연이의 전화는 꺼져 있었고, 학교엔 일주일째 나오지 않았다. 수업이 끝나자 강의실에 옹기종기 모여 있던 사람들은 썰물처럼 문밖으로 밀려나갔다. 나는 홀로 강의실에 남아 닫힌 문만 쳐다봤다. 문을 열고 서연이가 들어오지 않을까, 하는 어설픈 기대 때문에.

"가자."

민우 오빠가 다가와서 나를 재촉했다. 그사이 준서 선배가 수척해진 얼굴로 우리에게 다가와 물었다.

"민우, 너 때문이야? 아니면 지혜, 너 때문이야?"

일주일 사이에 준서 선배 얼굴이 많이 상해 있었다. 나는 힘 빠진 목소리로 대답했다.

"둘 다요."

"무슨 일이 있었던 건데? 서연이가 민우한테 고백이라도 했어? 그런데 차였어? 그래서 그래? 아니면 너랑 싸웠어? 대체 무슨 문제야."

"……."

"말을 해! 사람 답답하게 입 다물고 있지 말고!"

준서 선배답지 않게 큰 목소리로 날 다그쳤다.

"무슨 말이 듣고 싶은 건데."

그러나 대답한 건 민우 선배였다. 준서 선배가 날카로운 표정으로 민우 선배를 쳐다보았다.

"서연이, 왜 저러는지 너 알고 있지? 전화도, 문자도, 연락도 안 돼. 집에 가봐도 감감무소식이야. 무슨 일인지 넌 알고 있지?"

"나랑 지혜 사귀어."

"……뭐?"

"그게 이유야. 지혜랑 나랑 사귀는 걸 서연이가 알게 됐고, 그 후로 연락 안 돼."

준서 선배의 표정이 급속도로 굳더니 자리에 가만 앉아 있던 날 노려봤다. 그런 표정 처음이었다. 언제나 온화하던 준서 선배에게 저런 표정이 나올 수 있을 거라고 상상해본 적 없었다.

"너, 못된 애구나?"

날카로운 한 마디가 가슴에 내리꽂혔다. 못된 애.

준서 선배가 무서운 표정으로 빠르게 말을 이었다.

"서연이가 민우 좋아한 거 알고 있었잖아. 표정에 훤히 드러나는 애 감정 네가 몰랐을 리 없잖아. 둘이서 늘 같이 다녔잖아. 서연이가 말했거나, 아니면 네가 눈치 챘겠지. 그런데 그러고 싶던? 민우랑 사귀면서 행복했어? 서연이가 짝사랑에 아파서 우는 거 알면서도 네가 웃음이 나왔어?"

"그만해라. 신준서."

민우 오빠가 바짝 다가붙은 준서 선배를 밀쳐내며 으름장을 놨다. 준서 선배가 탁 소리 나게 민우 오빠의 팔을 밀쳐냈다.

"뭘 그만해! 너도 똑같은 새끼야! 이런 일 안 생기게 진작 말했으면 됐잖아! 서연이 마음 알면서 가지고 노니까 좋았어? 밥이 넘어가고, 서연이 얼굴 보면서 웃음이 나왔어?"

민우 오빠도, 나도 아무 말 못 했다. 시기를 놓친 건 분명한 우리의 잘못이었다. 아니, 절대적인 나의 잘못이었다. 민우 오빠와 교제하는 걸 일찍 말했더라면. 아니, 적어도 서연이가 내게 민우 오빠를 좋아한다고 말할 때 사실대로 말해줬더라면. 그 순간 불편함과 어색함을 감수하고서 진실을 말했더라면 이 정도의 일은 막을 수 있었을 텐데. 한 번의 잘못된 결정은 끊임없는 후회를 낳는다.

준서 선배는 악에 받친 얼굴로 소리쳤다.

"서연이, 나한테는 귀한 애야. 너희가 상처 줄 권리 같은 거 없어. 특히 민우. 너! 너 좋다는 애한테 그렇게 상처를 줘야 했냐……? 그렇게 좋다는데 한번 만나서 좋게 말해줄 수는 있는 거잖아. 그렇게 힘들게 하지 않았어도 됐잖아!"

나 때문에 죄인이 되어야 했던 민우 오빠의 안색이 싹 달라졌다. 민우 오빠는 천천히 고개를 들어 준서 선배를 날카롭게 응시했다.

"너 뭐랬냐."

"못 들은 거 아닐 텐데?"

"한번 만나줄 수 있는 거잖아, 라고?"

민우 오빠의 무서운 말에 준서 선배는 화난 표정이었지만 입을 다물었다. 스스로 말실수를 했다고 인정하는 표정이었다.

"한 번이 두 번 되길 바라는 게 사람 마음이라는 거 모르냐? 내가 정말 미안한 마음에 서연이를 한 번이라도 만나길 바랐냐? 내가 가지고 놀듯이 서연이 만나주는 게 맞는 거냐고!"

"…….."

"진심이 아닌 말 함부로 내뱉지 마라. 그리고 얘 앞에서 다른 여자 만나란 소리 같은 거 하지 마."

"…….."

"너만 진심인 거 아니다."

민우 오빠의 거친 목소리에 준서 선배는 이를 꽉 깨물더니 그대로 강의실을 박차고 나갔다.

"미안해요."

"뭐가."

"나 때문에 선배들이 싸우네요."

"너 때문이 아니야."

민우 오빠는 그 말을 하며 내 등을 도닥여주었다. 코끝이 찡해지며 울음이 나오려 했지만 꾹 참았다. 내겐 울 자격이 없는 것 같아서.

얼마 후 서연이가 학교로 돌아왔다. 허리까지 오던 서연이의 긴 생머리는 단발로 변했고, 얼굴은 일주일 사이에 반쪽이 되어 있었다. 피폐한 표정엔 생기가 사라져 있었다. 서연이에게 수많은 변화가 있었으나, 날 향한 미움만큼은 잊지 않은 듯했다. 며칠 사이에 난 서연이에게 없는 사람이 되었다. 어느새 서연이는 다른 자리에 가서 앉았고 자연스럽게 친구들도 서연이 쪽, 내 쪽으로 반반 갈렸다.

"서연아! 여기 와!"

서연이를 부를 수 있는 사람은 더 이상 내가 아니었다.

"지혜야! 여기!"

날 부르는 사람도 더 이상 서연이가 아니었다. 같은 출입구로 들어와 서연이는 출입구 쪽에, 나는 창가 쪽에 앉았다.

사람 관계는 유기체처럼 끊임없이 변화하고 진화하고 때론 퇴보한다. 유치원 때를 돌이켜보면 그때 내가 믿고 의지했던 친구가 누군지 기억나지 않는다. 어렴풋한 느낌만 살아 있는 초등학교 때도, 기억하고 싶지 않은 중학교 때도, 그나마 숨 쉴 수 있었던 고등학교 때도 늘 내 옆에 있던 친구는 바뀌었다.

좋았던 친구가 어느새 적이 되기도 했고, 적이었던 친구가 때론 마지막까지 살아남은 유일의 친구가 되기도 했다. 만나고 친해지고 멀어지고. 또 다른 사람을 만나고 친해지고 멀어지고. 늘 같은 패턴이었다. 단지 기간만 조금 달랐을 뿐. 내가 지금 당장 연락할 수 있는 고등학교 친구들도 언젠가는 다른 형식의 이별로 멀어질 것이다.

만남은 언제나 '잠재적인 이별'을 의미한다고 믿는다.

우리 넷의 관계는 이상하게 변했다. 서연이는 나와 민우 오빠 둘 다 모르는 사람처럼 무시했고, 그나마 준서 선배와 인사나 식사를 함께한다는 둥 가깝게 지냈다. 그렇다고 준서 선배가 나와 민우 오빠를 모르는 척하지도 않았다. 오히려 며칠 전 준서 선배는 나와 민우 선배를 따로 불러 술잔을 건네며 말했다.

"그때 너희들에게 소리 지른 건 미안해. 화가 나서 할 말 못 할 말 가리지 못했다. 정말 미안하다."

그 자리로 우리는 화해하게 되었으나, 우리 셋은 알고 있었다. 앞으로 우리 네 사람이 함께하는 자리는 더 이상 없을 거라는 것을.

그녀의 이야기, 다섯

바람이 유난히 좋은 축제날 대학가의 공터가 색색깔의 식당으로 꽉 들어찼다. 간이 천막으로 만든 과별 식당들의 깃발 앞으로 간이 테이블이 줄지어 놓였다. 그 주위를 오가며 학생들이 호객행위를 시작했다.

"여깁니다! 여기로 오세요!"

"역시 술 하면 광고홍보학과! 광고홍보학과 하면 술 아닙니까!"

"여기는 신문방송학과입니다! 싸게, 많이 드려요!"

학생들의 호객행위에 몇몇 교수님들이 못 이기는 척하며 각자 학과의 테이블에 자리를 잡고 앉았다. 나는 신문방송학과에서 오픈한 식당의 알바생으로 뽑혀 서빙을 하다가 민우 오빠한테 잡혀서 천막 뒤로 끌려왔다. 어디로 끌려온 건지 모를 정도로 정신없는 와중에 민우 오빠가 단호하게 말했다.

"밝히자."

"뭘요?"

"우리 사이."

민우 오빠의 눈이 반짝 빛났다. 내가 얼른 고개를 가로저었다.

"안 돼요."

"어. 나도 안 되겠다. 그러니까 밝힌다."

"안 돼요!"

내 뒤를 스쳐지나가는 민우 오빠의 옷을 덥석 잡았다.

"왜 안 되는데?"

"아직은……, 마음의 준비가 안 됐어요."

"누가 혼인신고 하러 가자고 했냐? 마음의 준비는 무슨."

민우 오빠가 불만 가득한 눈으로 날 보고 있었다. 잡고 있는 옷을 놓으면 지금 당장 축제 광장에라도 올라가 '우리 사귑니다!'하고 소리를 지를 태세였다.

"벌써 주변에서 일주일째 애인이 누구냐고 묻는다."

"하……, 하하…….""

민우 오빠는 이젠 더 이상 못 참겠다는 표정으로 날 쳐다봤다. 민우 오빠는 며칠 전부터 교제 사실을 모든 사람들에게 밝히고 싶어 했고, 난 지금껏 말렸다. 내가 어색하게 웃자 민우 오빠의 얼굴이 더욱 엄하게 굳어졌다.

"내가 홍길동이냐? 아버지를 아버지라 부르지 못하고, 여자친구를 여자친구라 부르지도 못하게?"

민우 오빠가 한마디 덧붙였다. 민우 오빠의 마음을 모르는 것 아니었다. 가끔 나도 민우 오빠의 손을 잡고서 '이 잘난 남자가 내 남자친구입니다'라고 소리치고 싶은 충동을 느낄 때가 있었다. 하지만 민우 오빠처럼 이목을 끄는 사람이라면 그 곁의 사람까지 스포트라이트를 받게 되어 있다. 특히 애인이라면 두말하면 잔소리다. 아직 그 시선을 받을 준비가 덜 됐다.

그리고 서연이에게 애인이 생길 때까지는 미루고 싶었다. 서연이가 사랑하는 사람이 생기면, 그때 나도 비로소 밝히고 싶었다.

"뭐 하냐. 자냐?"

생각에 잠겨 있는 사이 민우 오빠가 툭 하고 이마를 건드렸다.

"아뇨. 하여간에 안 돼요. 알았죠? 밝히지 마요! 밝히면……, 밝히면……. 아, 하여간에 안 돼요!"

내가 고개를 가로저으며 부인하는 사이, 누군가가 뒤에서 날 찾기 시작했다.

"이지혜! 이지혜! 어딨냐! 이 바쁠 때 어디 간 거야!"

"윽. 선배 30분 뒤에 나와요."

나는 서둘러 민우 오빠에게 말했다.

"뭐? 30분? 여기서 뭐 하라고!"

민우 오빠가 천막 뒤 좁은 길을 가리키며 물었다. 난 미안하다는 표정으로 두 손을 얼굴 앞에 모으고 비는 시늉을 했다.

좁은 길을 뒤돌아 밖으로 나오자 주변이 시끄러웠다. 천막 앞에 있는 상설 식당에는 전을 부치고 음식을 나르는 사람들로 복잡했다. 축제답게 여기저기서 사람들이 몰려들어 왔고 간이 테이블 위를 치우기가 무섭게 사람들이 자리를 메웠다. 서빙과 주문을 담당하던 내가 빠져서는 절대 안 되는 타이밍이기도 했다. 서둘러 앞치마를 둘러메고 발바닥에 불이 나도록 사방으로 뛰었다. 정신없이 뛰어다니는데 등 뒤에서 '저기요.'라고 부르는 소리가 들렸다.

"네. 주문 결정하셨어요?"

숨 막히도록 뛰어다니다 보니 더워져 이마에 흐르는 땀을 훔치며 돌아섰다. 그런데 정작 날 부른 사람은 한 마디도 없었다. 고개를 들어 나를 부른 사람의 얼굴을 본 순간 굳었다.

"이지혜?"

긴가민가한 표정으로 날 가리키는 사람의 얼굴을 보는 순간 덥다는 사실마저 잊었다. 머릿속에 먹물이라도 끼얹은 듯 새까맣게 변했다. 굳은 내 표정에 확신한 듯 자리에 앉은 남자는 한쪽 입꼬리를 슥 올려 픽 하고 웃었다.

"서연이가 있길래 설마 했는데 네가 여기 있을 줄 몰랐다?"

나 역시 이 녀석을 다시 마주할 줄 몰랐다. 아니, 다시 마주하지 않길 바랐다. 서연이와 얽혀 중학교 생활을 우중충하게 만들었던 이 녀석은 날 보며 재미있다는 듯 웃고 있었다.

"반갑다. 야."

난 전혀 반갑지 않다. 어색하게 굳어 있는 나를 보며 그 녀석이 비죽이 웃으며 말을 건넸다.

"기억 안 나는 척하는 거야? 이야. 이거 되게 섭섭한데? 어릴 때 일인데 아직도 꽁해 있는 거냐? 소심하기는."

돌 던진 놈은 모른다. 맞은 개구리만 돌이 얼마나 무서운지를 알 뿐이다. 단정했던 어릴 적 반장의 모습은 오간 데 없고 날라리 같은 녀석만 있었다.

"누구야? 누군데?"

무리 중 여자 하나가 그 녀석의 팔을 잡아당기며 물었다. 그리고 녀석은 여전히 재미있다는 표정으로 대답했다.

"옛날에 나 좋아한 애. 중학교 때 편지 써서 나한테 줬어. 그때가 아마 겨울방학 때였지?"

"아, 진짜? 넌 그 편지 어떻게 했는데?"

무리 중 화장을 진하게 한 여자 하나가 비웃는 얼굴로 나와 그 녀석을 번갈아보며 물었다.

"어떻게 하긴, 휴지통에 버렸지. 근데 그걸 어떤 애가 그걸 주웠나 봐. 얼마 후에 학교 게시판에 올라갔었지? 그거 때문에 난리도 아니었어. 얘 며칠 학교 안 나오고, 애들이 매일 나랑 얘랑 엮어서 놀리고. 하여간에 잘 기억은 안 나. 뭐, 쟤 때문에 내 첫사랑이랑 못 이뤄졌지."

"어머, 진짜? 너, 못됐다."

여자가 눈을 빠르게 깜빡거리며 픽 웃었다. 그러자 그 녀석이 고개를 절레절레 흔들었다.

"못되긴. 내가 더 힘들었어. 기껏 쌓아놓은 이미지 다 망치고. 하여간 에 좀 짜증났던 기억이야. 아, 근데 내 첫사랑도 여기 있더라고. 서연이 라고 있는데. 진짜 예뻐. 걔도 여기서 서빙 하던데 보여 줄게."

참 쉽게도 아픈 상처를 들추는 녀석을 보고 있자니 할 말이 없어졌다. 울렁거리는 속을 참으며 메뉴판을 집어던지듯이 테이블에 올려두었다.

"메뉴판 천천히 보고 결정하세요."

"아, 깜짝이야."

그 녀석이 인상을 쓰며 말했다. 나는 싱긋 웃었다.

"미안. 손이 미끄러졌네."

그러고는 곧장 천막으로 되어 있는 상설 식당 안으로 들어섰다. 잊고 싶은 내 과거의 증거를 하필이면 이런 곳에서 만나다니.

"왜 그래? 지혜야, 어디 아파?"

식당의 벽을 짚고 서 있자 준서 선배가 다가와 물었다. 준서 선배의 말 에 서연이와 민우 오빠가 동시에 날 쳐다보았다. 나는 애써 괜찮은 척 고 개를 가로저었다.

"좀 어지러워서요. 괜찮아요. 전 튼튼하잖아요?"

장난스럽게 웃으며 넘기려는데 머리에 둘러진 두건이 쑥 하고 빠져나 갔다. 민우 오빠였다.

"내가 서빙 할 테니까 넌 야채나 씻어. 야채 부족해."

"아니에요. 그냥 제가……."

"시끄러워. 내가 할 거야."

그러고는 쿵쿵 발소리를 내며 민우 오빠가 천막 밖으로 나갔다. 툴툴 거리긴 해도 저게 저 사람의 애정 표현이라는 것을 이제 안다. 나는 못 이기는 척 야채가 담겨 있는 고무대야 앞에 앉아 야채를 씻기 시작했다.

내게 알은척한 남자는 서연이와 함께 중학교 동창으로, 내 첫사랑이었 다. 내게 친근하게 대해주기도 했고, 당시 깔끔하고 단정한 이미지의 남 자애라 호감이 갔다. 반년 동안 홀로 짝사랑하다가 중3 겨울방학 날 녀석에게 러브레터를 건네줬었다. 녀석은 그때 내 편지를 받고서 애매모 호한 표정으로 '너, 서연이 친구잖아. 나 서연이 좋아해. 이건 준 거니까 내가 알아서 처리할게.'라며 거절한 후 돌아섰다.

그 당시에도 서연이는 예쁘고 성격이 좋아 남학생들에게 인기가 많았 다. 나 역시 서연이를 친구로서 좋아하긴 했지만, 서연이의 친구나 서연 이의 그림자쯤으로 취급하는 주변의 시선에 염증을 느끼고 있던 터였다.

그리고 얼마 후, 학교 홈페이지 자유게시판에 내가 반장에게 주었던 러브레터가 올라왔다. 작성자의 말에 의하면 길에 버려진 러브레터를 주 웠는데 주인을 찾는다며 올렸으나 누가 봐도 짓궂은 장난에 불과했다. 그 때문에 저 녀석은 서연이에게 고백하지 못하게 됐다며 내게 전화해서 화를 냈고, 서연이는 어쩔 줄 몰라 했으며, 나는 그날 집으로 돌아가는 길가에서 울었다.

첫사랑이 엉망으로 끝났다는 서러움, 내 마음을 욕보였다는 괴로움, 그리고 서연이를 향한 알 수 없는 마음이 뒤섞여 견딜 수가 없었다.

이후 고등학교로 진학하면서 저 녀석은 특목고로, 나는 이사 간 후 다른 곳에서 고등학교를 다니게 되면서 모두가 뿔뿔이 흩어졌다. 그리고 대학으로 진학하면서 우연히 같은 학과에 진학한 서연이를 만나게 된 것이었다. 서연이를 다시 만나게 되었을 땐 반가움과 동시에 거부감이 일었다.

다시금 이지혜가 아니라 '서연이의 친구'라는 이름으로 남게 될까 봐. 그리고 실제로 그런 조짐이 종종 보였다. 그래서 준서 선배를 좋아할 당시에도 서연이에게 말하지 못했고, 서연이를 좋아한다는 준서 선배의 말에 '역시 그럴 줄 알았어'라고 생각할 수밖에 없었으며, 당연히 민우 선배마저도 서연이를 좋아하고 있을 거라고 여겼다. 늘 그랬으니까.

그때의 어린 상처가 남아 서연이를 친구로 온전히 받아들이기엔 무리가 있었고, 그 이유로 지금 나와 서연이는 이렇게 멀어졌는지도 모른다.

갑작스레 천막 안이 소란스러워졌다.

"저기, 실례할게요. 여기 서연이……, 아! 여기 있구나! 아까 불렀는데!"

낯익은 목소리에 야채를 다듬던 손이 허공에서 멈췄다. 서연이의 누구냐는 물음에 그 녀석은 '나야. 나. 김수호. 같은 중학교 다녔잖아. 기억 안 나?' 라고 신난 목소리로 말했다. 그 녀석은 서연이가 쉬는 틈을 못 참고 식당 안까지 침투해 들어온 것이다. 잠시 갸웃대던 서연이가 기억난다며 으레 건네는 잘 지냈냐는 인사를 건넸다.

"야 세상 좁네. 여기 지혜도 있더라? 어? 저기 있네."

별 좋지 않은 기억이라면서 왜 자꾸 날 거들먹거리는 건지. 내게 저 두 사람은 제일 불편한 사람들이었다. 저 둘도 마찬가지일 테지만.

"지혜야! 이것 좀 도와줘!"

때마침 음식 쓰레기를 가득 담은 통을 끌고 가던 동기 하나가 도움을 요청해 왔다. 난 그 녀석의 말을 못 들은 척하며 한쪽 귀퉁이를 잡아 학교 쓰레기통에 버리고 돌아왔다. 그러다 우연히 그 녀석과 함께 온 일행들의 여자가 민우 오빠를 잡고 있는 게 보였다. 아무래도 여자들 중 한 명이 민우 오빠에게 마음이 있는 모양이었다.

"지혜야, 그거 치우고 와. 나 저 테이블 치우고 올 테니까."

"아, 어."

동기는 빈 쓰레기통을 들고 식당으로 들어갔고 나는 민우 오빠 뒤에 있는 테이블을 정리했다. 그러다 보니 본의 아니게 대화소리가 더 잘 들렸다.

"얼른 번호 가르쳐줘요!"

그 녀석과 날 신랄하게 씹던 여자는 콧소리까지 내며 민우 오빠에게 들러붙었다. 그러고 있는 사이 서연이와 대화를 마친 건지 그 녀석이 자기 테이블로 돌아왔다.

"뭐 해?"

그 녀석이 묻자, 남자 일행이 답했다.

"얘가 이 남자가 마음에 든단다."

"뭐? 이 눈 높은 애가?"

친구 말에 그 녀석의 놀란 목소리가 들렸다. 뒤이어 낮은 민우 오빠의 목소리가 들렸다.

"여자친구 있어요."

"아, 정말요? 그럴 거 같긴 했어요. 여자친구 같은 과예요?"

"네."

민우 오빠는 감정 하나 담기지 않은 단답형으로 답했다. 그 말에 여자는 풀죽은 목소리로 중얼거리듯 말했다.

"아이씨, 꼭 내 이상형들은 애인이 있더라."

난 테이블 정리를 다 끝내고도 그 자리를 떠나지 못한 채 가만히 서 있었다.

"예쁘겠네요. 음. 그럼 아는 오빠, 동생으로 지내면 안 돼요?"

"그건 제가 싫네요. 더 주문하실 거 있으실 때 부르세요."

민우 오빠는 내가 처음 알았던 냉정한 모습으로 뒤돌아섰다. 민우 오빠를 뒤따라가려는데 그 녀석이 덥석 내 앞치마를 잡아당겼다.

"야."

아까부터 친한 척이다. 울컥 짜증이 났지만 피해야 할 이유가 없어서 아무렇지 않게 대꾸했다.

"왜."

"아까 지나간 잘생긴 사람, 너희 학과 선배야?"

"어. 근데?"

"혹시 저 사람 서연이랑 사귀냐?"

"갑자기 그건 왜?"

"서연이한테 물어보니까 좋아하는 사람 있다던데, 저 남자 아니야? 아 망했다. 저 정도면 내가 못 빼앗아 오잖아."

서연이를 빼앗으려고 했단다. 양 옆에 앉은 여자들은 민우 오빠 편을 들며 '내가 여자라도 저 남자 택한다.'라는 둥의 말로 거들었다. 내가 이런 놈을 좋아했다는 게 눈물이 난다. 철없던 시절의 미친 짓이라 생각하는 수밖에 없다며 날 달랬다.

"야, 그래도 너라면 날 택하겠지?"

그 녀석은 정말로 미쳐버린 건지 내 쪽을 향해 웃으며 고개를 갸웃거렸다.

"내가 왜?"

"넌 나 좋아했잖아. 그때보다 지금이 더 멋지지 않냐? 아직도 나 보면 설레고 좋아? 그 남자보다 내가 더 낫지? 어?"

때리기 딱 좋은 각도다 라고 생각하며 참았던 입을 열었다.

"웃기고 있네. 나라면 백 퍼센트 민우 오빠야."

"그 사람 이름이 민우냐? 하 야, 너라도 날 선택해야지. 중학교 때 그렇게 좋아해놓고는."

싸늘한 표정으로 날 보며 비죽대는 녀석을 쳐다봤다.

"그래서 내가 두고두고 지금껏 후회하잖아. 내가 중학교 때로 돌아가면 그런 실수 절대로 안 해. 내가 미쳤지. 어릴 때 한번 잠깐 좋아했던 걸로 으스대지 마. 지금 남친에 비교하면 넌 사람도 아니다. 아! 그리고 서연이 탐내지 마라. 네 급 아니다."

멍한 표정을 짓고 있던 녀석을 뒤로하고 식당 안으로 들어갔다. 등 뒤가 서늘했다. 기분 탓이겠거니 생각하고 다시 야채 다듬는 곳으로 갔다. 괜찮을 거라고, 한마디 속 시원하게 쏴줬으니 이제 다 끝난 일이라고 생각했다.

하지만 나 혼자의 착각이었다.

쾅!

밖에서 뭔가 깨지는 소리가 들렸다.

"아!"

이어 비명소리가 들렸다. 식당 안에 있던 사람들이 하던 일을 내팽개치고 밖으로 뛰어나갔다. 나도 깜짝 놀라 밖으로 나갔다가 보이는 광경에 할 말을 잃었다. 테이블에 얼굴을 처박은 채 숨 넘어갈 듯 꺽꺽대는 그 녀석이 보였다. 그리고 그 녀석을 제압하고 있는 사람은 다름 아닌 민우 오빠였다.

"씨발, 다시 말해봐라."

누가 들어도 화난 목소리였다. 민우 오빠는 지금 당장 머리통이라도 깨버릴 것처럼 그 녀석을 내려다보고 있었다.

"아……, 아……!"

"왜, 왜 이래요?"

"이, 이봐요!"

그 녀석 곁에 있던 여자 둘과 남자 하나가 달려들었지만 민우 오빠는 꼼짝도 하지 않았다. 오히려 민우 오빠가 노려보자 슬금슬금 뒤로 물러섰다. 학과 사람들 모두 놀라 입을 틀어막은 채 꼼짝도 못했다.

"아……, 아아……. 왜 네가 난리야!"

"그럼 나 말고 여기 난리칠 놈 또 있냐."

나지막한 목소리에 힘이 실렸다. 주변 시선에 아랑곳하지 않고 손아래 깔린 그 녀석을 내리누르는 민우 오빠의 표정은 살벌했다. 그런 모습은 처음이라서 발끝부터 머리끝까지 소름이 돋아 올랐다.

"지혜랑 친하냐? 윽! 왜 네가 난리야! 네가 욕먹었냐! 아악!"

결국 그 녀석 손등이 자기 뒤통수까지 닿았다. 주변 사람들은 지혜, 라는 익숙한 이름에 날 쳐다봤다.

저 녀석이 민우 오빠가 있는 앞에서 내 욕을 한 모양이었다. 또 무슨 욕을 했을까. 어린 시절 떨리는 마음을 수줍게 건넸던 날 비웃었을까. 어린 시절의 날 초라하게 만들고, 가장 잊고 싶었던 기억들을 헤집으면서 안주를 먹었을 테지.

"씨발. 입 다물어라."

"아악!"

"새끼야, 너냐? 중학교 때 그 반장 새끼?"

내가 놀란 얼굴로 민우 오빠를 쳐다보았다. 어떻게 알고 있지? 그러거나 말거나 반장을 쳐다보는 민우 오빠 눈동자가 번들거렸다. 금방이라도 일을 낼 것 같다. 위험하다. 다급하게 민우 오빠에게 다가가 말렸다.

"오빠!"

"놔라."

주먹을 높이 치켜들다 멈췄다. 3초만 늦었어도 저 녀석 코뼈가 날아갔을 거다.

"진정해요."

"뭘."

"저놈 패봤자 오빠 손해예요!"

"그건 내가 판단해."

"왜 오빠 손 더럽게 해요! 그럴 필요 없어요! 난 괜찮아요. 그러거나 말거나 쓰레기가 지껄이는 소리에 일일이 반응하지 않아요. 옛날 일이 뭐가 어때서요? 그런 거 보다 난 오빠가 이러는 게 더 속상해요!"

주변 사람들이 쳐다보건 말건 상관없었다. 민우 오빠가 주먹을 휘두르는 대신 느리게 일어나 후, 하고 긴 한숨을 뱉어냈다. 화를 꾹 눌러 참는 표정이었다. 그러는 사이 그 녀석이 눈치를 보며 슬금슬금 뒤로 물러났다.

"아!"

민우 오빠 발에 깔린 녀석의 손이 벌레처럼 꾸물거렸다.

"새끼야."

민우 오빠의 발에 힘이 실리자 녀석은 비명에 가까운 소리를 질러댔다. 보기에도 아파 보이는데 정작 밟은 사람 표정은 전혀 변함이 없었다.

"선방은 네가 먼저 해서 경찰에 신고해봤자 네 손해일 거다. 그래도 결과가 궁금하면 해도 관계없고."

"네가 무슨 자격으로 이러는 거야!"

그 녀석이 홧김에 소리치자 민우 오빠가 짧게 심호흡했다. 무겁게 정적이 내려앉았고, 아까보다 더 많은 사람들이 우리 쪽에 몰려들었다. 그 순간 민우 오빠의 낮은 목소리가 주변을 텅 울렸다.

"내가 애 애인이다."

그 녀석이 슬금슬금 일행들과 도망간 후, 주변 사람들에게 나중에 돌아와서 치우겠다는 말을 남긴 후 민우 오빠를 끌고서 한적한 인대 벤치로 향했다. 민우 오빠의 험악한 기세에 밀려 모두들 바쁜 와중에도 군말 없이 보내주었다.

"아, 아 살살해. 아!"

깨진 소주병 조각이 스쳐 민우 오빠의 손등이 찢어져 있었다. 밴드로 상처 위를 꾹 눌렀다. 그러자 곧바로 아 하는 비명소리가 민우 오빠 입에서 터져 나왔다.

"어떻게 알았어요?"

벤치 여기저기에 놓인 연고와 밴드를 흰 봉지 안에 주섬주섬 챙겨 넣으며 민우 오빠에게 건조하게 물었다.

"뭘?"

"그 반장, 어떻게 알았냐고요."

슬쩍 고개를 들어 보니 민우 오빠가 기가 막힌다는 표정으로 날 쳐다보고 있었다. 왜 그런 눈으로 쳐다보냐는 식으로 멀뚱히 쳐다보자 민우 오빠가 하 하는 소리를 내며 눈썹 한쪽을 치켜떴다.

"설마 내가……, 말해줬어요?"

"내가 그 이야기를 두 번 넘게 들었거든?"

난 맨 정신에 그런 말 한 기억이 없었다. 아무래도 민우 오빠와 술을 마시고 기억이 끊겼던 그날인 모양이었다. 민우 오빠는 이제 아예 포기했다는 표정으로 자신의 머리카락을 쓸어 올렸다.

"뭐하러 그런 걸 듣고 있어요……. 그냥 못 들은 척하지."

적반하장으로 내가 말해놓고 왜 들었냐고 투덜댔다.

"네가 말하셨거든요?"

"그럼 그건 둘째치고 왜 들었다고 말 안 했어요?"

"그럼 재미있게 들었다고 감상평이라도 써줘야 하나?"

할 말이 없다. 대신 민우 오빠만 빤히 쳐다봤다. 어떻게 그런 이야기를 듣고도 날 좋아할 수 있었을까. 신기한 사람이다.

그때 선선한 바람에 제멋대로 날리는 머리카락이 바람결을 따라 팔랑거렸다. 잠시 눈을 감았다가 뜨자 날 보고 있는 민우 오빠의 검은 두 눈이 보였다.

"오빠는 그 이야기 다 듣고도 나 싫지 않았어요?"

"너 만약에 내가 서연이 좋아했다고 하면 나 포기할 수 있었냐?"

"아뇨."

"그럼 내가 옛날에 좋아하는 여자가 있었다는 게 용서될 수 없는 일이냐?"

"……아뇨."

"내 대답도 아니."

민우 오빠의 시선이 벤치 뒤 아름드리나무로 향했다. 바람에 살랑거리는 연녹색 잎에서 상큼한 향이 은은하게 떨어져 내렸다.

"사람이라서 누굴 좋아하는 거잖아. 사랑이 실수가 될 순 없어. 마음이 정하는 일이 어째서 내 죄가 되는 거냐. 네가 그 자식을 좋아해서 상처받았고, 네가 준서 그놈을 좋아했고 그게 내가 화날 일인가."

"……."

"그게 그땐 최선의 선택이었겠지."

"……."

"그 시간엔 내가 없었으니까."

가슴이 먹먹해진 나는 조용히 민우 오빠 어깨에 기댔다. 세상에서 가장 든든한 버팀목이 되어주는 이곳. 이 사람의 어깨에 기대어 바람을 쐬는 이 시간이 달기만 하다.

"근데 너 그거 아냐? 우리 둘 소문 다 났겠다."

몰려오던 졸음이 싹 달아났다. 벌떡 일어나 민우 오빠를 쳐다보았다.

"아, 이런 실수했네."

민우 오빠는 과장되게 자신의 이마를 손바닥으로 탁 하고 치는 모습을 보니 딱 봐도 연기다. 능글맞다. 일부러 한 짓이 틀림없다. 민우 오빠를 슬쩍 노려봤다.

"사람은 실수도 하고 살 수 있으니까 넘어가자."

그리고 능구렁이 담 넘어가듯 슬쩍 넘어갈 계산까지 하고 있었다. 한마디 쏴주려고 하다가 꾹 참았다. 오늘은 봐주기로 했다. 언젠가 한번 속 시원하게 복수하고 싶다고 생각했던 일을 민우 오빠가 내 상상 이상으로 멋지게 해냈으니까. 그러니 얄밉다는 듯 눈 한 번 흘기는 걸로 넘어가기로 했다.

"정말 똑똑해. 내가 이길 수가 없어."

"어쭈. 반말."

"싫어요?"

"아니. 싫진 않고."

민우 선배가 금방 웃어버린다. 민우 오빠 웃는 모습을 보면 마음에 응어리진 것들이 녹아내리고 덩달아 웃음이 나왔다.

"그런 의미로 오늘을 잊을 수 없는 기념일로 만들어볼까?"

알 수 없는 말을 한 민우 오빠가 자리에서 벌떡 일어나 나를 끌고 달리기 시작했다.

"어디 가요!"

"그냥 뛰어!"

"말을 해줘야 뛰죠!"

이내 숨이 턱 끝까지 차오르고 명치부터 쇄골 사이의 길이 찡할 무렵 멈춰 섰다. 헉헉대며 무릎을 짚고서 숨을 고르고 있는데 민우 오빠의 목소리가 들렸다.

"여기요!"

민우 선배의 목소리에 고개를 번쩍 들었다. 눈앞에 내 방 크기만 한 현수막이 걸린 'Best 커플 뽑기 대회'가 보였다. 눈앞이 캄캄하다. 슬금슬금 뒷걸음질 치는데 민우 오빠의 긴 팔이 등 뒤를 막았다. 더 이상 뒷걸음질 치지 말라는 무언의 경고였다.

"지금 뭐 하는 짓이죠……?"

"이왕 사람들이 아는 거 제대로 보여줘야지."

"아이쿠. 세상에나."

"그건 무슨 감탄사냐. 우리 할머니가 내시던 소린데?"

민우 오빠가 장난스럽게 말을 건네며 내 손을 질질 끌고서 무대 위로 올랐다. 많은 커플 신청자가 있었으나 우리를 포함해 열 커플이 무대 위에 자리 잡고 있었다. 이건 정말 말이 안 된다.

무대 아래에는 미리 자리를 잡고 있던 사람들, 소리를 듣고 모여든 사람들로 인산인해를 이루고 있었다. 그 많은 사람들 중에는 놀란 표정 반, 당황한 표정 반을 한 채 멍하게 보고 있는 우리 과 사람들과 교수님이 보였다.

놀라서 돌처럼 굳어버린 나와 달리 민우 오빠는 느긋하게 손을 흔들고 있었다. 학과에서 말도 제대로 안 하는 사람이 웃기까지 하면서 말이다. 무대 아래에 있던 우리 과 사람들은 멍한 표정으로 민우 오빠를 쳐다보고 있었다.

어째서 함께 있는 거냐, 저건 지혜가 맞느냐, 그리고 또 웃고 있는 저건 우리가 아는 민우가 맞느냐, 라는 혼란함이 섞인 표정이었다. 이해한다. 나도 지금 여기가 4차원 같다.

"자! 다섯 번째 커플 분 모셔볼까요? 이야! 남자분이 너무 잘생기셨습니다! 이분 우리 학교에서 모르면 간첩 아닌가요?"

사회자가 감탄하며 말하자 무대 아래에선 여학생들이 악을 쓰듯 '네!' 라고 소리쳤다. 사회자가 내겐 뭐라고 했는지 기억이 안 난다. 무조건 웃고만 있었다. 민우 오빠 팔에 의지해서 말이다.

노란 나비넥타이를 멘 사회자가 왁스칠 한 머리를 이리저리 흔들며 소리쳤다.

"자, 일차 게임이죠. 두 사람이 만난 날짜를 동시에 말해주세요! 이거 틀리면 내려가서 엄청 싸웁니다. 어느 여자랑 사귄 날짜냐부터 시작해서 얼마나 들들 볶이는데요! 자, 잘 생각하십시오. 저 다섯 번째 남자 분은 힘드시겠어요. 출중한 외모 덕에 여자가 끊이질 않았을 텐데 말이죠!"

사회자가 민우 오빠를 보며 능글맞게 웃었다. 그러나 민우 오빠 안중엔 사회자가 없는 듯했다. 뭔가 골똘히 생각하던 민우 오빠는 힐끔 날 보며 조용히 물었다.

"기억 나냐?"

"……아니요."

"후, 지어내. 12월 25일."

우린 복화술 덕분에 1단계를 무사히 통과했다. 그리고 2단계로 여자가 남자에게 사랑 표현을 하는 건데 가장 애교 있고 사랑스럽게 하면 통과란다. 당황한 표정으로 도움을 요청하듯이 민우 선배를 쳐다봤는데, 되레 민우 오빠는 잔뜩 기대한 표정으로 날 내려다보고 있었다. 아마도 이 게임에 참여한 취지는 이걸 보기 위함인 듯했다.

옆을 힐끔 보니 첫 번째 여자는 남자에게 커다란 하트를 그리며 애교 있게 '사랑해!'라고 외쳤고, 두 번째 여자는 볼에 쪽 뽀뽀를 해주며 '사랑해'라고 말했고, 세 번째 여자는 육중한 양쪽 어깨를 털며 '아잉, 자긴 내 거인 거 알지?'라는 망발을 일삼았다. 그러자 옆에서 민우 오빠가 욱했는지 다부지게 주먹을 쥐어 보였다. 아무래도 저런 식의 애교는 피하는 게 좋을 거 같다.

네 번째 여자는 사회자가 말하기가 무섭게 핑그르르 한 바퀴 돌더니 어릴 적 보았던 세일러문 변신 자세를 취하며 '사랑의 이름으로 널 내게 감금하겠다!'라는 다소 끔찍한 발언으로 군중의 토악질을 유도해냈다.

다섯 번째 내 차례가 돌아왔다. 손끝이 가늘게 떨려 왔다. 애교와 사랑스럽게라니. 내 사전에는 없는 단어다. 하지만 사회자, 무대 아래에 있는 군중들, 그리고 민우 오빠가 기대 만만한 표정으로 날 쳐다봤다.

"자, 대망의 다섯 번째 커플이죠?"

무대 아래에 있는 여자들의 목소리가 비명소리처럼 들렸다.

"시작합시다! 잘생긴 분을 사로잡은 필살기를 말입니다!"

그런 필살기를 두고 산 적이 없다. 열이 올라 뜨거운 손으로 민우 오빠 양 볼을 감싸 쥐고 내 곁으로 끌어당겼다. 민우 오빠의 자그마한 얼굴이 내 손에 꽉 들어찼다. 그러고는 빛이 스며들어 아름답게 반짝이는 두 눈을 마주했다. 애교스럽게 사랑을 속삭일 자신 없다. 대신 진심을 다해 말하기로 했다. 나는 작게 웃으며 그 눈빛을 받으며 진심으로 속삭였다.

"소중하게 생각하고 있어. 늘 곁에 있을게."

마이크를 타고 작게 읊조렸던 목소리가 크게 퍼져나갔다. 시끄럽던 야외 운동장이 조용해졌다. 세상 사람들의 시선이 모조리 우리에게 쏠렸다.

민우 오빠가 눈을 크게 뜬 채 자신의 손으로 얼굴을 가렸다. 하지만 난 느꼈다. 삽시간에 피부로 번져 올라가던 민우 오빠의 열기를. 얼굴을 뒤로 돌려세웠지만 수줍게 붉어진 귀 끝을 보았다. 진심으로 부끄러워하고 있었다. 귀엽다. 내 손바닥에 닿던 열기도, 뒤돌아서던 모습도, 놀라서 크게 떠지던 두 눈도.

나의 고백에 행복해하는 민우 선배의 모습을 보고 있자니, 내가 더 행복해졌다.

최고 커플을 가린다던 그 이벤트는 1단계 사권 날짜. 2단계 여자의 애교. 3단계 남자의 힘. 4단계 장기자랑. 5단계 키스로 진행됐다. 4단계까진 잘해냈다. 날 번쩍 안고 50번 넘게 앉았다 일어나기를 반복해 1등으

272

로 통과했고, 4단계 장기자랑에서도 브라운 아이드 소울의 '추억, 사랑만큼'이라는 듀엣 곡으로 무난하게 통과해냈다. 문제는 다섯 번째였다. 첫 키스를 이렇게 많은 사람들 앞에서 하려고 하니 온몸이 나무토막처럼 굳어버렸다. 입을 꾹 다물고 있던 통에 키스는커녕 입술만 마주 대고 있던 게 걸려서 2등을 하고야 말았다.

축제를 모두 마친 후 집으로 가는 길에 민우 오빠가 심드렁한 표정으로 커플 은 팔찌를 보며 중얼거렸다.

"아, 2등이라니."

1등에게는 금 커플링, 2등에게는 커플 은팔찌, 3등에게는 은 커플링을 시상했는데, 성에 덜 차나 보다.

"1등을 원했어요?"

"어."

"아깝긴 해요. 금 커플링이라니. 커플링 값 굳는 건데. 그렇죠?"

"아니. 그거 말고."

민우 오빠를 올려다봤다. 무슨 소리란 말인가. 그거 말고 라니. 금 커플링이 아니라 은 커플링을 원한 건가. 멀뚱히 올려다보자 민우 오빠가 자신의 팔에 걸린 은 커플 팔찌를 만지작거리며 말했다.

"커플링이야 우리가 원하는 스타일로 사야지. 근데 우리가 최고 커플이 아니라잖아."

"……."

"너 나랑 키스하는 거 싫냐?"

민우 오빠가 불쑥 고개를 들이밀며 물었다. 엉겁결에 허리를 젖혀 민우 오빠를 피했다. 우물쭈물하며 말 못 하자 민우 오빠가 긴 한숨을 내쉬며 '집에나 가자.'라고 말한 후 성큼성큼 앞서갔다. 괜히 미안하고 부끄러워서 두 걸음 뒤에서 걸었다. 나도 싫은 건 아니었다. 다만, 많은 사람들이 모두 지켜보는 그런 곳이 아니라 세상에 둘만이 있는 그런 느낌으로 키스하고 싶었다.

다다다 뛰어 슬쩍 민우 오빠 옆에 섰다. 그리고 아주 조심스럽게 손을 잡았다.

"뭐 하냐. 너."

퉁명스럽게 묻는 목소리와 다르게 민우 오빠는 내 손을 꽉 잡아줬다.

"집에 가서 된장찌개랑 밥 해줄게요. 반찬도 있어요."

"내가 된장찌개만 먹는 줄 아냐?"

"……."

"냉이 버섯은 반만 넣어라. 어제 버섯밖에 안 보이더라."

결국은 내 말에 따를 거면서 괜히 투정이다. 오늘따라 좀처럼 볼 수 없던 귀여운 모습에 배시시 웃으며 올려다보자 내 이마를 툭툭 치며 말했다.

"밉상이야. 저리 치워."

그래서 난 얼른 고개를 돌렸다. 그러자 민우 오빠가 심통을 부려댔다.

"야, 그렇다고 진짜 치우냐."

내 턱을 잡아 자기 쪽으로 틀었다. 픽 하고 웃음이 나왔다. 날 힐끔 쳐다보던 민우 오빠도 따라 픽 웃어 보였다. 결국 서로 마주한 채 웃었다. 가슴 안이 풍선처럼 가벼운 공기로 부풀어 오른다. 말할 순 없어도 가슴이 간질간질할 만큼 부풀어 오르는 이 느낌,

이게 행복인가 보다.

노동으로 지친 나와 싸움으로 지친 민우 오빠는 각자 씻고 피로를 푼

후에 다시 만나기로 했다.

샤워를 마친 후 된장찌개를 끓였다. 펼친 상 위에 반찬을 가지런하게 올리고 밥그릇 두 개를 준비한 후 맞은편 집의 문을 당겼다. 손쉽게 열렸다. 민우 오빠는 언제든 내가 들어오기 편하게끔 집에 있는 동안엔 문을 열어놓고 지냈다.

'달칵.'

가벼운 문 소리가 들렸다. 원룸 안은 조용했다. 사람도 없었다.

"오빠! 어딨어요?"

"여기."

웅웅대는 소리가 들리는 쪽으로 가보니 욕실 앞이었다.

"샤워하고 있어."

묻지도 않았는데 기척을 느꼈는지 민우 오빠가 답했다. 이 문 너머에 민우 오빠가 샤워를 하고 있다. 괜히 부끄러워져 동그랗게 만 주먹으로 흠흠대고 있는데 불쑥 문이 열렸다. 그리고 문틈으로 민우 오빠의 젖은 팔이 쑥 튀어나왔다.

"옷 좀 줄래?"

문 앞에 놓인 옷을 들었다. 옷 사이로 툭 하고 속옷이 떨어졌다. 이걸 어떻게 해야 하나. 막막해졌다.

"팔 아프다. 뭐 해?"

민우 오빠의 머리가 문틈으로 비스듬히 튀어나왔다. 덕분에 젖은 어깨와 목선이 고스란히 밖으로 노출됐다. 젖은 머리카락, 물이 묻어 촉촉해진 입술. 선명하게 두각을 드러낸 쇄골. 남자가 섹시하다고 느낀 건 처음이었다.

쿵. 쿵. 쿵. 심장이 기차 엔진처럼 힘차게 뛰기 시작했다.

"뭘 그렇게 멍하게 보고 있어? 옷 달라니까."

연거푸 '네? 네. 네.'만 연발하다 손에 들린 옷을 내밀었다. 쾅 하고 문이 닫히는가 싶더니 조금 후 스르륵 문이 도로 열렸다.

"너, 내 속옷은 어쨌냐?"

민우 오빠의 시선이 내 시선을 따라 아래로 향했다. 발수건 옆에 툭 떨어져 있는 자신의 속옷을 보더니 민우 오빠가 픽 웃었다.

"이거 완전 변태네?"

"……네?"

"구경하다 떨어트렸냐?"

아니라고 대답해야 하는데, 피식대며 웃는 민우 오빠의 입술 끝이 매력적이라 머릿속이 암전되었다.

"걱정 마. 큰 타월로 아래는 가리고 있으니까."

물방울이 들어갔는지 눈썹을 찡긋거리는 그 모습이 지독하게 매력적이었다. 무언가에 홀리듯 나도 모르게 남은 민우 오빠의 눈을 향해 손을 뻗었다.

민우 오빠 눈을 가린 후, 달짝지근하게 느껴질 것 같은 입술 위로 내 입술을 가져다 댔다. 입술만 마주 댄 거라 아무런 맛을 느끼지 못했지만, 왠지 모르게 아주 단 사탕을 입에 넣은 듯했다.

조금 더. 더. 더.

적막하게 내려앉은 공간에 쪽 하고 입술 떼는 소리가 선명하게 들렸다. 단지 가벼운 입맞춤이었을 뿐인데 입술 끝이 가늘게 떨렸다. 민우 오빠의 눈을 덮은 손도 조용히 거둬들였다. 민우 오빠의 눈동자가 눈꺼풀 사이로 드러났다. 그 사람의 눈동자가 깊어진다 싶을 즈음, 물기가 채 마르지 않은 커다란 손이 내 눈을 덮었다.

귀로 쏠린 예민한 신경은 나무문이 열리는 소리를 잡아냈다. 하지만 더는 신경 쓸 수 없었다. 그 사람의 입술은 아까보다 더 강한 달콤함으로 온몸의 감각을 모조리 마비시켰다.

한참 만에 그 사람의 입술에서 풀려날 수 있었지만 여전히 눈을 뜰 수 없었다. 그 사람의 향으로 꽉 차 있던 입술 사이로 습기 머금은 공기가 파고들었다. 숨소리 사이로 흐르는 공기보다 한 층 아래에 자리하고 있는 그 사람의 목소리가 들렸다.

"……숨소리 내지 마, 위험하게."

민우 오빠의 말에도 불구하고 숨소리가 그쳐지지 않았다. 그 사람의 젖은 어깨가 내 어깨에 닿았다. 그 사람이 둘렀던 흰색 타월이 축 늘어진 내 팔에 닿았다.

"난 분명히 내지 말라고 했어."

묶어둔 것처럼 날 안은 그 사람은 아까보다 더 짙은 숨소리를 뱉으며 내 입술을 다시 한 번 탐했다.

나른한 주말 오후, 침대에 누워 있는 민우 오빠의 배에 백과사전을 올리자 윽 소리 내며 민우 오빠가 엎드려 누웠다. 내가 턱을 괸 채 물었다.

"아파요?"

"날 죽이고 싶어?"

머리를 긁적이며 민우 오빠를 옆으로 몰아내고 그 옆에 누워 백과사전을 펼쳤다. 민우 오빠는 한참 동안 배를 움켜쥔 채 벽을 보고 누워 있다 획 돌더니 억울한 표정을 지어 보였다.

"괜찮냐고 안 묻냐? 그리고 책에서 눈 떼지? 백과사전에는 내 사진 없거든?"

"음, 괜찮아요?"

"됐다. 치워라. 후."

그제야 옆을 돌아보며 진지하게 묻는 날 보며 민우 오빠가 투덜댔다. 그러면서도 내 옆에 잠자코 누워 있었다.

민우 오빠는 자꾸만 애가 되어간다. 가끔은 내가 알았던 사람이 맞나 궁금해 얼굴을 만져보기도 하고, 어느 쇼 프로그램처럼 다른 사람으로 변신한 건 아닌가 싶어 피부를 잡아 뜯기도 했다. 그때마다 돌아온 건 꿀밤이었다. 조금 아플 정도의 세기로 말이다.

백과사전이라도 뒤지면서 과제에 대한 영감을 잡아볼까 해서 보고 있는데, 어깨가 묵직했다. 민우 오빠가 내 어깨에 얼굴을 대고서 백과사전을 보고 있었다.

"오빠, 나 어깨 아파요."

민우 오빠의 얼굴을 밀어내며 중얼거렸다.

"난 이게 편한데."

"……."

"싫어?"

웅얼거리며 묻는다. 그 모습이 아기처럼 사랑스러웠다. 내가 어떻게 이 사람을 거절할 수 있을까.

"아뇨."

이윽고 열린 창문으로 살랑거리는 바람이 민우 오빠의 머리카락을 헝클어뜨렸다. 헝클어진 머리카락 사이로 은은한 향이 내 곁에서 흩어졌다. 나는 읽고 있던 책을 덮고서 똑바로 누웠다. 민우 오빠도 뒤따라 내옆에 아기처럼 누웠다.

꽤 날씨 좋은 하루가 느릿하게 흘러갔다. 창가로 솜이불만큼이나 두꺼

278

운 구름이 보였다. 조금 있으면 우리의 발뒤꿈치를 따뜻하게 데우고 있는 한 줄기의 빛도 사라지겠지.

나는 민우 오빠의 손을 잡으며 물었다.

"오빠는 연애 얼마나 해봤어요?"

"두 번."

"날 포함해서요?"

"아니."

"처음은 첫사랑이겠네요? 두 번째는 두 번째 사랑이고."

"그렇겠지."

민우 오빠는 내 어깨에 머리를 부비며 대수롭지 않게 답했다.

"첫사랑은 어떻게 사귀었어요?"

"좋아서."

"그럼 왜 헤어졌어요?"

"싫어서."

건조하다 싶을 만큼 성의 없는 대답이었지만 틀린 말은 아니었다. 좋아서 사랑했을 거고, 싫어서 헤어졌을 거다. 사랑했지만 헤어지는 신파극 같은 일이 이 사람에게 일어나지 않아서 다행이라 생각했다.

내가 잠시 생각하는 사이 민우 오빠가 물어 왔다.

"네가 세 번째라서 화나냐? 억울해?"

"어쩔 수 없죠. 오빠가 원해서 날 세 번째에 만난 건 아니니까. 우리가 만날 인연이 이 시간 즈음에 놓여 있었다면 어쩔 수 없잖아요. 어쩌면 우리가 좀 더 이른 시간에, 혹은 뒤늦게 서로를 만났다면 좋아하지 않았을 수도 있잖아요."

"……."

"이 시간에 우리가 사랑하는 게 가장 예쁜 모습이라면 세 번째라도 상관없어요. 내가 바라는 건 처음이라는 순서가 아니라 어떤 사람보다 내가 예쁜 사람으로 오빠 기억에 남았으면 하는 거예요."

돌아누워 베개에 얼굴을 파묻고 있던 그가 물끄러미 날 쳐다봤다. 무표정도 아니고, 멍한 표정도 아닌 묘한 표정을 지어 보였다. 이런 표정을 지을 때면 도무지 무슨 생각을 하는지 종잡을 수 없었다.

"무슨 생각 해요?"

민우 오빠는 목을 틀어 엎드려 있는 내 얼굴을 빤히 보더니, 꽤 뜬금없는 말을 뱉었다.

"첫 번째 여자는 예뻐서 사귀었고, 두 번째 여자는 착해서 사귀었어."

"그럼 세 번째 여자는?"

"내가 아니면 안 될 거 같아서."

"응? 왕자님 콤플렉스 있는 사람이었어요? 내가 구해주겠다, 라는 그런 심리?"

민우 오빠가 기분 좋게 소리 내어 웃었다.

"말로는 설명 못 하겠는데."

민우 오빠가 미간을 찌푸리며 고민하는 표정을 지어 보였다. 난 또 그 표정의 의미가 궁금해졌다. 잠시 뜸들인 민우 오빠가 말을 이었다.

"글쎄. 넌 처음에 얼굴만 아는 후배, 아주 가끔 눈이 마주치는 후배였어. 두 번째로 내 친구가 좋아하는 여자의 친구였고, 내 친구를 좋아하는 친구였지."

민우 오빠의 긴 손가락이 기분 좋게 내 머리카락을 쓸어 넘겼다.

"세 번째로는 내 이웃집 여자였고, 최악의 만남으로 말을 트게 됐지. 네 번째로 자꾸만 만나게 되는 후배가 됐고, 다섯 번째로 함께 말없이 술 마셔도 좋을 만큼의 사람이 됐고, 여섯 번째로 눈물이 많고 일이 많아서 누군가가 필요한 여자였고, 일곱 번째로 그런 사람이 내가 되고 싶었어."

"여덟 번째는?"

"여덟 번째는……."

민우 오빠의 말이 고장 난 인형처럼 느려졌다. 민우 오빠가 말을 멈추자 침묵이 찾아들었다. 길다면 길고 짧다면 짧은 적막이 흐른 후, 민우 오빠가 나지막한 목소리로 입을 열었다.

"나한테 필요한 여자가 되어 있었어."

"……."

"지금은 거기서 멈춰져 있다."

"……."

"앞으로는 네가 채워줘. 백 개든 천 개든 자리는 비워놓을 테니까."

하루가 느릿하게 흘러갔다.

세 시간 후면 해가 질 거다. 그 시간까지 난 이 집에서 벗어나지 않을 거다. 그리고 내 마음 역시 간지러운 이 느낌 벗어나지 못할 거다.

난 민우 오빠의 눈을 가만히 바라보다 웃으며 대답했다.

"열심히 해볼게요. 다 채울 수 있도록."

학교는 우리가 벌여놓은 짓들로 꽤 시끄러웠다. 학과에서 마련한 식당에서 깽판을 쳐놓은 걸로 모자라 태연한 얼굴로 베스트 커플을 뽑는 곳으로 올라갔으니 사방에서 쏟아지는 시선과 수군거림은 어쩌면 당연한 셈이었다.

민우 오빠가 날 흘깃 보더니 심드렁하게 말했다.

"죄 지었어? 고개 들어."

턱이 강제로 들렸다. 역시 수군거림만큼이나 꽤 많은 사람들이 우릴 보고 있었다. 이런 시선에 익숙한 민우 오빠는 대수롭지 않다는 표정으로 캠퍼스 내를 휘적거리며 다녔다.

"부끄러우니까요."

"자랑스러운 거야. 우리는 연애하고 있는 거잖아."

"아니요. 그전에 해놓은 짓들이 부끄럽다고. 깽판 쳐놓은 거라든 지……."

대답이 돌아오지 않았다. 그건 민우 오빠도 부끄러운 모양이었다. 하지만 민우 오빠의 도도하게 올려진 턱은 1도도 내려갈 생각이 없어 보였다. 그의 커다란 손이 덥석 내 손을 잡았다.

우리는 맞잡은 손 그대로 강의실 안에 들어섰다. 금방이라도 터져 나갈 듯이 시끄럽던 강의실 안이 찬물이라도 끼얹은 듯 조용해졌다. 열띠던 공기의 흐름이 차갑게 식어간다고 느껴질 무렵, 난 친구들 곁에 가서 앉았고, 민우 오빠는 복학생들 근처로 가서 앉았다.

"야! 뭐냐! 너희 뭐냐! 진짜 사귀냐? 지혜랑 너랑 사귄다고?"

유달리 목청이 커서 확성기에 대고 말하는 것처럼 크게 말하는 복학생 선배가 호들갑을 떨며 민우 오빠에게 묻기 시작했다.

"어. 손 잡고 오는 거 못 봤냐?"

"좋냐? 나 두고 연애하니까 좋아? 좋아 죽겠냐?"

"어. 좋아 죽겠다. 왜? 부럽냐?"

민우 오빠가 씩 웃으며 받아치자 솔로 만세를 외치던 선배는 뒷목을 잡고 쓰러지는 시늉을 했다. 민우 오빠만 시달리는 건 아니었다. 사방에서 날아온 볼펜 끝이 내 옆구리를 쿡쿡 찔러 왔다.

"언제부터야?"

나 역시 만만찮게 시달릴 분위기였다. 더욱이 수다를 좋아하는 여자애들이기에 만남부터 지금까지 있었던 일들을 낱낱이 고해 바쳐야 할 판국이었다.

나는 자세한 대답 대신 어쩌다 그렇게 되었다며 웃었다. 친구들은 어떻게 속일 수 있었냐며 화를 내기도 했고, 부럽다고 입술을 내밀며 말하기도 했고, 민우 오빠 친구들을 소개해달라며 재빨리 선수 치는 친구들도 있었다. 그때마다 마땅히 할 말이 없었던 난 그냥 웃고 말았다.

"아, 그럼 너 서연이랑 설마……, 민우 선배 때문에?"

앞자리에 앉아 있던 친구가 조심스럽게 꺼내는 말에 펜을 잡고 있던 손에 힘이 들어갔다. 나는 친구의 어깨 너머에 앉아 있는 서연이를 보았다. 서연이 역시 이 방향을 보고 있었다. 날 보고 있었을까. 아니면 내 어깨 너머에 앉아 복학생 선배들에게 시달리고 있는 민우 오빠를 보고 있었을까. 둘 다였을지도 모른다. 무슨 생각을 하는지 알 수 없었다.

"정말이야? 민우 선배 때문에 너희 둘……?"

친구가 확인사살을 하며 물어 왔다. 친구의 물음을 서연이도 들었을까. 서연이가 고개를 돌려 앞을 쳐다봤다. 난 고개를 작게 가로저었다.

"아니. 그건 아니야."

더 이상 이야기를 거부하며 몸을 앞으로 돌렸다. 여전히 강의실 안에 있는 대부분의 사람들은 민우 오빠와 내 이야기를 하고 있었다. 하지만 우리 둘 사이를 미리 알고 있었던 서연이는 주변의 물음에도 절대 입을 열지 않았다.

"우와."

"대박."

민우 오빠를 본 친구들의 반응은 이토록 극적이었다. 내게 애인이 생긴 걸 안 친구들은 보여달라며 성화였고 어쩔 수 없이 친구들의 모임에 데려갔다. 민우 오빠는 내 친구들이라서 그런지 학교에 있을 때보다 더 자주 웃었다.

"와, 나 정말 네가 이런 분이랑 사귈 줄 몰랐다?"

쪼르르 앉은 네 명의 친구들은 다 같은 표정으로 민우 오빠와 날 번갈 아보며 입을 다물 줄 몰랐다. 이런 반응일 거라 예상한 나와 달리 민우 오빠는 좀처럼 적응되지 않는지 당황한 표정을 지어 보였다.

점심이라도 한 끼 할 겸 모여 앉은 자리에서 애들은 민우 오빠 얼굴에 밥이라도 있는 사람처럼 뚫어져라 쳐다봤다. 친구들의 행동에 내가 부끄 러워졌다.

"진짜 이건 로또다."

"인생역전이야."

두 명이 무한정 감탄하자 한 명이 샐쭉한 표정으로 반박했다.

"왜? 물론 지혜 남친이 잘생기긴 했지만 우리 지혜도 귀엽잖아! 지혜 인기도 많았잖아. 고딩 때 주말학원에서 남학생 둘이서 지혜 두고 티격 태격하기도 했잖아."

아아, 멀고도 먼 영광의 과거여.

나는 오랜만에 듣는 말에 풉 웃음이 나왔다.

"그래. 귀엽지. 귀엽고, 예쁘장하긴 한데……. 그래도 남친 분이 워낙 잘생기셔서."

친구가 중얼거리며 멋쩍게 웃었다. 식사가 나온 후 몇 분이 흘러서야 각자 앞에 놓인 스파게티를 먹기 시작했다.

"언제부터 사귀었어요?"

284

"몇 달 됐어요."

민우 오빠가 웃으며 답했다.

"지혜 어디가 좋아요?"

"마음이 잘 맞아요. 이 녀석 행동도 좋고요."

"음, 결국 얼굴은 아니란 소리네요."

"생긴 것도 좋아요. 귀엽고, 단정하고 키도 딱 좋고."

"흠. 흠."

듣기만 했는데도 부끄러워 괜히 창밖으로 고개를 돌리며 헛기침했다. 민우 오빠는 낯을 가리는 데다 불필요한 말을 하는 걸 싫어하는 사람이고, 진지할 때만 자기 마음을 드러내는 사람이라서, 저렇게 말해줄 거라 생각도 못 했다.

"언제부터 좋아하셨어요?"

"글쎄요. 언제부터인지는 잘 모르겠네요."

"지혜 많이 좋아해요?"

"네."

민우 오빠의 말에 친구들은 부러움이 섞인 야유를 보냈다.

식사를 마친 후 친구 중 한 명이 '지혜네 커플 데이트하게 우리는 눈치 껏 헤어지자!'라고 말하며 자리를 파함으로써, 남자친구 소개하는 자리 는 끝이 났다.

친구들이 멀어지기가 무섭게 민우 오빠는 사람이 많이 다니는 길바닥 에 주저앉듯이 쭈그리고 앉았다.

"와, 이거 두 번은 못 해먹겠다."

"많이 힘들었어요? 내 친구들이 극성맞죠? 미안해요."

"땀나는 거 보이냐?"

민우 오빠가 이마를 닦은 젖은 손등을 내밀며 말했다. 괜히 피곤하게 만든 것 같아서 미안해졌다.

"미안해요."

"미안할 거 없어. 짜증난 게 아니라 실수할까 봐 긴장한 거니까."

"오빠가요?"

"난 사람도 아니냐?"

당황스럽다는 표정을 짓고 있는 날 보며 민우 오빠가 더 당황스러워했다.

"아뇨. 난……, 오빠가 벗어나고 싶어 하는 줄 알았죠."

난 친구들과의 자리가 부담스럽고 짜증나지만 꾹 참고 있는 줄 알았다. 그런데 민우 오빠는 내 예상과는 달리 실수할까 봐 걱정했단다. 멍하게 쳐다보는 내 표정이 웃긴지 큭큭대던 민우 오빠가 내 머리를 헝클어뜨리며 말했다.

"니 친구들인데 잘 보여야지. 그래야 내 편 되지. 예를 들어 우리가 싸워서 네가 내 욕 하면 그 사람이 그럴 리 없을 것 같다고 친구들이 말해 줄 만큼."

민우 오빠의 목적대로 된 것 같다. 오늘 나와 내 친구 앞에서 보여준 민우 오빠의 모습은 만점짜리였으니까.

"계산적인 사람이네요."

"당연하지."

민우 오빠가 씩 웃으며 답했다. 사람들이 많이 지나치는 거리를 걸으며 떨어지지 않으려고 민우 오빠 팔에 팔짱을 꼈다. 어설프게 옷을 붙들자 민우 오빠가 팔걸이를 만들어 내 팔이 편하도록 해줬다.

"오늘 멋졌어요."

"웃는다고 입 찢어질 뻔했다."

미소만 짓고 있었으면서 엄살이다. 그래도 오늘따라 노력해준 민우 오빠가 예뻐 웃고 말았다.

연인도, 친구도, 무리지어 다니는 사람도 많은 거리를 걸었다. 늘 서로의 집 아니면 학교, 영화관에서 시간을 보내던 것과 달리 오늘은 목적지 없이 무작정 걷기로 했다. 늘 가던 거리라도 느린 걸음으로 걸으면 묘하게 달라 보인다.

"어이, 민우!"

싱글벙글 웃으면서 길을 걷고 있는데 맞은편에서 걸어오던 세 명의 남자가 팔을 들어 민우 오빠에게 알은척해 왔다. 셋 다 처음 보는 사람이라, 의아한 얼굴로 민우 오빠를 쳐다보았다.

"여기서 뭐 하냐? 밖에는 좀처럼 잘 안 나오는 녀석이? 어라? 이분은 누구?"

"전에 말했잖아."

일행 중 남자 한 명이 묻자, 민우 오빠가 건성으로 답했다.

"아."

알아들었다는 듯이 세 사람의 시선이 동시에 날 향했다. 그러고는 뭔가 떨떠름한 표정을 지어 보였다. 세 사람의 뻣뻣한 태도에 살짝 인상을 구기자 친구들을 향한 민우 오빠의 목소리가 들렸다.

"뭐 하냐. 얘한테 인사 안 하고."

"아, 어. 안녕하세요! 민우 고등학교 동창 강지완입니다."

"네. 안녕하세요. 이지혜라고 합니다."

"민우 잘 부탁드려요. 말 잘 안 듣죠? 성격도 사나운 녀석인데."

"아니요. 착해요."

내 말에 그의 친구들은 알 수 없는 표정으로 웃었다. 다 같이 서 있어도 마치 홀로 무인도에 떨어진 기분이었다. 알 수 없는 이질감에 기분이 상했다. 슬쩍 민우 오빠를 올려다보니 민우 오빠 역시 이상한 기류를 느낀 건지 인상을 찌푸리고 있었다.

"우리 먼저 갈 길 간다. 너희도 가라."

"그래. 간다! 민우, 나중에 전화할게! 술 한잔 하러 나와라!"

"어."

민우 오빠는 대답도 않은 채 날 끌어당겨 그 무리를 지나쳤다. 헤어지는 인사도 못 하고 오빠의 친구들과 멀어졌다.

"왜 그래?"

민우 오빠가 굳은 내 얼굴을 보며 물었다.

"아뇨."

난 이유 없이 기분이 상했으나, 마땅히 설명할 방법이 없어서 속으로 삭였다. 그러나 뭔가가 있을 것 같은 께름칙한 기분이 꽤 오래도록 날 쫓아다녔다.

오랜만에 친구와의 약속이었다. 친구가 화장실에 간 후 테이블에 혼자 남아 차창 너머를 바라보았다. 서쪽 하늘로 해가 느릿느릿하게 지고 있는 광경을 멍하게 바라보았다. 어젯밤 꿈자리가 뒤숭숭해서 그런지 기운이 좀처럼 나질 않았다.

"야, 이지혜!"

화장실에서 돌아온 친구가 테이블에 홀로 앉아 있는 나를 불렀다. 정신이 번쩍 들어 쳐다보자 친구가 입술을 삐쭉거렸다.

"넌 오랜만에 보면서 우리가 안 반가워? 왜 자꾸 정신을 놔?"

"아, 어제 잠을 못 자서 그래. 꿈자리도 안 좋았거든."

눈을 부비며 말하자 은지가 샐쭉하니 웃다가 휴대전화를 들며 말했다.

"아, 성희 왔단다. 내가 데려올게."

"응. 다녀와!"

친구가 문밖으로 사라진 후, 다시 멍하게 하늘을 보았다. 해는 아까보다 더 멀어져 있었다.

어젯밤 이상하리만치 잠을 설쳤다. 그러다 잠깐 잠이 들었는데 악몽을 꾸었다. 끔찍했지만 기억이 나지 않는 악몽이라 뒷맛이 더 씁쓸했다. 그렇게 애써 머리를 털어내며 생각을 정리하려는 찰나, 익숙한 이름이 들렸다.

"야, 민우 그 새끼 걔랑 대체 언제까지 사귈 거라냐?"

민우라는 이름은 어디서나 들을 수 있는 흔한 이름이었다. 동명이인이겠거니 생각하며 안주를 집어먹을 때였다.

"민우 그 자식, 준서 놈한테 미안해서 저러지."

"하여간에 친구라면 사족을 못 쓰지. 에라이."

물 컵을 쥐던 손이 허공에서 멈췄다. 민우라는 이름은 흔하다. 준서라는 이름도 어떻게 보면 흔하다. 하지만 그 이름들이 한꺼번에 나올 확률은 얼마나 될까.

"정확히 어떻게 된 건데? 민우가 왜? 준서는 거기서 왜 또 나와?"

친구 중 하나가 불쑥 끼어들었다. 그러자 무언가를 씹고 있는지 발음이 어그러진 남자 하나가 짜증난 목소리로 말했다.

"아직도 모르냐? 그러니까 잘 들어봐라. 어제 봤지? 민우 애인이라는 걔. 걔가 원래 준서를 좋아했거든. 준서가 좋아하는 여자애는 걔 친구고. 근데 그대로 내버려두면 걔 때문에 준서랑 걔 친구가 안 이어질 뻔한 거지. 그래서 민우가 알아서 폭탄 제거하듯이 걔랑 사귀게 된 거지."

"민우가 왜 폭탄 제거해야 하는데? 그 잘난 새끼가."

"기억 안 나냐? 민우가 두 번째로 사귀었던 여자애. 그 여자애, 알고 보니까 준서가 좋아하던 애였잖아. 민우 그 자식은 그냥 사귄 건데 알고 나니 준서가 미친 듯이 좋아하는 걸 알았던 거지. 그 후로 민우 자식이 얼마나 미안해했냐?"

"아, 그래서 죄책감 덜어낼 거라고 저러고 있다고?"

"그렇지."

"결론은 민우가 걔를 떠맡고 있는 입장이네."

"그래. 죄책감, 동정심이 다 섞인 거지. 미친놈. 아마 귀찮기도 했을 거야. 그리고 연애할 생각도 없는데 사방에서 여자 꼬이니까 귀찮아서 여자 있는 척이라도 하고 싶었겠지."

"확실한 거냐?"

"내가 걔랑 친구한 지 15년이 넘었다. 딱 보면 알지."

"하긴, 민우 놈이 여자를 별로 안 좋아하긴 하지."

어젯밤 꾸었던 악몽이 오늘을 예견한 꿈이었던가. 잠시 머릿속이 멍해졌다. 한참동안 멍한 눈으로 테이블 끄트머리만 바라보고 있는데 생각들이 하나둘 떠오르기 시작했다.

필름이 끊기도록 술을 마신 날, 민우 오빠는 내 옛날이야기를 모두 들었다고 했다. 그리고 내가 좋아한다는 이유로 반장을 포기한 서연이의 선택도 알고 있었을 거다. 만약 내가 준서 선배를 좋아한다는 걸 서연이가 알면 서연이가 준서 선배를 상대도 하지 않을 거라는 걸 민우 오빠도 쉽게 예상할 수 있었을 거다.

그래서 민우 오빠는 내 마음의 방향을 자신 쪽으로 틀어버린 거다. 준

서 선배와 서연이가 잘될 수 있도록. 처음부터 준서 선배와 서연이가 잘
되길 누구보다 지지하던 사람이었다. 퍼즐이 하나하나 맞춰져가듯이 모
든 게 다 맞아떨어졌다.

그러나 고개를 가로저었다. 그럴 리가 없다. 민우 선배가 환하게 웃는
얼굴이 생각나자 더욱 아니라고 믿고 싶었다. 민우 선배는 누구보다 자
신의 감정에 충실하고 솔직한 사람이었다. 그런 사람이 연기를 할 리가
없다.

그러나 내 마음과 다르게 등 뒤에서 남자들의 목소리가 계속해서 들려
왔다.

"그럼 민우 지금은 사귄다는 그 여자애를 좋아하는 거냐? 사귀다가 보
면 정들고 그러잖아. 그런 건가?"

"야, 설마. 나도 못 물어봐서 모르겠는데, 설마 그렇겠냐? 아마 안 좋
아할걸? 좋아하는 사이면 우리한테 진즉에 보여줬겠지. 그런 걸로 봤을
때 좋아하는 건 아닌 것 같아."

"근데 그때 민우 새끼는 왜 그 여자애 그렇게 끌어안고 갔다냐?"

"아직 준서랑 그 예쁜 여자애랑 못 사귀고 있단다. 그러니까 아직 사귀
겠지."

"아, 신준서. 병신 새끼."

낄낄거리는 웃음소리가 등 뒤에서 들렸다. 등 뒤가 치욕스러움에 다
타버릴 것 같았다. 민우 오빠가 날 끌어안고 황급히 피했던 사람들이 내
등 뒤에 앉아 있었다.

그랬구나. 그랬었구나.

갑자기 모든 퍼즐들이 다 맞아떨어지는 기분이었다. 그러자 온 마음이
바스라질 것처럼 저려 왔다.

"우리 왔어!"

뒤늦게 은지가 성희를 데리고 맞은편에 앉았다.

"왜 그래? 어디 아파?"

"……나쁜 놈. 미친 놈."

"누구? 너의 그분?"

"나쁜……, 놈."

무슨 말을 하고 있는지도 모를 정도로 홀로 중얼거렸다. 내 말만 듣고도 친구들은 민우 오빠를 말하는 걸 알아챘는지 중재하기 시작했다.

"야, 야. 너희 싸웠냐? 진정해라. 그 사람 보아하니 엄청 괜찮아 보이던데. 네가 잘못한 거 아냐?"

"그래. 뭐, 그 사람이 잘못했다고 그래도 사람 괜찮아 보이던데. 얼굴 잘생겨, 키 커, 공부 잘해, 잘 웃고 착해. 그 정도면 됐지. 뭐가 잘못된 건지는 모르겠지만 바람피운 거 아니면 네가 넘어가."

친구들은 내가 무슨 말을 하기도 전에 모두 그 사람 편을 들었다. 민우 오빠는 무서운 사람이었다. 원하는 대로 모두 이뤄내는 사람. 내 친구마저 자신의 편으로 돌려놓는 사람. 내 마음 하나쯤, 사람 마음쯤은 자기 쪽으로 돌리는 게 껌 씹는 것보다 쉬운 사람.

자리에서 일어서자 두 사람의 시선이 곧장 날 향했다.

"미안. 오늘은 무리일 거 같다. 먼저 가볼게."

"야! 야!"

친구들의 다급한 부름에 뒤돌아보지 않았다. 친구들의 옆 테이블에는 그 사람의 친구들이 있을 테니까. 날 비웃으면서, 날 사귀는 그 사람을 동정하면서 씹어 삼키는 안주처럼 날 잘근잘근 물어뜯고 있을 테니까.

민우 오빠가 어떻게 말하고 다녔기에 저 사람들 입에서 저런 말이 나올까.

　가게 밖으로 나와 거리를 터덜터덜 걷는 동안 눈물도 나지 않았다. 다만 몸에 힘이 빠져 고개조차 제대로 들지 못했다. 수많은 생각들이 폭발할 것처럼 부풀어 올랐다가 단숨에 바람 빠진 풍선처럼 쪼그라들었다.

　이제 더 다칠 일 없을 거라 생각했다. 이 사람 옆에만 있으면 난 정말로 행복할 거라고 생각했다. 내게 그 사람은 세상 행복을 모두 끌어안은 낙원이었다.

　그 낙원이 지옥일 거라고 단 한 번도 생각해본 적 없었는데, 왜 내게 이러는지.

　고개를 푹 숙인 채 힘이 빠진 걸음으로 밤거리를 걷는데, 긴 그림자 하나가 보였다. 고개를 들자 그 사람이 보였다. 그의 등 뒤로 불이 켜진 가로등이 보였다.

　"야."

　민우 오빠가 퉁명스럽게 날 불렀다. 민우 오빠의 그림자가 내 발목, 무릎, 배를 타고 올라왔다. 이러다간 민우 오빠 안에 스며들지도 모른다는 불안함에 몸을 비틀어 피했다.

　민우 오빠는 잠시 멈칫했으나 다시 내게 다가오며 아무렇지 않은 척 말을 꺼냈다.

　"기다렸잖아. 오늘 필기 보여달라며."

　"……."

　"야."

　민우 오빠가 나를 '야'라고 불렀다. 길 가다 부르면 모두 뒤돌아볼 그런 밋밋한 호칭으로. 내게 다가온 민우 오빠의 표정이 구겨져 있었다. 저 표정을 지을 사람은 나다. 화를 내야 할 사람도 나다. 다시는 돌이킬 수 없게 마음을 다친 건 나다.

"부르는 소리 안 들리냐?"

"들려요."

"왜 이래? 갑자기. 무슨 일 있었냐?"

굳은 내 목소리에 민우 오빠가 한결 누그러진 표정으로 내 곁에 다가섰다. 그러고는 얼굴을 가까이 마주 대고는 내 얼굴을 이리저리 살피더니 어디 맞고 오는 길이냐며 손, 팔, 어깨, 목을 샅샅이 뒤졌다. 숨겨진 이야기를 들어서 미치게 화나면서도 이 사람을 밀치지 못했다. 믿기지 않았다.

내게 닿는 손길, 부드럽게 쓰는 눈길, 내 대답을 기다리는 모습이 다 거짓이라는 게. 날 사랑하지 않는다는 게 거짓말 같아서.

처음부터 모두 거짓말이었다면 내가 지나쳐 온 몇 개월이라는 시간은 어디서 보상받아야 하는 건지.

민우 오빠의 손을 가까스로 쳐냈다.

"야."

당황한 목소리가 들렸다. 내쳐진 자신의 손을 무안하게 보던 민우 오빠가 인상을 찌푸렸다.

치밀어 오르는 울음을 꾹 누르고 힘껏 앞을 노려봤다.

"야 라고, 그렇게 부르지 마요."

"화내지 말고 무슨 일 있었는지 말해."

정작 화내지 말라고 말하는 사람 목소리가 바닥을 기어갈 만큼 낮아졌다.

"서연이랑 준서 오빠는 언제 사귈까요?"

"그 이야기하는 게 아니잖아."

"중요한 이야기예요."

"준서가 고백해서 서연이가 받아들이면."

"그날이 빨리 왔으면 좋겠죠?"

"당연한 거 아니냐?"

나에게서 하루라도 빨리 도망가고 싶어 하는 마음도 모르고 난 최선을 다했다. 내 옆에 오래 있을 거라는 철없는 상상을 했다. 민우 오빠를 물 끄러미 올려다봤다.

내 팔을 붙들고서 무슨 일이냐고 말하라며 재촉하는 민우 오빠는 금방 이라도 화낼 것처럼 무서운 표정을 짓고 있었다. 그 표정을 보는데 눈물 이 났다. 울 것 같은 내 표정을 본 그 사람은 이내 걱정스런 표정이 되었 다.

이런 연기 하는 거 얼마나 지겨웠을까. 날 속이느라 사랑하는 척 얼마 나 괴로웠을까. 나도 불쌍하지만 그만큼 오빠도 불쌍해.

"선배, 나 사랑해요?"

마주 선 민우 오빠가 얼어붙었다. 누군가 내게 민우 오빠를 사랑하느 냐고 물으면 질문이 끝나기가 무섭게 응, 이라고 대답할 준비가 되어 있 는데. 결국 밝혀지지 않을 것 같던 사실이 드러났다.

여태껏 말라 있던 눈가에 눈물이 차올랐다. 민우 오빠가 충격을 먹은 얼굴로 내 눈을 번갈아보며 서 있을 뿐, 전처럼 눈물을 닦아주지도 않았 다.

"다 들었어요. 오빠가 왜 나랑 연애를 하는지."

"……무슨 소리야?"

"나, 다 들었다고요. 날 사랑하지도 않으면서 왜 내 옆에 왜 있어주는

지. 내가 준서 오빠를 좋아하면 안 되니까. 오빠가 준서 오빠에게 죄책감을 덜어내야 하니까. 그런 이유라는 거."

방금 전까지 민우 오빠의 뺨이라도 내리칠 것처럼 화났는데, 지금은 화보다도 눈물이 먼저 앞섰다. 민우 오빠의 얼굴이 하얗게 식었다.

잠시 말문 막힌 얼굴로 나를 보고 있던 민우 오빠가 건조한 목소리로 물었다.

"……어디서 들었냐?"

이제 의심의 여지가 사라졌다. 건조한 물음이 내가 생각하는 최악의 스토리가 맞다고 확인시켜줬다. 갑자기 몸을 훑고 지나가는 바람이 지독히도 차갑게 느껴졌다.

민우 오빠는 연신 자신의 얼굴을 쓸어내리며 긴 한숨을 뱉어냈다. 엄청난 무게의 침묵을 삼키며 내가 먼저 입을 열었다.

"준서 선배 좋아할 일 없을 거예요. 걱정하지 마세요. 서연이한테도 아무 말 안 할게요. 아무 말 못 할 사이가 됐지만. 여태껏 수고했어요. 이제 그런 연기 하지 않아도 돼요."

멋지게 쿨 한 척, 너 따윈 아무것도 아니라는 듯 말하지 못했다. 저 사람 눈에는 내가 상처받은 모습이 훤히 보일 텐데, 오기를 부렸다간 말로 못 다 할 값싼 동정을 받게 될 게 뻔했다. 옆으로 비켜서는 날 민우 오빠가 잡아 세웠다.

"……미안. 우선 내 말 좀 들어봐."

"됐어요. 그 말이……, 더 화나니까."

"이러지 마. 우선 들어보라고."

"뭐가요."

"그런 마음 아주 잠깐이었어. 지금은 아니야."

"……."

"용서해줘."

"할 수 없다는 거 알죠?"

아주 많이 좋아했기에, 아주 소중한 사람이었기에 용서가 쉽지 않았다.

내 손목을 잡고 있던 민우 오빠 손을 밀어냈다. 낙엽처럼 힘없이 떨어지는 민우 오빠의 손을 보았다.

내가 참 좋아했던 손인데. 내가 참 좋아했던 모습인데. 내가 참 좋아했던 사람인데.

용기가 없어 더는 얼굴을 쳐다보지 못했다. 서리처럼 뿌옇게 차오른 눈물 때문에 민우 오빠의 모습이 제대로 보이지 않았다. 가로등 불빛 색으로 뿌옇게 번져가는 시야를 닦지도 않은 채 짜내듯이 그 사람에게 말했다.

"……우린 처음부터 잘못됐으니까, 이제 그만해요."

……더는, 비참하고 싶지 않아요.

차마 뱉지 못할 뒷말을 삼켰다. 잠시 침묵이 우리 두 사람 사이에 무겁게 내려앉았다.

"진심이냐?"

한참 만에 민우 오빠가 한층 낮은 목소리로 물어 왔다. 진심이 아니라고 대답한다면 뭐가 달라질까. 이 지옥에서 구원될 방법이 없다. 자포자기의 심정으로 고개를 끄덕였다.

"네."

"진심이냐?"

"……네."

"진짜 진심이냐고."

날 보고 선 민우 오빠의 눈을 똑바로 응시하며 고개를 끄덕였다. 진심이니까 이제 그만 물으라고. 가로막고 서 있던 민우 오빠가 날 잡고 있던 손을 스르륵 풀었다. 그 순간 가슴이 철렁 내려앉았다. 내가 자초한 일인데 왜 내가 무너지려고 하는지.

민우 오빠가 쳐다보는 시선이 느껴졌지만 뒤돌아보지 않았다. 절대로 흔들리지 않으려고 온 발에 힘을 꼿꼿이 주고서 집까지 들어왔다. 그리고 어두운 원룸에 들어와 문을 닫는 순간 참았던 눈물이 왈칵 쏟아졌다.

"으흑……. 흑흑……."

베란다에서 스며들어 오는 가로등 불빛이 가엾게 웅크리고 있는 발등 위로 떨어졌다.

아니라는 말이 듣고 싶었다. 그런 일 없다고, 그런 적 없다고 잡아뗀다면 아닌 척 나도 넘어갈 생각이었다. 용서할 수 없기에 덮어두려 했다. 하지만 너무도 솔직하게 그 사실을 받아들이는 그 사람에겐 날 잡을 힘이 없다는 걸 알았다.

어떻게 그런 마음으로 날 사랑하는 척할 수 있었을까. 내 손을 겹쳐 잡았던 그 사람의 손, 동떨어진 사람처럼 홀로 서 있던 날 안아주던 품이 다 거짓말이었다.

배신감이라는 단어 하나로 정리되지 못할 복잡한 느낌이 날 잡고 흔들었다. 울음으로, 화로, 눈물로 그 어떤 걸로도 표출하지 못했다.

날카로운 송곳으로 내 가슴 한 중간을 파고드는 것처럼 저릿한 느낌에 악이 섞인 울음이 계속 터져 나왔다. 아픈 마음을 잊으려 주먹 쥔 손으로 쾅쾅 가슴을 내리쳐도 끔찍한 아픔은 계속됐다.

난 단지 사랑을 하고 싶었을 뿐인데, 한 사람을 진심으로 사랑했을 뿐인데.

그게 내겐 용서받지 못할 죄였던가.

달칵 하는 소리에 선잠이 달아났다. 이렇게 시간을 보낸 게 이틀째던 가, 사흘째던가. 시간이 엉망진창으로 흐르는 듯한 기분이었다. 습관적 으로 휴대전화를 열었다. 휴대전화에는 아무런 연락도 와 있지 않았다.

침대에 걸터앉아 물기가 메마른 싱크대를 멍하게 쳐다봤다. 언제나 민 우 오빠는 상을 펴고 앉아 내가 해주는 된장찌개를 기다렸었다. 그러다 밥 하는 시간이 길어질 때면 슬그머니 내 뒤로 다가와 허리를 감고서 '배 고파'라고 넌지시 한 마디 던지곤 했었다. 밥을 먹은 후에는 자신의 밥그 릇은 싱크대에 꼭 담가뒀고, 느리게 밥 먹는 날 기다려주곤 했다.

집 안 곳곳에 그 사람이 보였다. 날 기다리던 모습, 내게 말을 걸던 모 습, 웃던 모습, 내 손을 잡던 모습이 가득한데 우린 헤어졌단다.

집 안에 있을 수 없어 무작정 밖으로 나왔다. 그러나 막상 갈 곳이 없 었다. 한참을 동네에서 서성이다가 뒷골목으로 올라가 안전망 하나 없이 덩그러니 놓여 있는 벤치로 올라가다가 걸음을 멈췄다. 그 사람의 추억 이 무거워 집에서 도망친 주제에 갈 곳이 없어 그 사람과 추억이 있던 곳 으로 걸음하다니.

잠시 고민하다가 걸음을 다시 옮겼다. 풍경이라도 내려다보면서 답답 한 속이라도 풀고 갈 생각이었다.

벤치에 도착해보니 누군가가 나보다 먼저 도착해서 벤치에 앉아 있었 다. 그 사람도 날 발견한 건지 쳐다보고 있었다. 침묵이 무겁게 흘렀다. 바람이 불지 않았다면 시간이 멈춰버렸다는 착각이 들 만큼 그 사람도, 나도 미동 없이 서로를 바라보았다.

"앉아."

환영인 줄 알았다. 나지막한 그 사람의 목소리를 듣기 전까지는.

"아뇨."

돌아섰다. 그 사람을 그리워하고, 우리의 시간들을 그리워했지만 그 사람을 다시 보고 싶진 않았다. 돌아서는데 내 손목을 꽉 붙드는 그 사람의 손길이 느껴졌다.

"앉으려고 올라온 거잖아."

"앉을 필요가 없어졌어요. 쉬다 오세요."

"너 기다렸어."

"내가 언제 올 줄 알고요?"

목소리에 날이 섰다. 손길을 뿌리치려 할수록 민우 선배는 날 강하게 붙들었다. 그 손길이 싫었고, 당연한 것 같은 이 익숙함이 싫었다. 민우 선배가 힘주어 내 팔을 잡은 후 자신 쪽으로 끌어당겼다.

"올 거 같았어."

민우 선배의 차분해 보이는 눈을 가만히 들여다봤다. 지쳐 보였다. 슬퍼 보였다. 내가 처음으로 보는 민우 선배의 모습이었다. 얼마 전까진 민우 선배가 보여주는 새로운 모습은 내게 더할 나위 없이 소중했다. 다른 사람들은 절대로 볼 수 없는, 나만을 위해 준비된 선물같이 느껴졌었다.

하지만 더 이상은 아니다.

"……괜히 왔네요."

"그렇게 말하지 마."

"그럼 내가 어떻게 말할까요."

내가 죽을 것처럼 울던 밤에는 모른 척했잖아. 벽 너머에 있었으면서 이틀이 넘게 날 내버려뒀잖아.

터트리지 못할 말들이 가슴에서 부풀어 올랐다.

"지혜야."

민우 선배가 코앞에서 내 이름을 불렀다. 그런데도 아주 멀리 떨어져 있는 기분이었다. 잡으려고 열심히 뛰어도 도착할 수 없을 만큼의 그런 거리가 우리에게 이미 생겨버렸다. 내가 먼저 민우 선배에게 물었다.

"날 사랑해요?"

민우 선배의 표정이 눈에 띄게 굳었고, 내 입술에 삐딱한 미소가 걸렸다.

"거봐요. 대답 못 하잖아요."

내 마음이 먼저 들었나 보다. 그 사람이 날 사랑하지 않는다는걸. 그래서 가까이 서 있어도 안 될 거라는 소리가 들렸나 보다. 우린 더 이상 무리라고. 함께하는 시간이 더해갈수록 아픔만 남을 거라고.

"사랑, 그거 없이도 함께할 수 있는 거잖아. 네가 옆에 있었으면 좋겠어."

민우 선배가 여전히 날 붙든 채 절박한 목소리로 말했다.

"그건 이기적인 답변이에요. 사랑하지 않지만 옆에 있으라는 말."

"네가 편해. 그래서 좋아. 널 좋아해."

"그거 알아요? 사랑은 한 사람에게 내려지는 특권인데, 좋아하는 사람은 세상에 많아요. 하물며 편한 사람은 더 많아요."

"……."

"나만 사랑하면서 우리가 만날 순 없어요."

민우 선배의 눈이 가늘게 떠졌다. 난 그 시선을 피했다. 이게 우리 차이였다. 단지 한 번의 눈빛만으로도 가슴이 철렁하고 내려앉는 나와 달리 내가 어떤 표정을 지어도 담담하게 날 볼 수 있는 이 사람.

내 쪽으로 기울어진 사랑의 저울을 느낀다. 비어버린 그 사람의 저울과 감당할 수 없을 만큼 꽉 찬 내 저울. 결국 저울은 고장 날 거고, 우린 한 번 더 이별을 맞이하게 될 거다. 한 번의 이별로 충분하다. 두 번은 싫다.

"정말 그만하고 싶어?"

"네."

"우리 헤어지는 건가?"

"……네. 모르던 사이처럼 지내요. 인사도 안 하는 사이가 되고 싶어요."

내 손으로 친구처럼 지낼 수 있는 기회마저 없애버림으로써 내가 할 수 있는 모든 기대를 죽여버렸다.

민우 선배의 손을 뿌리치자 그의 표정이 변했다. 단지 조금의 아쉬움과 씁쓸함만이 그의 얼굴에 남았다.

단지 이별이 섭섭한 이 사람은 모를 거다. 이별에 죽어버릴 것 같은 내 심정을. 나 홀로 맞이할 내일이 무서운 내 심정을 이 사람은 절대로 모를 거다.

이번 학기 마지막 수업을 듣기 위해 강의실에 들어가 자리에 앉았다. 이번 수업에 시험에 관한 정보를 들을 수 있기 때문에 집중해서 수업을 들어야 했다. 억지로 피곤한 눈을 부릅뜬 채 책을 펼쳤다. 그리고 막 펜을 잡기가 무섭게 등 뒤가 시끄러웠다.

"야, 쟤랑 민우 선배 헤어졌다며?"

"쉿. 목소리가 너무 크다. 그랬다더라. 지혜가 귀엽고 착하긴 한데 민우 선배랑은 아니었지."

이런 수군거림을 들은 지 일주일이 넘었다. 그나마 다행인 건 이번 수업을 마지막으로 다음 주는 기말고사고, 곧 방학이라는 거였다.

사람들이 수군거릴수록 담담한 척 굴었다. 학과 내에서 사귀고 헤어지는 일은 종종 있는 일이었고, 이런 수군거림은 학과 내에서 교제한 사람에겐 당연한 절차 중 하나였다. 그리고 모든 캠퍼스 커플이 그러하듯 언젠간 이 소문도 잠잠해질 거다. 내가 해야 할 일은 그날이 어서 오기를 인내하는 것뿐이었다.

문이 열리면서 민우 선배가 강의실 안으로 들어섰다. 사람들의 시선이 나와 문 열고 들어선 민우 선배를 향했다. 나는 자연스럽게 고개를 숙였다.

첫날 우리가 서로를 외면했을 땐 주변 사람들이 모두 경악했었다. 하지만 지금은 이게 당연한 그림처럼 고개를 끄덕일 뿐이었다.

달칵.

강의 5분 전, 주변이 시끄러워 고개를 들어 보니 준서 선배가 백 송이쯤 되어 보이는 장미꽃 다발을 들고 서 있었다. 준서 선배가 한곳을 보며 성큼성큼 걸었다. 그리고 서연이의 코앞에 준서 선배의 꽃다발이 놓여 있었다.

"서, 선배."

준서 선배가 서연이의 앞에 한쪽 무릎을 꿇었다. 주변에서 쏟아지던 수군거림마저 잦아들었다. 누구도 끼어들어서는 안 될 분위기가 조성되었다. 놀란 표정을 짓고 있는 서연이 앞에 준서 선배가 진지한 목소리로 말했다.

"나 너 좋아해. 3월 달부터 지금까지 쭉 좋아했어. 한 번도 포기한 적 없었어."

"서, 선배. 그렇지만 전⋯⋯."

서연이의 시선이 어느 한곳을 향했다. 민우 선배가 있는 쪽이었다.

"알아. 네가 무슨 생각 하는지. 다 아는데도 포기가 안 돼. 네가 좋아. 자꾸만 더 좋아져. 네가 누굴 좋아했든지 상관 안 해. 그걸 마음에 둘 거였으면 지금 이런 고백도 안 해. 사랑해. 서연아."

준서 선배의 손에 쥐어진 장미꽃다발이 가늘게 떨렸다. 준서 선배가 긴장한 모양이었다. 잠시 그 모습을 바라보며 고민하던 서연이는 웃음이 만연한 표정으로 장미꽃을 받아들었다. 활짝 웃는 서연이의 눈이 촉촉해졌다. 주변에서 친구들이 서연이의 등을 두들기며 축하해줬다.

짝짝짝.

박수는 산불 번지듯 번져 강의실 안에 있는 모든 사람이 치기 시작했다. 다들 환호하며 진심으로 축하해주었다. 오랜만에 서연이가 활짝 웃는 모습을 봤다. 준서 선배도 더할 나위 없이 기쁜 표정으로 서연이의 어깨를 가볍게 감싸 안았다. 내가 예상했던 대로 둘은 누구보다도 아름다운 커플의 모습을 하고 있었다.

주위의 축하를 받으며 서연이가 쑥스러운 표정으로 주변을 둘러보았다. 그러다 나와 눈이 마주쳤다. 축하한다는 말 대신 환하게 웃어줬다. 이내 서연이는 다른 친구들의 축하에 파묻혔고, 난 고개를 돌렸다.

늘 미안했었다. 서연이의 굳은 표정을 볼 때마다, 날 지나칠 때마다 흘러나오던 냉기를 느낄 때마다.

준서 선배 옆에서라면 서연이는 행복할 거다. 내 죄책감이 조금은 덜어지는 기분이었다. 서연이의 마음을 아프게 해서 내가 벌을 받는 모양이었다.

그러다 문득 느껴지는 시선에 돌아보니 누군가와 눈이 마주쳤다. 강의실에 있던 사람들이 모두 준서 선배와 서연이에게 쏠려 있을 때 나처럼 자리를 지키고 앉아 있는 민우 선배였다. 멀리 떨어져 있는 탓에 무슨 생각을 하고 있는 건지, 시선의 목표점은 내가 맞는지 알 수 없었다. 설령 민우 선배가 나를 보고 있었다고 한들 이젠 쓸모없는 일이다.

나는 서둘러 시선을 책상으로 돌렸다.

순식간에 기말고사가 시작되었다. 날을 새워서 공부하고 시험 치기를 반복하자 어느새 기말고사 기간마저도 끝이 나고 방학이 찾아왔다. 방학을 맞이하기가 무섭게 내가 가장 먼저 한 일은 엄마에게 전화하기였다.

"여보세요. 엄마."

굉장히 오랜만에 내가 먼저 전화를 걸자 엄마는 무슨 일 있는 게 아닌가 걱정 가득한 목소리로 물었다.

- 무슨 일이야!

"일은 무슨. 엄마. 나 다시 집에 들어갔으면 하는데."

- 집에? 등하교 어떻게 하려고? 여기서 학교까지 두세 시간이나 걸리잖아.

"어차피 계약기간 끝났으니까 방학 동안만 집에 있으려고. 방학 끝날 즈음에 다시 집을 구하면 되고. 굳이 몇 달 동안 월세 날릴 필요 없잖아."

대학과 집의 거리는 적어도 왕복 세 시간 정도 차를 타야 했기에 그 때문에 어쩔 수 없이 부모님이 자취를 허락했었다. 그땐 자유를 다 얻은 듯했는데, 지금은 집이 조금 그리웠다.

- 그거야 상관없지만은, 정말 아무 일 없어?

엄마의 목소리에 싸늘하게 식었던 마음에 온기가 번지는 듯했다. 나는 애써 아까보다 더 밝은 목소리로 말했다.

"당연하지! 괜찮아! 나야 늘 건강하고 좋았잖아! 혼자 살려고 하니까 귀찮은 게 너무 많아서! 짐은 이미 다 정리된 상태야. 가도 되지?"

- 그래. 언제쯤 오려고?

"이번 주 주말쯤 갈게."

- 그래? 그럼 그렇게 해!

엄마는 집으로 들어간다는 내 말에 반색했다. 엄마는 처음부터 원룸에 혼자 사는 걸 탐탁지 않게 여기셨고, 얼마 전까지 나 때문에 이곳으로 가족끼리 이사 올 계획까지 세웠었다. 물론 도시 중심가라 엄청난 집값 때문에 어쩔 수 없이 포기했지만.

띠리리리.

휴대전화의 벨소리가 울렸다. 간단히 짐을 꾸리던 나는 엄마가 다시 전화를 건 줄 알고 액정도 확인하지 않고 휴대전화를 귀에 가져다 댔다.

"여보세요?"

- 나야.

"누구……."

누구냐는 말을 끝맺지 못했다. 엄마일 거라고 생각했는데 예상 밖의 사람이었다.

- 내 목소리 기억 안 나? 섭섭하다.

조심스럽게 말을 꺼내는 목소리가 익숙했다. 잠시 떨떠름하게 서 있던 내가 조심스럽게 말을 꺼냈다.

"서……연이구나."

- 응.

"오랜만이네."

서연이가 먼저 전화할 거라 생각도 못한 터라 당황한 목소리를 숨기지

306

못했다. 어색한 침묵이 흘렀다. 예전에는 아무런 말 없이 있어도 편했는데, 지금은 어색했다. 전화를 끊은 건 아닌가 휴대전화를 확인하니 시간은 계속 흐르고 있었다.

내가 먼저 입을 열었다.

"준서 선배랑 사귀게 된 거, 진심으로 축하해. 진심으로 기뻤어."

- ……고마워.

"그리고, 그리고."

말을 하려는데 목이 메었다.

"……다시 한 번 미안해. 그땐 경황이 없어서 제대로 사과도 못 했다. 실은 여태껏 계속 미안하게 생각했어. 겁이 나서 너한테 사실대로 말하지 못했고. 중학교 때 일이 되풀이될까 봐 나도 모르게 겁났나 봐."

- 상관없어. 지난 일이니까.

담담하게 말하던 서연이가 말끝을 흐리더니 결심한 사람처럼 크게 심호흡을 했다.

- 나 너희 집 앞이야. 문 열어줄래?

가슴이 덜컥 내려앉았다. 당황해서 허둥대며 문으로 달려갔다.

"어? 어. 잠시만."

휴대전화를 들고서 떨리는 손으로 문을 열었다. 열린 문틈으로 거짓말처럼 서연이의 모습이 보였다. 멍한 얼굴로 서연이의 이름을 불렀다.

"서연아."

"반가워?"

준서 선배와 함께 신나게 데이트를 해야 할 아이가 우리 집 앞에 와서는 마치 아무 일 없었던 사람처럼 말갛게 웃고 있었다.

내가 몸을 틀자 집 안으로 들어선 서연이가 자연스럽게 방 중간에 앉아 검은 봉지 안에 담겨 있던 아이스크림을 꺼냈다.

"너 아이스크림 좋아하잖아. 먹자. 밖에서 오래 고민하느라 죽처럼 됐을지도 몰라. 여기 오기까지가 왜 이렇게 힘드니?"

일회용 하얀색 숟가락을 내미는 서연이의 손을 멍하게 쳐다봤다. 서연이는 생긋 웃으며 입만 뻥긋거리는 내게 말을 건넸다.

"우리 할 이야기 많잖아."

"서……연아."

"나, 너 좀 미워."

미워해도 할 말 없었다. 서연이는 눈을 가늘게 떠 날 보며 말했다.

"……안 좋은 일 있었을 때 내 생각 안 났어? 힘들다고 올 곳 필요하지 않았어? 난 너 올 줄 알고 며칠을 기다렸는데. 내가 아무리 민우 선배 좋아했어도, 너만큼 좋아했겠니?"

꿈에서 이 모습을 봤다. 서연이가 아무렇지도 않게 웃으며 내게 오는 그런 꿈. 방 중간에 우뚝 서서 서연이를 쳐다보는데 믿겨지지 않았다. 마치 그 꿈을 다시 꾸는 것 같았다.

코끝이 찡해지면서 눈시울이 붉어졌다. 서연이를 보면 이따금씩 중학교 때의 상처가 다시 되살아나곤 했다. 그래서 준서 선배가 서연이를 좋아한다는 걸 알게 됐을 때 또다시 악몽이 반복되어서 힘들었다. 서연이에게서 도망치고 싶다는 생각도 했었다. 그러면서도 서연이를 곁에서 떼어내지 못했다. 부러웠던 적보다 좋았던 적이 많았다. 함께 밥을 먹고, 이야기를 하고, 전화 통화 하는 걸 좋아했다. 어리석은 나는 그걸 너무도 뒤늦게 깨달았다.

"왜 울어. 지혜야. 울지 마."

날 달래는 서연이의 눈가에서 눈물이 투둑 하고 떨어졌다.

서연이는 날 작게 만드는 사람이 아니라, 날 빛나게 하는 사람이었다. 이걸 난 이제야 깨달았다.

"……미안해. 서연아. 속여서……. 미안해. 말 못 해서 미안해."

입가가 바들바들 떨렸다. 손등으로 얼굴을 가렸다. 눈물이 새어나가고, 울음소리가 입가에서 새어나갔다. 참을 수 없는 감정이 온몸에 꽉 들어차서 어떤 말로 이 감정을 표현해야 할지 답이 서질 않았다.

"사과 받으러 온 거 아니야. 사과하러 온 거지. 내가 더 미안해. 화가 나 있는 동안 널 미워해서 미안해."

"내가 먼저 사과하러 찾아갔어야 했는데……."

"아냐. 네가 힘든 시간 보내고 있는 거 아는데 선뜻 찾아오지 못해서 미안해. 네 축하를 너무 받고 싶었고, 널 가장 많이 위로할 수 있는 힘이 되고 싶었어."

"미안해."

"……정말 미안해."

서로에게 끊임없이 미안하다 말했다. 이렇게 돼서 저렇게 된 거다, 라는 인과관계를 설명할 필요 없었다. 이 순간 서로에게 너무나도 미안하다는 것, 그래서 같은 감정으로, 같은 표정으로 마주하고 있다는 것만 중요했다.

결국 서연이는 내 눈물, 내 사과, 내 허물을 다 받아줄 수 있는 내 친구였다.

여름방학이 시작된 지 사흘 후, 이사 가는 날이었다. 유난히 햇살이 따스하고 바람이 좋은 날이었다.

"아가씨, 이거 끌고 나가면 되죠?"

인부들이 마지막으로 남은 짐 박스를 가리키며 물었다.

"네."

나는 대답을 하며 맞은편 집의 문을 보았다. 오늘 이른 아침 민우 선배가 나가는 소리를 들었으니 맞은편 집에는 아무도 없을 거다.

"아가씨, 이거 베란다 구석에 들어가 있던데?"

땀을 뻘뻘 흘리던 인부 아저씨가 불쑥 뭔가를 내밀었다. 받아들어 보니 먼지가 잔뜩 엉킨 종이쪽지였다. 부산히 움직이는 아저씨들을 피해 계단으로 올라서서 쪽지를 확인했다.

 : 자냐? 그냥 생각나서 던져본다.

휴지를 주고받던 것처럼 우린 이따금씩 종이쪽지를 주고받곤 했다. 깊은 새벽 상대방이 자는 것 같아 전화를 걸지 못하는 시각, 우리는 베란다에 종이쪽지를 던져놓곤 했다.

이 쪽지는 미처 발견하지 못한 쪽지였다. 손끝이 싸해졌다.

그 사람과 내가 이랬던 적이 있었구나. 아주 먼 과거의 조각을 본 것 같다.

한참이나 보고 있던 종이쪽지를 쓰레기통에 버렸다. 챙겨 가면 미련이 남아 몇 번이고 펴볼 것 같아 두려웠다.

"아가씨, 짐 다 실었어! 갑시다!"

"네, 가요."

계단을 내려가며 한 번 돌아봤다. 우리 공간이었다. 두 집을 한 집처럼 오갔다. 벽, 천장, 바닥, 싱크대, 침대, 책상, 컴퓨터, 젓가락, 숟가락, 뭐 하나 빠질 것 없을 만큼 우리의 추억이 아로새겨진 곳이었다.

이 공간을 떠나면 추억에게서도 멀어질 수 있을까.

추억에서 멀어지면 그 사람에게서도 멀어질 수 있을까.

나는 집을 떠나는 지금 이 순간까지도 확신할 수 없었다.

본가로 돌아와 가장 먼저 한 일은 짐정리였다. 점심까지 거르고서 한참이나 했건만, 겨우 잠만 잘 수 있을 정도로 정리정돈 했다. 남은 짐들은 차근차근 풀기로 하고는 침대에 걸터앉았다. 깔끔한 엄마 성격 덕분에 침대는 새것처럼 뽀송뽀송했다.

띠리리리리.

막 잠이 들려는 찰나 휴대전화가 시끄럽게 울려댔다. 액정을 보니 서연이 이름이 반짝였다.

"여보세요?"

- 지혜야! 어쩌지? 나 어떻게 해야 하는 거지?

우왕좌왕하며 울먹거리는 서연이의 목소리에서 다급함이 느껴져 나도 모르게 침대에서 벌떡 일어났다.

"응? 뭐가? 왜 그래? 무슨 일이야?"

- 준서 오빠가 교통사고 났대! 어쩌지?

"뭐? 지금 어느 병원인데? 금방 갈게!"

서연이는 이미 병원에 도착한 건지 응급실의 시끄러운 소리가 들렸다. 버스로 한 시간 반 정도 떨어진 거리에 자리한 큰 병원이었다. 나는 서둘러 지갑을 챙겨 뛰어갔다.

부랴부랴 병원에 도착해 황급히 응급실에 뛰어 들어가니 피가 흐르는 사람들이 곳곳에서 보였다. 덜컥 겁이 났다.

"지혜야!"

날 부르는 소리에 코너 구석을 쳐다보니 서연이가 손을 흔들어 보였다. 그 곁에는 허벅지에 대충 붕대를 말아놓은 준서 선배가 보였다. 급한 마음에 숨도 못 고른 채 준서 선배를 훑었다.

"괜찮아요? 얼마만큼 다친 거래요? 생명에는 지장 없대요?"

"허벅지가 찢어졌대."

아직 눈물이 다 마르지 못한 서연이가 한시름 덜었다는 표정으로 말했다.

"허벅지? 왜?"

"자전거 타다가 잘못 굴렀대."

"근육이나 다른 건 손상된 거 없고?"

"응. 근데 조금만 잘못 그어졌어도 큰일 날 뻔했대."

"하, 다행이다."

놀란 가슴을 쓸어내리며 의자 위에 주저앉았다.

"괜한 걱정 끼쳐서 미안하네."

준서 선배가 민망하다는 듯 머리를 긁적이며 웃었다. 나는 괜찮으니 걱정 말라는 뜻에서 손을 내저었다. 서연이를 달래주며 준서 선배와 이런저런 이야기를 하고 있는데 우리 곁으로 누군가가 다가왔다. 의사거나 간호사일 거라고 생각하고 고개를 들었다가 멈칫했다. 캔 음료수를 세 개를 손에 쥔 민우 선배였다.

민우 선배가 놀란 표정으로 날 쳐다봤다. 나 역시 놀란 표정을 숨길 겨를이 없었다. 그제야 서연이와 준서 선배도 아차, 하는 표정을 지었다. 민우 선배는 금세 놀란 표정을 숨기고 준서 선배에게 음료수를 내밀었다.

"넌 뭐 하다 왔어?"

분위기 전환을 하려는 듯 서연이가 급하게 내게 물어 왔다.

"이삿짐 정리하다가 왔어. 집에 들어갔거든."

툭!

그때 응급실을 울리는 날카로운 소리에 사람들의 시선이 한곳으로 쏠렸다.

"미안. 손이 미끄러졌어."

민우 선배는 바닥에 떨어진 음료수를 주워들며 흘깃 날 쳐다봤다. 민우 선배는 아직까지 내가 이사 간 걸 모르고 있던 듯했다.

짠 것처럼 우리 넷은 아무 말하지 않았다. 서연이와 준서 선배는 서로 눈치 보기에 바빴다. 시끄러운 응급실 소리가 아니었다면 숨 막히는 침묵 속에서 넷 다 질식사 했을지도 모를 일이었다.

"나 담배 좀."

민우 선배가 음료수 캔을 준서 선배에게 떠맡기고 돌아섰다. 민우 선배가 담배를 피우는 줄 몰랐다. 민우 선배가 나간 후 준서 선배와 서연이가 짠 듯이 날 쳐다봤다.

"정말 집에 들어갔어?"

"응. 이제 집에서 살 거야. 혼자 원룸에서 사니까 돈이 너무 많이 들어서."

"학교 오는 데 시간 엄청 걸리겠다. 너 휴대전화 번호도 바꿨잖아."

"응. 장난 전화가 많이 와서."

내가 싱긋 웃었지만 두 사람 다 내 말을 믿지 않는 얼굴이었다. 민우 선배에게 미련을 갖지 않도록 주변을 차근차근 정리하는 중이라는 걸 두 사람은 말하지 않아도 잘 아는 듯했다. 안정이 된 두 사람에게 집에 가겠다고 말한 후 병원 밖으로 나왔다.

날씨가 후덥지근했다. 아직 6월밖에 되지 않았는데 바닥에서 열 기둥이 솟아오르는 듯했다. 느리게 밖으로 나가니 입구에 익숙한 사람이 보였다.

담배를 다 피웠는지, 아니면 피우지 않았는지 빈손으로 응급실 문 앞에 서 있는 민우 선배였다.

날 향한 시선이 느껴졌다. 굳이 시선을 피하지 않았지만, 멈춰 서지도 않았다. 민우 선배를 천천히 스쳐지나갔다. 민우 오빠는 내게 말을 걸지도, 붙잡지도 않은 채 바라보기만 했다. 서로 보는 것이 할 수 있는 일의 전부인 양 바라보다가 미련 없이 서로에게서 시선이 떨어졌다.

그 사람을 등지고 쏟아지는 햇살 사이를 걸었다.

그리고 깨달았다.

우리, 정말 헤어졌구나.

    선풍기로 해결되지 않는 8월 땡볕 더위가 찾아왔다. 선풍기를 약풍으로 틀어놓았으나 조금만 움직여도 땀이 흘러 내렸다. 차라리 비라도 왔으면 하는 마음에 창밖을 내다봤다가 빛줄기에 눈이 부셔 냉큼 커튼을 쳤다.

    "알바 안 가?"

    "조금만 쉬다가."

    "그러다 또 늦겠다!"

    노크도 없이 벌컥 문을 열어젖힌 엄마가 알바 시간 늦겠다며 연신 재촉을 해댔다. 아르바이트를 하는 건 나인데, 마음 급한 건 엄마였다.

    집에 온 얼마간은 자취한 딸을 가엾게 여기더니 이제는 방학도 됐는데 왜 돈을 벌 생각을 하지 않느냐며 닦달하기 시작했다. 역시 집은 가끔 와야 사랑받을 수 있는 곳이었다.

    바닥에 누워 한참을 빈둥거리다 겨우 등을 떼고 일어났다. 엄마의 잔소리를 연거푸 들으며 준비를 한 후에 현관 앞에 섰다.

    "다녀오겠습니다!"

"다녀와라!"

집 밖으로 나오자 역시나 예상했던 것만큼 살인적인 더위를 자랑하고 있었다. 본가에서 도보로 5분 정도 떨어진 곳의 편의점으로 가는 길이 다섯 시간처럼 느껴졌다. 힘겹게 참고서 도착한 편의점은 시베리아가 아닐까 싶을 정도로 시원했다.

날 발견한 점장님이 반갑게 인사를 건넸다.

"오늘은 일찍 왔구나."

"네."

"많이 덥지?"

"이러다 일사병으로 다 죽겠어요."

"녀석, 말하는 거 하고는."

사장 아저씨가 앞치마를 넘겨주며 내 말에 너털웃음을 지었다. 아저씨가 나간 후 계산대 앞에 서기가 무섭게 에어컨 찬바람이 내 몸을 감쌌다. 나를 누르고 있던 더위가 한 방에 해소되는 걸 느끼며 환하게 웃었다.

역시 이 맛에 편의점 아르바이트를 하는구나.

5분 정도 더위를 식힌 후 한산한 편의점 안을 둘러봤다. 아직까지 내 손을 필요로 하는 곳은 없었다. 편의점 한 귀퉁이에 마련된 의자에 앉아 휴대전화를 만지작댔다. 이렇게 살인적으로 더운 날에는 손님이 없었다. 지나가던 사람이 더위나 식히러 음료수를 사러 오는 것을 제외한다면 말이다. 시급은 짜도 시원하고 자유롭다는 점에서 편의점 아르바이트를 관둘 수 없었다.

게다가 이곳은 학교와도 거리가 멀어서 아는 사람을 만날 일이 거의 없었다. 혹시나 우연처럼 만날지도 몰라, 하는 터무니없는 기대감조차도 가질 수 없었다. 그것만으로도 내게 이 편의점은 천국 같은 곳이었다.

딩동.

문 열리는 소리에 황급히 휴대전화를 주머니에 넣으며 계산대에 가서 섰다.

"어서 오세요."

투둑 하고 물 떨어지는 소리가 들렸다. 여자 하나가 흠뻑 젖은 두 팔을 벌린 채 난감하다는 표정으로 서 있었다. 등 뒤를 돌아보니 어느새 투명한 유리창이 빗물로 가득했다.

"세상에나."

아까까지만 해도 세상을 태울 듯이 뜨겁던 태양은 오간 데 없고 압축한 솜처럼 두툼한 먹구름이 장대비를 쏟아 붓고 있었다. 편의점에 들어와 우산을 구매한 여자 손님이 나가기가 무섭게 휴대전화 벨소리가 울렸다. 아니나 다를까 '비 온다. 어쩌니.'라는 걱정이 담긴 엄마의 문자였다. 후 하고 한숨을 내쉬며 답장을 찍었다.

- 괜찮아. 우산 하나 사 갈게. -

가장 싼 우산 바코드를 찍은 후 우산 값을 지불하고 있는데, 딩동 하고 벨소리가 울렸다.

"어서 오세요."

이번 손님 역시 비에 흠뻑 젖어 있었다. 한 걸음 내딛을 때마다 먹구름이 비를 쏟아내는 것처럼 많은 양의 빗물이 몸에서 떨어져 내렸다. 내가 놀란 건 그의 젖은 몸 때문도, 조금 긴 듯한 앞머리에서 쏟아지는 빗물 탓도 아니었다.

크게 뜬 눈, 날렵하게 뻗은 콧날, 놀란 표정, 멈춰버린 행동, 말을 채 잇지 못하는 불그스름한 입술이 익숙한 사람의 것이었다.

"찾으시는 거 있으세요?"

나도 모르게 고개를 비스듬히 숙여 민우 선배의 시선을 피했다.

"더 원 하나."

잊은 줄 알았던 목소리가 들리자 나도 모르게 흠칫했다. 그러나 태연한 척 뒤돌아서서 더 원을 찾았다. 늘 보이던 담배가 오늘따라 쉽게 보이지 않았다.

"오른쪽 두 번째."

낮은 목소리가 말하기가 무섭게 더 원이 눈에 들어왔다. 담배를 챙겨 돌아서자 그 사람이 달라는 듯 손을 내밀고 있었다. 그 사람 손바닥 대신 계산대 위에 담배를 올려두었다.

"이천 칠백 원입니다."

무안하게 손을 거둔 사람이 만 원짜리 지폐를 꺼냈다. 거스름돈을 꺼내는 동안 그 사람 시선이 내게 향하는 게 느껴졌다. 아무렇지 않은 척 거스름돈을 계산대 위에 올려놓자 그 사람이 느리게 담배와 거스름돈을 챙겨 넣었다. 그러고도 땅에 발이 붙어버린 사람처럼 쉽사리 움직이지 못했다.

"감사합니다. 다, 안녕히 가세요."

버릇처럼 다음에 또 오세요 라는 말을 하려는 걸 얼른 고쳤다. 잠시 날 물끄러미 바라보던 그 사람이 뒤돌아섰다. 그 사람이 완전히 편의점 밖으로 나갔다는 걸 확인하고서야 참아왔던 숨을 후 하고 불어냈다.

언젠가 살다 보면 우연처럼 마주칠 날도 오겠다, 라고 생각은 했지만 이렇게 빨리 마주칠 거라고는 생각도 못 했다. 더군다나 절대로 마주칠 일이 없다고 생각한 이 동네에서.

이제 그 사람이 내가 여기서 일하는 걸 알게 되었으니 이곳에서 다시 마주칠 일은 없을 거라는 생각이 들었다. 그 사람은 이제 여기에 오지 않을 테니까.

혹시 다음에 우연히 만나게 된다면, 제발 다음 만남은 내 마음이 담담해진 후이길 간절히 바랐다.

편의점에 빈 물품을 채워 넣고 계산대에 서자 초침 소리가 크게 들렸다. 힐끔 시계를 올려보니 오후 5시가 되어 가고 있었다. 오후 4시부터 10시까지 하는 편의점 아르바이트는 내게 천국이었다. 딱 5분만 빼고 말이다.

"더 원 하나."

오후 5시가 되자 그 사람이 들어왔다. 다시는 오지 않을 줄 알았는데 하루에 한 번씩 이곳에 들러 담배를 사 갔다. 이젠 돌아보지 않아도 더 원이 어디 있는지 알 정도였다. 더 원을 꺼내 내밀었다. 그리고 그 사람은 언제나 그랬던 것처럼 만 원짜리를 내밀었다. 지갑에 들어 있던 천 원짜리들을 무시하고 말이다.

거스름돈을 꺼내는데 그 사람의 시선이 느껴졌다. 비를 피해 뛰어오던 날 이후로 이 사람은 하루도 쉬지 않고 꼬박꼬박 이곳에 들렀다. 그렇다고 우리가 대화를 나누는 것도, 시선을 마주하는 것도 아니었다. '어서 오세요.', '더 원 하나.', '감사합니다.' 그리고 "다음에 또 오세요.'가 아닌 '안녕히 가세요.'라는 그저 그런 말만 주고받을 뿐이었다.

거스름돈을 내밀며 일주일 만에 처음으로 그 사람을 정면으로 쳐다봤다.

대체 이 사람은 무슨 생각인 걸까. 그러나 그 사람의 깊은 눈동자엔 어떤 뜻도 담겨 있지 않았다. 그 사람은 오늘도 느리게 거스름돈과 담배를 챙겨 넣고는 아무 말 없이 돌아서서 편의점 밖으로 나갔다.

이곳은 학교와 꽤 거리가 먼 곳이었다. 이곳까지 그가 어떻게 오게 된 건지, 그가 어쩌다가 이곳을 매일매일 오게 된 건지 궁금하지만 물을 수가 없었다. 아무렇지 않게 그런 물음을 주고받을 만큼 아직 내 마음이 성치 못했다.

더위가 한풀 꺾인 7시가 돼서야 사람들이 제법 몰려들어 왔다.

"팔천 원입니다."

거스름돈을 꺼내주며 힐끔 돌아보니 뒤에 다섯 사람이 밀려 있었다. 아이스크림을 잔뜩 산 사람이 계산대에 섰다. 바코드로 아이스크림을 찍고 있는 사이 딩동 하고 문 열리는 소리가 들렸다.

"어서 오세요!"

인사를 하면서 아이스크림을 모두 계산하고 뒤에 있던 다른 손님의 물건을 계산했다.

"감사합니다! 다음에 또 오세요!"

몇 사람쯤 계산했을까 누군가가 계산대 앞에 섰다. 물건을 올려놓지 않고서 멀뚱히 서 있었다. 으레 담배를 찾는 손님이겠거니 하며 물었다.

"뭘 드릴까요?"

"더 원 하나."

익숙한 목소리에 계산대에 돈을 정리하고 있던 손이 멈칫했다. 계산대 끝을 잡고 선 긴 손가락이 보였다. 고개를 들어 보니 그 사람이 서 있었다. 분명 아까 5시에 한 번 왔다 갔는데? 7시가 다 되어가는 시간에 이 사람이 여기 온 건 처음이었다. 한참 시끄럽던 편의점에는 썰물처럼 손님들이 빠져나가고 마치 이 순간을 기다린 것처럼 그 사람만 덩그러니 서 있었다.

더 원을 꺼내려 손을 뻗었는데 아무것도 닿지 않아 돌아보니 텅 비어 있었다. 더 원 통에 담겨 있어야 할 담배가 하나도 남아 있지 않았다.

"죄송한데, 담배가 없네요."

"그럼 아무거나 줘."

더 원 옆에 있던 던힐을 내밀었다. 그 사람은 군말 없이 담배를 챙겼고 이번에도 만 원짜리를 내밀었다. 거스름돈을 내밀었다. 이번에도 느리게 잔돈을 챙겨 넣은 그 사람은 담배를 하나 꺼내 물고 편의점 밖으로 유유히 나갔다.

"감사합니다. 안녕히 가세요."

뒤늦은 인사가 빈 편의점 안에 퍼졌다.

언젠가 하루에 한 번 오던 사람이, 하루에 두 번 오기 시작했고, 이틀 전부터는 하루에 세 번 오기 시작했다. 찾는 물건이 담배라는 건 같았다. 그사이에 담배를 홀로 다 피우는 건지, 아니면 주변 사람들이랑 나눠 피우는지 알 수 없었지만 오후 5시부터 두 시간 간격으로 편의점 안에 들어섰다. 흔한 인사도 나누지 않고서 담배와 돈만 주거니 받거니 했다.

우습게도 이젠 습관이 들어 그가 오지 않으면 이상할 것 같다는 생각이 들었다. 그럼 안 되는데, 그 생각을 하는 찰나 딩동 소리와 함께 문이 열리며 그 사람이 들어왔다. 어제 사 간 그 많은 담배는 다 피웠는지 계산대에 서서 낮은 목소리로 더 원 하나를 주문했다. 그리고 그날 9시가 되어서 그 사람이 찾아왔다.

"더 원 하나."

"다 판매되었어요."

"그럼 아무거나."

전처럼 몸을 돌려세우지 않았다. 다른 담배 케이스에서 담배를 꺼내는 대신 사탕 통에 담겨 있던 막대사탕을 꺼내 스윽 내밀었다. 무슨 용기였는지 알 수 없지만 이렇게 담배를 피워대다간 이 사람 폐가 없어질지도 모른다는 생각이 들었다. 만약 운이 없어 이 사람의 폐에 문제가 생긴다면 난 담배를 판 죄로 죄책감에 시달릴지도 모를 일이었다.

이렇게 날 합리화했지만, 사실 그 사람 건강이 신경 쓰였다.

"아무거나 달라고 하셨잖아요."

계산대에 놓은 사탕을 물끄러미 내려다보는 그 사람에게 말했다.

"아무 담배나 달라고 한 소리였어."

"담배……, 몸에 해로워요."

그 사람은 아무 대답 없었다. 대신 계산대에 놓인 막대사탕을 집어 들었다. 그리고 만 원짜리를 내미는 대신 지갑에서 천 원짜리를 꺼내 내밀었다. 거스름돈을 받고서 나가는 그 사람을 보았다.

저 사람은 담배가 아니라도 상관없던 걸까. 입을 달랠 뭔가가 있었으면 됐던 걸까.

한참 생각에 빠져 있다 보니 어느새 오후 10시였다. 시계를 보고 있던 차에 야간 아르바이트를 하는 지훈이 허겁지겁 들어섰다.

"누나! 안 늦었죠?"

"응. 안 늦었어."

"다행이네요! 아, 더워."

지훈이 의자에 늘어져 앉으며 더운 숨을 뱉어냈다. 나는 그런 지훈에게 차가운 물병을 내밀었다.

"자."

"역시. 우리 누나, 센스 좀 봐. 고마워요."

지훈이 싱긋 웃었다. 지훈은 처음 편의점 아르바이트를 시작한 내게 일하는 방법을 가르쳐준 아이로, 친절하고 똘망똘망한 이미지의 남동생이었다. 특히 달처럼 동그란 헤어스타일에 동그란 눈은 어린 소년처럼 귀여운 느낌을 자아냈다. 보는 것만으로도 저절로 흐뭇하게 미소가 피어올랐다.

시계를 보자 어느새 퇴근시간을 조금 넘겼다.

"지훈아, 누나랑 같이 병 좀 내놓자. 혼자 들기는 무거워서."

"네!"

지훈이는 귀찮은 내색 없이 자리에서 벌떡 일어났다. 이런 모습마저도 동생처럼 귀엽다. 지훈이와 나는 박스의 양옆을 들고 나와 박스 쌓아두는 곳에 챙겨두었다. 고작 두 박스 옮겼을 뿐인데 어깨가 아팠다.

"으으. 끝났다."

길게 기지개를 켜자 지훈이가 불쑥 내게 얼굴을 들이밀었다.

"아, 깜짝이야. 왜 이래?"

"누나. 뭐 묻었어요."

내가 묻자 지훈이가 머리에 묻은 실오라기를 떼어줬다.

"고마워."

"누나 생긴 거랑 다르게 칠칠맞네요?"

"내가 생긴 건 좀 똑 부러지지?"

"전 그렇다고 말 안 했어요."

지훈이가 큭큭대며 웃었다. 티 없이 맑은 웃음에 나도 덩달아 웃음이 새어나왔다.

"누나."

"왜 자꾸 불러대."

"누나는 애인 없어요?"

"없는데. 왜?"

"소개팅 하실래요?"

"좋은 사람 있어?"

"네."

"누구?"

"저요."

지훈이의 당돌한 대답에 픽 웃음이 나왔다.

"고백을 이런 장소에서 하다니 무드 없다, 너."

"그러지 마요. 제 딴에는 지금 심각하게 이야기하는 거라고요."

"나랑 왜 만나고 싶은데?"

"누나랑 있으면 즐겁고, 편안해요. 심각한 일도 아무것도 아닌 게 되고 요."

지훈이의 말에 쓸쓸한 웃음이 흘러나왔다. 그 사람도 그랬다. 나와 함께 있으면 편안해서 좋다고.

나는 지훈이의 어깨를 툭 쳤다.

"미안. 누나는 편안한 사랑 말고 절절한 사랑 해보고 싶어서, 패스."

"에이. 누나."

"그래. 네 누나 여기 있어. 누나로 만족해라."

내 대답에 지훈이는 아랫 술을 삐쭉거리며 한숨을 푹 내쉬었다. 그러다 지훈이 어딘가를 보더니 인상을 확 찌푸렸다.

"왜? 뭐 있어?"

지훈이 따라 돌아서다 멈칫했다. 누군가가 벽에 삐딱하게 기대서서 담배를 물고 있었다.

"누나, 좀 있다가 갈래요? 아니면 내가 데려다줄까요?"

324

한껏 경계한 표정을 지은 지훈이는 그 사람을 나쁜 사람으로 본 모양이었다.

"아는……, 사람이야."

"아, 누나 기다린 거예요?"

"그건 잘 모르겠네."

"뭐예요? 그게?"

"먼저 들어가. 괜찮으니까."

억지로 웃으며 지훈이를 편의점 안으로 들여보냈다. 편의점으로 가는 내내 지훈이는 뒤돌아서서 나와 그 사람을 번갈아보았다.

그 사람이 서 있던 자리에 아까까지만 해도 없던 빨간 불빛이 생겼다. 방금 담배에 불을 붙인 모양이었다.

"여기서 뭐 해요?"

모르는 척 지나치려다 그 사람 앞에 멈춰 섰다. 편의점 불빛이 제대로 닿지 않는 꺾인 코너였다. 그 사람은 내가 다가서자 장초를 발로 비벼 껐다. 어렴풋이 보이는 그 사람의 얼굴이 날 향하는 게 느껴졌다. 그 사람은 내 질문에 한참 만에 답했다.

"널 기다렸어."

민우 선배의 갈라진 목소리에 가슴이 철렁 내려앉았다. 그러나 주먹을 꽉 쥐고서 무표정하게 물었다.

"날 왜요?"

"그냥."

민우 선배의 대책 없는 대답에 쓴웃음이 나왔다. 그냥이라는 말만큼 무책임한 대답이 어디 있을까.

"이 근처에서 일해요? 그래서 여기 담배 사러 오는 거예요?"

"어. 이 근처에서 일해."

"그래요? 그랬구나."

난 혹시나 했다. 그러나 편의점에 오는 이유가 내가 아니라는 게 확실해지자 아까보다 마음이 편해졌다. 이제 혹시나, 하는 미련에 사로잡혀 있을 필요가 없어졌다.

키 큰 민우 선배가 날 지그시 내려다봤다. 불빛이 없어 그 사람이 무슨 표정인지 제대로 볼 수 없었다. 늘 그렇듯 무표정한 얼굴일 거다. 잠시 고민하다가 말을 꺼냈다.

"내일이나 모레면 나 없을 거예요. 일 그만두거든요. 다음 알바생한테 근처에 단골 있으니까 더 원 챙겨놓으라고 할게요. 앞으로 담배 비는 일 없을 거예요. 그럼 가볼게요."

간단히 인사한 후 돌아서던 찰나 힘 빠진 목소리가 내 발을 잡아챘다.

"정말 담배 때문에 여기 오는 거 같냐?"

멈칫했다.

"골초도 아니고, 하루에 세 갑이 가능할 거라고 생각하냐?"

"……그럼요?"

"……보고 싶으니까."

"…….”

"보고 싶은 게 자꾸 커지니까."

아랫입술을 꽉 깨물었다. 다트 판에 다트가 꽂히듯이 한숨 섞인 그 사람 목소리가 가슴에 팍 하고 내리꽂혔다. 코끝이 찡해지면서 눈으로 열기가 몰려온다 싶더니 눈앞이 서리 찬 것처럼 뿌옇게 변했다.

"……여태껏 그런 말 한 적 없잖아요."

"날 보기만 해도 굳어버리는 너한테 내가 무슨 말을 해."

"……."

"내 손 닿는 것조차 싫어하는데."

"……."

"내가 어떻게 다가가."

힘이 다 빠지고 간절함만 싣고 오는 그 사람 목소리에 하마터면 주저 앉을 뻔했다. 세 걸음 뒤에 서 있는 그 사람의 얼굴이 보고 싶었다. 하지만 날 사랑하는 건 아니라는 그 사람의 말이 잊히지 않아 뒤돌아서려는 나를 스스로 붙잡아 세웠다.

"……그때도 말했잖아요. 나 상처받기 싫어요. 선배 옆에 있으면 난 아마 상처만 받을 거예요. 되풀이할 수 없어요."

수십 번도 더 돌아보고 싶은 마음을 누르며 집 쪽으로 걸었다. 더 사랑하는 쪽이 약자라면, 난 패자다. 나만 사랑하는 사랑은 더 이상 하고 싶지 않다. 다가서려는 민우 오빠를 밀어낸 건 덜 상처받기 위한 잘한 선택이었다고 생각하고 나를 달랬다.

돌아선 순간 숨이 턱 막힐 정도의 후끈한 바람이 몰아쳤다.

하지만 꽁꽁 얼어붙은 차가운 마음까지는 데울 수 없었다.

여름방학의 끝을 일주일 정도 앞둔 날이었다. 그 때문에 개강 준비를 하는지 그 사람은 내가 마지막 일하는 날 5시가 돼서도 나타나지 않았다. 완전히 끝났다고 생각하면서도 그 사람이 오던 시간이 되면 습관적으로 긴장했다. 5시가 지나고 7시가 되었지만 그 사람은 올 기미가 보이지 않았다. 다행이라 생각하면서도 온몸에 힘이 쫙 빠졌다.

휴대전화가 윙 하고 울렸다. 열어보니 서연이에게서 생일 축하한다는 문자가 와 있었다. 이어 여기저기서 생일 축하한다는 친구들의 문자가 쇄도했다. 고맙다고 답장을 한 후 휴대전화를 만지작댈 때였다.

딩동.

벨이 울렸다.

"어서 오세요!"

너무나도 심심했기에, 손님이 무척 반가웠다. 하지만 반가움도 잠시였다. 그 사람이 문을 밀고 들어왔다. 계산대 앞에 선 그 사람에게 버릇처럼 더 원을 꺼내 내밀었다. 그러나 그 사람의 손이 청바지 주머니에서 나올 생각을 하지 않았다. 물끄러미 올려다보자 그 사람이 고개를 가로저었다.

"담배 끊으려고. 누가 몸에 해롭다고 해서."

옅게 웃은 그 사람은 사탕 통에서 막대사탕을 꺼내 내밀었다.

"이걸로 할게."

"200원입니다."

"사줘."

"네?"

"사달라고."

어이없다는 표정으로 그 사람을 올려다봤다. 그러자 날 보고 살짝 미소 짓던 그 사람의 손이 바지 주머니에서 나왔다. 내 앞으로 무언가를 슥 내밀었다.

"대신 이거 줄게."

"뭐예요?"

"니 거야."

테이블에 놓인 갈색 케이스를 열었다. 케이스 안에 반짝거리는 반지가 담겨 있었다. 당황한 표정으로 올려다보자 민우 선배가 자신의 왼쪽 손을 들어 보였다. 네 번째 손가락에 케이스에 담긴 반지와 똑같은 모양의 반지가 끼워져 있었다.

"이게 무슨……."

당황한 표정이 역력한 날 보며 민우 선배가 작게 웃어 보였다.

"이거 주려고 일하러 다녔어. 제대로 고백하려고."

반지를 낀 민우 선배의 손이 거칠게 상해 있었다. 여전히 표정을 풀지 못하는 나를 보며 민우 선배가 말을 이었다.

"그래도 보고 싶어서 매일 담배 사러 여기 왔었어. 일할 때는 괴로워서 담배 피우거든. 그래봐야 하루에 세 개비뿐이지만."

민우 선배는 케이스 안에 들어 있던 반지를 빼 내 손에 넣어주며 말했다.

"딱 맞네."

나의 왼손에서 빛나는 반지를 바라보았다. 그러다 아차, 하는 생각에 황급히 고개를 들어 말을 꺼냈다.

"선배, 나."

"사랑해."

애써 찾은 이성을 혼탁하게 하는 말. 절대 듣지 못할 거라 생각했던 말이 그 사람 입 밖으로 나왔다. 믿기지 않는 표정으로 올려다보는 나를 따뜻한 시선으로 바라보던 민우 선배가 말했다.

"언젠가부터 널 사랑하고 있었어. 자각하지 못한 것뿐이야. 보고 싶고, 늘 옆에 있고, 네가 웃는 모습이 보고 싶은 게, 그게 편해서 그런 줄 알았어. 가끔 설레는 것도 널 그냥 좋아하기 때문인 줄 알았어."

"……."

"근데 그게 사랑인 거 같아. 아니, 내가 널 사랑해."

"……."

"사랑하면 받는다는 상처, 이제 나도 받을 수 있으니까 받아줘."

생각지도 못한 고백. 상상에서나 꿈꿀 수 있었던 이야기. 민우 선배는 긴장을 숨기지 못한 채 날 바라보고 있었다. 나는 멍하게 민우 선배의 얼굴만 바라보았다. 아직도 내가 제대로 들은 게 맞는지 의심스러웠다. 그러나 진실로 거절을 두려워하는 그 사람의 표정을 보고 나서야, 내가 보고 있는 이 풍경이 사실임을 깨달았다.

민우 선배와 헤어진 후 웃어도 늘 무겁던 입술 끝이 처음으로 부드럽게 휘어 올라갔다.

이 사람 진심이구나.

"받아줄 거지?"

민우 선배가 상체를 숙이며 내 눈을 바라보았다. 갑자기 온 세상이 환해졌다. 그러나 받아도 될까 잠시 바라보며 고민했다. 1초가 지날수록 민우 선배의 얼굴이 눈에 띄게 긴장감으로 굳어갔다.

잠시 고민하는 척하다 살짝 고개를 끄덕이자 민우 오빠가 행복이 가득 담긴 환한 웃음을 지어 보였다. 그리곤 언제나 그리워했던 나지막한 목소리로 말했다.

"생일 축하해."

"그래서 여기로 이사를 왔다고요?"

민우 오빠네 소파에 반쯤 기대 앉아 내가 묻자, 민우 오빠가 고개를 끄덕였다. 민우 오빠는 내가 이사 간 후 얼마 되지 않아 뒤따르듯이 이사를 갔다고 했다.

이사 간 곳은 학교 근처의 원룸으로, 이전의 집보다 훨씬 넓었으며 의

외로 벽지는 흰 컬러에 푸른색이나 붉은색으로 포인트 되어 있었다. 오빠의 성격과 맞지 않는 인테리어 같아 물어보니 이건 다분히 집주인의 디자인 감각이라고 했다. 다만 가구의 배치나 물품의 배치는 꼭 필요한 물건만 손에 잘 잡히는 곳에 위치되어 있었다. 귀찮은 것을 질색하는 오빠의 성격이 고스란히 반영되어 있었다.

"이사는 왜 간 거예요?"

"전부터 가려고 했었는데 너한테 발목 잡혀 있었지."

"누가 들으면 내가 말린 줄 알겠어요."

입술을 삐쭉거리며 말하자 민우 오빠가 픽 웃으며 내 어깨를 팔로 감쌌다.

"그럼 내가 스스로 너한테 발목 잡혀 있었다고 치자."

민우 오빠의 말에 나 역시 웃음이 나왔다. 나는 고개를 기울여 민우 오빠의 어깨에 기대며 웅얼거리듯 말했다.

"아마 다른 사람들이 우리 욕할 거예요."

"왜?"

"사귀었다 헤어졌다 다시 사귀다니. 전형적인 말 많은 CC 커플의 모습 아니에요?"

"괜찮아. 이젠 안 헤어질 거니까."

민우 오빠가 소파 뒤에 머리를 댄 후 천장을 향해 말했다.

스피치 학원이라도 다니는 걸까. 어쩜 이렇게 말을 예쁘게 하는지.

흐뭇하게 웃고 있는데 민우 오빠가 고개를 빙글 돌려 나를 보며 물었다.

"무슨 생각 해?"

"오빠가 해줬던 말들. 오빠는요?"

"네가 했던 말들."

말이 없는 틈에도 각자 생각이다. 생각이나 했을까. 머리 위로 화분을 떨어뜨렸다고 죽일 듯이 달려들던 사람이 내 옆에 있을 거라고.

편의점에서 커플링을 받은 날 오빠는 자신의 친구들 앞에서 내 이야기를 그렇게 한 적 없다고 맹세하며, 친구들이라도 끌고 올 것처럼 길길이 날뛰었다. 평상시 준서와 자신을 잘 알던 친구들의 섣부른 판단일 뿐이라고 말했다. 그리고 그 후에 그 친구들 앞에서 당당하게 날 여자친구라고 소개하며 친구들에게 정식으로 사과하라고 요구했다. 물론 그 뒤 친구들의 시선이 바뀐 건 말할 것도 없었고, 내가 들었다는 사실을 알고 난후 미안해 죽을 것 같은 표정만 짓고 있었다.

그리고 민우 오빠가 화장실을 간 사이, 친구들은 민우 오빠가 입방정 떤 자신들을 죽이려고 날뛰었다는 말을 조용히 전해주었다.

나는 민우 오빠와 시선을 맞추며 조심스럽게 물었다.

"아직도……, 내가 편해요?"

"어. 편해."

"가끔은……, 설레요?"

"설레."

"……."

"지금도."

"거짓말."

입술을 삐쭉거리자 정색을 한 민우 오빠가 내 손을 빼앗아 자신의 심장에 올리며 말했다.

"봐, 심장 뛰지?"

"원래 심장은 뛰는 거잖아요."

"이렇게 세게는 안 뛰어."

민우 오빠는 확신에 찬 어조로 말했다. '세차게 뛰는지 모르겠다'라고 어깃장을 놓으려다가 민우 오빠의 분위기가 하도 진지해서 어쩔 수 없이 고개를 끄덕였다. 그러자 민우 선배가 순순히 내 손을 놔주었다. 다른 사람 앞에서는 말도 잘 안 하는 사람이 심장 뛰는 걸 확인시켜주려고 정색까지 하는 모습을 보니 귀여워 홀로 웃었다.

"배고프죠?"

"네가 해준 된장찌개 먹고 싶어."

"안 지겨워요?"

민우 오빠가 일어서는 날 물끄러미 올려다보았다. 표정과 달리 눈빛은 감정사처럼 반짝 빛이 났다.

"안 지겨워. 난 원래 하나에 빠지면 포기를 못 해. 음식이든 사람이든."

"난 지겹던데."

"뭐?"

민우 오빠 눈썹이 산처럼 위로 삐쭉 솟았다. 표정을 구긴 민우 오빠를 보며 부엌 쪽으로 등 돌렸다. 민우 오빠는 놀란 표정이었다. 마치 내가 '오빠 지겨워!'라고 말한 것처럼 말이다. 부엌으로 들어가 싱크대 수납장 문을 열었다. 남자가 혼자 사는 집에는 좀처럼 없다는 뚝배기가 수납장 안에 정리되어 있었다. 뚝배기를 꺼내 가스레인지에 올리는데 불쑥 민우 오빠가 얼굴을 들이밀었다.

"으. 놀랐어요. 저리 가요."

"나 좀 억울한 거 아냐?"

싱크대에 기대선 민우 오빠 손에서 내 것과 같은 금색 커플링이 반짝

하고 빛이 났다. 절대로 빼지 않겠다고 약속하더니 정말로 한 번도 빼질 않았다.

나는 냉장고로 걸어가 야채와 된장을 꺼내며 물었다.

"뭐가요?"

"이제 내가 더 좋아하는 거 같아."

"음, 내가 봐도 그래요."

내가 순순히 시인하자 민우 오빠가 어처구니없다는 듯 웃더니 거실로 가기 위해 몸을 틀었다. 나는 가려는 민우 오빠 손을 덥석 잡았다.

"가려고요?"

"여기서 뭐 하라고?"

"난 내가 요리할 때 누가 옆에 있으면 좋던데."

"……."

"오빠가 있으면 참 좋을 텐데."

거실로 나가려던 민우 오빠가 걸음을 멈추더니 인심 썼다는 표정으로 싱크대에 비스듬히 기대섰다.

"사람을 아주 들었다 놨다 하지?"

민우 오빠가 삐딱한 자세로 말했다.

그 말이 웃겨서 풋 하고 웃자 민우 오빠가 '웃지 마. 진심이야.'라고 대꾸했다.

민우 오빠가 싱크대에 붙박이처럼 서 있는 걸 확인한 후 도마를 꺼냈다. 풋고추와 홍고추를 도마 위에 올려놓고 총총 썬 후 칼을 내려놓기가 무섭게 민우 오빠가 내 턱을 잡아 자신을 보게끔 돌렸다. 그러더니 내 입술 위로 자신의 입술을 포갰다. 가벼운 입맞춤이었다.

입술이 떨어지자마자 민우 오빠는 그런 적 없었다는 듯 시치미를 뚝

334

떼고 싱크대에 기대섰다. 이상한 장난기가 도진 모양이었다.

웃으며 호박을 넣고 얼마 후 먹기 좋은 크기로 썰어놓은 두부를 보글보글 끓는 된장찌개 안으로 넣었다. 뚜껑을 반쯤 닫고 앞치마에 손을 닦기가 무섭게 민우 오빠 입술이 내 입술 위로 겹쳐 왔다.

"갑자기 왜 이래요?"

놀람 반, 당혹스러움 반이 섞인 표정으로 한 걸음 물러서자 민우 오빠가 허리를 감싸 자신 쪽으로 끌어당겼다. 그러고는 입술이 닿을 듯 말 듯한 거리에서 작게 속삭였다.

"배고파."

"끓이고 있잖아요."

입술이 직접적으로 닿는 것보다 이렇게 서로의 눈빛이 가까워질 때, 입술이 닿을 듯 말 듯할 때가 더 아슬아슬한 느낌을 준다. 연하게 속 쌍꺼풀이 진 민우 오빠가 눈으로 웃었다. 눈동자가 유리구슬처럼 반짝반짝거렸고 나보다 더 긴 속눈썹이 예쁜 선을 그렸다.

"그거 말고."

"그럼요?"

민우 오빠가 도장을 찍듯 꾹 입술을 찍었다. 그러고는 당황한 나를 보는 게 재미있다는 듯 웃어 보였다.

"저거 다 끓을 때까지 할래?"

"뭐, 뭘요?"

말까지 더듬었다. 더 물러설 곳도 없이 싱크대에 딱 붙어 선 나를 민우 오빠가 양쪽 팔 사이로 가뒀다.

"해보면 알지."

그러더니 말이 떨어지기가 무섭게 달려들다시피 내 입술을 막았다. 도망갈 수가 없었다. 너무도 자연스럽게 그 사람이 이끄는 대로 이끌려 갈 수밖에 없었다. 민우 오빠의 거친 키스에 밀려 허리가 한껏 뒤로 젖혀졌다.

딩동.

된장찌개가 막 끓을 무렵, 벨소리가 울렸다. 한 번은 못 들은 척했고, 두 번째는 무시했다. 세 번째 벨소리가 시끄럽게 울리고 나서야 민우 오빠가 내게서 떨어졌다.

"누구야. 짜증나게."

민우 오빠가 현관문 쪽으로 몸을 틀기가 무섭게 나는 부엌 바닥에 주저앉았다. 온몸에 있던 힘을 민우 오빠에게 모조리 뺏긴 기분이었다. 아니나 다를까 현관문 쪽으로 걸어가는 민우 오빠의 뒷모습이 아까보다 더 기운 넘쳐 보였다. 이어 민우 오빠가 버럭 소리 지르는 목소리가 들렸다.

"누가 초대했다고 온 거냐?"

"너, 지혜랑 있다며."

"지혜랑 너랑 무슨 상관인데?"

뒤이어 낯익은 목소리가 들렸다. 민우 오빠는 퉁명스런 말투와 달리 집에 찾아온 사람들을 들여보냈다. 양손에 짐을 든 준서 선배와 그 옆에서 환하게 웃고 있는 서연이가 보였다.

"아! 서연아!"

"지혜야! 보고 싶었어!"

"이산가족 상봉하냐?"

민우 오빠가 서로 껴안고서 거실에서 방방 뛰고 있는 우리 둘을 쳐다보며 심드렁하게 말했다. 준서 선배 또한 짐을 내려놓으며 소리 내어 웃었다.

우리 넷은 한 달에 두 번 정도 정기적으로 만나 함께 밥을 먹거나 놀러 다녔다. 그리고 이따금씩 이런 식의 급 만남을 가지곤 했다. 이제 내게 준서 선배는 친오빠 같은 사람이었고, 서연이 또한 친자매 같은 친구였다. 서연이 또한 민우 선배를 친오빠처럼 여기며, 준서 선배와 사랑하게 되어서 행복하다는 말을 입에 달고 살았다.

민우 오빠와 때맞춰 찾아온 두 사람을 식탁에 앉혀 놓고 점심상을 차렸다. 서연이가 가지런하게 반찬을 올리는 날 신기한 듯 쳐다보며 말했다.

"너 민우 선배의 부인 다 됐구나?"

"어쩌다 보니."

"너희가 제일 좋을 때 판 깼어."

민우 오빠는 아무래도 마무리 짓지 못한 키스가 아쉬웠는지 한쪽 눈썹을 치켜 올리며 으르렁댔다. 민우 오빠의 말이 무슨 뜻인지 알았다는 듯 준서 선배와 서연이는 똑같은 표정으로 음흉하게 웃어 보였다.

"그래서 요즘 지혜가 예뻐졌구나? 역시 사람은 사랑을 해야 해."

"그러게. 너희 그러고 있는 거 보니까 잘 어울린다."

서연이의 말을 준서 선배가 거들고 나섰다.

"당연하지."

"당연하죠!"

준서 선배 말에 민우 선배와 내가 동시에 외쳤다. 내가 입술을 삐쭉거리면서 '왜 따라해요!'라고 묻자 물 한 잔을 다 비운 민우 오빠가 '좋으면서 튕기지 마라.'라고 진지한 척하며 말했다. 그러자 보고 있던 준서 선배가 큭큭대며 웃었다.

간단히 식사를 마친 후 뒷정리를 하고서 돌아보니 식탁에 민우 선배만

홀로 앉아 있었다.

"서연이랑 준서 선배는요?"

"게임기 처음 보는 사람처럼 저러고 있네."

힐끔 민우 오빠 등 뒤를 보니 TV에 연결된 게임에 정신이 팔려 있는 두 사람이 보였다. 왜 저렇게 열심히 하나 싶어 쳐다보니 민우 선배가 한 마디 덧붙였다.

"내기 했대. 내일 점심 내기."

"와, 정말 둘이서 죽기 살기로 하네요."

"저래도 내일 준서가 살걸? 서연이가 사게 내버려두겠냐?"

등 뒤에서 환호성이 터졌다. 서연이가 게임기를 들고서 만세를 외치고 있었다. 서연이가 이긴 모양이었다. 준서 선배는 머리를 바닥에 박고서 좌절한 모습으로 금방이라도 머리를 쥐어뜯을 듯 괴로워하고 있었다.

"져줬겠죠?"

"어. 저 게임 준서 전공이거든. 만든 놈보다 잘할걸?"

"서연이가 웃는 게 좋은가 보죠."

우린 마치 자식 부부를 바라보는 노년 부부처럼 두 사람을 흐뭇하게 쳐다봤다.

우린 게임하느라 바쁜 두 사람을 등지고서 베란다로 향했다. 서쪽 하늘 끄트머리가 붉게 타오르고 있었다. 노란색, 주황색, 그리고 짙은 붉은 색을 찬찬히 바라보다 넌지시 민우 선배에게 물었다.

"오빠, 그땐 왜 그랬어요?"

"뭐가."

석양을 향해 있던 민우 오빠의 시선이 날 향했다.

"수건으로 손 닦아주면서 준서 선배한테 고백하라고 한 거."

준서 선배가 서연이를 좋아한다는 걸 알았던 순간, 심장이 내려앉았던 그때 민우 오빠는 내 손을 수건으로 닦아주며 준서 선배에게 고백하라고 등을 떠밀었다. 내가 그때 고백했다면 준서 선배에게 죄책감을 갖겠다는 민우 오빠의 계획이 물거품 되는 건데 말이다.

"그때 네 표정을 봤어야 해."

민우 오빠가 중얼거리며 눈부신 석양 쪽으로 시선을 돌렸다. 석양이 민우 오빠 눈동자 안에서 붉게 타오르고 있었다. 그리고 그 붉은 눈동자 안에 내가 있었다.

"금방이라도 주저앉을 것처럼 멍하게 쳐다보던 너한테 '관둬. 집어치워.'라고 말 못하겠더라. 그럼 내가 너무 잔인한 새끼가 되는 거고. 그리고 네가 짓는 그 표정이 싫었어. 이유는 모르겠는데 짜증나도록 싫은 거야. 그래서 그랬지. 그때부터였나 보다. 네가 신경이 아주 많이 쓰이게 된 게. 아니, 그전부터인가?"

"……."

"……근데 나 여기서 고해성사 하냐?"

민우 오빠가 분위기에 휩쓸려 속마음을 줄줄이 말하다 나와 눈이 마주치자 얼굴을 찌푸리며 고개를 홱 반대편으로 돌렸다. 겉으로는 짜증 섞인 푸념을 뱉었지만 부끄러워하고 있다는 걸 알고 있었다.

손으로 민우 선배의 머리를 천천히 쓰다듬어주었다.

"뭐 하냐?"

"뭐 하긴요. 머리 쓰다듬죠."

"그러니까 왜?"

"부끄러워하는 모습이 귀엽고 또 그렇게 말해줘서 고마우니까요."

"마무리는 좋네."

민우 오빠의 가벼운 말투에 소리 내어 웃었다. 그러는 사이 음흉한 목소리 하나가 따뜻한 분위기를 망쳤다.

"이열, 분위기 좋은데?"

"알면 입 다물고 문 닫아."

베란다 문 사이로 준서 선배가 얼굴을 내밀다가 민우 오빠가 문을 닫아버려 목이 끼었다.

민우 선배는 아프다며 투덜대는 준서 선배를 보며 물었다.

"왜 왔냐?"

"와인 한잔 하자고."

"와인?"

"어. 와인. 밥을 얻어먹었으니 2차는 우리가 대접해야지."

준서 선배는 아픈 목을 감싸 쥔 채 억지로 웃어 보였다.

"좋지."

집 안으로 들어가는 민우 선배의 어깨 너머로 부지런히 상을 차리고 있는 서연이가 보였다. 서연이를 돕기 위해 움직이고 있는 준서 선배의 모습이 보였다. 거실에 상을 차리는 세 사람의 움직임이 노을빛을 받아 붉게 반짝였다.

지금 이 순간만큼 이토록 완벽한 순간이 있을까. 가을철 부는 바람처럼 산뜻하고, 이른 아침의 공기처럼 상쾌한 그들의 모습을 보고 있자니 새삼스레 가슴 벅찼다.

준비를 마쳤는지 세 사람이 일제히 나를 바라보았다.

"지혜야, 어서 와."

서연이가 눈을 동그랗게 뜬 사랑스러운 표정으로 날 바라보았다.

"얼른 와."

준서 선배가 나를 불렀다.

"알았다. 내가 모시러 갈게."

민우 선배가 장난스럽게 웃으며 걸어왔다. 세 사람이 모두 나를 바라보고 있는 이 모습이 숨 막히게 아름다웠다.

"자! 잡아."

민우 오빠가 손을 척 내밀었다. 나는 못 이기는 척 민우 오빠의 손을 맞잡으며 웃었다. 그리고 베란다 문 너머로 내가 누리는 아름다운 일상, 그곳을 향해 들어갔다.

8월이 지나고 개강의 계절인 9월이 왔지만 날씨는 여전히 여름의 끝자락에서 벗어나지 못하고 있었다. 꺾일 기세가 보이지 않는 더위에 반팔 흰색 티셔츠와 베이지색 면바지를 입고 학교로 나섰다.

본의 아니게 과 사람들의 이목을 집중시켰던 사건의 중심에 있었던 나를 사람들은 잊지 않았는지 개강 첫날부터 부지런히 알은척해 왔다. 반갑게 인사하는 사람도 있었고, 받을 이유 없는 위로를 건네는 친구들도 있었다.

"지혜야!"

학과실에 들러 사물함에 있는 책을 꺼내는 사이 나를 부르는 친근한 목소리에 돌아보니 여름 햇살만큼이나 환한 웃음을 짓고서 손 인사를 하는 서연이가 보였다.

서연이의 등 뒤로 서연이와 나의 다정한 모습에 벼락이라도 맞은 사람들처럼 놀란 얼굴을 하고 있는 1학년들이 보였다. 1학년들도 서연이와 내 소문을 모를 리 없었다.

벌컥 하고 학과실 문이 열렸고, 2학년 중에 장난기 많기로 소문난 복학생 남자 선배가 들어오며 알은척을 해 왔다.

"예쁜 서연이! 씩씩한 지혜! 어? 잠시만. 왜 두 사람이 같이 있어? 화해했어?"

어슬렁어슬렁 걸어온 남자 선배는 의외라는 듯 나와 서연이를 번갈아 보며 물었다.

"네. 화해했어요."

내가 담백하게 대답하자 남자 선배가 '오호'라고 탄성을 내질렀다. 그러더니 이내 장난기 가득한 얼굴로 내 앞에 바짝 붙어 섰다.

"실연당한 이지혜 씨, 휴학이라도 할 줄 알았는데 역시 씩씩하네?"

"누가 실연당해요?"

"너 말이야. 너! 너 민우랑 깨졌다며? 아주 학과에 소문이 쫙 퍼졌더라. 만나는 애들마다 너랑 민우 헤어진 이야기하느라 정신이 없더라. 그러기에 너같이 씩씩한 여자애는 야들야들한 남자애랑 만나서 사귀어야 한다니까?"

옆에서 듣고 있던 서연이가 참지 못하고 한마디 하려는 찰나 내가 손을 들어 막았다.

"학과에 무슨 소문 도는데요?"

개강하기가 무섭게 나를 보며 수군대는 아이들이 무슨 말을 입에 달고 사는지 궁금했다. 그러자 남자 선배는 고개를 살랑살랑 가로저으며 말했다.

"무슨 소문 돌겠어? 생각해보면 알지. 이지혜는 올라가지 못할 나무 올라가다가 미끄러져서 발라당 뒤로 자빠졌네 뭐, 이 정도?"

이런 소문이 돌 거라고 예상은 했으나, 직접 들으니 당황스러웠다. 애써 표정 관리하는 날 보던 남자 선배는 내 어깨를 토닥토닥 두들겨주며 말했다.

"힘내라. 힘. 민우 보니까 벌써 딴 여자 생겼더라. 잘난 놈이 어디 한군데 붙어 있는 거 봤냐? 잘난 얼굴 무기 삼아 세상 여자들 다 만나보려고 달려들지."

"딴 여자가 생겨요?"

어느새 위로한답시고 내 어깨를 감싸고서 토닥거리는 남자 선배를 힐긋 올려다보며 물었다. 그러자 남자 선배가 낭패라는 표정으로 말을 꺼냈다.

"몰랐나 보구나. 이런, 내가 굳이 몰라도 되는 일을 말했네. 뭐, 어차피 알게 될 거니까 널 사랑하는 선배로서 말해둘게. 충격 받아 울지 말고. 오늘 민우 봤는데, 민우 네 번째 손가락에 반지 있더라. 누가 봐도 커플 반지였어. 솔로인 남자가 미치지 않고서야 네 번째 손가락에 금반지를 끼고 다니겠어?"

안타깝게도 남자 선배는 똑같은 반지를 끼고 있는 내 손을 보지 못한 모양이었다. 서연이는 예쁜 입술을 꼭 다문 채 남자 선배의 오해를 즐거운 마음으로 감상하고 있었다. 그것도 모르고 남자 선배는 진지한 목소리로 내게 위로 아닌 위로를 건넸다.

"그러니까 지혜야, 이제 이 선배한테 와라. 선배는 서연이처럼 화려한 여자한테는 매력을 못 느껴요. 두고두고 볼수록 예쁘고 씩씩한 우리 지혜가 참 좋다? 그러니까 선배한테 와."

장난 반 진심 반이 섞인 남자 선배의 말에 실없이 웃는 사이, 학과실 문이 열렸다.

학과실에 들어와 안을 슥 훑던 민우 선배의 시선이 내게 정착했다. 그것도 모른 채 남자 선배는 안타깝다는 눈으로 날 내려다보며 등을 두들겼다.

"힘들거나 외로울 때 전화해라. 선배가 네 투정 하나 못 받아주겠니?"

"쟤 투정을 왜 네가 받냐?"

싸늘한 목소리가 학과실 안을 훑고 지나갔다. 어느새 우리 코앞으로 바짝 다가선 민우 선배가 내 어깨를 감싸고 있는 남자 선배의 팔을 툭 쳐내며 말했다.

"손대지 마."

예상치 못한 민우 오빠의 행동에 남자 선배는 당황해서 소리쳤다.

"왜 민우, 네가 난리야?"

"그럼 내가 난리지. 여기서 누가 난리를 피워야 하는데."

민우 오빠의 삐딱한 표정을 보고서야 남자 선배가 나와 민우 오빠를 빠르게 번갈아보며 소리쳤다.

"너희 뭐, 뭐야. 설마, 다시 사귀어?"

커다란 손으로 내 곁에 붙어 서 있던 남자 선배를 밀쳐낸 민우 오빠가 내 어깨를 감싸 자신의 곁으로 끌어당기며 말했다.

"원래 사귀고 있었어."

"너희 헤어졌었잖아!"

"싸운 거지. 우리가 사귀고 싸우는 것까지 너한테 꼬박꼬박 보고해야 하냐?"

"야, 뭐냐! 이건!"

남자 선배는 뒤늦게 자신의 어설픈 위로가 내 눈에 얼마나 우습게 보였는지를 생각하는 듯 경악에 찬 표정으로 소리쳤다. 그 표정을 앞에서 보고 있자니 저절로 웃음이 터져 나왔다. 남자 선배는 자신이 생각해도 자신의 헛다리가 민망했는지 괜한 화풀이를 내게 하기 시작했다.

"그랬으면 진즉에 나한테 말을 했어야지! 사람 무안하게 만드냐? 너는?"

소리 죽여 웃는 정수리에 선배의 투정이 꽂혔다. 웃음을 참느라 말을 잇지 못하는 내게 민우 오빠는 여과 없는 까칠한 대답으로 남자 선배의 입을 막아버렸다.

"니 상상력을 욕해라. 괜한 애 찝쩍거리지 말고."

9월의 첫째 주는 파란의 주였다. 방학 동안 나와 민우 오빠 사이에 있었던 일을 몰랐던 이들은 다른 극의 자석처럼 찰싹 붙어 다니는 우리를 보며 넋을 놓은 표정을 지었다.

민우 오빠는 특유의 무신경함으로 학과 내 다른 사람의 소란한 입방정에 관심을 두지 않았으나, 나는 은근히 신경 쓰였다.

학생 식당에서 밥을 먹다 말고 마주앉은 서연이를 고민 끝에 조심스럽게 불렀다.

"서연아, 저기 있잖아."

"응. 왜?"

서연이가 동그란 눈으로 날 보며 물었다. 뭐든지 말하라는 똘망똘망한 눈을 보고 있자니 머뭇대던 입이 마술에 걸린 듯 저절로 열렸다.

"나, 화장……하면 어울릴까?"

나는 평소 화장을 하지 않았다. 피부가 민감한 것도 있었지만 화장에 취미가 전혀 없었다. 화장을 하는 건 어떻게든 한다 치지만 지우는 과정이 무척 번잡하고 귀찮았다. 그 때문에 여태껏 하고 다니는 화장은 선크림과 립스틱이 전부였다. 그런데 요즘 부쩍 화장을 하면 어떨까, 하는 생각이 들던 차였다.

"관심 생겼어? 화장할래?"

서연이는 왠지 신난 얼굴이었다. 갑자기 서연이가 저돌적으로 나오자 겁이 났다.

"아니. 화장품 전부 사려니까 돈도 많이 들고, 에잇, 안 할래."

"누가 화장품 전부 사래? 우선 내 화장품으로 해보고, 마음에 들면 쭉 하고 다니면 되지! 왜? 화장하고 싶은 마음 생겼어? 나 우리 지혜 화장 해주고 싶었어! 예쁘겠다! 신난다!"

"아, 그게……."

나의 복잡한 마음을 꿰뚫어본 듯 서연이의 얼굴에는 흐뭇한 미소가 번 졌다.

"언니가 솜씨 발휘할 날이 왔구나. 이날을 위해 메이크업 기술을 갈고 닦았단다."

서연이는 머뭇거릴 이유 없다는 듯 수업 마치기가 무섭게 날 데리고 자신의 집으로 갔다. 그러고는 날 화장대 거울에 등지게 앉힌 후, 구석구 석에 있던 화장용품을 꺼내 화장대 위에 진열했다. 내 얼굴에 로션을 바 르던 서연이의 표정은 영감을 받은 화가의 표정이었다.

"저기, 서연아."

덜컥 겁이 난 내가 이름을 부르기가 무섭게 서연이는 쉿 이라는 간결 한 한 마디로 내 입을 막아버렸다.

서연이는 내 얼굴에 알 수 없는 것들을 바르며 용품을 하나하나 설명 했지만, 눈을 감고 있는 터라 못 알아들어도 아는 척 대충 대답했다.

"서연아."

"응?"

내 부름에 서연이가 신난 목소리로 대답했다.

"저기……. 준서 선배 언제부터 좋아하게 됐어?"

여태껏 묻지 못한 질문을 조심스럽게 건넸다. 내가 알기론 준서 선배에게 고백 받던 날 서연이의 시선이 민우 오빠에게 향해 있었다. 고백 받는 그 순간까지도 서연이는 준서 선배를 사랑하고 있지 않았을 거라는 게 내 추측이었다.

"사귀고 좀 지나서."

서연이는 긴장한 내가 이상하게 느껴질 만큼 태연한 목소리로 말했다. 서연이는 마스카라로 내 속눈썹을 말아 올리며 말했다.

"사실 외로워서 아무나 사귀고 싶었어. 아! 아무나 사귀고 싶었던 건 아니다. 그냥 적당한 사람 있으면 사귀고 싶었어. 그리고 민우 오빠를 향한 반발심도 있었고. 근데 그 순간 준서 오빠가 나타난 거지. 내가 누굴 좋아하는지 상관없다고 말하는데 사실 감동 먹었어. 그런 남자 흔치 않잖아."

"……."

"사귀면서 좋아지더라. 점점. 사실 사귀고 얼마 동안은 준서 오빠 연락 오는 거 귀찮고 만남도 의무적이었는데 어느 순간 내가 연락을 기다리고 있더라? 괜히 늦게 연락 오면 소심하게 삐치게 되고."

느릿하게 눈을 떴다. 화장에 집중한 서연이의 표정 위로 작은 웃음이 동동 떠올랐다.

"준서 오빠랑 같이 있으면 따뜻한 이불에 폭 파묻힌 것처럼 따뜻해. 웃는 모습, 신경 써주는 모습, 이해하려고 애쓰는 모습. 점점 예쁘게 보여. 그 표정들이. 오빠는 매일 나한테 '우리 예쁜이'라고 말하는데 내 눈에는 준서 오빠가 더 예쁜이로 보여."

서연이가 좋아하게 됐다는 준서 오빠의 모습이 무엇인지 알 만했다.

나도 그 모습들을 이유로 좋아하게 됐으니 말이다. 준서 오빠의 이야기를 하는 서연이의 얼굴이 따뜻한 햇살처럼 잔잔하고 따뜻해서 나도 모르게 미소 지었다.

사랑하는 사람이 사랑을 이야기할 때, 사랑하는 사람이 사랑하는 사람을 이야기할 때의 모습은 어떤 것과 비교할 수 없을 만큼 아름답다.

"행복하지?"

"응. 무척."

내가 묻자 서연이가 배시시 웃으며 힘차게 고개를 끄덕였다. 사실 서연이와 화해를 하고, 여태껏 우리 네 사람이 행복한 모습으로 함께 지내도 아주 가끔은 서연이에 대한 미안함으로 마음이 아플 때가 있었다. 서연이의 첫 짝사랑을 불발로 만든 게 나인 것만 같아서. 그러나 오늘 진심으로 행복해하는 서연이를 보면서 남아 있던 죄책감이 증발되었다.

"근데 지혜야."

"응?"

"너, 얼마 전에 나를 부러워했다고 말했잖아."

얼마 전, 여자들끼리 단합을 다지자며 섭섭해 하는 남자들을 내버려두고 따로 술을 마신 적 있었다. 그때 술을 마시면서 예전에 느꼈던 감정들을 시원하게 쏟아냈다.

중학교 시절부터 묵혀두었던 보잘 것 없는 나의 자격지심을 말이다. 그때 서연이는 모르고 있었다며 무척 당황하며 놀라워했다.

"근데 지혜야."

"응?"

"나 너 많이 부러워했던 거 알아?"

"뭐?"

348

뒤늦게 눈썹 끝을 다듬던 중에 몸을 흔드는 바람에 눈썹 꼬리가 달아날 뻔했다. 경기 일으키듯이 놀라는 날 보며 서연이가 되레 당황했다.

"뭘 그렇게 놀라?"

멍한 눈으로 거울 속의 서연이를 보다 눈이 마주쳤다. 서연이는 여자가 봐도 사랑스러운 미소를 지으며 말했다.

"중학교 때 나보다 공부 잘했잖아. 중학교 때는 그게 부러웠고, 또 대학 와서는 남자 선배든, 여자 동기든 너에게 쉽게 다가가는 게 부러웠어. 다들 네 성격 좋다면서 좋아했잖아. 난 고백을 많이 받아서인지 여우라고 여자애들이 날 싫어하는 경우가 많았거든. 거기다가 넌 다른 사람들이 도와줄 필요 없을 만큼 씩씩해 보이고, 밝고, 착하잖아. 뭐든 맡겨도 척척 잘해내고. 그게 너무 부러웠어."

처음 듣는 말이었다. 서연이가 이런 마음을 가지고 있을 줄은 꿈에도 몰랐다. 입이 벌어져 있는데 말은 나오지 않았다.

"그날은 네 말에 놀라서 말할 타이밍을 놓쳤는데 오늘은 생각난 김에 말하려고. 우리 서로를 부러워하고 있었다. 그렇지?"

서연이가 말간 웃음을 띠며 말했다. 나도 결국 웃었다.

문득 자신의 존재에 절대적으로 만족하며 사는 사람은 없다는 생각이 들었다. 결국 서로가 서로에게 없는 면을 부러워했던 거다.

"볼터치 할게."

더 이상 그런 이야기를 나누는 것이 부끄러운지 서연이가 얼른 다른 말로 말을 돌렸다. 얼마 후, 서연이가 두 손을 들며 소리쳤다.

"자, 다 됐다!"

"다 됐어?"

부푼 마음으로 화장대 거울 쪽으로 몸을 트는 날 서연이가 막았다. 이유를 묻는 듯 멀뚱히 올려다보는 날 향해 서연이는 단호하게 말했다.

"변신은 지금부터!"

"뭐?"

"설마 화장 하나로 끝내겠다고? 여자의 변신은 머리부터 발끝까지 다 해야 효력이 발생하는 법이야! 가자!"

서연이에게 원래 예술혼이 있었던 건지, 아니면 오늘따라 유달리 영감을 받은 건지 모르겠지만 내 변신에 혼신의 힘을 다했다.

서연이는 어깨까지 길어버린 내 머리를 고데기로 만 후, 연한 갈색 원피스와 굽이 5센티미터인 짙은 고동색 구두를 주며 회색 티셔츠와 청바지, 흰색으로 깨끗하게 빨아놓은 운동화와 이별할 것을 요구했다. 서연이가 주문한 대로 움직이고 나서야 거울을 볼 수 있는 자유가 허락되었는데, 어렵사리 마주한 거울엔 내가 없었다.

"아……. 이거 누구야."

"예쁘지? 예쁘지?"

서연이는 만족스러운 표정으로 연신 예쁘다며 말했지만, 난 어색해서 한참이나 말을 이을 수 없었다. 거울에 아주 가까이 다가가서야 비로소 나 같았다.

"어때? 만족스러워?"

서연이가 눈을 반짝이며 물었다.

"그냥, 뭐랄까. 다른 사람이 서 있는 거 같아."

"내 눈엔 예쁘기만 한데! 뭘! 가자!"

"어딜?"

"에이 모르는 척하기는!"

정말 모르는데, 뭘 모르는 척하지 말라는 건지.

서연이는 핸드백을 챙겨 들었다. 그리고 곧장 학교 앞 술집까지 택시를 타고 갔다. 예쁘게 화장을 하고 찾는 곳이 왜 술집이어야 하나를 고민하는 찰나 이미 서연이는 호프집 안으로 들어가고 있었다. 예술혼을 쏟아 부은 작업물에 대한 자축의 술잔이라도 들 생각인 모양이었다.

떨떠름한 자세로 들어선 술집 안은 내 생각과 전혀 다른 모습을 하고 있었다. 각자 무리끼리 모여 조용히 술을 마셔야 할 술집 안이 학과 모임 행사라도 하는 것처럼 다 함께 모여 왁자지껄 떠들고 있었다. 몇몇은 셀프 바라도 되는 것처럼 서서 마시고 있었다.

그러다 문득 술집 안에 있는 사람들 대부분이 낯익은 사람이라는 게 감지되는 순간, 뒤늦게 한구석에 자리하고 있던 팻말을 보았다.

[신문방송학과 일일 호프집.]

세상에나. 잊고 있었다. 모르는 척 휙 뒤돌아서서 종종걸음으로 나가려는 찰나 문고리에 손이 닿기도 전 문이 활짝 열렸다. 엉거주춤한 자세로 팔을 뻗은 채 서 있는데 익숙한 목소리가 들렸다.

"이지혜?

느릿하게 고개를 들어 보니 나를 아래, 위로 열심히 훑고 있는 준서 선배가 보였다.

"아, 안녕하세요."

"응? 어. 그래. 오늘 무슨 날이야? 무슨 일 있어? 완전 딴사람 같다! 너! 이야, 예쁜데?"

"고맙습니다. 그럼."

예의 바르게 꾸벅 인사를 하고 벗어나려는 찰나 서연이에게 붙들렸다.

"너 오늘 이거 때문에 화장하려고 했던 거 아니야?"

"아니야! 난 오늘 일일 호프 하는 줄도 몰랐다고!"

학과에서 한 학기에 한 번씩 주최하는 일일 호프는 수익으로 불우이웃을 돕자는 본래 취지와는 달리 학과 사람들끼리 모여 거하게 술 한잔 하는 종류의 모임이었다. 물론 학과 사람들 주머니에서 나온 돈으로는 불우이웃을 돕지만 말이다.

"정말? 에이! 그럼 이왕 온 김에 놀자! 애써 꾸민 보람 없이 혼자 보고 삭이겠다고? 이런 모습은 모두에게 보여주고 지워야 잘 지워지는 법이야."

생판 처음 듣는 논리를 펼친 서연이는 준서 선배의 도움을 받아 나를 끌고서 일일 호프의 중심까지 끌고 들어왔다. 그 덕에 술자리에 있던 학과 사람들이 날 보며 한마디씩 던졌다.

"지혜야! 딴 사람 같아!"

"와우, 사내자식 이지혜는 어디로?"

"연애가 좋은 거구나! 민우랑 사귀더니 애가 여자가 됐네!"

"예쁘다!"

"자주 이러고 다녀요! 선배!"

누가 무슨 말을 하는지 모를 만큼 수많은 말들이 쏟아져 내렸고, 졸지에 원치 않은 스포트라이트를 받게 됐다.

서연이는 작품 설명이라도 할 것처럼 내 옆에 서서 흐뭇하게 웃고 있었고, 난 이런 내 모습이 어색하게 비치진 않을까 마음 졸여야 했다. 혹시나 하는 마음에 가게 안을 훑었지만 민우 오빠는 그 어디에도 보이지 않았다.

"지혜, 한잔 해야지!"

"변신하고 왔는데, 받아야지!"

두리번거리던 내게 맥주잔을 쥐여 주는 선배는 제멋대로 자신의 잔과

부딪쳐 짠 소리를 낸 후, 원 샷에 한 맺힌 사람처럼 '원 샷, 원 샷!'을 소리치기 시작했다. 술집에서 주목받는 건 이게 불리하다. 말 대신 술이니까. 선배의 등쌀에 밀려 맥주잔을 비우고 나서야 알았다. 맥주가 그토록 투명했던 까닭에는 소주의 힘이 있었다는 걸 말이다. 속을 긁어내려 가는 폭탄주 때문에 윽 소리가 저절로 입 밖으로 튀어나왔다.

"자, 한 잔은 정이 없어! 두 잔은 먹어줘야 애정이 있는 거지!"

"당연하지!"

비기가 무섭게 차오르는 술잔에는 다행히 맥주만 차오르고 있었다. 어느새 술자리의 최대 관심사는 내 술잔이 언제 비워지나였다. 결국 스트레이트로 맥주 두 잔을 더 마신 후에야 사람들 손에서 벗어날 수 있었다. 맥주 세 잔은 상관없지만 폭탄주 한 잔에 맥주 두 잔은 좀 위험했다.

도저히 더는 술을 마실 수가 없어서 화장실을 간다는 핑계로 자리에서 일어났다. 서연이가 걱정이 되었는지 따라 나오려는 걸 손을 들어 괜찮다는 표시를 한 후. 부엌과 가장 가까운 한산한 자리에 기대섰다. 다행히 조금 있으니 취기가 물러나기 시작했다.

그때 바에 있던 선배가 날 보며 물었다.

"지혜야, 뛸래?"

"뭘요?"

"서빙."

"아, 선배 이런 건 1학년들 시켜요."

"1학년들은 이미 선배들이 술 먹여서 뻗었어. 3학년인 내가 조리하고 있는데, 네가 앉아서 놀겠다고? 너무하네."

"하아."

"그나저나 너 화장했어? 이야, 색다른데?"

참 일찍도 알아보십니다, 라는 표정으로 쳐다보자 선배가 싱긋 웃으며 내게 쟁반을 내밀었다.

"자, 예쁘게 화장한 김에 서빙 뛰자!"

"알았어요. 알았어!"

결국 예쁘게 화장하고 구두 신고 원피스 입은 결과가 이거다. 쟁반을 들기가 무섭게 테이블 구석구석에서 손을 번쩍 들며 불러댔다. 술도 깰 겸, 선배도 도울 겸해서 시작한 서빙은 구두 신은 발바닥에 불이 나도록 뛰게 만들었다. 몇 테이블을 왔다갔다거렸는지 모를 정도로 바쁘게 뛰다 보니 어느새 술 마시는 걸 싫어하는 여자 후배 두 명과 남자 선배 하나가 함께 일하고 있었다.

"지혜야. 너 오늘 일 다 하면 내가 알바비 챙겨줄게! 저 썩을 새끼들은 와서 도울 생각은 안 하고 다 처먹고 있어."

입이 험한 남자 선배 하나가 날 보기 민망했는지 손에 들고 있던 국자로 계산대를 내리찍으며 눈을 부라렸다. 괜찮다는 말로 선배를 달랜 후 나를 부르는 테이블로 달려갔다.

"부르셨어요?"

내가 묻자 앉아 있던 손님이 간이 메뉴판을 보며 말했다.

"예. 여기 오징어랑 쥐포 묶음 하나랑 소시지 볶음 주세요."

"네."

주문을 받고 휙 뒤돌아섰다가 코앞에 있는 남자 때문에 자지러질 뻔했다.

"이지혜."

인형처럼 곱게 앉아 있을 땐 나타나지 않더니 내가 술과 피곤에 쩐 후에야 민우 오빠가 놀란 얼굴로 나타났다.

"오빠."

내 허리를 팔로 감싼 오빠는 커다란 쟁반을 내 손에서 빼앗아갔다.

"넌 서빙 리스트에 없는 걸로 아는데?"

화장, 치마, 구두는 볼 줄 모르는 사람처럼 나의 노동에 포커스를 맞춘 민우 오빠의 말에 김샜다. 그럼 그렇지.

"오빠, 나 좀 달라진 거 없어요?"

결국 먼저 들이밀고 나서야 민우 오빠는 날 구석으로 끌고 가더니 몇 번을 빙글빙글 돌렸다.

"준서가 예쁜 거 보여준다는 게 이거구나."

민우 오빠가 담담한 목소리로 중얼거렸다. 기가 막히게 놀라는 표정을 바란 건 아니었지만, 적어도 놀라는 목소리 정도는 들을 줄 알았는데 김샜다.

"민우야! 왔냐! 얼른 와라!"

"민우 선배!"

구석에 서 있는 민우 오빠를 단박에 발견한 학과 사람들이 줄줄이 민우 오빠의 이름을 불렀다. 민우 오빠는 '잠시만!'이라고 외친 후 풀죽은 내 표정을 물끄러미 내려다보며 말했다.

"예쁘네."

누가 들어도 예의상 던져주는 말 같았다. 더 이상 기대할 힘도 없다. 민우 오빠 손에 있던 쟁반을 빼앗았다.

"후, 주문 밀렸어요. 일하러 갈게요."

돌아서는 나를 잡은 민우 오빠가 다시 한 번 날 아래, 위로 훑으며 물었다.

"다른 사람들도 예쁘대?"

"네. 예쁘대요. 너무 예쁘대요!"

괜한 심통으로 입술을 삐죽거리며 말한 후, 난 다시 노동을 시작했다. 정신없이 쏘다닌 덕분에 다행히 술은 완전히 깼다. 막 한 테이블을 지나 가려는데 누군가가 조그마한 목소리로 나를 불러 세웠다.

"저기요."

"네."

"저기, 몇 학년이세요?"

테이블에 있던 남학생 한 명이 조심스럽게 내 학년을 물어 왔다. 생소한 얼굴인 걸로 봐선 우리 학과에 친구를 둔 다른 과 학생인 듯했다. 갑자기 남의 학년은 왜 묻나 싶긴 했지만 못 물어볼 것도 아니었기에 대수롭지 않게 답했다.

"올해 2학년인데요."

"아, 저는 올해 3학년이에요."

친구의 팔꿈치에 찔려 주춤거리며 말을 잇는 남자를 물끄러미 쳐다봤다. 누가 봐도 군대를 전역한 후 막 복학한 남자라는 걸 알 수 있게끔 머리가 무척 짧았다. 내게 말을 건 남자는 다시 한 번 친구의 팔꿈치에 찔리자 소리 나는 인형처럼 말을 꺼냈다.

"저기, 저는 중어중문학과 학생인데요."

답답할 정도로 드문드문 이어지는 남자의 말을 듣다가 문득 옆에서 느껴지는 시선에 힐긋 돌아보았다. 언제부터인지 모르게 물끄러미 날 쳐다보고 있는 민우 오빠가 보였다. 나는 그 시선을 무시하고서 중어중문 남학생한테 물었다.

"아, 네. 뭐 하실 말이라도……?"

"괜찮으시면 상경대랑 인문대 가까우니까 학생 식당 같은 데서 밥이나

356

하실래요? 물론 제가 살게요. 연락처 드릴 테니까 시간 나시면 연락 주세요."

"예? 아, 네."

엉겁결에 남자가 준비해둔 종이를 받아들었다. 떨떠름한 표정으로 테이블에서 멀어진 후에야 이게 말로만 듣던 '일일호프 헌팅'같은 거라는 걸 알았다.

여자 선배가 있는 계산대로 가자마자 쟁반을 내려놓고 소리쳤다.

"와, 선배. 나 저 끝 테이블에 앉아 있는 남자한테 번호 받은 거 알아요?"

고개를 숙인 채 주문을 정리하던 선배가 피식 웃으며 말했다.

"말했잖아. 너 오늘 예쁘다고. 오늘 네 옷 스타일 웬만한 남자한테 먹히는 '여성스러움'아니야? 거기다가 네 머리가 단발이라서 귀여워 보이기도 해."

"완전 신기해요! 나 이런 경험 처음이에요? 이거 재미있네요? 하하!"

"그래서 연락할 거야?"

"글쎄요. 오늘 민우 오빠 미운데, 확 연락해버릴까요? 예전에 민우 오빠 때문에 괴로웠던 거 생각하면……. 후우."

하필이면 헤어질 때가 생각날 건 뭐람. 그 후로 며칠 끙끙 앓았던 걸 생각하면 지금도 끔찍했다. 여전히 계산하느라 바쁜 선배가 큭큭대며 말했다.

"그래. 너 인기 많다는 걸 티를 내. 안 꾸며서 그렇지, 꾸미면 누구 못지않은 간지녀다, 라는 걸 알려줘버려! 네 덕에 민우가 여자 때문에 괴로워하는 것 좀 보자!"

"하하! 선배가 날 부려먹은 대가를 입으로 갚으려고 하네요?"

빈말이라도 기분 좋아 실실대며 웃고 있는데, 할 말 있는 표정으로 고개 든 여자 선배의 표정이 묘하게 굳었다.

왜 저러나. 선배의 시선을 따라 뒤돌아선 나는, 고개를 삐딱하게 들고 있는 민우 오빠를 발견하고는 돌처럼 굳었다. 뭘 들은 거냐고 물을 필요도 없었다. 민우 오빠의 굳은 표정이 모든 걸 다 듣고 있었다고 말해주고 있었기에.

여자 선배는 민우 오빠의 눈치를 슬쩍 보더니 손을 휘휘 내저었다.

"그만 가봐. 지혜야. 퇴근해도 좋아."

선배, 날 이렇게 버리나요.

민우 오빠의 표정에 미리 겁을 집어먹은 선배가 내게서 쟁반을 빼앗아 갔다. 강제적 퇴근 조치를 당한 내가 슬금슬금 물러서자 민우 오빠가 도망갈 생각은 접으라는 듯 내 손목을 힘주어 꽉 잡았다.

"뭘 하시겠다고?"

정말로 다 들었다. 무표정을 하고 있지만 눈썹이 치켜 올라간 민우 오빠, 할 말 없는 내가 한 발자국을 사이에 두고 서로 쳐다봤다.

이 일을 어찌하면 좋을까.

"연락한다는 게 아니었어요! 그냥 말뿐이었다고요!"

커다란 손에 잡힌 채 끌려가며 소리쳤지만 오빠는 못 들은 척 앞만 보고 걷고 있었다. 결국 아주 인적 드문 골목까지 끌려왔다.

"아파요!"

소리를 꽥 지르고 나서야 민우 오빠가 몸을 돌려세웠다. 오빠는 딱딱하게 굳은 표정으로 날 쳐다보며 억누른 목소리로 말했다.

"너 미수 혐의 두 번째야."

"무슨 소리예요?"

우악스런 손에서 어렵사리 손목을 구출해냈다. 얼얼한 손목 때문에 성질이 나서 상황 파악 못 하고 민우 오빠를 노려보며 물었다.

"소개팅 미수 혐의, 연락 미수 혐의."

"세상에 그런 게 어디 있어요?"

"네가 하고도 모르냐?"

"아, 그건 실제로 연락한다는 게 아니라 연락을 확 해버릴까 보다 그냥 그런 말……."

민우 선배의 매서운 표정에 말을 하다 말고 입을 다물었다. 잠시 호흡을 고른 내가 설득하는 어조로 말을 이었다.

"오빠, 장난친다고 한 말이지, 실제로 그럴 의도는 아니었어요."

"받은 연락처는 버렸냐?"

"그, 그럼요!"

"근데 네 손에 들고 있는 건 뭐냐?"

급한 불이라도 꺼야겠다는 심정에 힘차게 고개를 끄덕인 것이 무색하게 연락처가 적힌 종이가 내 손에 들려 있었다. 눈앞에 있는 사람에게 신경 쓰느라 내가 들고 있는 게 뭔지도 모르고 있었다. 시간이 지날수록 늪에 빠지는 기분이었다.

놀란 표정으로 종이를 쳐다보는데 눈 깜짝할 새에 사라졌다. 고개를 드니 종이를 박박 찢고 있는 민우 오빠가 보였다. 지금 뭐 하는 짓이냐고 물어야 할 것 같은데 심상찮은 분위기를 보아하니 입을 다물고 있어야 할 것 같았다.

"사람 자꾸 불안하게 할래?"

내가 하고 싶은 말입니다만.

민우 오빠의 잘 뻗은 눈썹이 한곳으로 모이며 화난 표정을 지었다. 오늘따라 유별나다 싶을 만큼 까칠하게 나오는 민우 오빠를 지지 않고 쏘아봤다.

예뻐 보이려고 하지도 않던 화장을 하고 구두를 신으면서까지 노력하는 나를 몰라주는 이 사람이 야속했다.

그러다 문득 골목에서 뭐 하는 짓인가 싶어 시선을 피했다. 예쁘게 꾸며도 몰라봐주는 이 사람과 싸워봤자 득 될 게 없다는 생각이 들어 누그러진 말투로 말했다.

"불안하게 할 생각은 아니었어요. 후우, 불안하게 생각할 거라는 생각도 못 했고요. 하여튼 전 이만 가볼게요. 시간도 늦었고, 엄마가 기다려서 집에 들어가봐야 해요. 조심해서 가세요. 화 풀리면 연락해요."

힘없이 돌아서기가 무섭게 날 꽉 잡는 손길이 느껴졌다.

"너 이렇게 가면 나 잠 못 자."

나지막하게 말하는 민우 오빠의 목소리를 듣자 괜히 코끝이 찡해졌다. 화장하고 예쁘게 꾸민 게 아스팔트 위에다 삽질한 것처럼 무의미하게 느껴졌다.

가장 잘 보이고 싶었던 사람인데. 예쁘다고 환하게 웃어줄 거라 생각했는데. 이토록 심드렁한 반응을 보이니 섭섭함이 극에 달했다. 그 순간 발목이 저릿했다.

"윽."

"왜?"

"아까 끌려오다가 휘청거렸잖아요. 그때 발목 삐었나 봐요."

발목을 파고드는 통증에 못 이겨 주저앉아 끙끙대고 있는데 눈앞에 거대한 등이 보였다.

"업혀."

"……됐어요."

"안아들고 가기 전에, 자진해서 업혀. 힐 안 신던 애가 신으니까 그렇잖아."

그래도 내가 힐 신은 건 아는 모양이었다. 넓고 단단해 보이는 민우 오빠의 등을 가만 쳐다봤다.

"셋 센다."

"윽."

"하나."

"…….."

"둘."

"치마 입고 업히면 꼴사나워요."

소리치듯 내뱉는 나의 말에 힐긋 돌아본 민우 오빠가 날 잠시 바라보았다. 그러더니 날 일으켜 세워 허리춤에 갈색 재킷을 묶으며 조용히 물었다.

"나한테 잘 보이려고 이렇게 입은 거냐?"

참 빨리도 물어본다. 제일 처음 웃는 얼굴로 물었다면 설레는 마음으로 '당연하죠!'라고 외쳤겠지만, 이미 마음 상할 만큼 상한 후였다.

"……뭐, 겸사겸사요."

"사실대로 말 안 하면, 개미허리 만든다."

민우 오빠가 허튼 말하면 허리를 졸라버리겠다는 듯 자켓의 묶인 양팔을 잡고서 말했다. 모든 걸 알면서 묻는 건 무슨 심보인가. 고개를 숙이며 짧게 한숨을 내쉰 후 말했다.

"네. 잘 보이려고 입었어요. 근데 헛짓 했네요."

"예뻐."

민우 오빠가 툭 던지는 말에 느릿하게 고개를 들었다. 그러자 입술 위에서 쪽 하는 소리가 들렸다. 입술 위를 스치고 지나간 따뜻한 열기에 멍한 표정으로 올려다보자, 민우 오빠는 가벼운 미소를 띤 채 날 바라보고 있었다.

"가, 갑자기 왜 이래요?"

머리에 총 맞은 사람처럼 이라고 덧붙이려 했던 건 뺐다.

"글쎄. 일단 업혀."

민우 오빠는 든든한 기사처럼 자신의 등을 내주며 말했다. 못 이기는 척 업히는 날 번쩍 든 민우 오빠가 골목을 따라 걸었다.

"갑자기 무슨 심경 변화를 일으킨 거예요?"

민우 오빠의 단단한 어깨에 턱을 댄 채 물었다.

"나 욕심 많이 없는 놈이야."

어두운 골목길을 한적하게 비추는 가로등 아래에 민우 오빠의 나지막한 목소리가 잔잔하게 울렸다.

"근데 너랑 관련된 건 다 욕심 나. 네가 화장한 모습, 구두 신은 모습, 원피스 입은 모습, 하다못해 머리를 자른 모습까지 내가 가장 먼저 보고 싶은데, 이미 다른 놈들이 다 봤잖아. 마음 같아서는 널 가장 먼저 본 놈 파묻어버리고 싶어."

가장 먼저 자세히 본 건 준서 선배다. 하필이면 준서 선배. 그 이름을 꺼냈다간 날 업은 채 어디로 뛸지 몰라 입을 꾹 다물었다.

"그래서 예쁜데 예쁘다고 말 못 해준 거야. 이런 기분 나쁜 감정이 처음이라서 열 받아 죽겠는데, 웬 떨거지 하나가 너한테 종이를 주잖아. 딱 봐도 그 자식이 너한테 관심 있다는 게 보이는데 넌 또 그걸 넙죽 받는

362

걸로 부족해서 연락을 하느니 마느니 후우."

민우 오빠는 줄줄 말을 뱉다 다시금 욱하는지 깊은 한숨으로 자신을 달랬다. 이렇게 노골적으로 질투를 할 줄이야. 가슴 안에 웅크리고 있던 못난 마음이 흐물거리며 녹아내렸다. 나는 민우 오빠의 목덜미에 머리를 기댔다.

"……걱정 마요. 난 민둥이 오빠 말고는 아무도 없으니까."

"……."

"이런 남자 어디서 다시 찾아요?"

"……그러니까 관리 좀 해줘봐."

애원하는 어조로 말끝을 흐리는 민우 오빠의 말에 소리 없이 웃었다. 언제부터 자꾸 '내가 더 좋아하는 거 같아.'라는 말을 하더니 진심으로 불안했던 모양이었다.

"근데 나 정말 예뻐요?"

"예뻐."

"그럼 매일 이러고 다녀야겠네요?"

"글쎄."

"그럼 평상시의 내 모습이랑 지금 내 모습이랑 무슨 차이 있어요? 아니, 뭐가 더 예뻐요?"

궁금한 걸 조목조목 물으며 민우 오빠의 어깨에 머리를 가져다 댔다. 민우 오빠도 뒤따라 내 머리 위로 자신의 머리를 살포시 기댔다. 옅은 술 냄새가 났지만, 싫지 않았다.

얼마 후 민우 오빠의 듣기 좋은 목소리가 답했다.

"별 차이 없어. 그냥."

"……."

"딴 놈에게도 예뻐 보이느냐, 나한테만 예뻐 보이느냐 정도 차이지."

"……."

"그러니까 예전처럼 편하게 하고 다녀라. 나만 알고 싶으니까. 다른 놈들은 네가 어떻게, 얼마만큼 예쁜지 모른 채 살다가 죽었으면 좋겠거든."

"풋."

결국 입술 밖으로 웃음이 새어나왔다. 사실 민우 오빠의 저 예쁜 입술로 '앞으로 화장 꼭 하고 다녀!'라고 말하면 어쩌나 걱정하고 있던 터였다. 내가 원하던 대답을 콕 찍어 해주는 민우 오빠가 예뻐 목덜미에 쪽하고 뽀뽀를 해줬다.

순간 목을 움츠린 민우 오빠가 진지하게 말했다.

"자극하지 마라. 음주 보행 중이라 미친 척하고 이대로 우리 집까지 뛰어갈지도 모르니까."

민우 오빠의 말에 그냥 웃고 말았다. 민우 오빠에게 업혀 편안하게 있으니 취기와 피로가 동시에 몰려들었다.

가을의 시원한 밤바람이 스쳐지나갔고, 민우 오빠의 몸에선 북소리 같은 심장 소리가 들렸다. 지금 이 순간, 우리의 시간이 멈추지 않았다는 걸 확인이라도 해주는 것처럼 울리는 민우 오빠의 심장 소리가 너무나도 좋았다.

"자냐?"

자고 있지는 않았지만, 잠이 몰려와 아무 대답하지 않았다.

"자는구나."

민우 오빠의 말에 스르륵 눈을 감았다. 다시는 들어 올릴 수 없을 것만큼 눈꺼풀이 무거웠다. 그 순간 귓가에 나지막한 목소리가 감겨왔다.

"네가 제일 예뻐 보일 때는 말이야."

희미하게 의식이 흐려지는데 아주 먼 곳에서 민우 오빠 목소리를 닮은 소리가 들렸다.

"웃는 얼굴로 내 이름 부르면서 달려올 때야."

마무리

우르르 쾅쾅!

"으."

"무서워?"

"아니. 놀랐어."

민우 오빠의 물음에 고개를 설레설레 흔들었다. 짐짓 태연한 척 말했지만 사실 심장은 터질 듯이 뛰어댔다. 민우 오빠의 도움을 받아 졸업 논문을 하다 보니 어느새 밤 11시가 넘었고, 창밖에선 여름 막바지를 기념하는 듯 천둥번개를 동반한 폭우가 쏟아졌다.

"넘어갈게요."

집과 학교를 오가는 시간이 아까워 나는 다시 3학년 2학기 시작할 무렵 학교 근처 원룸을 잡았고, 놓칠세라 민우 오빠가 맞은편 집으로 이사를 왔다. 그 후로 이렇게 1년을 살고 있었다. 두 집을 한 집처럼 오가며 사는지라 준서 오빠와 서연이도 허물없이 자주 놀러 와 자곤 했다.

맞은편 집으로 넘어가려고 부산을 떨며 일어서자 민우 오빠가 날 가로막았다.

"또 날 새우게?"

"아니. 자야지."

"천둥번개 무서워서 잠도 못 자잖아."

"이제 스물세 살, 졸업반이이야. 저런 천둥번개쯤은."

우르르! 쾅!

"윽."

"튕기지 말고 이리 와."

내 손에 들린 짐을 빼앗아 책상 위로 올려놓은 민우 오빠는 나를 침대로 끌어당겼다. 언젠가 한번 천둥번개 치던 날 잠을 못 이루고 날 새운 적이 있었다. 흘러가는 말로 뱉은 말을 기억한 모양이었다.

민우 오빠는 혼자 두기 불안하다는 이유로 날 침대에 눕혔다. 사귄 지 2년 반쯤 되어 가자 서로에게 필요한 건 눈 감고도 찾을 수 있을 정도가 되었다.

"지금 뭐 하시는 거죠? 한민우 씨?"

"뭐가."

모르는 척 내 허리에 팔을 감으며 옆에 누운 민우 오빠를 가늘게 뜨고 노려봤다.

"침대 좁아. 내려가. 아니면 내가 내려가서 잘까?"

"일부러 싱글 샀는데, 보람 없이 내려가서 자라고?"

"어쩐지."

얼마 전 멀쩡한 더블 침대를 스프링을 문제 삼아 싱글로 바꿨는데 이런 꿍꿍이가 있을 줄이야.

"손대지 마. 졸업 논문만 해도 죽을 거 같아. 체력도 딸리고, 눈에 다크 서클도 생기고."

울상을 지으며 애원조로 중얼중얼 말을 뱉자 민우 오빠 대신 하늘이 천둥소리로 답했다.

"졸업 논문 크게 신경 안 써도 되잖아. 너 어차피 신문기자로 취직됐으니까 교수님도 신경 안 쓰실걸?"

나는 운 좋게도 인턴 활동을 하던 신문사에서 정식 기자로 취업에 성공했다. 마지막 면접이 통과되어 취업 확정이 떨어진 날 민우 오빠와, 준서 오빠, 서연이로부터 엄청난 축하를 받았었다.

나는 그날의 일을 회상하다 말고 민우 오빠에게 대답했다.

"취직했다고 해서 졸업 논문을 허술하게 낼 순 없잖아. 이제 마지막인데."

"그건 그렇지."

나는 민우 오빠의 얼굴을 물끄러미 보며 물었다.

"PD 되면 연예인 많이 만나겠다. 그렇지?"

"그렇겠지."

민우 오빠의 덤덤한 대답을 들으며 낮은 한숨을 흘렸다. 민우 오빠는 재학 중에 공중파 방송국 PD로 입사에 성공했고, 서연이와 준서 오빠는 좀 더 공부하고 싶다며 대학원으로 진학하기로 결정했다. 모두에게 좋은 일이라 말했지만, 추억이 가득한 학교를 떠나는 날이 얼마 남지 않은 건 무척 섭섭한 일이었다. 더군다나 졸업 후 각자의 일터로 가게 되면 지금처럼 쉽게 만날 수 없을 걸 생각하니 벌써부터 마음이 아렸다.

거기에 민우 오빠를 생각하면 더 마음 아팠다. 같은 과제로 고민할 일도, 함께 머리를 맞대고 시험 준비를 할 일도, 못된 교수님을 함께 욕하는 것도 더 이상 할 수 없는 일이라니. 졸업 후를 생각하는 것만으로 마음이 아플 만큼 민우 오빠는 나의 생활에 깊숙이 박힌 사람이 되었다.

나는 씁쓸한 표정으로 민우 오빠를 노려보며 물었다.

"여자 연예인이랑 바람나는 거 아니야?"

"너야 말로 일 핑계로 신문사 사람이랑 눈 맞지 마라. 아! 특히 취재를 이유로 딴 남자들이랑 밥 먹고 술 마시다가 걸리면 큰일 난다? 불시에 검문하러 갈 테니까 늘 긴장하고 있어."

"그럴 일 없거든요."

"그럼 다행이고."

그렇게 답하며 민우 오빠는 나를 좀 더 끌어안았다. 나는 손으로 민우 오빠의 손가락을 매만지며 힘없이 중얼거렸다.

"이제 졸업이구나."

"그러게. 이제 정말 사회인이네."

취직이 확정되고, 졸업 논문을 코앞에 두고 있는 지금도 졸업이 다가온다는 사실이 믿기지 않았다.

하늘을 찢을 듯이 시끄럽게 울려대던 천둥소리도 어느새 멎었다. 깜깜한 방을 멍한 눈으로 응시하는데 귓가에 숨소리가 섞인 달짝지근한 목소리가 들렸다.

"그거보다 더 큰일 있어."

사회인이 되는 거보다 더 큰일이 우리에게 뭐가 있을까. 고개를 돌리자 밤하늘을 떼어놓은 것만큼 까만 눈동자가 잔잔하게 날 바라보고 있었다. 민우 오빠는 고개 숙여 내 입술 위에 입술을 포갠 후 말했다.

"청혼."

뭔가로 머리를 얻어맞은 것처럼 얼얼했다. 고개를 뒤로 젖혀 민우 오빠를 빤히 쳐다봤다. 두 글자에 이토록 머릿속이 하얗게 변할 수 있다는 게 신기할 정도였다.

"갑자기 그게 무슨 소리야?"

"나, 너한테 청혼할 거야."

"설마, 지금, 여기서?"

"아니. 일주일 후에."

왜 하필 일주일 후냐고 묻는 내 표정을 보며 민우 오빠는 가벼운 웃음을 띤 채 말했다.

"일주일 후에 청혼할 반지가 나오거든."

멍한 표정으로 민우 오빠를 쳐다봤다. 청혼에 예고편도 있었던가. 민우 오빠는 이런 반응이 예상 밖이었는지 한쪽 눈을 가늘게 뜨고서 말했다.

"설마 생각해본 적 없냐?"

"아, 아니. 생각해본 적 없는 건 아니지만."

2년 반을 사귀면서 생각해본 적 없다는 건 말도 안 되는 일이었다. 하지만 생각해보는 것과 실제로 닥친 것에는 엄청난 차이가 있었다. 사랑하는 사람으로부터 청혼을 받는 일은 여자로서 더할 나위 없이 기쁜 일이었다. 하지만 기쁜 마음만큼이나 당혹스러움 역시 컸다.

민우 오빠의 커다란 손이 내 뺨을 쓸며 조용히 말했다.

"나는 결혼은 나한테 적합한 사람이 있을 때 해야 한다고 생각하거든. 괜히 이것, 저것 잰다고 다른 사람 만나봤다가 나중에 너만 한 여자 없으면 내 인생 불쌍하지 않겠냐?"

"……."

"받아줄 거지? 일주일 후에 청혼하면?"

세상에서 가장 달달한 목소리로 말하던 민우 오빠가 내가 대답이 없자 슬며시 내 위로 덮쳐오며 압박했다. 나는 다급하게 민우 오빠의 손을 저지하며 말했다.

"오빠, 결혼이라는 게 우리 둘만 좋다고 할 수 있는 것도 아니고…….
우리 집은 날 시집보낼 만큼의 여력이 있는 것도 아니야. 그러니까……."

"괜찮아. 할아버지한테 받은 내 유산이면 우리 둘이 결혼하고도 남아."

"아니, 그래도……."

"대답."

"뭐 음, 새, 생각해보고. 오빠 하는 거 봐서."

물론 청혼을 거절할 건 아니지만, 천둥번개 치는 날, 하필이면 졸업 논
문에 죽도록 고생한 이런 날, 불 꺼진 침대에서 말을 꺼낸 민우 오빠가
미워 슬쩍 튕겼다.

그러자 하던 행동을 멈춰버린 민우 오빠는 내 얼굴을 뚫어져라 응시하
다 말했다.

"그럼 어쩔 수 없지."

너무 쉽게 포기하는 것 같아 불안한 마음에 슬쩍 올려다보자 민우 오
빠가 한쪽 손으로 내 허리를 파고들며 말했다.

"뭐 어, 어쩌려고?"

"청혼을 받아들이게 해야지."

"무슨 짓을 하려고?"

슬슬 불안했다.

"내가 스피드 있는 거 좋아하는 건 알지?"

"알지."

어둠에 익숙해진 눈이 민우 오빠의 웃음기 섞인 얼굴을 잡아냈다. 순
간 엄청난 불안함이 엄습했다. 민우 오빠는 내가 빠져나갈 수 없도록 막
은 후 부드럽지만 단호한 힘이 실린 목소리로 말했다.

"그럼 스피드 있게 속도위반 한번 해보실까?"

"윽! 청혼 받아들일게! 꼭 받을게! 우리 결혼해요! 합시다!"

"진작 그렇게 나와야지. 그런데 어쩌지."

민우 오빠는 버둥대는 날 단숨에 제압하며 가벼운 목소리로 말했다.

"이미 시동 걸렸어."

그리고 그의 이야기

  학과 사무실에서 나온 준서가 복도 주변을 살폈다. 방금 전까지만 해도 함께 있던 민우가 보이지 않았다. 준서는 주변을 연신 둘러보며 주머니에서 휴대전화를 꺼냈다. 그사이에 어디로 간 거냐고 문자를 보낸 지 얼마 되지 않아 민우로부터 짤막하게 답이 돌아왔다.

  - 상경대 4층 흡연실 -

  금연에 성공한 녀석이 거기까진 왜 올라간 건지.

  상경대 4층 흡연실은 얼마 전까지 흡연자의 애용공간으로 이용되다가 학교의 '전면 교내 금연구역'을 시행하면서 의미 없는 공간으로 남아버렸다.

  준서는 걸음을 빨리 움직여 4층 흡연실로 향했다. 흡연실의 문을 열자 테라스에 아슬아슬하게 기대서 있는 남자의 뒷모습이 보였다. 준서가 민우의 어깨를 툭 치며 물었다.

  "여기서 뭐 해?"

  "피난."

  대답하는 민우의 목소리에 귀찮음이 잔뜩 묻어났다.

"왜?"

"후배들이 밥 사달라고 그래서."

"여자 후배들이?"

"어."

민우는 생각하는 것조차 싫은지 미끈한 미간에 주름이 졌다. 민우는 어렸을 적부터 잘생긴 외모 때문에 주변의 무수한 관심을 받았다. 원치 않게 시달린 덕에 민우는 제 곁에 사람들이 가까이 오는 것을 극도로 귀찮아했다. 특히 대학에 들어온 후 친구로만 여긴 여자 동기들이 자기네들끼리 치고받고 싸운 후, '우리 중에 누구야? 선택해!'라는 사건을 겪은 후 민우는 여자들이 접근하는 걸 더욱 싫어하게 되었다.

준서가 민우의 옆에 나란히 서며 물었다.

"혹시 너한테 밥 먹자고 한 그 여자 후배 중에 서연이도 있었어?"

물어 오는 준서의 목소리가 조심스러웠다. 입학과 동시에 생긋생긋 웃으며 다니는 서연이를 본 순간 자꾸만 마음이 끌리던 준서였다. 민우가 고개를 홱 돌려 준서를 건조하게 바라보았다.

"그게 누군데?"

"서연이 몰라?"

준서가 기가 막힌다는 듯 물었다. 벌써 몇 번이나 함께 수업을 들었고 복학생 남자애들 사이에서 끊임없이 회자되고 있는 화제의 인물이 서연이었다.

"모르니까 묻지."

민우가 건성으로 답했다. 준서는 기가 차다는 듯이 민우를 바라보다가 때마침 아래에 지나가는 여자를 가리켰다.

"쟤."

준서가 가리킨 방향으로 민우가 느긋하게 고개를 돌렸다. 우거진 나무 아래로 캐주얼한 옷차림을 입은 여자가 지나갔다. 일행에게 심각하게 이야기를 하다가 뭔가가 재미있는지 방긋 웃고 있었다. 민우는 심드렁하게 그 모습을 바라보았다.

"백팩 맨 쟤?"

"아니. 그 옆에."

우거진 나무에 가려 있던 여자가 뒤늦게 모습을 드러냈다. 긴 생머리에 여리여리한 몸매를 한 여자는 발레리나처럼 우아한 선을 갖고 있었다. 더욱이 옆모습만 봐도 '예쁘다'라는 느낌을 받을 정도의 외모를 갖고 있었다. 실제로 슬쩍 돌아보는 앞모습도 연예인이 아닐까 싶을 만큼 예뻤다.

"예쁘네."

말과 달리 민우의 표정은 심드렁했다. 예쁘다, 단지 그뿐이었다. 준서가 민우를 보며 조심스럽게 물었다.

"쟤는 너한테 밥 먹자고 안 해?"

"안 하던데. 왜?"

"아니. 아, 배고프다. 우리도 밥 먹으러 내려가자."

준서가 몸을 돌려 서둘러 테라스 밖으로 나갔다. 민우가 혀를 끌끌 찼다.

마음을 숨기려면 확실히 숨기든가, 드러내려면 확실히 말하든가. 누가 봐도 티 날 정도로 발 연기를 하며 사라지다니.

민우는 들뜬 걸음으로 나가는 준서를 바라보다가 고개를 아래로 돌렸다. 나풀거리는 하얀 스커트를 입은 여자와 백팩을 맨 여자가 벌써 저만치 멀어져 있었다. 민우의 시선이 하얀 스커트가 아닌 사각 남색 백팩을 맨 여자에게 닿았다. 눈이 부실 만큼 하얀 티셔츠에 청바지를 입은 깔끔한 옷 스타일에 목덜미를 드러내는 단발이 무척 잘 어울렸다.

"안 와?"

저 멀리서 자신을 부르고 있는 준서를 향해 고개 돌리며 민우가 작게 중얼거렸다.

"백팩이 더 귀여운 거 같은데."

늦은 저녁, 귀가하던 길에 머리 위로 화분이 날아왔다. 귀엽다고 해줬더니 화분을 날릴 줄이야. 고개를 들어 보니 화분 떨어뜨린 여자가 베란다에 매달려 '죄송합니다'라고 울부짖고 있었다. 그러다 무슨 생각을 한 건지 여자가 집 안으로 쏙 사라졌다.

"어쭈. 죽으려고, 저게. 뺑소니를 해?"

층수를 보아하니 자신의 이웃집 여자였다. 누군지 단박에 짐작이 갔다.

"귀엽다 해줬더니 아주 그냥 막 귀여워지는구나."

싸하게 얼어붙은 얼굴로 민우가 화분을 머리채 잡듯이 거머쥐었다. 발로 화분 조각을 슥슥 구석으로 밀어놓던 민우의 발이 멈칫했다. 무언가를 발견한 민우가 눈을 가늘게 뜨고서 허리를 굽혀 무언가를 집어 들었다. '이지혜'라고 적힌 화분의 부분이 보였다.

"역시."

알 듯 말 듯한 묘한 표정을 지으며 건물로 들어간 민우가 이웃집 앞에 섰다. 벨을 누르려는 찰나 문이 벌컥 열렸다. 도망치려고 했던 건지 옷차림이 엉망진창인 여자가 자신을 보더니 저승사자라도 본 것처럼 기겁하고는 문을 도로 닫으려고 했다. 한눈에 봐도 상황을 피하려는 수작이었다. 그걸 보는 순간 마지막까지 부여잡고 있던 인내심이 뚝 끊어졌다. 여자가 닫으려는 문 사이에 민우가 발을 끼워 넣고서 문고리를 확 잡아당겨 문을 열었다. 그 짧은 시간 여자의 얼굴이 순식간에 여러 색으로 변했다.

그때까지만 해도 민우는 자신의 얼굴을 보고서 납작 엎드려서 싹싹 빌면 넘어갈 생각이었다. 같은 학과 사람이랑 엮이고 싶지 않았고, 더욱이 여자 후배면 사양이었다. 그런데 이 귀여운 여자의 생각은 달랐던 듯했다.

"아니요. 저기 무슨 오해가 있으신가 봐요. 대체 전 무슨 일인지……."

여자가 덜덜 떠는 목소리로 말했다.

"하."

어떻게든 발뺌하려 하는 여자 후배의 모습을 보는 순간 기가 막혀 웃음이 나왔다. 사람을 죽일 뻔해놓고 발뺌을 하려면 연기력이라도 여우주연상급으로 잘하든가. 이 후배는 준서와 비등하게 연기를 못했다.

짤막하게 몇 마디 주고받던 민우는 깨진 화분의 파편을 던지듯 건네주었다. 본인의 이름이 적힌 깨진 화분의 파편을 던져주자 이젠 빼도 박도 못하는 상황이라는 걸 여자 후배가 인지한 듯했다. 그제야 여자 후배가 싹싹 빌기 시작했다.

"그러니까 결론은……, 너무 죄송합니다."

진작 이럴 것이지. 민우가 삐딱하게 웃으며 혀로 입안을 훑었다.

"미안할 만하지. 사람 하나 죽일 뻔했으면 단순히 미안한 걸로 안 되지."

민우가 상황과 어울리지 않게 웃었다.

"근데 말이야. 이미 늦었어."

이미 인내심이 바닥났다. 자신도 제어할 수 없는 지경에 달했다.

하나에 꽂히기가 힘들어서 그렇지 한번 꽂히면 끝장을 보는 성격이 시작되었다.

끝장나게 이지혜에게 꽂혔으나 바쁜 스케줄 때문에 지혜에 대한 생각을 못 하고 있었다. 교내에선 그다지 알은척하고 싶지 않았고, 집으로 돌아와선 생각할 겨를이 없었다. 그런데 이지혜가 자신을 자극한다.

"아, 미치겠네."

5분을 인내하던 민우가 더는 견디지 못하고 정색한 얼굴로 옆집 방향의 벽면을 노려보았다. 자신에게 안 좋은 이미지로 꽂힌 여자가, 자신이 제일 꽂혀 있는 음식인 된장찌개를 맛깔나게 끓이고 있었다. 냄새만 맡아도 이건 확실히 맛있는 된장찌개였다.

통성명 겨우 하고 인사 몇 번 주고받은 이웃주민에게 막무가내로 된장찌개를 내놓으라고 할 수 없던 터라 민우는 아랫입술을 깨물었다. 이럼 안 된다는 걸 알면서도 자꾸만 눈은 현관문을 향했다. 더는 된장찌개의 냄새를 버티지 못하고 민우는 옷을 둘러 입고 외출하는 것으로 그 자리를 피했다. 언젠가 꼭 된장찌개를 얻어먹겠다고 다짐하고서.

그리고 며칠 후 민우에게 기회가 찾아왔다.

"좀……, 도와주세요. 정말 못 하겠어요."

이웃집 여자이자 자신의 후배인 지혜가 울상을 한 채 자신을 쳐다보았다. 자신이 맡겨놓은 과제를 못 하겠다는 시인을 받으며 민우는 덤덤하게 대답했다.

"가져와."

"네?"

지혜는 자신이 제대로 들었는지 의문스러운 표정을 짓고 있었다.

"과제 가져오라고."

잠시 자신을 멍하게 쳐다보는 지혜에게 인상을 쓰자, 지혜가 반사적으로 후다닥 뛰어 들어갔다. 그 모습을 지켜보던 민우는 흡족한 표정으로 지혜를 기다렸다. 이윽고 슬리퍼를 짝짝이로 신고 튀어나온 지혜는 긴가민가한 얼굴로 자신에게 과제를 내밀었다. 과제를 받아들며 민우가 건성으로 답했다.

"아침에 된장찌개 먹은 거 너지?"

"어떻게 아세요?"

지혜의 눈이 동그랗게 떠졌다.

"냄새 났어. 내일 아침 8시. 문 열어놔라."

"네?"

"예의상 숟가락은 챙겨 갈 테니까 아침밥 준비해놔. 된장찌개로."

지혜에게서 대답이 돌아오지 않았다. 그러나 민우는 개의치 않았다. 저 여자도 거절할 명분도, 상황도 아니라는 걸 인지하고 있을 테니 굳이 두 번 말하지 않았다.

즐거운 마음으로 과제를 살피던 민우의 얼굴이 이내 파삭 구겨졌다. 무슨 짓을 해야 종이의 반이 통째로 날아가는지 모르겠다. 민우가 무섭게 쳐다보자 지혜가 쳐다보는 이유를 알았는지 반사적으로 경계 태세를 갖추며 대답했다.

"내일 아침밥 해드리잖아요."

"그건 당연한 거고."

"별로 당연한 거까지는 아닌 거 같아요."

잔뜩 경계하는 자세로 또박또박 말대꾸하는 지혜를 흘깃 쳐다본 민우가 과제 종이를 흔들며 투덜댔다.

"이게 뭐냐? 빨 게 없어서 종이를 빨았냐?"

"처음부터 빨 의도는 없었는데 씻다 보니까요."

"글자는 다 어디 갔냐? 표백제라도 썼냐?"

"음⋯⋯."

신음을 흘리며 괴로워하는 지혜를 잠시 쳐다보던 민우가 살벌하게 경고했다.

"내일 된장찌개 맛없으면 이 꼴 날 줄 알아라."

얼음이 된 지혜를 흘깃 본 민우는 집 안으로 들어갔다. 늦은 시각 컴퓨터 앞에 앉아 시간을 확인한 민우는 긴 한숨을 내쉬었다. 이 시각에 과제라니. 이윽고 쿵 하는 소리와 함께 이웃집 여자의 문 닫히는 소리가 났다. 뒤이어 다다다 계단을 빠르게 밟고 내려가는 소리가 들렸다. 반사적으로 민우의 시선이 시계를 다시 향했다.

이 늦은 시간에 이웃집 여자는 또 어디로 외출하는 건가. 해야 할 과제는 자신한테 고스란히 반납시켜놓고 말이다.

"위험하게. 쯧."

못마땅한 듯 민우가 짧게 혀를 찼다. 사실 저 여자가 어찌되든 상관없었다. 당장 내일 아침 된장찌개를 못 얻어먹을 게 억울할 뿐.

이웃집 여자에 대한 생각을 접으며 민우는 깍지 낀 손을 길게 앞으로 뻗었다. 목과 손목의 스트레칭을 마친 민우의 결연한 시선이 모니터로 향했다.

"신경 끄고. 일단, 과제부터."

다음 날 이지혜가 만든 된장찌개를 먹으면서 한 생각은 하나뿐이었다.

맛있다. 된장찌개를 좋아하는 만큼 까다로운 자신의 입맛을 단번에 휘어잡았다. 그 후로 민우는 배가 고플 때면 무슨 핑계를 대서 이지혜에게 된장찌개를 얻어먹을까 고민했다.

그러다가 그 기회가 생겼다. 서연이의 집에서 다 함께 과제를 한 날이었다. 서연이가 만들어준 핫케이크가 느끼하다는 생각을 한 후부터 이지혜가 만든 된장찌개가 생각났고, 실제로 집까지 데려다줬다는 이유로 얻어먹었다. 대충 만들어도 확실히 이지혜는 된장찌개를 잘 끓였다. 그날도 맛있게 식사를 마쳤다. 그러나 뒷맛이 개운한 상황은 아니었다.

"너 준서 좋아하냐?"

그런데 이 질문을 뱉는 입안이 이유 없이 텁텁했다. 자신의 질문에 얼음이 되어버린 지혜를 보는 순간엔 더더욱 그랬다.

"좋아하냐고."

묻는 목소리가 이유 없이 딱딱하게 흘러나왔다. 지혜가 어색하게 웃으며 대답했다.

"갑자기 그걸 왜……."

"좋아하는 거처럼 보여서."

민우가 눈을 내리뜨고서 덤덤하게 말했다. 오늘 하루 종일 좌불안석인 지혜의 행동이 이상해서 유심히 지켜보았다. 서연이의 집에서 지혜의 시선은 오래도록 준서를 향했다. 준서가 움직이는 방향, 준서가 하는 행동, 그러다가도 준서와 눈이 마주칠 때면 바짝 굳어 숨도 못 쉬었다. 겁먹은 얼굴로 자신에게 꼬박꼬박 말대꾸하던 시건방진 이지혜가 아니었다.

확신하게 된 것은 귀갓길에서였다. 분명 신준서가 보냈을 게 확실한 문자를 보며 환하게 웃던 지혜를 봐버렸다. 자신에겐 정색한 얼굴만 보여주던 것과 달리 세상의 행복을 품에 다 끌어안은 얼굴이었다. 혹시나

하는 생각에 일부러 꺼낸 '신준서, 전체 문자'라는 자신의 말에 지혜는 금세 웃음을 잃어버렸다. 이지혜는 확실히 신준서라는 사람에게 반응하고 요동치고 있었다.

한참 만에 지혜가 행주를 꽉 쥐며 대답했다.

"아니요."

지혜가 부인했다. 그러나 그녀의 온몸에 흐르는 어색함이 '거짓말'이라는 걸 말하고 있었다. 민우가 꿰뚫어볼 것처럼 눈을 가늘게 뜨며 물었다.

"정말?"

"네."

"아아."

말을 길게 늘이며 민우가 나른하게 눈을 떴다.

"준서 선배 안 좋아해요. 저 좋아하는 사람 없어요. 하하."

베란다 창문에 비치는 이지혜의 손길, 눈빛, 행동, 모든 것이 어색하다. 거짓말 한번 지독하게 못한다.

"아니면 말고."

느릿하게 시계를 착용하던 민우는 베란다에 비치는 이지혜를 보았다. 이지혜는 잔뜩 신경이 곤두선 모습을 억지로 숨긴 채 자신의 얼굴을 엿보고 있었다. 관찰이겠지. 민우는 지혜와 몇 마디 이야기를 나누다가 현관문 앞에 섰다. 문을 잠그겠다며 뒤따라 나온 지혜를 잠시 내려다보았다.

눈앞의 이 여자 마음이 준서를 향하든 말든 자신과는 관계없는 일이다. 물론 준서가 서연이를 좋아한다는 사실을 알고 있지만 그들의 애정사일 뿐 자신이 관여할 문제는 아니었다. 그러니 지혜의 마음을 눈치 챘어도 모르는 척하면 된다. 그게 자신의 성격에 어울리고 상황상 맞는 행동이었다. 그런데 조마조마한 얼굴로 자신을 바라보고 있는 지혜의 얼굴을 보고 있자니 이유 없이 화가 났다. 왜까. 잠깐 고민해봤지만 답이 나오질 않았다.

민우는 철저하게 감정을 배제시킨 고저 없는 목소리로 말했다.

"기다리지 마. 아마 준서 답장 안 할 거다."

민우는 말을 뱉어놓고 돌아섰다. 이지혜는 문이 닫힐 때까지 대답이 없었다.

아마 성격상 돌처럼 굳어 있겠지. 긴장하거나 불편해지면 무조건 돌처럼 굳어버리니까.

쿵 하는 소리와 함께 문이 닫힌 후에야 민우가 돌아섰다. 닫힌 문을 잠시 바라보던 민우가 엄지손가락으로 입가를 닦아냈다. 역시나 아무것도 묻어나지 않았다. 그런데 왜 자꾸 입가엔 뭔가 묻어 있는 것 같고 입안이 텁텁할까.

민우가 인상을 쓰며 아무것도 없는 입가를 거칠게 닦아냈다. 이 짜증엔 별다른 이유가 없을 거다. 아마도 과제를 하는 동안 쌓인 피로와 복잡한 애정사를 강제로 목격해야 할 상황 때문에 오는 짜증일 거다. 그래, 그게 전부일 거다.

애써 자신이 찝찝한 이유를 찾아내며 민우가 집 안으로 들어갔다.

"그래가지고요……."

민우는 턱을 괸 채 술에 취해 주절주절 말하고 있는 지혜를 바라보았다. 술을 즐겨 마시길래 술이 센 줄 알았더니 지혜의 주량은 예상외로 얼마 되지 않았다. 맥주 몇 캔에 지혜는 정신 놓을 정도로 취했다.

"제가 그랬었는데요."

지혜의 말을 듣는 둥 마는 둥하며 민우는 약 한 시간 전 자신이 내린 결정을 후회하고 있었다. 왜 이 애를 데리고 자신의 집까지 왔을까.

　베란다에서 만나 '아니면 한잔 하실래요?'라고 던지는 지혜의 말을 술주정으로 치부했다. 쓸데없는 소리라고 생각하며 무시한 채 집 안으로 들어갔다가 냉장고에서 맥주 한 캔을 꺼내는데 뒷목이 뻐근했다. 뒤늦게 못마땅함이 몰려들었다.

　'아니, 근데 내가 지 친구야?' 하면서 맥주 여섯 개가 든 패키지를 들고 지혜의 집을 찾아간 것이 화근이었다. 자신을 남자는커녕 선배로도 생각하지 않는 지혜를 골탕만 먹일 생각이었는데, 정작 자신의 얼굴을 보자마자 하얗게 질린 지혜의 얼굴을 보자 슬쩍 화가 났다. 이 여자는 자신이랑 술 마실 생각도 없이 '아니면 한잔 하실래요?'라는 말을 던진 거였다.

　그 말에 덥석 여기까지 걸음한 자신이 어이없기도 하고, 그런 말을 농담 삼아 던진 후배가 괘씸하기도 해서 결국 버둥거리는 지혜를 데리고 자신의 집에 앉혀놓았다. 처음엔 어쩔 줄 모르는 얼굴로 여기저기를 둘러보는 지혜를 적당히 놀리다가 돌려보낼 생각이었다.

　그러나 빈 맥주 캔이 한두 개씩 늘어나자 지혜의 앉은 자세가 점점 편안해졌다. 이젠 돌려보내고 싶은데 이지혜는 갈 생각이 전혀 없어 보였다.

　이윽고 지혜는 술에 취해 중학교 때 있었던 이야기를 시작했다. 어두운 얼굴로 중학교 때 서연이와 있었던 일을 주절주절 말하던 지혜는 이 일이 또 반복될까 봐 무섭다고 말했다. 다른 건 몰라도 정말이지 그것만큼은 견딜 수 없을 것 같다고 말했다.

　그 말을 마친 후 잠시 미역처럼 축 늘어져 있던 지혜는 번쩍 고개를 들더니 자신이 졸업한 고등학교 앞에 자리한 떡볶이 집이 얼마나 맛있는 떡볶이를 파는지에 대해 장황하게 설명을 시작했다.

애, 술주정이 만담이구나.

"거기 국물도 정말로 최고였거든요. 분식집답지 않게 육수가 아주 그냥……."

"야."

"끝내줬……. 예?"

술에 취해 흐릿한 초점으로 지혜가 자신을 쳐다보았다. 술기운이 올라서인지 지혜의 얼굴이 볼그스름했다. 그 가운데 촉촉하게 젖은 눈동자가 유난히 반짝반짝 빛났다. 민우는 삐딱하게 기대 앉아 눈을 가늘게 뜬 채로 지혜에게 물었다.

"넌 내가 남자로 안 보이냐?"

못마땅한 듯 툭 던지며 물어 오는 민우의 말에 지혜가 뒷목을 긁적거렸다.

"보이는데요."

말과 달리 촉촉하게 젖은 눈동자를 순진하게 깜빡였다. 민우가 불만스러운 얼굴로 까칠하게 물었다

"그런데 뭘 믿고 이렇게 무방비하냐? 여기 우리 집이야. 너랑 나랑 단둘이 있고. 거기다가 자정이 넘은 늦은 시간이야."

"그러게요. 선배랑 저랑 둘이 있네요. 그런데 선배가 그럴 리 없잖아요. 선배는 선배니까요."

"남자랑 선배랑 무슨 상관이야."

"선배가 남자긴 하지만 저한테 관심 없잖아요. 그러니까 남자가 아닌 거죠. 그러니까 상관없죠. 우리가 같이 술을 마셔도."

대체 무슨 소리인지 모르겠지만, 술에 취한 상태로도 또박또박 잘도

대답한다. 그러면서도 몸은 바람에 흔들리는 갈대처럼 좌우로 살랑거렸다. 지혜의 행동이 꽤 귀엽게 느껴져 민우가 픽 소리를 내며 웃었다.

"그리고 우리 준서 선배의 친구가 나쁜 사람일 리가 없어요."

배시시 웃으며 건네는 지혜의 말에 민우의 입가에 웃음이 천천히 사라졌다.

"……뭐?"

"우리 준서 선배가 착한 만큼 선배도 착할 거라는 거죠."

두 손을 얌전하게 가슴 앞으로 모으고서 배시시 웃는 지혜를 민우가 말없이 쳐다보았다. 민우의 차가운 시선을 느끼지 못한 지혜가 연신 웃으며 '우리 준서 선배'라며 중얼거리다가 붉어진 얼굴을 감쌌다.

이젠 대놓고 고백질이다.

"그렇게 좋으면 여기서 이럴 게 아니라 가서 고백이라도 하지 그래?"

민우의 입술 새에서 냉기가 흘러나왔다.

"어떻게 그래요. 날 좋아하는 게 아니면 어떻게 해요. 괜히 서로 사이가 어색해지면 안 되니까, 그러면 가슴이 너무 너무 아플 테니까……. 그러니까 이쯤 해야죠. 그리고 준서 선배의 마음엔 다른 사람이 있을 수도 있으니까요. 혼자 김칫국 마시는 거면 어떻게 해요. 비참하잖아요."

말을 이어갈수록 지혜의 표정이 아련해졌다. 허공 어딘가를 바라보는 지혜의 시선 끄트머리에 준서가 서 있을 게 분명했다.

갑자기 불덩이를 삼킨 것처럼 속이 홧홧해 왔다. 민우는 본인의 안에서 치밀어 오르는 위험을 감지하곤 자리에서 벌떡 일어났다.

"으악."

잠시 멍하게 있던 지혜는 자신의 뒷덜미를 잡아 일으키는 민우의 억센 손길에 비명을 내질렀다.

"시끄러. 술 취했으면 자. 그게 예의야."

민우는 반쯤 던지다시피 지혜를 자신의 침대로 던져놓았다. 침대에 던져놨더니 물에 빠진 사람처럼 버둥거리는 지혜의 몸 위로 이불을 던져 올렸다.

"선배는 나쁜 거 같아요. 준서 선배는 착한데……."

지혜의 중얼거림에 민우의 한쪽 눈썹이 치켜 올라갔다.

"그놈의 준서. 한 번만 더 준서 이야기하면 창밖으로 확 던져버린다."

술에 취해도 민우의 서슬 퍼런 기운은 본능적으로 느꼈는지 지혜가 곧장 입을 다물었다. 잠시 몸을 뒤척거리던 지혜가 태아처럼 몸을 둥글게 만 자세로 잠이 들었다.

지혜가 고른 숨소리를 내는 것을 들은 민우는 잠시 눈을 질끈 감았다가 떴다. 또 입안이 텁텁하다. 불쾌하고, 불편하다는 말로 설명되지 않을 기묘한 기분이 등허리를 예리하게 긁고 지나갔다. 이지혜랑 엮이면 자꾸 이런 말도 안 되는 기분을 느낀다.

지혜를 잠시 노려보던 민우가 잠시 무언가가 생각난 듯 주위를 둘러보았다.

"하, 이불도 없네."

이불 한 채 있는 걸 지혜가 모두 쓰고 있었다. 그렇다고 애가 덮고 자는 걸 빼앗을 수도 없고. 더욱이 술에 취해 늘어진 애를 옆집까지 옮겨놓는 수고를 감당하긴 싫다. 손으로 눈가를 꾹 누른 민우가 피곤한 얼굴로 원룸의 바닥에 누웠다. 다행히 술기운이 올라 춥진 않았다. 혹시 몰라 외투를 위에 덮고 누워 민우는 침대에 누워 있는 지혜의 얼굴을 잠시 쳐다보았다.

"선배는 나빠요. 준서 선배는 착한데……."

"우리 준서 선배."

어두운 허공 어딘가에서 들려오는 지혜의 목소리에 민우가 인상을 구겼다. 잠든 이지혜가 말할 리 없을 테고, 자신의 안에서 들리는 소리였다. 민우가 굳은 얼굴로 억지로 눈을 감았다.

"누구보고 나쁘대. 이불을 확 빼앗아버릴까 보다."

"설마⋯⋯. 설마⋯⋯."

갑자기 들리는 시끄러운 소리에 눈을 떠보니 아침이었고, 침대 위에서 이지혜는 바빴다. 자신의 몸 여기저기를 쳐다보더니 잠시 멍하게 있던 이지혜가 도망치려는 사람처럼 벌떡 일어났다.

이지혜는 아침부터 쓸데없이 기운차구나. 찬 바닥에서 잤는지 온몸이 뻐근했다. 억지로 몸을 일으키며 민우가 잠긴 목소리로 대답했다.

"아무 일 없었어."

"서, 선배. 깨⋯⋯, 깼어요?"

쟤는 그 요란을 떨고 사람이 안 깰 줄 알았나 보다. 새벽 내내 깊게 잠들지 못한 민우가 건성으로 대답했다.

"맥주 네 캔에 쓰러져서 자길래 침대에 던져둔 거뿐이야."

"선배. 저기⋯⋯. 확실히 아, 아무 일 없었죠?"

"무슨 일 있길 바라냐?"

"네? 아니에요! 절대로요! 정말 아무 일 없다는 걸 하늘에 감사할 뿐이에요!"

자리에서 일어나던 민우가 지혜를 잠시 노려보다가 바닥 여기저기 늘어져 있는 맥주 캔을 치우기 시작했다. 잠시 머뭇거리던 지혜도 뒤따라 집 청소를 도왔다. 얼결에 말없이 집 청소를 시작해 10분 만에 정리를 마

388

쳤다.

말끔해진 집 안을 흡족하게 바라보던 민우가 지혜를 부를 때였다.

"야, 너."

딩동.

아침밥 먹으러 너희 집 갈래? 라고 물으려던 찰나 벨소리가 말을 잘랐다. 민우는 말문이 막힌 것이 불쾌한 듯 느릿하게 문 쪽으로 다가가며 소리쳤다.

"누구?"

하늘의 말을 전하러 왔다는 사이비 종교의 전도면 가만 두지 않겠다고 생각할 때였다.

딩동.

"나야! 준서!"

등 뒤에서 툭 소리가 나서 돌아본 민우는 걸레를 놓친 지혜를 보았다. 하필이면 이럴 때. 잠시 입술을 씹은 민우가 턱으로 베란다 쪽을 가리켰다.

"여기서 너희 집 베란다까지 뛸 수 있지?"

지혜가 목이 빠져라 고개를 흔들었다.

"그럼 할 수 없지. 준서 보고 가든가."

미련 없이 뒤돌아서던 민우가 지혜에게 붙잡혔다. 지혜가 울 것 같은 얼굴로 자신을 쳐다보고 있었다.

"선배. 제 이미지도 생각해주세요. 저 여자애잖아요. 여자 후배가 남자 선배 집에 술 마시다가 잠이 들었다고 생각하면 준서 선배가 절 어떻게 보겠어요."

민우가 입술을 꽉 다물었다. 단지 문을 열면 안 되는 이유가 본인의 이미지 때문인 건지, 준서 때문인 건지 묻고 싶었지만 물을 수가 없었다. 왜인지 이지혜가 '준서 선배 때문이요.'라고 대답하면 화가 날 것 같았다. 아침부터 화내기 싫다.

민우가 지혜를 잡고서 화장실 안으로 밀어 넣었다.

"들키기 싫으면 숨도 쉬지 말고 가만히 있어."

"고마워요."

문을 닫기 직전 지혜가 인사했다. 동아줄을 잡은 표정이었다. 갑자기 그 표정을 보는데 슬쩍 화가 났다. 이지혜는 자신을 얼마나 착하게 보는 걸까. 지금이라도 현관문을 확 열어서 준서와 대면시키고 싶다. 그러고 싶은데, 그럴 수가 없다. 그랬다간 이 애가 다시는 자신을 보지 않을 테니까. 이유는 모르겠지만 지금은……, 그게 더 싫다.

화장실 문을 닫았다. 연신 벨소리가 시끄럽게 울렸다.

"그만 눌러!"

뒤늦게 현관문을 열자 준서가 투덜대며 안으로 들어왔다.

"왜 이렇게 문을 안 열어?"

"우리 집은 어떻게 안 거냐."

"왜? 집들이도 안 할 만큼 꽁꽁 숨겨놓은 집 찾아내니까 신기해? 주소 알면 찾아올 수 있잖아."

"무슨 일인데."

"무슨 일이긴. 자취하는 친구 집이 궁금해서 찾아왔지."

준서가 웃으면서 집 안으로 들어왔다. 준서가 의자에 걸터앉아 가볍게 무슨 이야기를 했으나 민우의 귀엔 제대로 들어오지 않았다. 온 신경이 닫힌 화장실 문을 향했다.

화장실에 서서 숨도 제대로 못 쉬고 있을 텐데. 변기 뚜껑에 앉혀놓기라도 할걸.

민우의 생각이 연신 지혜로 차오를 때였다. 준서가 빙긋 웃으며 민우의 팔을 툭 쳤다.

"사실 할 이야기가 있어서 왔어."

"뭔데."

"고민이라서 말이야. 알잖아. 내가 무슨 일로 고민하는지. 전화할까 하다 그냥 달려왔다."

준서의 표정과 말투가 진지해졌다. 불안한 분위기를 감지한 민우가 다급하게 외투를 집어 들며 나가자는 분위기를 풍겼다. 민우와 달리 준서는 이미 자신의 생각에 잠긴 듯 꼼짝도 않았다.

"걔 앞에서 내가 어떻게 해야 하는 걸까?"

"야, 너 지금……."

민우가 난처한 목소리로 다급하게 이야기를 막았으나, 준서는 무시하고 말을 이었다.

"알잖아. 너도. 내가 누굴 좋아하는 게 처음이라는 것 정도는."

"그 이야기는 나중에 하자."

"너 왜 이 이야기만 나오면 피하는 건데."

갑작스레 준서의 목소리가 딱딱하게 굳었다. 동시에 민우가 멈칫했다.

"뭐가."

"내가 좋아하는 사람 알고 나서부터 왜 이러는 건데."

준서의 목소리에 날이 섰다.

틀렸다. 준서가 좋아하는 사람을 알고 나서부터 이러는 게 아니라, 이지혜가 신준서를 좋아한다는 걸 깨달은 후부터 이렇게 되었다. 신준서가 서연이의 이야기를 할 때마다 자연스럽게 혼자 사랑하고 있을 이지혜가 머릿속에서 떠나질 않아서 듣고 싶지 않았다. 그리고 그 이지혜가 저 화장실에서 숨도 못 쉰 채 조마조마하게 서 있을 거다. 적어도 이지혜가 이런 식으로 신준서 마음을 알게 하는 건 예의가 아니었다. 민우가 나갈 것처럼 움직였으나 준서는 요지부동이었다.

민우의 표정이 한결 서늘해졌다. 준서가 어서 대답할 것을 재촉했다.

"말해."

"나중에 해."

"여기 아무도 없어. 지금 말고 언제 이야기해?"

다정하고 차분한 준서가 날카로운 분위기를 풍겼다. 갑자기 자취방의 분위기가 싸늘하게 얼어붙었다.

"한민우."

다시 한 번 준서가 민우를 불렀다. 민우가 의자에 걸쳐놓은 외투를 집어 들었다.

"한민우."

"우선 나가자. 나가서 이야기하자."

이지혜 있는 여기 말고 어디든 다 되니까 제발 나가자, 민우가 차마 못할 말들을 삼키며 딱딱하게 대답했다.

"한민우."

"답답해, 여기. 그러니까 나가자."

"내 말에 대답해. 한민우."

쉴 틈 없이 오가던 대화가 뚝 끊어졌다. 신준서는 죽어도 여기서 나갈 생각이 없다. 이상한 데서 발휘되는 신준서의 고집이 하필이면, 빌어먹게도 여기서 발휘되었다.

"후, 왜."

민우가 준서와 마주섰다. 의자에 앉아 있던 준서가 몸을 일으켜 민우와 마주 섰다. 팽팽한 기류가 퍼져나갔다. 민우가 한 번 더 외투를 움켜쥐며 나가자는 말을 하려 할 때였다.

"……설마 너도 서연이 좋아하는 거냐?"

찰나의 간격을 두고, 빌어먹게도 신준서가 그 말을 뱉어버렸다.

"대답해."

"……."

"너도 서연이 좋아하냐고."

"후우, 아니."

체념이 뒤섞인 대답을 하는 것과 동시에 화장실 문 안에서 툭 소리가 났다. 민우의 놀란 시선이 화장실로 향했다. 잠시 사위가 고요해졌다. 질식할 것 같은 침묵 속에서 민우가 입술을 깨물었다. 욕이 목 끝까지 차올랐다. 순간 눈을 크게 뜬 준서가 무언가를 감지한 듯 빠르게 화장실로 달려갔다.

"신준서!"

민우가 다급하게 부르며 준서를 뒤따라갔으나, 이미 화장실 문은 열렸다. 그곳에 지혜가 웃지도 울지도 못하는 기묘한 표정으로 서 있었다.

잠시 모든 세상이 고요해졌다. 민우는 잠시 눈을 감았다가 떴고, 준서는 입을 벌린 채 숨도 못 쉬고 있었다. 이 상황이 어색한 듯 눈을 데굴데굴 굴리던 지혜가 허리를 굽혀 떨어진 칫솔을 주워 세면대에 씻더니 원래 있던 자리에 꽂아 넣었다. 이 상황과 지독하게 어울리지 않는 자연스러운 행동이었다.

"방음 돼?"

준서가 물었다. 주먹을 꽉 움켜쥔 민우는 지혜에게 시선을 둔 채 까칠하게 대답했다.

"될 리 없잖아."

"우리 이야기……, 다 들었겠구나?"

민우의 차가운 시선이 준서를 향했다. 이 상황에서 그것부터 염려하는 신준서가 마음에 안 들었다. 민우가 차갑게 대답했다.

"다 들었겠지."

"지혜는 여기 왜 있는 거야. 친해?"

"과제 때문에 친해졌어. 집도 가깝고."

"그래? 그게 다야?"

"왜? 뭐가 더 있을 거 같아?"

민우가 차갑게 대꾸하고는 준서의 어깨를 밀치고 화장실로 향했다. 불이 꺼진 화장실 세면대 앞에 지혜가 서 있었다. 거품이 가득 피어오른 세면대에 손을 집어넣은 채 꼼지락대고 있었는데 다분히 시간을 허비하려는 몸짓으로밖에 보이지 않았다.

"나와."

목 끝까지 차오른 욕지거리를 다시 한 번 삼키며 민우가 차갑게 말했다. 그러자 지혜가 느릿하게 고개를 들었다. 거울로 보이는 지혜의 표정은 처참했다. 허망하고, 비참하고, 지독하게 아픈 얼굴로 자신을 멍하니 바라보고 있었다. 그 표정을 보고 있자니 갑자기 숨이 쉬어지질 않았다.

대체 준서 새끼가 뭐라고 저런 표정을 짓는 건지. 이래도 '우리 착한 준서 선배'냐고 따져 묻고 싶다. 그런데 그랬다간 지혜가 주저앉아 울어 버릴 것 같아서, 그걸 볼 자신이 없어서 민우는 목 끝까지 차오른 말을 씹어 삼켰다.

자신을 멀건 표정으로 바라보던 지혜가 대답 대신 발로 화장실 문을 밀어 닫았다. 화가 나서 그 문을 밀고 들어가 지혜의 손을 거머쥐었다. 그 위로 물을 틀어 지혜의 손을 씻겨주었다. 이딴 거품으로 시간을 허비 하지 말라고, 이런 걸로 시간을 때운다고 어떤 것도 해결나지 않는다는 말 대신 민우는 지혜의 손을 꽉 쥐었다. 쏟아지는 물줄기가 거품을 씻었 다. 자연스럽게 지혜의 손이 드러났다. 자신의 손바닥 반 정도 되는 손이 었다.

집에 가면 이 손에 얼굴 파묻고 울 거 아냐.

불쾌하고, 불편하고, 화가 난다. 그리고 이유 없이 초조해진다. 지혜 가 꼼지락거리며 손을 뒤로 뺐다. 민우는 힘주어 그 손을 끌어당겨 물줄 기 아래에 다시 가져다 댔다. 보들보들한 손등, 손끝이 가느다란 손가락, 납작한 손바닥까지 씻겨주었다. 그러면서도 민우는 자신이 왜 이러는지 알 수 없었다. 왜 자신이 이지혜의 손을 이토록 꼼꼼하게 씻겨주고 있는 지, 왜 이지혜의 무너지는 얼굴에 자신의 말문이 막히는지, 왜 빌어먹게 도 문밖에 있는 준서 새끼를 한 대 때려버리고 싶은 건지…….

민우가 새 수건을 꺼내 지혜의 손을 닦아주었다. 민우의 눈이 검게 빛 났다.

"뺏어. 신준서, 네 친구한테서 네가 뺏어."

그딴 표정 짓고 있을 거면, 그딴 표정을 지을 만큼 그렇게 신준서가 좋 으면 빼앗아버리라는 날카로운 뒷말을 삼키며 민우가 나지막한 목소리 로 말했다. 그러나 지혜는 힘없는 표정으로 대꾸했다.

"다 들었어요. 준서 선배가……, 그런 마음이라는 거."

감정을 억누른 듯 지혜가 고저 없이 중얼거렸다. 툭 치면 쓰러질 것 같 은 지혜를 바라보는 민우의 눈동자가 흔들렸다.

"못 들었다고 우겨. 아니, 넌 못 들은 거야."

민우의 시선이 여전히 지혜의 손을 향해 있었다.

"죄 짓기 싫어요. 거짓말⋯⋯, 죄잖아요."

"니 친구 모를 때, 네가 가져. 그럼 그건 죄가 되는 게 아니니까."

"선배⋯⋯?"

지혜의 자그마한 부름을 못 들은 척하며 민우는 수건을 걸어두고서 화장실에서 나왔다. 뒤이어 나온 지혜를 민우가 냉정한 얼굴로 끌어당겨 자신의 앞에 세웠다. 조금은 차가운 목소리로 민우가 지혜에게 말했다.

"니 앞에 신준서 있어. 망설이지 말고 해."

"⋯⋯."

"내가 도와줄 테니까."

민우는 지혜가 그딴 표정을 안 지을 수만 있다면, 그딴 표정을 안 볼 수만 있으면 뭐든지 할 수 있을 것 같았다. 지혜가 천천히 고개를 들었다.

"선배."

지혜가 준서를 불렀다. 동시에 민우가 마른침을 삼켰다. 준서가 어색하게 웃으며 말을 꺼냈다.

"여기 있는 줄 몰랐어. 민우한테 대충 들었어. 둘이 이번 과제 때문에 친해졌다며? 민우한테 과제를 물으러 오고. 집도 이 근처라며?"

"선배."

지혜의 부름에 준서가 고개를 들었다.

"서연이 좋아하시죠?"

"그, 그런데?"

당황하는 준서와 달리 지혜는 점점 침착해졌다. 그 평온이 깊은 절망에서 비롯된 것임을 알기에 지혜의 뒷모습을 바라보는 민우의 표정은 딱

396

딱했다. 잠시 지혜의 등을 바라보던 민우는 눈을 내리깔아 지혜의 등을 떠밀고 있는 자신의 손을 보았다.

민우는 문득 스스로에게 묻고 싶어졌다. 지혜의 등을 떠민 이 상황을 책임질 수 있느냐고. 진심으로 지혜가 준서와 잘되길 바라는 거냐고.

그 순간 지혜가 손을 뻗어 민우의 손을 거둬냈다. 민우는 아래로 축 늘어진 자신의 팔을, 그리고 자신의 앞에 선 자그마한 등을 번갈아보았다.

"선배, 서연이랑 선배……, 잘되길 바랄게요."

사위가 고요해졌다. 민우의 표정이 한순간에 탁 풀렸다. 민우가 돌아서서 부엌으로 향했다. 그러고는 차가운 물을 컵에 넘치도록 부었다.

"진심이야?"

"네. 선배랑 서연이가 잘되었으면 좋겠어요."

"그럼. 음. 지혜야. 네가 좀 도와줄래? 나도 잘하고 싶은데 마음처럼 되질 않아서."

준서의 말에 싱크대를 보고 선 민우가 차갑게 웃었다. 아무것도 모르는 신준서는 또 웃는 얼굴로 지혜의 가슴에 대못을 박았다.

"……그럴게요."

"정말?"

"네."

답하는 지혜의 목소리가 지독하게 차분했다.

"민우야, 지혜가 도와준대!"

놀라움 반, 기쁨 반으로 소리를 내지르는 준서의 목소리를 듣던 민우의 인상이 사납게 변했다.

"나도 들었어."

차갑게 대꾸한 민우가 싱크대를 잡고 섰다. 싱크대를 잡고 있는 민우의 손에 힘이 잔뜩 실려 핏줄이 불거져 나왔다. 등 뒤로 억지로 쾌활하게 말하는 지혜의 목소리가 들렸다.

"오늘은 먼저 가볼게요. 볼일이 끝나서요."

"나중에 연락할게."

"……네."

준서의 말에 지혜가 잠시 머뭇거리며 대답했다. 돌아선 민우는 현관에서 신발을 꿰어 신고 있는 지혜를 보았다.

"먼저 가볼게요. 안녕히 계세요."

꾸벅 인사하는 지혜에게 손 흔들어주는 준서를 밀어내고 민우가 현관 앞에 섰다. 문을 밀고 나온 지혜가 민우를 향해 꾸벅 인사를 건넸다.

"안녕히 계세요."

아무렇지 않은 얼굴로, 아무렇지 않은 척 인사를 건네는 지혜를 바라보는 민우의 표정이 매서워졌다. 툭 건들면 울 것 같은 얼굴로 아무렇지 않은 척 연기하는 모습을 보는데 이유 없이 화가 난다. 이지혜 앞에 서면 자신은 자꾸만 통제력을 잃고 낯선 감정에 휘둘리게 됐다.

"병신."

그 말을 던지자 지혜의 얼굴이 금세 풀죽었다. 뒤늦게 민우가 자신의 혀를 꽉 깨물었다. 이미 많은 상처를 입은 사람에게 굳이 잔인한 짓 할 필요 없었는데 멋대로 입이 움직였다. 그냥 화가 났고, 이 화를 풀 수가 없었다.

집으로 돌아가는 지혜의 뒷모습을 지켜보던 민우가 인상을 구기며 쿵 소리 나게 문을 닫았다.

"민우야."

신난 얼굴로 자신을 부르는 준서를 민우가 물끄러미 쳐다보았다.

지금 저놈은 자신이 무슨 짓을 한 건지 알까. 모를 거다. 나도 내가 무슨 짓을 한 건지 모르겠으니까.

　씁쓸한 입안을 훑으며 민우가 준서를 반쯤 등졌다.

　"신준서."

　"어."

　"미안한데 오늘은 그만 돌아가라. 이야기 나눌 기분이 아니다."

　민우가 손바닥으로 눈가를 꾹 눌렀다.

　"무슨 일 있어?"

　걱정스럽게, 다정하게 물어 오는 준서를 보며 민우는 목 끝까지 차오른 욕지거리를 꽉 내리밟아야 했다. 대신 가까스로 '아니'라고 대답할 뿐이었다.

　자신을 끝까지 걱정하던 준서가 뒤늦게 집으로 돌아가자 집에 홀로 남은 민우는 베란다에 서서 창문을 열었다.

　아주 잠깐 바람이 멎자 건너편에서 희미한 여자의 울음소리가 들렸다. 그곳에 한참이나 서 있던 민우는 울음소리가 끝난 후에야 고개를 돌려 시계를 보았다.

　"십오 분. 참 오래도 운다."

　민우가 명치에 걸린 한숨을 길게 내뱉었다.

　민우가 한껏 늘어진 자세로 책상 앞에 앉아 있었다. 오랫동안 자고 일어났는데도 피로가 가시지 않았다. 이대로 있다간 하루를 허비할 것 같아 억지로 자리에서 일어난 민우가 지갑을 챙겨들었다. 간단히 아침 겸 점심거리를 사올 생각으로 현관문을 밀고 나간 민우는 때마침 현관문을 열고 있는 지혜의 뒷모습을 보았다.

"야."

자신의 충동적인 부름에 지혜의 작은 어깨가 움찔한다. 덩달아 민우의 한쪽 눈썹이 삐쭉 솟아올랐다.

왜 저렇게 싫어해?

"안녕하세요. 제가 바빠서요. 그럼 안녕히 계세요."

뒤도 안 돌아보고 제 할 말만 쏟아낸 지혜가 잡을 새도 없이 집 안으로 쏙 들어갔다. 닫힌 문만 황당한 표정으로 바라보던 민우가 집 안으로 도로 들어왔다.

"나⋯⋯, 무시당한 거지?"

방금 벌어진 일이 믿기지 않은 듯 민우가 떨떠름한 표정으로 혼잣말했다.

안 그래도 없는 식욕을 뚝 떨어뜨리는구나.

지갑을 책상 위에 아무렇게나 던져놓은 후 민우가 곧장 오디오 앞으로 걸어갔다. 그러고는 오디오 버튼 위로 손을 가져다 대며 이웃집이 있을 방향을 보며 비장하게 말했다.

"같이 죽자."

말이 마친 후 버튼을 누르자 린킨 파크의 'In the end'가 거세게 터져 나왔다. 민우는 책상 위에 놓인 귀마개로 귀를 틀어막았다. 그래도 고스란히 들리는 노래를 따라 부르며 민우가 시간을 잴 때였다. 노래가 한 번 끝나고 다시 한 번 시작될 무렵 벨소리가 집 안을 울렸다. 일부러 느릿한 걸음으로 걸어간 민우가 문을 밀자 뭔가와 부딪혀 쿵 소리가 났다. 문밖으로 고개를 빼보니 지혜가 주저앉아 머리를 문지르고 있었다.

"뭐야."

지혜가 오만상을 하고서 머리를 문지르며 자리에서 일어났다. 민우가 지혜의 얼굴을 빤히 쳐다보았다.

어젯밤 하루 종일 울었는지 온 얼굴이 퉁퉁 부어 있었다.

준서, 그게 뭐라고.

불쾌해진 민우가 못마땅한 표정을 지었다.

"저기, 노랫소리가 너무 커서요."

"인사는 팔아먹었냐?"

그러자 지혜가 불만스러운 얼굴로 까딱 인사를 건넸다.

"그러니까……, 노랫소리가 너무 커서요."

"그래서?"

"네? 그러니까 건너편에 있는 제 방까지 노랫소리가 다 들려서 그러니까 노랫소리를 줄여달라고요."

들으라고 튼 노래였다. 이 노래를 듣고서 자신을 찾아오라고.

아무 말 없이 쳐다보자 지혜가 우물쭈물거리더니 작은 입술을 앙다물었다.

"아니에요. 그냥 들으세요."

그러고는 매정하게 돌아서는 지혜를 민우가 붙잡아 세웠다. 흠칫하며 지혜가 돌아서서 자신을 쳐다보았다.

"할 말이 그거뿐이야?"

"네?"

"정말로 할 말 없어?"

"……무슨 말을 원하시는데요?"

지혜가 떨떠름한 얼굴로 물었다. 민우도 잠시 할 말을 멈추고서 지혜를 바라보았다. 지혜를 담은 민우의 눈동자가 흔들렸다. 자신도 이 아이에게 무슨 말을 원하는지 모르겠다. 그냥, 어떤 이야기든 듣고 싶다. 집 안에 틀어박혀서 혼자 끙끙대지 말고 차라리 자신한테 털어놓든지, 화를 내든지, 슬퍼하든지 했으면 좋겠다.

"도와달라는 말."

아무렇게나 뱉은 자신의 대답에 지혜가 품 하고 웃었다. 민우의 표정이 딱딱하게 굳자, 자신이 실수했다는 것을 깨달았는지 지혜가 얼른 웃음을 삼켰다.

"말만이라도 충분히 고마워요. 선배. 하지만 준서 선배가 서연이가 좋다는데, 내가 어떻게 해요? 나만 접으면 모두가 해피엔딩이에요. 굳이 억지 부리지 않아요. 짝사랑……, 추억도 많이 없으니까 접히겠죠. 멋진 사람 좋아했다는 것만으로도 충분해요. 그 두 사람, 예쁘잖아요. 누가 봐도."

"그래?"

민우가 싸늘하게 대꾸했다.

다른 사람한테 다 있는 욕심이 왜 애한텐 없는지 모르겠다. 아주 조금만 더 이기적이었다면, 아주 조금만 더 잔인한 애였다면 이렇게 신경이 쓰이지 않을까.

"……네. 욕심……, 안 낼 거예요."

꾸역꾸역 감정을 삼키며 뱉어내는 지혜의 목소리에 민우의 삐죽한 성격이 튀어나왔다.

"그럼 약속 잡아."

"무슨?"

"서연이랑 준서 본격적으로 도와줘야지. 둘이 모텔 방에 밀어 넣어놓을까?"

민우가 싸늘한 목소리로 물었다. 그러자 지혜의 얼굴이 하얗게 굳었다.

두 사람 모텔 방에 밀어 넣고 나면 이 여자 마음도 정리될까. 그럼 자신도 사로잡은 이 말도 안 되는 감정에서 벗어날 수 있을까.

벗어나고 싶다. 이유도, 근원도 없는 이 불쾌함과 미묘한 신경전에서.

"병신 짓은 네가 먼저 시작했어."

그리고 자신도 시작해버린 이 말도 안 되는 병신 짓마저도.

늦은 밤, 연거푸 걸려오는 지완의 전화에 못 이긴 민우가 동네 근처 술집으로 향했다. 지완은 혼자서 간단히 500cc짜리 맥주 한 잔을 비운 후였다.

"넌 왜 이렇게 얼굴 보기가 힘드냐? 아르바이트를 하지도 않으면서."

지완의 투정에 민우는 대답할 힘도 없다는 듯 소파에 늘어져 앉았다. 민우의 침묵이 익숙한 듯 지완이 물었다.

"요즘 뭐 하고 살아? 연애는 안 하냐?"

"관심 없다."

소파에 거의 눕다시피 앉은 민우가 건성으로 답하자 지완은 알 만하다는 듯 고개를 끄덕였다. 여자깨나 따르는 외모와는 달리 연애에 별다른 관심이 없는 민우의 성격을 잘 알고 있었다. 지완이 술 따른 잔을 민우 앞에 내밀었다.

"나도 예의상 물은 질문이지."

"넌 뭐 하고 사는데?"

민우가 깨끗한 천장을 보며 예의상 안부 질문을 던졌다.

"뭐 하긴. 나야말로 별거 없지. 난 미친 듯이 외로운데 너흰 바쁘더라? 얼굴들이 잘생기니까 연애사도 복잡하지? 아! 준서는 짝사랑 중이라며?

서연인가, 뭔가."

"어떻게 알았어?"

민우가 고개를 반쯤 기울이며 관심을 보이자 지완이 장난기 가득한 웃음을 지었다.

"너희 학교 간 날, 예쁜 여자가 지나가길래 소개 좀 시켜달랬더니 준서가 정색하잖아. 준서가 그렇게 정색할 일이 몇 개나 되냐? 한눈에 봐도 준서가 짝사랑 중이구나 하고 알아챘지. 아! 근데 말이다. 음, 서연이랑 친구라던 그 여자애……."

"서연이 친구가 누군데?"

"백팩 매고 다니는 애."

눈을 반쯤 뜨고 있던 민우의 눈이 커졌다. 고개를 빠르게 들며 민우가 지완을 쳐다보았다.

"……누구? 지혜?"

"걔 이름이 지혜야? 귀엽게 생겼던데. 난 첨에 어리게 생겨서 고딩인 줄 알았다."

"그런데?"

지완의 입에서 지혜가 거론되는 것이 불쾌해진 민우가 미간을 좁혔다.

"걔, 준서 좋아하냐?"

지완의 물음에 까딱거리던 민우의 손이 딱 멈췄다.

"아니야?"

지완이 민우의 눈치를 살피며 다시 한 번 물었다.

"왜 그렇게 생각하는데?"

민우의 목소리가 한층 낮아졌다. 잠시 뺨을 긁적거리던 지완이 입맛을 다시며 이야기를 시작했다.

404

근처를 지나던 길에 준서의 얼굴을 보러 들른 지완이 우연히 지나가던 서연이를 보았다고 했다. 서연이가 준서에게 스치듯 인사를 건넨 후 백팩을 멘 여자애한테로 달려갔는데, 그 여자애가 준서의 등을 한참이고 멍하니 보고 있더라는 거였다. 그 때문에 그런 게 아닐까 짐작했다고 했다.

이야기를 모두 들은 민우는 암담하고도 혼란스러운 얼굴을 손으로 가렸다.

대체 걔는 어디까지 자신의 감정을 흘리고 다닐 생각인 걸까. 아니, 그 감정이 끝나긴 할 건가.

민우의 복잡한 표정을 알아채지 못한 지완이 말을 이었다.

"맞지? 걔가 준서 등을 쳐다보는 낌새가 예사롭지 않던데."

"……."

민우가 침묵을 지켰으나, 지완은 이미 확정지은 듯이 손뼉을 짝 소리 나게 쳤다.

"이야, 이번 후배들한테는 민우 네가 아니라 준서가 먹히나 보다?"

"……."

"그럼 어떻게 되는 거야? 준서가 좋아하는 건 서연인가 뭔가 하는 걔고. 서연이의 친구는 준서를 좋아하는 거야? 이게 무슨 일이냐? 우리 준서, 원치 않게 치정에 얽히는구나."

"……."

"야, 뭐라고 말이라도 해봐라. 언제까지 혼자 말하게 할 거냐?"

"뭘까. 신준서가 먹히는 이유."

민우가 다시 천장을 바라보며 중얼거렸다.

"글쎄? 너에게 없는 다정함? 요새 인물 반반하고 싸가지 없는 이미지는 한물갔어. 준서처럼 다정한 이미지가 먹혀. 왜? 준서한테 밀리니까 허탈하냐?"

지완이 낄낄거리며 물었다. 민우는 아무 대답 없이 천장만 바라보았다. 잠시 힘없이 천장을 바라보던 민우가 몸을 일으켜 앉았다. 맥주잔 하나를 한 번에 비워낸 민우는 연달아 맥주를 두 잔 정도 마신 후 지완을 보았다.

"야."

"어?"

"들어봐. 이게 뭔지."

갑작스레 민우가 진지한 분위기를 조성하자 덩달아 지완이 진지한 얼굴로 상체를 테이블로 기울였다.

"어. 말해봐."

"일단 누굴 보면 답답하고 갑갑해. 가끔 불쾌해. 우는 꼴도 보기 싫어. 신경 쓰이거든. 그런데 싫어하는 건 아니야. 이게……, 대체 뭐냐?"

민우가 진지하게 묻자 지완이 멍한 얼굴로 눈만 깜빡거렸다.

얘 갑자기 왜 이래? 질문은 또 왜 이렇고?

지완이 얼굴로 민우에게 그렇게 물었다. 그러다가 민우가 심각하게 물은 거라는 걸 알곤 지완이 진지한 얼굴로 말했다.

"일단 누굴 보면 답답하고 갑갑하고 불쾌하다니까 좋아하는 건 아닌 거 같은데, 싫어하는 것도 아니면……. 너, 설마……."

말하다 말고 지완이 경악에 찬 얼굴로 민우를 바라보며 입을 틀어막았다. 덩달아 민우의 얼굴이 찌푸려졌다.

"뭔데? 왜 그러는데?"

민우의 재촉에 지완이 떨리는 목소리로 물었다.

"······정신병?"

민우는 안주로 놓여 있던 건어물을 집어 그대로 지완의 얼굴로 던졌다.

지완과 한 시간 반 정도 술을 마신 후 집으로 돌아오던 민우는 어지럼증을 느끼고 멈췄다. 입맛이 없어서 하루 종일 아무것도 안 먹었더니 취기가 빨리 오르는 모양이었다. 일부러 밤바람을 깊게 들이마셨다가 길게 내뱉던 민우의 시선이 달로 향했다.

바람 쐴 겸 베란다에 서 있다가 지혜를 본 적이 몇 번 있었다. 지혜는 가끔 이곳에 멈춰 서서 고개를 들어 하늘을 보곤 했다. 늘 사는 동네인데 뭐가 그리 볼 게 많은지 하늘 한 번, 주위를 한 번 둘러본 후에야 건물로 들어오곤 했다.

그곳에 서서 민우가 고개를 들었다. 달은 자신이 알던 달 모양이고, 별도 자신이 알고 있던 그대로였다. 늘 같은 하늘인데 이지혜는 뭘 보았던 걸까. 아니, 이 하늘을 보면서 무슨 생각을 했을까. 갑자기 궁금해진다.

한참이고 하늘을 보았지만 지혜의 생각을 알기는커녕 뒷목만 아프다. 뒷목을 주무르며 건물 안으로 들어온 민우가 계단을 밟고 올라왔다. 습관처럼 자신의 집으로 향하던 걸음을 멈추고서 지혜의 집을 바라보았다. 불이 꺼져 있는 걸 봤으니 지금쯤 잠이 들어 있을 거다. 민우는 그 자리에 쭈그리고 앉아 닫혀 있는 지혜의 집 문을 바라보았다.

지금쯤 자고 있을까, 울고 있을까.

벨을 눌러 깨울까, 노래를 크게 틀어 깨울까.

그냥 전화를 해볼까, 괴롭히고 싶은데.

그런데 자신에겐 그럴 명분도, 위치도 없다. 더욱이 그래선 안 된다.

이유는 모르겠지만 더는 지혜에게 관심을 보이면 위험할 것 같은 기분이
든다.

눈을 느릿하게 깜빡거리던 민우가 인상을 쓰며 자리에서 일어났다. 길
게 뻗은 손가락으로 자신의 관자놀이를 꾹 누르며 중얼거렸다.

"……진짜 정신병인가."

열쇠구멍에 열쇠를 밀어 넣은 후 민우가 단호한 표정으로 문을 열어젖
혔다.

이제 정말 신경 끈다.

민우의 표정이 있는 대로 구겨졌다.

정말로 이젠 신경을 끄려고 했다. 이지혜라는 사람에게 신경을 더 썼
다가 정신병에 걸릴 것 같아서, 그게 누군지조차 잊어버리려고 했다.

그런데 술을 사서 골목길을 올라오다가 앞서 걷고 있는 이지혜를 보았
다. 느린 속도로 골목길을 오르는 이지혜는 위험천만하게 휘청대고 있었
다. 거기다가 뭘 잘못 먹은 건지 갑자기 전봇대를 짚고 서서 괴로워하고
있었다.

누구 보라고 저러고 있는 건지.

민우의 얼굴이 와락 구겨졌다.

"야."

결국 이지혜를 불러버렸다. 그런데 못 들은 건지 꼼짝도 하지 않았다.

"야. 야. 이지혜!"

몇 번이나 부르자 지혜가 뒤로 돌아섰다. 민우가 성큼성큼 걸어 지혜
의 앞에 섰다. 자신을 보고서 휘청거리는 지혜를 잡아챘다. 지혜의 눈이
퉁퉁 부어 있었다. 민우의 눈살이 찌푸려졌다. 분명 퉁퉁 부은 못생긴 얼

408

굴인데, 예전보다 못생기게 느껴지지가 않는다. 이 못난 얼굴에 면역이 생긴 건가.

민우가 얼굴을 찌푸리며 물었다.

"술 마셨냐?"

"그냥, 뭐. 가볍게 했어요."

"약속 있던 차림은 아닌데?"

누가 봐도 지혜의 옷차림은 방구석에서 나온 그대로였다. 헐렁한 티셔츠에 트레이닝 복 바지를 입고 있었다. 다른 여자들이 입고 있다면 평범했을 차림인데 이지혜가 입으니 꽤 어울려 보였다. 민우는 잠시 눈가를 꽉 눌렀다.

갑자기 왜 이렇게 느끼지? 시신경에 문제가 생겼나?

"그냥……. 그냥 그랬어요. 신경 안 쓰셔도 돼요. 먼저 올라갈게요."

"어쭈. 술까지 샀네?"

"그게 무슨 상관……!"

"이거."

민우가 검은 비닐봉지를 치켜들었다.

"너랑 같은 거."

그냥 할 말이 없어서 던진 말이었다. 이제 그만하고 부축해줄 테니 가자는 말을 하려는 찰나, 지혜가 한 수 빠르게 말을 꺼냈다.

"선배. 나랑 술 한잔 할래요?"

"……."

"장난 아니에요. 선배도 심란할 거 아니에요. 혼자 마시려고 술 사 온 거 보니까. 나도……, 혼자 마시면 괜찮아질 줄 알았는데 갑자기……, 누군가랑 술 마시고 싶어졌네요."

민우의 표정이 예리해졌다. 자신이 심란해서 술 사 온 걸 어떻게 알았을까. 그런데 아마 눈 풀린 채 헤실헤실 웃고 있는 이 여자는 모를 거다. 같이 술 마시자는 그 제안에 자신이 더욱 심란해진걸.

지혜를 잡아채고서 건물까지 성큼성큼 걸었다. 술에 취한 지혜를 조절하는 것은 생각보다 어려웠다. 그 때문에 5분이면 충분할 거리를 15분에 걸쳐 도착했다. 이마에서 땀을 닦아내며 민우가 집 문을 열고 있는 지혜에게 물었다.

"너희 집?"

"네. 네?"

당황한 지혜를 열린 문틈으로 밀어 넣은 후 뒤따라 들어갔다. 제 집 현관에 서서 멀뚱히 쳐다보고 있는 지혜를 지나쳐 민우가 집 안으로 들어갔다. 바닥에 안주와 술병을 세팅한 민우가 지혜를 불렀다.

"세팅까지 완료했는데 거기서 뭐 하냐?"

"선배, 지금 뭐 하는……?"

지혜가 황당한 표정으로 물었다. 민우가 잠시 정색했다.

얘, 봐. 또 그냥 던진 말이었네. 거기에 또 걸렸다.

그러나 민우는 마음을 숨긴 채 덤덤하게 말했다.

"술 마시자며."

자신을 잠시 바라보던 지혜는 무슨 심경변화를 일으켰는지 바닥에 앉았다. 그러고는 능숙하게 술잔을 잡았다. 무언가를 포기한 표정이었지만, 민우는 아는 척하지 않았다.

"원 샷?"

"원 샷! 콜!"

술잔이 오갔다. 고추장이 찍힌 쥐포를 물고서 천장을 바라보고 있는 지혜를 민우가 물끄러미 바라보았다. 모든 소리가 증발한 것처럼 주위가 고요했다. 그 순간 민우가 낮게 물었다

"……많이 좋냐?"

"컥."

갑자기 지혜가 사레 들린 듯 쿨럭거렸다.

"물 마셔라. 아, 물 없다. 그냥 술 마셔라. 자, 술."

"갑자기 무슨 소리예요!"

"술 말이야."

발끈하는 지혜에게 민우가 덤덤하게 답했다. 그러자 지혜가 뜨끔한 얼굴로 눈을 굴렸다.

"아, 아. 조, 좋아요. 좋아하니까 마시겠죠."

민우는 가볍게 고개를 끄덕였다. 이후 말없이 술잔이 오갔다. 술이 들어갈수록 지혜의 표정은 어두워졌고 눈가는 촉촉하게 젖어들어 갔다.

"흑."

결국 지혜가 울었다. 동시에 민우는 어금니를 꽉 깨물었다.

쟤가 저런 표정을 지으면 어떻게 해야 할지 모르겠다. 이유 없이 화가 나고 괴로운데, 자리를 뜰 수가 없다. 자신이 자리를 뜨면 쟤는 여기서 혼자 울어야 한다.

그건……, 더 싫다.

"……많이 좋냐?"

우는 지혜를 물끄러미 바라보던 민우가 체념한 목소리로 물었다.

"그렇게 많이 좋아하냐?"

한 번 더 민우가 물었지만 지혜는 차마 대답하지 못했다. 자리에서 일어난 민우가 지혜의 가까이에 앉았다. 민우가 손을 뻗어 울고 있는 지혜

를 끌어당겨 안았다. 지혜의 등을 두들겨주며 민우는 눈을 지그시 감았다.

"나도 오늘 죽겠다. 진짜."

자신에게 안겨 한참이나 울던 지혜는 늘 하던 술주정으로 중학교 때 서연이와 있었던 일, 반장을 짝사랑하다가 된통 당한 일을 술술 불다가 그대로 잠들었다. 겨우 20년 남짓 살아놓고 얘는 무슨 사정이 이리도 많은지.

불편한 자세인데도 깊게 잠든 지혜를 민우가 안아서 침대로 옮겼다. 지혜의 몸 위에 이불을 덮어준 민우는 주위를 둘러보았다. 방 안이 엉망이었다. 발로 술병과 안주를 대충 밀어놓은 후 싱크대로 걸어갔다.

"싱크대 좀 뒤진다."

민우가 잠든 지혜를 보며 말을 툭 뱉었다.

"난 말했다."

말을 마친 후 민우가 서랍장을 뒤적거렸다. 역시나. 마지막 서랍장에서 인스턴트 북엇국이 나왔다. 지혜는 위장에 술을 때려 부었으니 내일이면 무조건 술병 날 거다. 북엇국이라도 있는 걸 확인했으니 갖다 줄 필요는 없어 보였다.

싱크대 위에 북엇국을 올려놓은 민우가 현관으로 가다 말고 잠시 돌아섰다. 침대에 얌전히 잠든 지혜의 모습을 민우가 잠시 바라보았다. 민우가 바지 주머니에 손을 슥 찔러 넣으며 건성으로 말했다.

"너, 보러 간다."

지혜는 꼼짝도 하지 않았다.

"난 분명히 말했다. 넌 무언으로 동의한 거고."

말을 마친 민우가 걸음을 옮겨 침대로 다가갔다. 지혜는 태아처럼 몸을 둥글게 말고서 잠들어 있었다. 조용히 바닥에 앉은 민우가 침대에 팔을 걸쳐 올렸다. 자신의 팔에 턱을 댄 채 잠든 지혜의 얼굴을 물끄러미 바라보았다.

울지 않으니까 봐줄 만하다. 조금 예쁜 것 같기도 하고. 아니, 조금 많이 예쁘다.

민우의 시선이 천천히 지혜의 얼굴을 따라 움직였다. 긴 속눈썹, 자그마한 코, 아기자기한 입술. 모든 것이 화려한 서연이와는 다르게 보면 볼수록 정이 가는 얼굴이었다.

민우의 입술 끝이 살짝 올라갔다. 지혜의 일정한 숨소리를 듣고 있자니 모든 것이 나른해지면서 마음이 평온해졌다. 민우가 고개를 천천히 기울여 지혜와 얼굴을 마주했다. 민우가 지혜의 얼굴을 새기듯이 바라보았다.

그러다 무언가가 생각난 민우의 얼굴이 잠시 어두워졌다. 오늘 저녁, 동네 근처에서 준서를 만났다. 준서는 서연이와 가까워져서 행복하다며, 자신이 이토록 좋아하는 여자는 처음이라며 설렌 마음을 감추지 못했다. 그런데 서연이가 지혜의 마음을 아는 순간 준서의 짝사랑도, 이지혜의 짝사랑도 모두 끝이 난다.

"중학생 때도 그랬거든요. 서연이는 우정을 지킨답시고 사랑을 포기했는데, 그게 결국은 모두에게 상처가 됐어요. 그 남자애는 짝사랑을 이루지 못하고, 저도 저대로 미안해해야 하고, 서연이 또한 불편한 마음을 품고 있어야 하니까요. 이게 또 반복되면……. 정말 견딜 수가 없을 것 같아요."

술에 취해 중얼거리던 지혜의 말을 상기하던 민우가 가만히 지혜의 얼굴을 바라보았다. 다른 사람의 애정사라며 무시하기엔 신경 쓰이는 두 사람이 엮여 있다. 이지혜와 신준서.

어떻게 해야 할까.

잠시 고민하던 민우가 나른한 표정으로 천천히 입을 열었다.

"된장찌개를 맛있게 잘 끓이니까."

"……."

"같이 있으면 즐겁고 편하니까."

"……."

"안 보이면 신경 쓰이니까."

"……."

"아니, 되게 많이 신경 쓰이니까."

민우의 목소리가 낮게 가라앉았다.

안 보면 신경 쓰이고, 보고 있으면 계속 보고 싶은 이 정신병 같은 마음을 사랑이라는 어렵고도 밀도 높은 단어로 규정을 지을 순 없다. 다만 이젠 인정해야겠다. 자신이 사는 동안 자신을 이토록 신경 쓰이게 하는 사람은 없었다는 것.

"……그래. 내가 널 구제해줄게."

민우의 목소리가 한결 부드러워졌다.

"우리 사귀자, 지혜야."

여태껏 반응이 없던 지혜의 미간이 좁혀졌다. 무의식중에도 지혜가 보이는 거부 반응에 민우가 얼굴을 찌푸렸다. 손가락으로 지혜의 구겨진 미간을 슥슥 문질러 펴며 민우가 진지하게 한마디 덧붙였다.

"거절은 거절한다."

민우는 놀이공원에 온 후로 계속 이지혜를 주시했다. 그러나 술병이 도진 이지혜는 자신이 쳐다보는 줄도 몰랐다. 오로지 준서와 서연이의 눈치를 살피다가 다람쥐통을 타고서 기절할 것 같은 표정을 짓고 있었다.

결국 보다 못한 민우가 지혜를 끌고 벤치로 갔다. 이럴 줄 알고 미리 준비해둔 숙취 해소 약과 검은 비닐봉지 세 장을 건네주었다. 고맙다고 넙죽 대답한 지혜는 쉬다가 말고 고개를 들어 하늘을 멍하게 바라보았다.

애는 하늘 보는 게 습관이다.

그러다 자신이 쳐다보는 시선을 느꼈는지 지혜가 고개를 돌렸다.

"선배 오늘 아침, 그거 장난이죠?"

지혜가 반신반의한 얼굴로 물었다.

"아니."

민우가 빛보다 빠르게 대답했다.

"선배가 나랑 왜 사귀어요?"

"네가 좋다고 하니까."

"그건! 후, 그럼 누가 선배 좋다고 하면 다 사귀어요?"

"아니."

"그럼 대체 뭐예요?"

진지하게 묻던 지혜는 다시 술병이 도지는지 몸을 앞으로 고꾸라뜨리며 물었다.

"윽. 진짜 나랑 왜 사귀어요?"

"비장하게 질문하네."

"아, 뭔가를 바란 내 잘못이죠."

민우를 잠시 노려보던 지혜가 투덜거리며 자리에서 일어났다. 주머니에서 휴대전화를 꺼낸 지혜를 민우가 막았다.

"받지 마."

"서연이에요."

"알아. 둘이 데이트 중일 텐데 방해할 필요는 없잖아."

"찾으러 다닐지도 몰라요."

이 여자는 본인의 몸 상태에 대한 자각이 전혀 없는 건가. 그 절반의 절반만이라도 자신한테 신경 좀 써보면 좋을 텐데 말이다.

"그래도 둘이 같이 있을 테니까, 상관없잖아."

민우가 삐딱하게 서서 대답했다. 지혜가 얼굴을 구기더니 민우의 손을 쳐내며 딱딱하게 말했다.

"집에 간다는 말은 해줘야죠. 집에 가야겠어요. 아무래도 못 견디겠어요. 몸이 보다시피 엉망이네요. 거기다가 전 집에 과제도 많고 할 일도 많아서 이제 그만 가봐야겠어요. 선배도 이제 그만 장난치셔도 돼요. 저 이제 정말 아무렇지도 않을 수 있을 거 같으니까요. 시간이 해결할 거라고 믿으니까요. 늘 그랬던 것처럼."

지혜의 뾰족한 말에도 민우의 표정엔 변화가 없었다. 오히려 덤덤한 표정으로 지혜에게 물었다.

"아무나 괜찮은 건 아니라는 거 알지?"

"갑자기 무슨 말이에요?"

"나 좋다고 다 사귀진 않아. 앞으로도 그럴 생각 없고."

"난 선배 안 좋아해요."

참 단호하게도 말하지.

민우가 애써 불편한 감정을 삭이며 덤덤하게 답했다.

"알아."

"아깐……."

"장난이지. 아니, 머리 좀 쓴 거지."

"……."

"그런데 왜 사귀자고 했냐고?"

민우의 물음에 핵심을 찔린 지혜가 느릿하게 고개를 끄덕였다.

"우리, 꽤 괜찮을 거 같아서 말이야."

민우가 싱긋 웃었다. 자신은 이지혜에게 아주 관심이 많았다. 이지혜만 자신에게 관심을 가지면 서연이도, 준서도, 자신도, 그리고 지혜까지도 모두 해피엔딩일 게 분명했다. 그러기 위해서 자신이 아주 많은 노력을 해야 하지만.

민우의 말에 지혜는 당분간 아무 말도 하지 못 했다. 잠시 멍하게 서 있는 지혜를 잡아채 주차장으로 끌고 온 민우가 조수석 문을 열었다. 지혜를 밀어 넣은 후 문을 닫고서 운전석에 탔다. 때마침 버둥거리며 지혜가 조수석 문을 열기 위해 움직이고 있었다.

"어디 가?"

민우가 낮게 물었다. 그러자 지혜가 흠칫했다.

"가, 갑자기 어디 가는데요? 이런 데 사람을 밀어 넣는데 안 놀랄 수가 있어요? 뭐 하려고 갑자기 차에 올라타요? 무, 무섭잖아요."

"하. 그런 상상을 하는 네가 더 무섭다. 딱지 끊기 싫다. 안전벨트나 매. 안 그러면 뒷좌석에 눕혀버릴 테니까."

"누, 눕혀요? 왜요!"

"그야 경찰 눈에 안 띄어야 하……. 잠시만, 너 정말 무슨 생각하는 거냐?"

시동을 걸던 민우의 미간에 점점 주름이 졌다.

애도 야한 생각을 할 줄 아네?

눈썹을 치커 올린 민우가 몸을 반쯤 틀어 지혜를 보았다. 그러고는 억울하다는 듯 말을 이었다.

"'저 놀이공원에 있으면 죽을 것 같아요.'라는 표정으로 비틀대길래 구해줬더니 사람을 범죄자 취급해? 야, 너 내려."

민우의 말에 지혜가 냉큼 안전벨트를 매고는 시치미를 뚝 뗐다. 얼마 후 준서에게서 연락 온 걸 민우가 '병, 아니 지혜 데려간다. 애 아프다'라는 통보를 한 후 전화를 끊었다. 차를 몰고 고속도로를 주행하다 말고 민우가 흘깃 지혜를 보았다.

"속은?"

"이제 좀 괜찮아요."

"다행이네."

"갑자기 이러니까 이상하네요."

"뭐가?"

"선배, 원래 이런 사람 아니었잖아요. 먼저 챙겨주고 말 먼저 건네주고 이런 거 몇 주, 아니 며칠 전만 해도 가당찮은 일이었잖아요. 갑자기 선배가 너무 달라진 거 같아서 내가 아는 사람 같지 않아요."

"원래 네가 아는 나는 어떤 사람인데?"

"음……. 꼭 대답해야 하나요."

"어."

단호한 민우의 대답에 지혜가 스읍 하며 숨을 들이마시더니 긴장한 얼굴로 대답했다.

"아무래도……, 속이 아픈 저에게 약을 사다 주기보다는 놀이공원까지 와서 표정이 썩었다는 이유로 갖다 버릴 이미지랄까요."

민우의 시선이 다시 한 번 지혜를 향했다.

"그러니까 네 눈에는 시체에 칼 꽂는 성격으로 보였다는 거냐?"

민우의 살벌한 표현에 지혜가 경악한 표정을 지었다. 그러더니 얼른 변명을 덧붙였다.

"선배, 뭐 굳이 시체에 칼 꽂……. 하여튼, 그 정도까지는 아니에요. 그냥 아주 조금 무섭게 봤을 뿐이에요. 워낙 학과에서 사람들한테 관심도 없고, 그리고……, 첫 만남도 첫 만남이었던지라. 그래서 그랬죠. 하……, 하. 하. 하."

"잘 봤어. 맞아."

지혜의 말을 민우가 순순히 인정했다.

"네?"

"그런 놈 맞다고."

그 순간 쿵 하는 소리와 함께 지혜가 뒤통수를 감싸고 있었다. 커브 길에 미처 균형을 못 잡고 유리창에 머리를 박은 모양이었다.

"괜찮냐?"

"네? 네. 전 뭐…….."

"아니. 차문 유리창."

"……얘도 멀쩡해 보이네요."

지혜가 떨떠름하게 대답했다. 민우가 픽 웃었다. 분명 지혜가 속으로 구시렁거리고 있을 거다. 이제 어느 정도 지혜가 어떤 사람인지, 어떻게 해야 할지 눈에 보였다. 이제 이지혜만 자신을 좀 봐주면 좋을 텐데. 민우가 미미하게 쓴웃음을 지어 보였다.

주말 도로 같지 않게 뻥 뚫린 도로를 신나게 밟다 보니 어느새 집이었다. 시동이 꺼진 차에서 내리려고 안전벨트를 푸는 지혜를 보며 민우가 참아왔던 말을 꺼냈다.

"원래 그런 놈 맞아. 남한테는. 남이야 죽든 살든 남이니까."

지혜가 뜨악한 얼굴로 민우를 쳐다보았다. 왜 갑자기 그 이야기를 꺼내느냐는 얼굴이었다. 지혜가 그러거나 말거나 민우가 진지한 얼굴로 아까 못 다 한 말을 꺼냈다.

"근데 넌 이제부터 남이 아니잖아?"

"……."

"내 여자친구는 내가 관리해야지. 안 그래?"

이 말은 얼굴을 마주하고서 해주고 싶었다. 운전하다가 흘리듯이 말하면 둔하기로 둘째가라면 서러운 이지혜는 또 흘려들을 테니까.

자신의 말에 지혜가 당황한 듯 눈만 깜빡이다가 물었다.

"저기요. 선배……. 뭔가 너무 빠르다는 생각은 안 드나요?"

"결정하기 직전까지가 어려울 뿐이지. 결정하고 나선 고민할 거 없잖아."

지혜만 자신에게 관심을 가지면 된다. 그럼 네 명이 해피엔딩을 맞이한다. 고민할 이유가 없었다.

"선배. 제가 아까는 너무 놀라서 이야기를 제대로 나눌 수 없었던 것 같은데요. 우리 진지하게 이야기를 한번……."

"결정 후 협상은 없어."

절대 뒤로 물러날 생각 없다는 듯 꺼낸 민우의 말에 지혜가 굳었다.

"설득은 더더욱 당할 일 없고."

다시 한 번 쐐기를 박는 민우의 말에 지혜가 모든 행동을 멈추었다. 겨우 눈만 깜빡이던 지혜는 퍼뜩 정신을 차린 듯 허겁지겁 짐을 챙겼다.

"오늘……, 수고하셨어요."

인사 한 마디만 남긴 후 줄행랑치듯 지혜가 건물 안으로 뛰어 들어갔다. 민우가 씁쓸한 표정으로 턱을 쓸어내렸다.

진심을 담아 말했는데, 좀 무섭게 말했나 보다. 도망치는 걸 보니.

"준서 선배는 착하고 다정하잖아요."

언젠가 지혜가 했던 말이 민우의 머릿속을 빠르게 스쳐지나갔다. 민우가 심각한 표정으로 잠시 고민했다.

"다정함이라……."

집 안 가득 'In the end'를 틀어놓고 베란다에 앉아 있던 민우는 '나는 치명적으로 다정했다.'라고 생각하고 있었다.

'10시. 집 앞. 등교 함께 할 예정.'이라고 미리 통보했고, 정확히 9시 50분부터 집 앞에서 이지혜를 기다렸다. 평소보다 다정한 톤을 연습해서 '잘 잤어?'라고 물어볼 생각이었다. 온몸을 다정함으로 무장해놨는데 10시가 지나고, 10시 10분이 지나도 모습을 보이기는커녕 연락조차 되지 않았다.

몇 통이나 연락해보다가 도저히 참지 못한 민우가 집 안에 있는 휴지란 휴지는 모조리 끌어다가 지혜의 베란다에 던졌다.

"야! 있어? 없어? 없으면 대답해봐. 야! 아파?"

서른 개가 넘는 휴지를 다 던져도 상대방은 묵묵부답이었다.

"쓰러졌나? 아픈가?"

민우가 심각한 표정으로 지혜의 집 대문을 바라보다가 문을 쾅쾅 두드렸다. 얼마쯤 문을 두드렸을까. 딱 1분만 더 문을 두드려보고 대답 없으면 신고해야겠다고 생각할 때였다. 지나가던 건물 관리인이 민우의 삽질을 보다 못해 '그 아가씨 아침 일찍 등교하던데?'라고 넌지시 한마디 던졌다.

　한순간 맥이 탁 풀리더니 울컥 화가 난 민우는 그대로 학교로 찾아갔다. 수업을 마치자마자 자신을 피해 도망가는 이지혜를 등나무 아래에서 잡았다. 자신을 보고서 경악하던 지혜가 적반하장으로 따지기 시작했다.

　"그러길래 누가 약속을 막 잡으래요? 제가 시간표가 어떻게 되어 있는지도 모르고 혼자서 잡아버리니까 이런 상황이 생기는 거잖아요. 적어도 약속이라면 같이 해야 하는 거잖아요. 그렇게 무턱대고 일방적인 게 아…….."

　"미안. 약속 혼자 잡은 건. 근데 너 문자할 줄 모르냐?"

　"……."

　"먼저 간다고, 수업이 9시라고 말했으면 되잖아. 문자가 안 될 상황이었으면 내가 했던 전화 받기라도 했으면 됐잖아. 뻔히 10시에 사람 기다리는 거 알면서 휴대전화 꺼낼 생각조차 못 했냐? 미리 연락을 해주든가, 그것조차 안 될 상황이었으면 내 전화라도 기다리든가! 그럼 적어도 너희 집 문 20분 동안이나 두들기고 있을 필요 없었잖아! 너희 집 베란다에 두루마리 휴지 던져서 소란 피울 필요도 없었고!"

　한바탕 쏘아붙이자 지혜는 입을 다문 채 아무 말도 하지 않았다. 민우는 전혀 몰랐다는 표정을 짓고 있는 지혜를 보다 더 화가 치밀어 올랐다.

　이지혜는 자신을 전혀 신경 쓰지 않았다. 자신이 무슨 생각으로 그런 제안을 했는지, 왜 함께 가고 싶어 하는지, 왜 이러는지. 온몸에 무장했던 다정함이 한순간에 증발했다.

　혼자서 미친 짓 했다.

　집에 돌아온 후에도 분이 안 풀린 민우는 일부러 노래를 크게 틀어놓고 베란다에 앉아 있는 중이었다. 보통 10분쯤 노래를 틀어놓으면 이지혜가 시끄럽다고 벨을 누르는데 오늘은 오래 버텼다. 밉다고 했더니 미운 짓만 골라 하고 있었다.

툭.

그때였다. 하늘에서 눈도, 우박도 아닌 휴지가 떨어졌다. 하나, 둘, 떨어지던 휴지가 베란다에 찬찬히 쌓이기 시작했다. 황당해서 말을 잇지 못하던 민우가 휴지를 하나 집어 들었다.

: 내가 무심했죠?

두루마리 휴지 윗부분에 삐뚤빼뚤한 글씨가 적혀 있었다. 휴지에 쓴 것치곤 꽤 잘 썼다. 생각해보니 지혜는 본래 글씨를 잘 썼다. 민우는 바닥에 있던 또 다른 휴지를 집어 들었다.

: 그럴 생각은 아니었는데.

: 선배가 기다릴 줄 몰랐죠.

: 휴지가 참 많네요.

: 근데 노래 볼륨 좀 낮춰주면 안 돼요?

깨끗하게 반납하지는 못할지언정 낙서를 하다니.

까칠한 속마음과 달리 휴지에 적힌 메시지를 읽는 민우의 얼굴에 피식 웃음이 걸렸다. 휴지에 적힌 메시지를 읽던 민우가 자리에서 벌떡 일어나 오디오 리모컨으로 노래를 껐다.

"허, 헉!"

갑자기 조용해진 가운데 지혜의 비명소리만 들렸다.

"서, 선배 거기서 뭐, 뭐 해요!"

놀란 지혜가 소리쳐 물었다. 어두운 가운데 가로등 불빛에 지혜의 모습이 희미하게 보였다. 평소처럼 꾸밈없는 편안한 차림으로 자신을 쳐다보고 있었다.

"노래가 시끄러워서."

민우가 대수롭지 않게 대답했다.

"끄……, 끄면 되잖아요!"

"볼륨 조절이 안 돼."

민우가 건성으로 답하며 베란다 바닥을 내려다보았다. 휴지로 잔뜩이
었다.

"곱게 돌려줘도 뭐할 판에 남의 휴지에다가 뭘 이렇게 적어놓은 거냐."

민우 선배가 바닥에 깔린 휴지 중 하나를 들어 보였다.

"'선배, 고막은 괜찮아요?' ……이게 그렇게 중요한 말이냐? 휴지에 적
어 던지게?"

바닥에 떨어져 있던 휴지를 집어 몇 개 읽던 민우가 휴지를 흔들며 말
했다.

"서른 개. 한 개 모자라네."

"아, 이거요?"

"어. 그거."

"드릴까요?"

"읽어."

"네?"

"거기에 쓴 거 읽으라고. 밤에 뭐 읽으려니까 눈 아프다. 대신 읽어."

민우의 말에 지혜가 심각한 표정을 지었다. 고민하는 듯 눈을 데굴데
굴 굴리던 지혜가 에라이, 모르겠다는 심정으로 읽었다.

"미안해요. 고의는 아니니까……."

"……."

"……미워하지 마세요."

지혜가 자그맣게 웅얼거리더니 눈을 질근 감은 채 꼼짝도 하지 않았다. 주위가 고요했다. 민우는 입을 틀어막은 채 큭 하고 웃었다.

아무래도 확실히 이지혜의 병신 바이러스에 옮은 게 맞나 보다. 아까까지만 해도 땅굴을 파던 기분이 한순간에 말끔해졌다. 민우는 입가에 맺힌 웃음을 마저 지우지 못한 채 말했다.

"아까 봤지? 점심 하자고 했던 그 여자애. 나 인기 많아. 여기저기서 밥 먹자는 소리 많이 나와. 길 가다 잡히기도 하고."

민우가 바닥에 떨어져 있던 휴지를 집어 들었다. '내가 무심했죠?'라고 적힌 휴지의 메시지를 보이며 빙긋 웃었다.

"그러니까 알면 잘 잡아둬라."

가능하면 빨리 잡아주면 더 좋고.

민우는 아침 일찍 걸려온 전 여사의 전화에 잠이 깼다.

- 입을 옷은 있어?

"어."

침대에 걸터앉은 민우가 휴대전화를 귀와 어깨 사이에 꽂으며 건성으로 답했다.

- 대충 대답하지 말고. 네 옷은 전부 여기 있는데 거기 있을 리가 있어? 돈 보내놨으니까 옷 사 입어. 사람은 옷을 말끔하게 입고 다녀야 해. 그래야 다른 사람 눈에도 깔끔해 보여. 알았지?

"어."

- 어휴, 넌 엄마한테 '식사하셨어요?' 라는 말도 못 해? 다정함이라곤 눈곱만큼도 없는 녀석. 어서 장가나 가라. 며느리를 딸 삼게!

"어. 노력해볼게."

민우가 건성으로 답하자 전 여사가 못마땅한 듯 혀를 끌끌 찼다.

- 집에도 한번 들러. 아저씨, 아니. 아버지가 너를 많이 보고 싶어 하셔.

갑자기 집 이야기를 꺼내는 전 여사의 목소리가 한층 낮아졌다. 민우는 건조한 얼굴로 눈을 내리깔았다.

"생각해보고."

- 이제 그만하고 좀 받아들여? 응?

"아침부터 이런 이야기 하지 말지?"

- 그래도 민우야.

"조른다고 되는 거 아니잖아. 나도 받아들이고 싶은데, 마음이 잘 안 움직여. 그러니까 그만하자. 전화를 막 끊는 나쁜 아들 되기 싫으니까."

- 후우.

전 여사의 입술 새로 무거운 한숨이 흘러나왔다. 전 여사는 겉도는 이야기를 조금 더 한 후에야 전화 통화를 끝냈다. 민우는 어두운 얼굴로 잠시 천장을 바라보았다. 갑자기 물 먹은 솜처럼 온몸이 무거워졌다.

생각을 털기 위해 침대에서 몸을 일으킨 민우가 눈을 비비며 장롱 앞에 섰다. 문을 열자 황량한 옷장 안이 보였다. 안 그래도 입을 옷이 없어서 옷을 사 입어야겠다고 생각하던 차였다.

휴대전화로 지혜에게 전화를 걸려고 하던 민우는 무언가 생각난 듯 행동을 멈췄다.

"아, 집에 간댔지?"

이곳에서 두 시간 반 정도 떨어진 곳에 자리한 본가에 2박 3일 다녀온다고 했다. 아버지의 생신이라고 했었다. 민우는 준서에게 전화를 하려다가 휴대전화를 내려놓았다. 옷 사는 건 사내 둘이서 가는 것보다 혼자 가는 게 편하다.

간단히 샤워를 마친 민우는 냉장고에서 샌드위치를 꺼냈다. 어젯밤 지혜가 본가 가기 전에 아침으로 챙겨먹으라고 건네준 샌드위치였다. 순식간에 샌드위치를 먹어치운 민우가 아쉬운 표정으로 빈 접시를 바라보았다. 분명 아까까지 입맛이 없었는데 샌드위치를 한입 먹자마자 식욕이 돌아왔다. 역시 이지혜는 요리를 잘한다.

돌아오면 만들어달라고 해야겠다 생각하며 옷을 갈아입고 집 밖으로 나왔다. 집에서 30분 정도 떨어진 곳에 위치한 백화점으로 들어간 민우는 평소 즐겨 찾는 브랜드로 들어갔다.

"어서 오세요."

여직원이 살갑게 인사를 건네 왔다. 민우는 건성으로 답하고는 옷을 찾아 빙글빙글 둘러보았다. 아침이라 아직 머리가 멍했다. 옷걸이를 넘겨가며 옷을 보던 민우는 무언가 생각난 듯 눈을 가늘게 떴다.

얼마 전 지혜는 어디서 무슨 소리를 듣고 온 건지 서연이를 좋아하는 게 아니냐며 생떼를 썼다. 황당함의 범주를 넘어서는 이야기를 듣게 되니 반박도 할 수 없었다. 그렇게 건물 밖으로 뛰쳐나간 이지혜는 몇 시간 만에 돌아와 오해라는 사실을 깨닫고는 싹싹 빌었다. 평소라면 넘어가지 않을 그런 진상 짓을 눈감아준 것은…….

"난 이제야 네가 정말로 좋고 생각나고 보고 싶었는데……. 날 시작하게 해놓고 넌 발 빼냐……. 나쁜 놈. 넌 세상에서 제일 나쁜 놈이야!"

……라는 말 때문이었다.

이제야 정말 좋고, 생각나고, 보고 싶단다.

"무슨 고백이 그렇게 거칠어?"

"예?"

저도 모르게 혼잣말을 하던 민우가 픽 웃다가 고개 돌렸다. 여직원이 자신의 곁에 서서 의아한 얼굴로 쳐다보고 있었다.

"아뇨. 입을 만한 옷 좀 추천해주세요."

얼른 웃음을 감춘 민우가 고개를 절레절레 흔들며 말했다. 여직원이 민우의 얼굴을 보며 홍조 띤 얼굴로 말했다.

"워낙 인물이 좋으셔서 어떤 옷도 잘 어울리실 것 같아요. 어떤 걸 찾으세요?"

"후드랑 반팔 티셔츠요."

민우의 대답에 여직원이 후드와 반팔 티셔츠를 뒤적거리더니 한 제품을 꺼냈다.

"요즘 제일 잘나가는 옷은 이 검정 후드예요. 저기 마네킹이 입고 있는 제품이 이것과 동일 제품입니다."

민우의 시선이 직원의 손짓을 따라 움직였다. 남녀 마네킹이 똑같이 검정 후드를 입고 있었다.

"남녀 공용 제품이에요?"

"네. 그래서 커플 티로도 많이 입고 다니세요."

마네킹 앞으로 걸어간 민우가 검정 후드를 찬찬히 살폈다. 깔끔하고 입고 다니기 편해 보였다. 특히 이지혜에게 잘 어울릴 것 같다. 단발을 고수하는 지혜는 유난히 캐주얼한 차림이 잘 어울렸다. 실제로 화려하게 꾸민 여자보다 수수한 옷차림이 잘 어울리는 여자를 선호하는 민우로서는 좋은 일이었다.

진지하게 고민하던 민우의 고개가 옆으로 기울어졌다. 바로 옆 마네킹은 노란색 반팔 티셔츠를 입고 있었다.

"이것도 남녀 공용 제품이에요?"

"네."

여직원이 생긋 웃으며 대답했다. 민우가 턱을 매만지며 잠시 고민했다.

"여자친구 분이랑 입으실 옷을 찾으세요?"

"방금까진 아니었는데 지금 그렇게 됐네요."

"커플 티셔츠로 둘 다 예쁜 제품인데 선택하실 땐 보통 여자친구 분 기준으로 많이 고르시더라고요. 고민되시면 여자친구 분에게 어울리는 색으로 선택하시는 건 어떠세요?"

"걔 둘 다 잘 어울려요."

"그럼 더 어울리는 디자인으로 선택하시는 게……."

"걔 둘 다 잘 어울릴 거예요."

덤덤한 민우의 대답에 여직원의 표정이 살짝 굳었다.

대체 어떤 여자친구길래!

잠시 고민하던 민우는 여직원에게 미소 지으며 말했다.

"둘 다 주세요. 남자 사이즈 105, 여자 사이즈 90으로요."

얼마 후 백화점 종이가방을 들고 나온 민우는 고민했다. 노란색 반팔 티셔츠도, 검은색 후드도 이지혜와 더할 나위 없이 어울릴 것 같아서 충동적으로 구매했다.

"좋아할까?"

민우가 뒤늦게 종이가방을 보며 고민했다.

"사랑해!"

커플티를 줬더니 베란다에서 지혜가 머리 위로 하트를 크게 그리며 소리쳤다.

좋아한다. 생각 외로 아주 많이 좋아한다.

그러고는 본인의 부끄러움을 이기지 못하고 실내로 뛰어 들어가다가 넘어졌는지 쿵 소리가 났다. 지혜가 하는 양을 물끄러미 쳐다보던 민우는 뒤늦게 입을 틀어막은 채 큭큭거리며 웃었다.

　이럴 줄 알았으면 한 다섯 벌은 사줄 걸 그랬다. 다음엔 빨간색, 아니 무지개 색으로 다 사다 줘야겠다.

　억지로 웃음을 삼키며 민우가 지혜에게 전화를 걸었다.

　"받아!"

　민우가 소리친 얼마 후 휴대전화 너머에서 '여보세요'라고 지혜가 조심스럽게 답했다.

　"괜찮냐? 넘어지더니."

　- 걱정해주신 덕에 멀쩡해요.

　"커플 티 산 보람이 있어서 좋네."

　- 오빠가 보람을 느끼셨다니 저도 좋네요. 하……, 하하하…….

　"앞으로 종종 해줘?"

　- 예쁜 짓 하면 해줄게요.

　"베란다 뛰어넘어갈까?"

　살벌하게 말하자 지혜가 어색하게 웃었다. 잠시 대화의 흐름이 끊어졌다. 갑자기 선선한 바람이 불어왔다. 나른한 분위기에 취한 민우가 느릿하게 고개를 기울였다. 분위기에 취한 민우가 나지막한 목소리로 속삭이듯 말했다.

　"좋네. 여자친구 옆집에 산다는 건. 보고 싶을 때 보고, 전화하고 싶을 때 하고."

　- 저도 좋아요. 오빠가.

　민우의 입술로 웃음이 천천히 번졌다. 물에 물감이 번져가듯, 가슴에 지혜의 고백이 번져간다. 잠시 고백이 퍼지는 기분에 사로잡혀 있던 민우가 천천히 고백했다.

"여자 옷 산 거 처음이야. 그리고 커플 티 산 것도 처음이고."

온 마음이 진동하는 것도 처음이다.

"네가 처음이라서 좋다."

마지막이라면 더 좋겠지.

지혜와 함께 하고 싶은 일들이 점점 많아진다. 점점 더 먼 미래를 보게 되고, 계획하게 된다. 이 마음을 알긴 하는지.

민우는 그 말을 속으로 삭이며 빙긋 웃었다.

여름이 다가오고 있었다. 낮의 햇살이 뜨거워져갔고 코끝으로 습한 바람의 냄새가 스쳐지나갔다. 호프집의 창문을 넘어 들어오는 바람을 들이마시며 민우가 등받이에 등을 기댔다. 무덥고도 눈부신 여름은 이토록 빠르게 다가온다. 창가에서 바람을 쐬며 민우가 친구들을 바라보았다.

"준서는 대체 뭐 하길래 요새 안 보여?"

"알바 한다잖아. 정신이 없단다. 오늘도 급하다고 불렀다던데."

"아, 준서 새끼 얼굴이 가물가물해!"

민우는 왁자지껄하게 떠드는 친구들을 물끄러미 바라보다가 입을 열었다.

"나, 여자친구 생겼다."

갑작스런 민우의 선언에 친구들의 행동이 일제히 멈췄다. 모두 짠 것처럼 스르륵 민우에게 고개를 돌렸다.

"뭐?"

"네가?"

둘의 의아한 반응에 이어 지완이 가장 격하게 얼굴을 구기며 소리쳤다.

"야! 언제? 그런 건 빨리 말 안 할래? 내 동생이 너 소개시켜달라고 지금 보름째 날 조르고 있었단 말이야. 보름 전에 해방될 수 있었던 건데!"

"이야, 민우가 여자친구를 사귄 게 얼마 만이냐. 누군데? 예뻐? 몸매는 착해?"

친구들의 놀라는 반응을 미리 예상한 듯 민우는 덤덤했다. 오히려 고개를 반쯤 기울인 채 턱을 쓰다듬으며 친구들의 반응을 재미있다는 듯 바라보았다.

"빨리 말 안 해? 너 기다리느라 숨 넘어가겠다."

지완의 재촉에 민우가 느릿하게 대답했다.

"몇 달 됐어."

"뭐? 몇 주도 아니고 몇 달? 하! 그동안 왜 말 안 했어?"

"어쩌다 보니까."

"그래. 내가 너한테 뭘 바라겠냐? 그래서 누군데? 예뻐?"

지완의 물음에 민우는 잠시 고민했다. 자신의 눈에 지혜는 더할 나위 없이 귀엽다. 웃을 때도 귀엽고 드물게 나오는 애교도 귀엽고 된장찌개 끓여주고서 자기는 싱크대에 기대 앉아 꾸벅꾸벅 졸 때도 귀엽다. 그러나 여기서 '예쁘다'라고 말했다간 눈 높은 지완이 엄청 기대할 게 뻔했다.

민우는 고민을 하며 테이블 앞으로 몸을 기울였다. 그러자 민우의 하얀 티셔츠에 늦은 오후의 빛이 싱그럽게 반사됐다.

"너도 아는 앤데."

민우가 턱으로 가리키자 지완이 눈썹을 구겼다.

"뭐? 내가?"

432

"어. 서연이 친구."

"뭐? 걔?"

지완이 잠시 황당하다는 듯 반문했다.

"누군데? 어떤데? 예뻐?"

지완의 곁에 있던 친구 둘이 곧장 지완을 닦달했다. 지완은 친구들에게 손을 들어 보이곤 멍한 얼굴로 민우를 쳐다보았다. 얼굴은 자세히 기억나지 않지만 조금 귀여웠다는 느낌만 남아 있었다. 그러나 충격적인 건 기억나지 않는 얼굴이 아니라 그 아이와 준서와의 관계였다. 분명 그 여자애는 준서를 좋아하는 게 확실했다. 그런데 그 여자가 민우의 여자친구가 되었다니?

"야, 왜 일이 그렇게 돼?"

지완이 의문과 심각함이 뒤섞인 얼굴로 물었다.

"어쩌다 보니."

구구절절 설명하기 귀찮은 민우가 건성으로 답했다. 동시에 지완의 눈이 가늘어졌다. 뭔가 이상한 냄새가 솔솔 났다. 일전에 준서가 짝사랑하던 여자와 교제한 민우가 뒤늦게 그 사실을 알고 준서에게 무척 미안해했다는 사실을 지완은 분명히 기억하고 있었다. 더불어 '꼭 갚아야지. 그 빚은.'이라며 고개도 못 들게 힘들어한 민우도 기억하고 있었다.

지완이 생각하는 사이 친구 둘은 민우를 붙들고서 어디서, 어떻게, 만났는지 묻고 있었다.

"어디서 만났어?"

"같은 학과 후배."

"이야, 네가 CC를 하다니. 무덤을 파는구나."

"그러게."

민우가 반쯤 웃으며 건성으로 답하는 걸 쳐다보던 지완이 턱을 괸 채 바라보았다.

"한민우."

지완의 부름에 민우가 눈만 움직여 바라보았다.

"그 여자애 사랑하냐?"

"……."

삽시간에 민우의 얼굴이 굳었다. 친구들의 시선이 단번에 민우에게 쏠렸다. 뒤늦게 피식 웃으며 민우가 강냉이를 들어 지완의 얼굴에 던졌다.

"그런 구태의연한 거 물어야겠냐?"

"대답, 안 하는 거냐? 못 하는 거냐?"

"사랑 같은 소리 한다. 징그럽게 그런 거 묻지 마라. 싫다."

분명 웃으면서 말하고 있지만 민우의 말 속엔 더는 선을 넘지 말라는 경고가 숨어 있었다. 결국 지완은 하고자 하는 말을 한숨으로 대신했다.

하아, 역시.

연애 생각 일절 없다던 한민우가 갑작스럽게 연애를 시작한 데엔 신준서가 한 이유를 하고 있을 거라는 판단이 섰다.

"아! 준서한테는 비밀로 해. 내가 말할 테니까. 아주 서프라이즈하게 밝힐 생각이거든."

민우의 말에 지완은 확실히 자신의 생각이 맞아떨어졌다고 확신했다.

"그래. 알았다. 비밀로 할게."

"난 이만 일어난다."

자리에서 일어나는 민우를 따라 세 사람의 시선이 주르륵 뒤따랐다.

"왜 벌써 가?"

"할 일이 많은 남자라서. 과제가 엄청나다."

민우가 테이블 위에 올려둔 모자를 집어 들었다. 그러자 친구들의 성화가 뒤따랐다.

"과제는 마감 한 시간 전 발등 타면서 하는 게 맛이라고!"

"그래! 술김에 하는 게 최고지!"

"야. 아무리 그래도 술김은 아니다. 너 술 취한 상태로 과제 보냈다가 교수님이 직접 전화했다며. 영타로 써서 보냈으니까 한타로 다시 쳐서 보내라고."

지완이 친구 하나의 팔을 툭툭 치며 말하자, 친구의 얼굴에 짙은 그림자가 졌다.

"안 그래도 그 수업 재수강해야 해. 그 교수님한테 찍혔어."

"넌 나한테 그런 걸 추천하냐?"

가만히 듣고 있던 민우가 다시 한 번 강냉이를 들어 친구의 배에 던졌다. 모자를 푹 눌러쓰며 민우가 테이블 위에 있던 지갑을 챙겨들었다.

"미안하니까 1차는 내가 살게. 다음에 또 보자."

민우가 가볍게 손을 들어 보이곤 술집 밖으로 나섰다. 그런 민우의 뒷모습을 보던 지완이 낮은 한숨을 내쉬었다.

이른 시각에 호프집에서 나온 민우가 고개를 가로저었다. 호프집 창문 너머로 들어오던 선선한 바람보다 한결 습윤한 바람이 몸을 스쳐지나갔다. 자연스럽게 인상을 찌푸린 민우가 고개를 들어 하늘을 보았다. 바람과 달리 깨끗하고 상쾌한 하늘이었다. 한결 누그러진 표정으로 민우가 걸음을 옮겼다.

"그 여자애 사랑하냐?"

문득 지완의 물음이 민우의 머릿속을 스쳐지나갔다. 동시에 민우의 부드러운 시선이 건조해졌다.

"사랑이라…….."

민우가 사랑이란 단어를 입안에서 굴렸다. 달콤하고 부드러운 어감과 달리 입안에서 퍼지는 맛은 쓰고 떫다.

한때는 사랑이라는 단어를 쉽게 말하던 때가 있었다. 태어나 말을 배울 때 엄마, 아빠, 다음으로 말했던 단어가 사랑이었으니까.

그 사랑을 입 밖으로 내기 힘들어졌을 때가 언제였더라. 누구보다 절절하게 사랑했던 부모님의 사랑이 아버지의 죽음으로 깨진 순간이었는지, 아버지의 죽음 후 1년도 되지 않아 다른 남자에게 시집가버린 어머니였는지, 그도 아니면 다른 남자에게 '사랑한다' 말하는 어머니를 본 순간이었는지 모르겠다. 그게 아니라면 그 모든 순간들이 먼지처럼 쌓여 사랑이라는 단어를 무겁게 짓눌러버린 건지도 모른다.

사랑. 절대적인 의미를 담은 단어가 아니라, 언제든 변질 가능한 단어라는 걸 안 순간 꺼내기 싫어졌다.

민우가 피곤한 얼굴을 손으로 문질렀다. 담배를 피운 직후처럼 입안이 텁텁해졌다. 더불어 늦은 오후의 햇살은 지지독하게 뜨겁고 날카롭기만 했다. 민우는 주머니에서 휴대전화를 꺼내 통화 목록에서 이지혜를 찾아 전화를 걸었다. 얼마 되지 않아 휴대전화 너머에서 차분한 목소리가 흘러나왔다. 민우의 표정이 한결 편하게 누그러졌다.

- 여보세요.

"어디야?"

- 집이요. 왜요?

"놀러 갈까 해서."

- 언제는 예고하고 놀러 왔어요?

지혜의 말에 민우의 입술이 길게 늘어났다.

"오늘은 특별히 예고하는 거야. 기다려."

- 알겠어요. 오늘은 피자 시켜먹어요.

"그래. 그러자."

- 근데……, 무슨 일 있는 거 아니죠?

지혜의 물음에 민우의 입술이 조금 더 길게 늘어났다. 평소랑 똑같은 목소리를 내도 지혜는 미세한 차이를 알아냈다. 자신의 미세한 변화를 알아주는 사람이 존재한다는 사실에 가슴이 뜨거워졌다. 민우가 길게 늘어난 입술로 말했다.

"없어. 그냥 너 보고 싶어서."

- 얼른 와요. 나도 보고 싶으니까.

휴대전화 너머로 부끄러워하고 있을 지혜의 모습이 눈에 훤하다. 통화를 끊은 후 민우는 휴대전화를 주머니에 밀어 넣었다.

"그 여자애 사랑하냐?"

지완의 물음이 머릿속을 다시 울렸다.

"몰라."

민우가 건조하게 대답했다.

모르겠다, 사랑 같은 거.

그런 확신, 그런 말 없이도 잘 사귀어왔고 앞으로도 그럴 거다.

민우가 지혜의 집으로 걸음을 재촉했다.

"선배, 나 사랑해요?"

허물어질 것 같은 얼굴로 물어 오는 지혜를 본 순간 민우는 빳빳하게 굳었다. 사랑이라는 확신 없이도 잘 사귀어왔다. 그런데 이제 와서 '사랑'이라는 단어 앞에 판결 받기 위해 섰다.

왜 그런 이야기를 하냐고 물으려던 민우는 지혜의 눈에 차오르는 눈물을 충격 먹은 얼굴로 바라보았다. 자신 때문에 이지혜가 울려고 하고 있었다.

"다 들었어요. 오빠가 왜 나랑 연애를 하는지."

"……무슨 소리야?"

"나 다 들었다고요. 날 사랑하지도 않으면서 왜 내 옆에 왜 있어주는지. 내가 준서 오빠를 좋아하면 안 되니까. 오빠가 준서 오빠에게 죄책감을 덜어내야 하니까. 그런 이유라는 거."

지혜의 말에 민우가 호흡을 멈췄다. 대신 천천히 지혜의 눈동자를 번갈아 바라보았다.

자신조차도 아주 잠깐 하고서 접었던 그 생각을, 대체 이지혜가 어떻게 알고 있는 거야?

"……어디서 들었냐?"

민우가 놀란 마음을 추스르지 못하고 자신의 얼굴을 연신 쓸어내렸다. 이윽고 지독한 침묵이 찾아왔다. 그 침묵을 지혜의 침착한 목소리가 깼다.

"준서 선배 좋아할 일 없을 거예요. 걱정 마요. 서연이한테도 아무 말 안 할게요. 아무 말 못 할 사이가 됐지만. 여태껏 수고했어요. 이제 그런 연기 하지 않아도 돼요."

모든 걸 정리할 것처럼 꺼내는 지혜의 말에 민우가 지혜의 팔을 잡았다. 무슨 말을 해야 이 상황을 정리할 수 있을지 모르겠지만 민우는 생각나는 대로 말을 꺼냈다.

"……미안. 우선 내 말 좀 들어봐."

"됐어요. 그 말이……, 더 화나니까."

"이러지 마. 우선 들어보라고."

"뭐가요."

"그런 마음 아주 잠깐이었어. 지금은 아니야."

아주 찰나였다. 이지혜를 좋아한다는 마음을 받아들이기 힘들어서 스스로에게 건넨 그 변명. 왜 그 변명이 사라지지 않고 이지혜에게 상처로 남았는지, 어째서 돌고 돌아 여기까지 왔는지 민우는 알 수 없었다. 민우가 지혜를 꽉 붙들고서 절실한 목소리로 말했다.

"용서해줘."

"할 수 없다는 거 알죠?"

지혜의 얼굴이 일그러졌다. 밀려오는 고통 때문에 평정을 찾기 힘든 표정으로 지혜가 민우의 손을 밀어냈다. 민우는 순식간에 밀려난 자신의 손을 믿기지 않는다는 눈으로 바라보았다. 이지혜가 먼저 자신의 손을 밀어냈다. 가슴이 내려앉았다. 민우가 천천히 눈만 들어 지혜를 바라보았다.

지혜는 무너지기 직전의 표정으로, 그러나 끝내 결정을 번복하지 않겠다는 단호한 목소리로 말했다.

"……우린 처음부터 잘못됐으니까, 이제 그만해요."

이별. 그 단어가 주는 무게에 민우의 머리가 핑글 돌았다. 민우는 발끝에 힘을 주고 서서 똑바로 지혜를 바라보았다.

빌라면 빌고, 시키는 게 있다면 다 하려고 했다. 그런데……, 누구보다 자신을 잘 아는 이지혜가 이별을 고했다. 눈앞으로 검은 막이 떨어진 것처럼 사위가 깜깜해졌다.

"진심이냐?"

한참 만에 민우가 낮은 목소리로 물었다.

"네."

"진심이냐?"

"……네."

"진짜 진심이냐고."

지혜가 번복하지 않겠다는 듯 고개를 끄덕인 순간, 민우가 지혜의 손을 놓았다. 순간 충격과 체념이 뒤섞인 표정으로 자신의 손을 바라보던 지혜가 천천히 돌아섰다. 절대로 흔들리지 않겠다는 듯 꼿꼿한 뒷모습을 보이며 사라지는 지혜의 뒷모습을 민우가 바라보았다.

짧은 만남이었지만 지혜는 그 누구보다 자신을 잘 아는 여자였다. 지금 이별을 꺼내면 돌이킬 수 없다는 것도, 정말로 끝이라는 것을 아는 그 여자가……, 정말로 이별을 고했다.

민우가 텅 빈 눈으로 자신의 손을 바라보았다. 방금까지 자리하던 지혜의 손이 오간 데 없이 사라졌다.

갑자기 지금이 여름인지 겨울인지, 밤인지 낮인지, 꿈인지 현실인지 모르겠다. 그저 느껴지는 것은 손끝과 발끝으로 모든 감각이 빠져나간 것처럼 온몸이 텅 비어 있다는 것뿐이었다.

늦은 밤, 민우는 편의점에서 담배를 사서 뒷골목으로 올라갔다. 안전망 하나 없이 덩그러니 놓여 있는 벤치에 앉아 담배를 물고서 야경을 바라보았다. 눈부시게 빛나는 야경을 바라봐도 감흥이 없다.

누구랑 같이 볼 땐 꽤 볼 만했는데.

민우가 씁쓸한 얼굴로 하얀 구름 같은 담배 연기를 뱉었다.

같은 건물, 같은 층, 같은 학교를 공유하는데도 지혜를 보는 날은 손에 꼽았다. 지혜는 수업 직전에 들어와 수업이 끝나기가 무섭게 사라졌다.

도서관에서 늘 즐겨 앉던 자리도 이젠 다른 사람이 차지했다. 일부러 자신과의 접점을 지우려고 지혜는 애쓰고 있었다.

그래도 여긴 잊지 않았으면 좋겠는데…….

담배를 한 개비 다 피운 후 멍하게 야경을 보고 있을 때였다. 부스럭거리며 이쪽으로 올라오는 발소리가 바람소리에 섞여 들렸다. 천천히 고개를 돌린 민우는 이제 막 도착해 자신을 발견하곤 굳은 누군가를 보았다. 거짓말처럼 지혜가 왔다.

잠시 사위가 고요해졌다.

"앉아."

민우가 턱으로 옆자리를 가리켰다.

"아뇨."

얼른 고개를 가로저으며 돌아서는 지혜를 민우가 빠르게 잡아챘다.

"앉으려고 올라온 거잖아."

"앉을 필요가 없어졌어요. 쉬다 오세요."

"너 기다렸어."

"내가 언제 올 줄 알고요?"

날카로운 목소리로 묻는 지혜를 세게 끌어당겨 벤치에 앉혔다.

"올 거 같았어."

"……괜히 왔네요."

힘없는 목소리가 마음을 아프게 때렸다. 민우가 미간을 좁히며 말했다.

"그렇게 말하지 마."

"그럼 내가 어떻게 말할까요."

애써 무표정을 유지하던 지혜가 표정을 와락 구기며 물었다. 아직은 자신의 목소리에, 말에 반응하는 지혜를 보니 안도감이 들었다.

"지혜야."

민우가 용기를 내어 말을 하려 할 때였다. 지혜가 덤덤한 목소리로 빠르게 물었다.

"날 사랑해요?"

"……."

"거봐요. 대답 못 하잖아요."

'사랑'이라는 그 무거운 단어 앞에서 민우는 굳었다. 마치 이 모습을 예상한 것처럼 지혜가 쓰게 웃었다. 민우가 잠시 눈을 느릿하게 감았다 뜨고서 착 가라앉은 목소리로 말했다.

"사랑, 그거 없이도 함께할 수 있는 거잖아. 네가 옆에 있었으면 좋겠어."

"그건 이기적인 답변이에요. 사랑하지 않지만 옆에 있으라는 말."

"네가 편해. 그래서 좋아. 널 좋아해."

진심을 담아 민우가 간절하게 말했다. 이것은 자신이 마음을 표현할 수 있는 최대치라는 걸 지혜가 알아주었으면 했다.

"그거 알아요?"

지혜의 착 가라앉은 목소리가 낮게 가라앉았다.

"사랑은 한 사람에게 내려지는 특권인데, 좋아하는 사람은 세상에 많아요. 하물며 편한 사람은 더 많아요."

"……."

"나만 사랑하면서 우리가 만날 순 없어요."

바람이 불었다. 머리카락이 날리는 틈으로 자신의 마음을 정리하려 애쓰는 지혜의 모습이 보였다. 민우가 눈을 가늘게 뜬 채 지혜를 바라보았다.

"정말 그만하고 싶어?"

"네."

지혜는 흔들리지 않으려는 듯 꼿꼿한 자세로 대답했다.

"우리 헤어지는 건가?"

민우가 믿기지 않는다는 듯 물었다. 민우는 실제로 지금까지도 지혜와 자신이 이별했다는 사실을 완전히 실감하지 못하고 있었다.

"……네. 모르던 사이처럼 지내요. 인사도 안 하는 사이가 되고 싶어요."

자리에서 일어난 지혜가 더는 붙잡지 말라는 듯 뒤돌아섰다. 점점 멀어지다가 어느 순간 사라진 지혜의 모습을 바라보던 민우가 눈을 꾹 감았다.

자신의 마음으론 지혜의 마음을 채우기엔 턱도 없었다. 이지혜가 바라는 것은 사랑이었고, 자신이 줄 수 없는 것 또한 사랑이었다.

민우의 입술 새로 아픈 한숨이 새어나갔다.

"지완이한테 왜 그랬어?"

"다리는 다 나았냐?"

"지완이 많이 놀란 거 같더라."

차분한 준서의 말에 민우가 그제야 고개를 들었다. 준서를 보는 민우의 표정은 싸늘했고, 민우를 바라보는 준서의 표정은 혼란스러웠다. 준서는 민우가 저런 표정을 짓는 걸 살면서 한 번도 보지 못했다.

"술 마시러 왔으면 술이나 마셔. 취조하려고 달려들지 말고."

"……지혜 이야기 하다가 그랬다며."

민우는 맥주잔을 들 뿐, 아무 대답도 하지 않았다. 준서는 묵묵히 민우를 쳐다봤다. 준서는 조용히 어젯밤 느닷없이 지완이에게 전화가 온 일을 생각했다. 몹시 당황한 일을 겪은 사람처럼 한참이나 숨을 헐떡이던 녀석은 '민우한테 죽을 뻔했어!'라는 말로 운을 뗐다.

이야기를 들어보니 민우와 술을 마시던 지완이가 엔조이로 만난 거 아니었냐며 의리로 그 정도 만나줬으면 충분하다고 말했다가 뼈도 못 추리게 당할 뻔했다는 거였다. 그렇게 화내는 모습 고등학교 시절 커닝 누명 쓴 이후로 처음 봤다고 말했다. 그들에게 금기의 사건이 되어버린 커닝 누명 사건이 거론될 정도면 엄청 화낸 모양이었다.

의자에 깊게 파묻힌 민우는 맥주 반 컵을 다 비운 후에야 고집스럽게 자신을 보고 있는 준서를 힐긋 보며 싸늘하게 대꾸했다.

"너한테 화풀이하기 싫으니까, 걔 이야기는 하지 마."

"안 잊혀?"

"……그럼 잊히겠냐?"

헛소리라도 들은 사람처럼 헛웃음 치며 답하는 민우를 보며 준서는 길게 한숨을 내쉬었다. 민우는 기억하지 못하는 듯했다. 남자 기억 속에 가장 오랫동안 살아남아 숨쉰다는 첫사랑조차도 민우는 하루 동안 퍼부은 술로 지워냈다. 두 번째 사랑은 더 심했다. 술집에 가지도 않았다. 맥주 한 캔을 비우며 '친구가 여행 갔다.'라는 말을 꺼내는 사람처럼 담담하게 '걔랑 헤어졌다.'라고 말한 후, 다음날부터 아무 일 없었던 사람처럼 잘 살았다.

저 사람에겐 사랑 세포라는 건 애초부터 없는 건 아닐까, 신은 완벽함 대신 사랑할 수 있는 감정을 앗아간 건 아닐까 의심스러울 만큼 민우는 이별에 담담한 편이었다. 그런 한민우의 입에서 절대로 잊을 수 없다는 뉘앙스를 풍기는 말을 뱉었다.

준서는 술잔을 쥔 채 과거를 돌이켜 생각해봤다. 지혜와 함께 있을 때 민우는 다른 사람처럼 굴었다. 까칠하기는 해도 남에게 물리적인 상처는 입히지 않던 민우가 체육대회 때 광고홍보학과를 상대로 '방어'는 포기하고 '공격'에만 집중한 살인적인 스킬들을 보여줬었다. 정말로 화가 난 것처럼 보이던 민우의 등 뒤에는 한쪽 뺨이 부어 올 듯 말 듯한 표정을 짓고 있던 지혜가 있었었다. 대충 때려잡아도 지혜를 위해 민우가 뛰고 있다는 걸 알 정도였다.

다른 사람들은 학과의 자존심을 위해 싸우는 줄 알았지만, 준서는 체육대회 때 어렴풋이 느끼고 있었다. 지혜를 향한 민우의 감정이 특별하다는 것.

"……언제부터 좋아했는데?"

"걔 이야기 하지 말라고."

"내가 입 다물고 있으면 걔 생각 안 나?"

민우는 답하지 않았다. 술잔을 쥐고 있는 지금조차 생각나기에. 한참이나 맥주잔을 만지작대던 민우가 갈라진 목소리로 답했다.

"……꽤 됐어."

"체육대회 전?"

"어."

준서는 민우가 느끼지 못할 만큼 한숨을 내쉬었다. 테이블 위를 배회하고 있는 민우의 눈동자는 아무것도 담지 못하고 튕겨내고 있었다. 시선을 붙이고 있지 못했다. 지혜와 헤어지고 나서 민우에게 생긴 버릇이었다.

"걔는 모를걸. 내가 먼저 좋아한 거."

민우의 갈라진 목소리에 준서의 술잔이 허공에서 멈췄다. 실연당한 것처럼 괴로워하는 모습도 낯선데 무려 먼저 좋아하기까지 했다는 발언에 준서는 통수라도 얻어맞은 표정이 되었다.

"네, 네가?"

"어. 걔가 다른 사람 좋아할 때부터 내가 좋아했어."

준서는 어젯밤 지완이의 전화로 다른 사람이 자신이라는 걸 알고 있었지만, 모른 척했다. 잔잔하게 가라앉던 민우의 표정이 확 구겨졌다. 흡사 어딘가 찔린 사람의 표정처럼 아파 보였다. 느닷없이 나타난 추억에 찔린 모양이었다. 즐거웠던 만큼, 행복했던 만큼 추억은 실연한 사람에게 크고 깊은 상처를 남긴다.

"그럼 가서 잡아. 왜 망설여. 네가 이렇게 사람 좋아하는 거 나 처음 봐. 좋아하면 가서 잡아. 시간 흐를수록 더 힘들걸?"

진지하게 충고하는 준서를 민우가 누그러진 표정으로 올려다봤다. 민우 자신도 이 상황이 당황스러웠다. 자신이 왜 술을 마셔야 하는지, 왜 화상당한 사람처럼 아무것도 못 하고 아파해야 하는지. 도무지 이해가 가질 않았다. 언제부터 이렇게 깊게 자리하고 있었을까.

민우는 자신이 텅 빈 술잔을 쥐고 있다는 것도 모른 채 와인 잔을 돌리 듯 빙글빙글 돌렸다. 그런 민우를 보는 준서는 세상 오래 살다 보니 별일도 다 보는구나, 라며 작게 중얼거렸다.

준서의 중얼거림조차 듣지 못하고 상념에 빠져 있던 민우가 닫혔던 입을 열었다.

"……만약."

"…….”

"만약에 질겼던 인연이 이지혜가 아니라 다른 사람이었으면, 나 그 사

446

람을 좋아했겠지? 그 녀석이 그 시간과 그 자리에 있어서 사랑한 걸지도 몰라. 내 앞집에 살아서, 내가 다니는 학교의 후배라서, 서연이의 친구라서 자주 보게 됐으니까. 만나는 빈도수 때문에 정이 들어버린 걸지도 몰라.”

준서는 그제야 민우의 발목을 잡고 있는 게 무엇인지 알았다. 일단 결단을 내리면 협상 없이 일을 진행시킨다는 게 민우의 특징이었는데, 좋아하는 마음이 확실한데도 머뭇거리는 까닭을 모르고 있었다.

준서는 헛웃음이 튀어나왔다. 모든 것에 월등한 것처럼 살던 한민우에게도 이런 모습이 있구나 싶어서.

첫사랑을 겪는 소년처럼 제 감정이 사랑이 맞나 아닌가를 두고서 고민하고 있었다.

“지혜가 아닌 다른 사람이었으면 좋아했겠어?”

“내가 물어본 질문이잖아.”

민우가 자신의 질문을 되묻는 준서를 보며 말했다. 민우의 말에 준서는 조용히 웃었다. 사랑 세포가 없는 녀석인 줄 알았는데, 알고 보니 사랑 세포를 깨워줄 만한 사람을 못 만났을 뿐이었다. 상황에 맞지 않게 웃는 준서를 민우가 웃음이 나오느냐는 표정으로 쳐다봤다. 준서는 서연이와 닮아 보이는 말간 웃음을 지으며 말했다.

“답은 네가 제일 잘 알 거야.”

갑자기 여름 소낙비가 쏟아졌다. 길을 가던 행인들은 이미 흠뻑 젖었음에도 뒤늦게라도 비를 피해보겠다는 듯 어디론가 뿔뿔이 흩어졌다. 때마침 본가에 들러 자취방으로 향하던 민우도 비를 맞았다.

비를 피하기 위해 주변을 살피던 민우는 눈에 보이는 편의점으로 달려

들어갔다. 우산 살 겸 담배도 살 겸 비도 피할 겸 겸사겸사 찾아간 곳이었다.

그런데 그곳에 지혜가 있었다. 도둑 이사라도 가는 것처럼 흔적 하나 남기지 않고 떠난 후 한 번도 만난 적 없던 지혜였다. 너무도 갑작스럽게 예상외의 장소에서 만난 탓인지 지혜가 눈앞에 나타났는데도 실감나지 않았다.

"찾으시는 거 있으세요?"

민우는 하마터면 너라고 대답할 뻔했다. 하지만 그러지 못했다. 지혜는 시선을 피한 채 다가오지 말라는 듯 온몸에 보이지 않는 가시를 세우고 있었다. 민우는 놀란 마음을 추스르며 나오는 대로 말을 뱉었다.

"더 원 하나."

담배를 못 찾고 허둥거리는 지혜의 뒷모습을 보던 민우는 보일 듯 말 듯 작게 웃었다.

"오른쪽 두 번째."

허둥대는 뒷모습이라도 오래 보고 싶어 담배 위치를 알려주고 싶지 않았지만, 속이 타들어가는 모습이 눈에 훤하게 보여서 결국 가르쳐줬다. 지갑에 천 원짜리가 있었다. 하지만 일부러 만 원짜리를 내밀었다. 거스름돈을 챙기는 동안 물끄러미 쳐다봤다. 못 본 사이에 수척해졌다.

"감사합니다. 다, 안녕히 가세요."

아무래도 다음에 또 오세요 라고 말할 생각인 듯했다. 하지만 다음에 또 오지 말고 안녕히 가라는 인사말을 하는 지혜를 보다 민우는 결국 돌아섰다.

끝끝내 남처럼 대하는구나.

흔한 '오랜만이네요.'라는 말 따위 찾을 수 없었다. 지혜가 뱉는 말마다 묻어나는 냉기에 민우는 온몸이 시릴 지경이었다. 그렇게 안녕히 가라는 인사말에 쫓겨 편의점 밖으로 나왔다. 본래 사겠다고 계획했던 우산도 까먹은 채.

민우는 무심히 편의점을 보다 슬쩍 돌아보는 지혜를 발견했다. 민우는 자신이 비를 맞고 있다는 사실에도 아랑곳 않은 채 편의점을 한참이나 보았다.

지금처럼 우연히라도, 한 번 정도 보면 괜찮을 거라 생각했다. 모르는 척하더라도 잘 지내는 얼굴을 보고 나면 메마른 그리움이 사라질 거라 생각했다. 하지만 민우는 더한 갈증에 시달렸다. 온몸이 비 때문에 축축하게 젖었는데 갈증이 난다니. 민우는 편의점에서 지혜의 얼굴을 본 게 꿈 같았다. 돌아선 지 2분도 안 됐는데 보고 싶어졌다.

결국 민우는 자신의 마음이 무엇인지 확인하는 걸 포기했다. 대신 결단을 내렸다.

툭.

사람 없는 레스토랑 뒷골목에 쭈그리고 앉아서 쉬고 있는 진호에게 민우는 담배를 던졌다.

"형! 역시 형은 전생에 산타였나 봐요. 어떻게 딱 필요할 때 담배를 사다 줘요? 정말 형은 천사예요. 얼레? 완전 새 담배네?"

레스토랑에서 함께 일하는 진호가 비닐까지 곱게 싸여 있는 담배를 보며 의아하게 물었다. 어제만 해도 예의상 한 대 정도 피우고 줬는데, 이젠 그것마저 포기했는지 아예 새 담배를 던져주기 시작했다. 골초인 진호만 돈 굳히는 셈이었다.

민우는 대답 대신 자신의 주머니에 있는 담배를 한 대 꺼내 물었다.

"형."

진호가 신난 얼굴로 민우를 불렀다. 민우는 대답 대신 힐끗 진호를 쳐다보았다.

"형은 대체 여기서 왜 일해요? 어제 보니까 자취방이랑 거리도 멀던데요."

어젯밤 퇴근 후 민우의 집에서 가볍게 술을 마신 진호가 의아하다는 듯 물었다. 레스토랑과 자취방의 거리는 버스로 한 시간이 넘었다. 그 때문에 민우는 퇴근 후에 심야버스를 타곤 했다.

"이 레스토랑이 편의점이랑 가까워."

민우의 대답에 진호가 얼굴을 찌푸렸다.

"그 동네는 편의점 없어요? 집 앞에 떡하니 있던데요?"

"이 동네 편의점에만 있는 게 있어."

민우의 말에 진호가 고개를 갸웃댔다.

"이 동네 편의점에만 있는 거? 그런 게 있어요?"

"어."

민우는 자세히 대답해줄 생각이 없는지 입을 다물었다. 신난 얼굴로 새 담배를 입에 무는 진호를 보며 민우는 깊은 한숨을 내쉬었다.

레스토랑에서 오후 4시부터 12시까지 일하는 걸로 해서 하루 일당 6만 원을 받았다. 그중 출석 체크라도 하듯이 꼬박꼬박 편의점에 가서 담배를 사는 돈을 빼면 일당 4만 원을 조금 넘는 수준이었다. 생각만큼 돈이 모이지 않았다.

그렇다고 편의점에 안 갈 순 없었다. 안 보면 보고 싶어서 일이 손에 안 잡혔다. 약을 복용하는 사람처럼 하루에 꼭 한 번은 얼굴을 봐야 직성이 풀렸다. 그러다가 그걸로 부족해서 하루에 두 번, 하루에 세 번까지 왔다. 이러다가 일일 네 번 출석의 시대도 조만간에 올 듯싶었다.

민우 역시 24년 만에 처음으로 겪는 일이라 당황스러웠다. 하지만 어쩌겠는가. 이미 자신의 힘으로 막을 수 없게 된 것을.

당장 고백할까 고민했지만 무성의하게 보일까 두려웠다. 상처받은 고슴도치처럼 촘촘히 가시를 세우고 있는 아이에게 맨몸으로 받아달라며 무작정 찾아갈 순 없었다.

이만큼 생각했다는 걸 보여주고 싶었다. 그리고 노력했다는 걸 말하고 싶었다. 비싸진 않더라도 누구 도움 없이 스스로 번 돈으로 그 아이 네 번째 손가락을 자신과 같은 반지로 빛내주고 싶었다.

"형은 얼굴도 잘생겼는데 성격도 좋은 것 같아요. 어떻게 새 담배를 선물로 줄 수가 있어요? 감동스럽게."

"머리 울린다. 그만 짖어라."

민우가 쭈그려 앉은 진호의 정수리를 쏘아보며 말했다. 진호는 슬그머니 고개를 들더니 스무 살의 말똥말똥한 눈으로 올려다보며 물었다.

"형, 근데 형은 언제 그만둘 거예요?"

"왜? 빨리 그만뒀으면 좋겠냐?"

"네. 진짜 소원이에요. 형 오고 나서 여자 손님이 얼마나 많이 늘어난 줄 알아요? 족히 50퍼센트 이상은 넘었을걸요? 서빙 하느라 팔이 부서질 거 같아요. 그 얼굴로 알바 하고 싶으면 모델을 하든가! 길이도 충분한데!"

"어차피 좀 이따 그만둘 거야."

"엑? 한 달도 안 됐는데요?! 그만둔다고요?"

그만두라고 말한 지 얼마 되지도 않아 진호는 민우의 그만둘 거라는 말에 화들짝 놀랐다. 민우는 진호의 변덕에 낮게 한숨을 내쉬었다.

"필요한 돈만 벌면 돼."

"뭐에 쓰게요? 형도 오토바이 살 거예요? 나도 오토바이 살 건데!"

민우는 점점 대화가 늪으로 빠져가는 걸 느낄 수 있었다. 민우는 대답 대신 깊은 담배 연기를 진호의 얼굴에 내뿜었다. 대부분 도리질을 치며 달아날 상황이건만, 진호의 얼굴은 청정구역에 들어와 자연의 공기를 마시는 편안한 표정을 지어 보였다. 민우는 어처구니없다는 표정으로 한 번 웃어주고 말았다.

"형, 진짜 뭐에 쓸 건데요? 예? 괜히 말 안 해주니까 궁금하잖아요!"

"곧 여자친구 생일이야."

"우와! 형 여자친구 있어요? 진짜? 큰일이네!"

전쟁 소식이라도 들은 사람처럼 기겁하는 진호를 보며 민우는 한쪽 눈을 가늘게 뜬 채 쳐다봤다. 진호는 담배 한 모금을 깊게 빨아들인 후, 길게 내뱉으며 말했다.

"우리 레스토랑 안에 형 좋아하는 사람 몇 명이나 있게요?"

"숨은 그림 찾기라도 하란 말이냐?"

"다섯 명! 주방에 일하는 누나 하나, 매니저 누나, 지영이, 2층 서빙 담당 유리 누나, 수영이. 총 다섯 명이라고요! 형이 여자친구 있다는 말은 지금 이 다섯 명을 울려버리겠다는 말이에요! 아, 근데 여자친구 예뻐요? 수영이도 진짜 예쁜데 수영이보다 예뻐요?"

1층에 함께 서빙을 담당하는 여자애를 말하는 진호의 눈이 반짝였다. 수영이라면 긴 생머리를 한 갈래로 묶고 다니는, 스무 살의 웃는 게 예쁜 여자애였다.

민우는 꽁초가 된 담배를 발로 비벼 끈 후 길게 담배 연기를 내뿜으며 건조하게 답했다.

"다섯 명 합친 거보다 예뻐."

오후 9시 30분쯤 되자 저녁을 마친 사람들이 썰물처럼 빠져나갔고, 가게 안은 아주 오랜만에 평온한 시간을 보내고 있었다.

"형."

"왜?"

"오늘은 담배 안 사 왔어요?"

"어."

"담배 사러 간 사람이 왜 빈손으로 와요? 담배 다 떨어졌대요? 근데 형 좋은 일 있어요?"

진호의 물음에 유니폼을 입은 세 명의 여자가 궁금한 표정으로 민우를 힐금댔다. 9시쯤 담배를 사러 나갔다 온 민우의 얼굴에 아까부터 웃음꽃이 폈기 때문이다. 포크를 정리할 때도, 쓰레기를 버리러 갈 때도 웃는 통에 민우가 미쳐버린 건 아닐까 진지하게 고민했다.

가게 안에서 민우와 가장 친하게 지내는 진호가 민우의 곁을 알짱대며 말했다.

"에! 형 좋은 일 있나 보네요? 근데 진짜 담배 안 사 왔어요?"

진호는 말릴 틈도 없이 민우 앞치마에 손을 쑥 집어넣었다. 그리고 막대사탕 하나를 쑥 꺼냈다.

"어? 형 이거 뭐예요?"

"내놔."

민우는 나이프를 든 손으로 빠르게 사탕을 낚아채 갔다. 나이프가 코앞을 스친 진호는 찔끔 놀란 표정으로 민우를 쳐다봤다.

"아, 놀랐잖아요. 형."

"너 한 번만 더 이런 식으로 나오면 가만 안 둔다."

민우가 나이프로 가리키며 말하자 진호가 찔끔했다.

"쿠, 쿨럭. 아, 알았어요. 진정해요. 막대사탕에 금 발랐어요?"

민우는 일하면서 수시로 꺼내 보려고 앞치마에 넣어둔 막대사탕을 자신의 바지 주머니 깊숙이에 밀어 넣었다.

"담배……, 몸에 해로워요."

담배 대신 막대사탕을 내밀며 말하던 지혜의 모습이 민우의 눈앞에 아른거렸다. 그 순간 민우는 여태껏 쌓아둔 피로 때문에 잠시 잠이 든 게 아닌가 싶었다. 그래서 지혜가 건강을 걱정하는 듯 말하는 꿈을 꾸는 줄 알았다. 하지만 꿈이 아니었다. 지혜의 손을 거쳤던 막대사탕이 민우 자신의 손에 들려 있었다.

"누가 보면 여자친구가 준 건 줄 알겠네."

상념에 잠겨 무의식중에 웃고 있는 민우를 보며 진호가 뒤늦게 입술을 삐쭉대며 말했다.

"맞아. 여자친구가 준 거야."

"에엑?"

놀란 건 진호만이 아니었다. 계산지를 정리하던 매니저, 컵을 씻고 있던 수영이, 서빙을 마치고 얼른 민우 곁으로 달려오던 지영이가 못 겪을 일을 겪은 사람처럼 놀라서 민우를 쳐다봤다. 민우는 쏟아지는 시선에 신경 쓰지 않으며 포크를 정리해 넣었다.

"아, 그리고 나 담배 끊는다."

"왜요!"

진호는 자신의 물주가 사라지는 것을 가슴 깊이 슬퍼하고 있었다. 민우는 전에 없던 편안한 웃음을 지으며 말했다.

"담배가 몸에 해롭대. 여자친구가."

웃는 모습을 보고 싶다고 생각했다. 그리고 민우는 그 생각대로 눈앞에서 지혜의 웃는 얼굴을 보고 있었다. 하지만 생각만큼 기분이 좋지 않았다. 오히려 기분이 곤두박질치다 못해 저 밑바닥으로 떨어졌다. 편의점 옆에서 누군지 모를 남자와 다정하게 웃고 있는 모습을 보다가 결국 주머니에 들어 있던 담배 한 개비를 입에 물었다.

시선을 느꼈는지 지혜와 함께 있던 남자가 민우를 경계했다. 그리고 얼마 못 가 지혜도 뒤따라 쳐다봤다. 뭔가를 이야기한 후 지혜가 민우 앞으로 다가왔다.

"여기서 뭐 해요?"

이 더운 날, 남의 편의점 근처에서 왜 이러고 있냐는 표정으로 지혜가 쳐다보았다. 민우는 대답하고 싶었다. 자신도 왜 여기서 모기, 더위와 싸워가며 있는지 모르겠다고. 주방 가스레인지가 고장 난 탓에 일찍 가게 문을 닫았으면 집에 가서 푹 쉬어야 하는데 말이다.

모를 리 없었다. 사실 너무나도 잘 알고 있었다. 여기서 더위, 모기와 싸우며 있었던 이유.

"널 기다렸어."

"날 왜요?"

가늘게 떨리는 목소리를 들었다. 민우가 천천히 고개를 들어 눈앞에 있는 아이를 바라보았다. 왜 기다렸냐고 물었다. 대답해줄 말이 너무 많았다. 그래서 대답했다.

"그냥."

이라고.

이 자리에 서서 줄줄이 읊기에는 대답해줄 말이 너무 많아서 한 말이 '그냥'이었다면 이 아이는 믿을까.

"이 근처에서 일해요? 그래서 여기 담배 사러 오는 거예요?"

"어. 이 근처에서 일해."

본가 근처였다. 우연히 본가를 찾았다가 자취방으로 돌아가는 길에 지혜가 일하는 편의점을 찾았다. 그 후로 몇 번이나 오가다가 편의점 근처로 아르바이트 자리를 구했다.

"그래요? 그랬구나."

그런데 지혜가 실망하는 표정을 지었다. 실망할 만한 대답이 없었는데 어디서 실망한 걸까. 민우는 바짝 신경을 쓰느라 자신도 모르게 인상을 찌푸렸다.

지혜는 내일이나 모레면 없을 거라고 말했다. 이제 곧 일을 그만둔다고. 다음 사람에게 담배 잘 챙겨놓으라고 당부해둔다고 했다. 실망한 것도 잠시 태연한 얼굴로 인수인계하듯 줄줄이 말을 읊는 지혜를 보며 민우의 표정은 더 딱딱하게 굳어갔다.

"정말 담배 때문에 여기 오는 거 같냐?"

골초도 아니고 하루에 세 갑이 가능할까. 담배 한 갑당 한 개비씩 피우고 나머지는 진호에게 넘겼다. 하루라도 빨리 돈 벌어야 하는 주제에 무의미하게 돈 낭비하는 이유를, 한 번에 사지 않고 한 번 갈 때마다 하나씩 사는 이유를, 계산대에 가장 가까이 있는 담배를 사는 이유를, 천 원짜리와 백 원짜리를 쌓아두는 한이 있더라도 꼭 만 원짜리를 내밀어 거스름돈을 받으며 시간을 버는 이유를 정말 이 아이는 모르는 걸까.

"보고 싶으니까."

"……."

"보고 싶은 게 자꾸 깊어지니까."

"여태껏 그런 말 한 적 없잖아요."

"날 보기만 해도 굳어버리는 너한테 내가 무슨 말을 해."

"……."

"내 손 닿는 것조차 싫어하는데."

"……."

"내가 어떻게 다가가."

"……그때도 말했잖아요. 나 상처받기 싫어요. 선배 옆에 있으면 난 아마 상처만 받을 거예요. 되풀이할 수 없어요."

지혜가 돌아섰다. 민우는 그 자리에서 꼼짝도 할 수 없었다. 하마터면 사랑한다고 말할 뻔했다. 그러나 지혜의 눈에 깃든 불신과 상처가 깊어 자신의 말을 전혀 들어주지 않을 것 같았다. 아직 조금의 시간이 서로에게 더 필요했다. 더불어 자신이 지혜에게 건네줄 선물을 준비할 시간도.

그 시간이 길게만 느껴져 민우는 갑갑한 숨을 길게 내쉬었다.

그 다음날 레스토랑은 눈 깜빡일 새 없이 바빴다. 어제 하루 쉰 탓에 손님들이 몰려들었다. 레스토랑 안의 테이블은 이미 오래 전에 풀이었고, 95퍼센트는 여자 손님이었다.

레스토랑에 있는 여자 손님 대부분이 흐트러짐 없이 빠르게 걷고 있는 한 사람을 응시했다. 하지만 모두의 시선을 받고 있는 한 사람은 자신이 집중 받고 있다는 걸 느끼지 못하고 있었다. 다들 일에 집중하느라 못 느끼는 거라 생각했지만, 실상은 달랐다.

민우의 머릿속은 편의점에 한 번도 들르지 못했다는 사실로 가득했다. 그 말은 약처럼 복용하던 만남을 가지지 못했다는 뜻이었다. 겉으로 보기에는 태연했지만, 사실 민우의 속은 부글부글 끓고 있었다. 마음 같아서는 불도저로 레스토랑을 밀어버리고 '영업 끝입니다!'라고 소리치고 싶었다.

결국 민우는 그날 12시가 될 때까지 레스토랑 밖으로 나가지 못했다. 밤 12시가 훌쩍 넘어 달려간 편의점 안에는 생판 처음 보는 남자애 하나가 반겼다.

힘 빠진 걸음으로 편의점을 나와 담배를 입에 물었다. 나오는 건 담배 연기와 한숨이었다. 편의점에서 일하는 남자에게 물어보니 다행히도 그만둔 상태는 아니었다. 지혜가 내일 그만둔다는 말에 안도감이 들었지만, 지금 당장이 아니라 내일 봐야 한다는 사실이 끔찍하기도 한 민우였다.

복합적인 감정을 느끼던 민우는 담배 연기를 가장한 깊은 한숨을 내쉬며 말했다.

"후, 진짜 이러다 죽겠다."

레스토랑은 만원이었다. 꾸역꾸역 비집고 들어오는 사람들을 보며 민우는 절망했다. 오늘이 마지막이었다. 오늘을 놓치면 개강까지 기다려야 할 판이었다. 그렇게 되면 서연이에게 도움을 구할 수도 있겠지만, 염치없는 일이었다.

"조퇴시켜주세요."

"뭐?"

매니저의 표정이 헛소리를 들은 사람처럼 멍해졌다. 매니저는 얼굴로 말하고 있었다. 지금 너라는 알바생 때문에 여자 손님들이 파도처럼 밀려들어 오고 있는데, 정작 이 사태의 중심인 네가 가버리겠다고? 말이다.

"급한 일이에요. 가야 해요. 조퇴합니다. 재수 없으면 자르셔도 돼요. 어차피 가불받은 월급은 어제까지였으니까요! 그럼 수고!"

매니저는 소리를 치며 민우를 잡겠다고 뛰었지만, 전력 질주하는 민우를 잡을 순 없었다. 민우는 주머니에 담긴 케이스가 떨어질세라 꽉 쥐고서 뛰었다. 그리고 헐떡이는 호흡을 가라앉히기 위해 편의점 앞에 섰다.

여름날의 어스름한 오후 7시의 풍경 속에 편의점이 보였다. 그 아이가 있다는 이유로 저 편의점은 세상 그 어디보다 자신이 가장 가고 싶은 곳이 되었다. 불이 켜진 편의점 유리창 너머에 지금 당장 뛰어가서 와락 안아주고 싶을 만큼 사랑스런 뒷모습이 보였다.

딩동.

"어서 오세요."

편의점 문을 열자 환하게 웃으며 반기는 지혜가 보였다. 물론 민우임을 확인한 후에는 싹 사라졌지만.

민우는 늘 고민했다. 과거로 돌아갔을 때 다른 사람이 지혜 대신 그 위치에 있었다면 똑같이 사랑하게 되지 않았을까, 지혜가 아닌 그 위치에 있던 '아무라도 상관없는 사람'을 사랑한 건 아닐까. 아버지에 대한 사랑을 쉽게 저버린 어머니의 '사랑'이 아니라 자신에게 절대적인 의미의 '사랑'이 지혜에게 적용될까.

하지만 환하게 웃는 표정을 본 순간 답이 확실해졌다.

저렇게 웃을 수 있는 사람이 이 세상에 또 있을까. 남이 상처받는 꼴을 못 봐서 전전긍긍하다 결국 그 상처를 스스로 끌어안아버리는 사람이, 된장찌개를 세상 그 누구보다도 잘 끓이는 사람이, 자신의 마음을 흔들고, 자신의 하루를 온통 물들여버리는 그런 사람이 이 세상에 또 있을 리 없었다. 자신이 이렇게 사랑할 수 있는 사람은 오로지 저 여자뿐이다. 온 감각이, 온 마음이 있는 힘껏 그렇게 외치고 있었다.

"담배 끊으려고. 누가 몸에 해롭다고 해서."

담배 대신 옆에 놓인 막대사탕을 내밀었다. 민우는 멍한 표정으로 쳐다보는 지혜를 꼭 껴안아주고 싶은 충동과 싸워야 했다.

"이걸로 할게."

"200원입니다."

"사줘."

"네?"

"사달라고."

"……."

어이없다는 표정이었다. 못 볼 걸 본 사람처럼 멍한 표정이기도 했다. 민우는 주머니 속에 들어 있던 반지 케이스를 꺼내 지혜 앞으로 슥 내밀었다.

"대신 이거 줄게."

"뭐예요?"

"네 거야."

반지 케이스를 열어본 지혜의 표정이 멍해졌다. 민우는 반지 케이스에 담긴 반지와 똑같이 생긴 반지가 끼워진 왼손을 들어 보였다.

"이게 무슨……."

다 보여줬는데도 지혜는 믿을 수 없다는 표정을 짓고 있었다. 민우는 그 모습이 사랑스러워 작게 웃어버렸다.

"이거 주려고 일하러 다녔어. 그래서 몇 주 동안 참았어. 제대로 고백하고 싶어서. 그래도 보고 싶어서 매일 담배 사러 여기 왔어. 일할 때는 괴로워서 담배 피우거든. 그래 봐야 하루에 세 개비뿐이지만."

머뭇거리는 그 아이의 손에 직접 반지를 끼워주었다. 반지는 딱 맞았다. 반지가 끼워진 자신의 손을 보며 잠시 미소를 띠던 지혜가 퍼뜩 생각이 난 듯 입을 열었다.

"선배, 나."

"사랑해."

민우는 황급히 입을 여는 지혜가 무슨 말을 할지 알고 있었기에 먼저 말을 꺼냈다. 답이 확실해졌다. 고민할 필요 없었다.

이지혜라서 그 원룸에 살았을 테고, 이지혜라서 된장찌개를 그토록 잘 끓였을 테고, 이지혜라서 함께 있을 때 즐거웠을 테고, 이지혜라서 만남부터 사랑에 이르는 모든 길이 이어질 수 있었다는 걸 말이다.

"언젠가부터 널 사랑하고 있었어. 자각하지 못한 것뿐이야. 보고 싶었는데, 옆에 있고 싶었는데, 잡고 싶었는데, 네가 웃는 모습이 보고 싶었는데, 꼭 껴안고 싶었는데, 그게 편해서 그런 줄 알았어. 가끔 설레는 것도 널 그냥 좋아하기 때문인 줄 알았어."

"……."

"근데 그게 사랑이래."

"……."

"사랑하면 받는다는 상처, 이제 나도 받을 수 있으니까 받아줘."

민우는 진심을 다해 말한 후, 환하게 웃어 보였다. 그러면서도 심장이 터질 것처럼 뛰어댔다. 지혜가 거절한다고 해도 포기하지 않을 테지만, 더는 지혜와 떨어져 있는 시간을 감내할 자신이 없었다.

잠시 자신을 물끄러미 바라보던 지혜의 얼굴에 환한 웃음이 피어났다.

"받아줄 거지?"

지혜가 작게 고개를 끄덕였고, 민우는 세상을 다 가진 듯했다. 민우는 자신이 쓸데없는 고민으로 시간을 허비했다고 생각했다.

　　모든 질문의 답은 결국 '이지혜' 하나였는데.

　　몇 주 만에 환하게 웃어주는 지혜의 귓가로 다가간 민우가 미소를 띤 얼굴로 속삭였다.

　　"생일 축하해."

- fin.

'지금 이 순간'을 종이책으로 작업하기 전 많은 고민을 했습니다. 아시는 분은 아시겠지만 eBook으로 먼저 출간되기도 했었고, 고칠 곳이 워낙 많아서 조심스러웠습니다.

그럼에도 종이책으로 출간하겠다고 마음 먹은 것은 순전히 제가 종이책으로 소장하고 싶다는 욕심 때문이었습니다.

제 인생에서 하나의 터닝포인트가 되어준 글이고, 어쩌면 앞으로 영영 이런 류의 글을 쓸 수 없을 것 같다는 예감이 들었습니다. 그 때문인지 원없이 작업했고, 후기를 쓰는 지금의 마음은 조금 애틋합니다.

이 글이 누군가에겐 즐거움이, 누군가에겐 위로가 되었으면 합니다. 이 글을 쓰는 내내 제가 위로받았던 것처럼요.

이 자리를 빌어 작업 중에 몇 번이나 휘청거리던 저를 잡아주던 동료 작가분들과, 이 고된 작업에 저만큼이나 성심성의껏 힘써주신 이승진 과장님을 비롯해 도서출판 가하 담당자 여러분께 고개 숙여 감사의 말씀 올립니다.

건강하시고 행복하세요.

2014년, 봄의 시작과 함께.

이채영